菊田一夫の仕事

浅草・日比谷・宝塚

井上理恵【著】

社会評論社

「マイ・フェア・レディ」 提供：東宝演劇部

プロローグ

菊田一夫という劇作家・演出家は浅草で誕生し、日比谷という有楽街のメインストリームで王座に就いて、現在に至るまでの商業演劇繁栄の基礎を築いた。そんな理解が一般的であろうと思われる。

にもかかわらず敗戦直後にラジオ・映画の「君の名は」で日本中にその名が知られた有名作家菊田一夫が、あるいは芸術座の「がめつい奴」「放浪記」、東京宝塚劇場の「マイ・フェア・レディ」「雲の上団五郎一座」「王様と私」、帝劇の「風と共に去りぬ」「屋根の上のヴァイオリン弾き」「ラマンチャの男」等々を舞台に上げた演出家菊田一夫が、戦前の浅草でどんな芝居を書いていたのか、戦後どのような演劇をめざして劇作をしてきたのか、東宝に入社してからはどうなのか、彼の仕事の詳細をわたくしたちは知らないのである。

純文学志向の強いこの国では、純文学に相当する新劇の舞台や劇作家の研究、例えば坪内逍遥・島村抱月・小山内薫・三好十郎・久保栄・村山知義・木下順二・岸田國士・田中千禾夫・森本薫・福田善之・秋元松代・唐十郎・別役実・佐藤信・清水邦夫・井上ひさし等々の研究や秋庭太郎にはじまる数多くの演劇史研究はあるが、大衆的な商業演劇の舞台や劇作家の研究はほとんどないといっていい。

同じ時代に生きていた演劇が全く関わりなく存在することはあり得ないのではないかと思う。おそらく新劇も商業演劇も相互に関わりがあったはずだ。一九五五年から突然の死が訪れた一九七三年まで日比谷で展開されてきた演劇運動の中心にいた菊田一夫の演劇――彼が生み出した創作劇――は、同じ演劇史の中で共鳴しながら息づいていたと推測している。彼の戯曲を検討することでそれが見えてくるのではないだろうか……。

芸術座が閉館してメインストリームの一つの時代は確実に終わったと思っている。菊田が作ってきた舞台を、創作中心にみていくことで、戦後一五年間の演劇運動を照射し、新しい時代への移行を知る一つの手がかりになる。そんなことを考えたのである。

菊田一夫の仕事に取りかかる前に二つの決めごとをした。それは検討の方法である。

作家の仕事を検討する方法は、いくつもある。その中で最も避けなければならないこと、それは〈後ろから前をみる愚をしない〉ということであった。推理物の謎解きではないからだ。なぜこんな当たり前のことを記すかといえば、この過ちに陥っている評論や研究が思いのほか多いのである。

普通、人は自分の未来が読めない。知りたくても知り得ない。多くの経験をし、多くを学び、智を持つことでわが身の卑小さや未熟さを知り、より大きな存在のあることを自覚し、自分の中で何かが変わっていくのを知るのである。

次には菊田一夫の伝記を記述するつもりはないから、その作品が生きた時代の中に菊田と作品をおいて、菊田に内在しながらあくまでも作品中心に読み解いていくことであった。したがって菊田一夫の歩みを作品で追跡するようなものになる。

菊田に『求めてやまないもの』（大和書房一九六九年一〇月）という単著がある。大和書房が若者向きに出した本で、貧しく苦しい人生を歩んでいる若者に「生きる英知」を与えようと企画したものらしい。カバーには「もし、あなたが、（略）学歴もなく、憩うべき温かい家庭もなく、この世を生きねばならないとしたら、どんな勇気を、あなたはもつべきなのだろうか？　この書は、幼くして、ただひとり、あらゆる人生の辛酸をなめなければならなかった著者が、（略）生きる至上の英知を結集した書」と書かれている。要するに恵まれない子供であった菊田が、〈立身出世して人生の成功者になった〉から、菊田の言葉を聞いてみなさい、あなたも落後者にならずに生きられるよ、というのだろう……。一九六九年にこういう本が出ていたのを知って大きな驚きを感じる。この頃打倒権力と言って立ち上がった若者たちが沢山いたからだ。

菊田はまえがきで、「一人の人間が生きて行くには余りに過酷なほどの苦しみと悩みの多いこの人生に、誰もが幸福を希い、生きがいを求めている姿は、一見哀れで、見るに耐えないようにも思えますが、この姿なくして果して人間といえるかどうかが疑わしいほど、これ以上人間にとって美しい真実はあり得ないのです。（略）自分の人生は自分で創造して行く以外、どうすることもできないのです。自分の人生を真剣に、誠実に考えれば考えるほど、眼前にはだかる壁は、容易に砕けようとするのです。それは自分にしか見えない、限りない孤独な作業なのです。（略）出来るだけ孤独を自分のものにし、その中で苦しむだけ苦しみ、もがくだけもがき、大いに悩み、絶望することが大切で、そのどん底から湧き出るエネルギーをもって、辛い哀しい歩みの中に、人間として『求めてやまないもの』を追求する情熱を燃やし続けることこそ、自分の未来への道を着実に歩むことが可能なのです。（略）何ものかを目指し、ひたすら求めつづける精神をもつことこそ、自分の人生を生き抜いたと、確信をもっていえる時なのです。」と書いた。

菊田を評する言葉に「誠実と純情がヒゲをはやして眼鏡をかけ」という文言がある。このまえがきをみると、この言説の持つ意味がわかるような気がした。同時に菊田は、貧しく学歴もなくて普通に育った人たちとは異なる青春を送ってきたから、それを世間が利用している様にも受け取れる。困難な状況から這いあがれる存在は稀であるからだ。『学歴無用論』（盛田昭夫著）の出版記念会で、西尾末広、吉川英治などとともに菊田も呼ばれ、一三人の「学歴なしで世に出た」と言われている人々が講演をした。一二人は学歴無用論で、菊田だけが学歴はあったほうがいいといったという。菊田は〈たてまえ〉の話せない人であったようだ。教育立身は、世界の常識だ。階級移動は教育が容易く可能にしてきたし、これからも可能にするだろう。負の思いを抱えている存在に、世間は容赦なく土足で踏み込んでくるのが、よくわかる。

世間は、人それぞれに異なったものであるといった研究者がいたが、演劇が対象とする観客は、多くがその異なる世間にすむ大衆である。演劇は、俳優と観客と演じる場がなくては成り立たない。劇作家や演出家が俳優と共にどんなにいい舞台を作り上げても、観客が来なければやっていけないのだ。気まぐれな大衆をどう取り込むか、が重要なカギになる。〈時代の風〉を読みながら大衆の思想――多くは時の体制の思想と重なる――を取り込んで、しかし大衆に迎合せずに大衆の何歩か先を歩いて舞台を創造する。なかなかに難しい。

菊田一夫は創作と劇場と観客の関係をどのように乗り越えてきたのか、そうしたことも見ながら〈人より何歩も先を歩いた〉菊田一夫という演劇人の足跡をたどっていくことにしよう。

菊田一夫の仕事——浅草・日比谷・宝塚＊目次

第一章

はじまりの時

小林一三　提供：池田文庫

東宝重役菊田一夫の登場

二〇〇五年三月、菊田一夫が戦後展開した東宝演劇の拠点であった芸術座が閉館した。この劇場は、フランク永井の「有楽町であいましょう」（吉田正作曲）という流行歌がはやった一九五七（昭和32）年の四月、東宝の本社ビル（東宝会館）が日比谷に完成したとき、千代田劇場・みゆき座の映画館二つと共に本社ビル四階に現代劇上演劇場として開場した。東宝は既存の日比谷映画劇場と有楽座に加え、丸の内東宝劇場、東宝演芸場、日劇、帝国劇場（シネラマ劇場に変更）、東京宝塚劇場（二年前にアメリカ軍より返還）、有楽シネマ、スカラ座を開場していたから三つの劇場を持つ本社ビルの登場で日比谷界隈は映画演劇の文字通りのメッカとして出現したのである。

経済の高度成長期以前の一九五二年四月に、戦後最大のビルとして地上九階地下四階の日比谷パークビル（日活国際会館、通称日活ビル）が竣工、一階には占領の残骸のようなアメリカン・ファーマシー、地下には日比谷アーケードのある異国情緒たっぷりのお洒落なビルが登場していたから、東宝の映画演劇街のある有楽町は、五分歩けば到着する銀座――和光、ミキモト、ヨシノヤ、大和屋、越後屋、鳩居堂等の老舗、三越・松屋・松坂屋・小松ストアーなど、デパートが並ぶ銀座八丁とともに、高級な繁華街―特別な場所として出現する。「有楽町であいましょう」は東京の特別な地域を日本中に知らせるための宣伝歌になったといっていい。ちなみに日活ビルの最上階は日活国際ホテルで、マリリー・モンローが宿泊し、石原裕次郎と北原三枝、美空ひばりと小林旭、長門裕之と南田洋子などの結婚式会場になったりした。いってみれば貧しい戦前日本と縁を斬る、一つの象徴のような場所になったのである。

奥村宏は戦後の日本についてこんな分析をしている（「病気になった巨大株式会社」『週刊金曜日』五三九号）。

戦後、日本の帝国主義戦争を仕掛けた犯人は軍部と政治家と財閥であるとして日本を占領したアメリカは、労働運動を解放して民主的な国家作りを推奨し、農地改革と財閥解体をマッカーサー司令部に指令した。結果、三井・三菱・住友らの財閥は解体、株式は取りあげられた（財閥家族には10年間売ってはいけないという国債が支払われたが、インフレで紙切れ同然となる）。五二年にアメリカ占領軍が引き揚げるとかつて解体された企業は、互いに株式を持ち合い、メインバンクと総合商社が中心となって企業集団を形成する。つまり日本は解放後に個人資本主義（家族資本主義）から現在あるような法人資本主義に転換したのである。戦前のような大株主の資本家のために働くのではない、会社のために働く――終身雇用・年功序列賃金・企業別組合という「日本的経営」の三本柱の上に成り立つ会社本位主義が浸透していくことになった。

こうした日本経済の動きと密接な関わりを持って、丸の内（かつて三菱が原と呼ばれた）から日比谷にかけての土地・建物を、三菱グループと東宝グループが二分することになったのである。電鉄・不動産を基礎にする興行会社東宝が、銀座・新橋の歓楽街を控えた丸の内・日比谷界隈を中心にブロード・ウエイやウエスト・エンドのような演劇映画街を構想しても不思議ではない。それは銀座や新橋に歌舞伎座、演舞場、東劇などを所有する松竹に対抗的な動きであったとみてもいいだろう。

菊田一夫（一九〇八年三月一日～一九七三年四月四日）が東宝の社長小林一三に招かれて演劇担当の取締役重役になったのは、占領解除三年後の一九五五年九月、菊田四八歳の秋（それまでの演劇歴およそ25年）であった。したがってこの時期は東宝という企業の基盤がかたまり、会社の未来設計が決定し、その設計に菊田が必要であったと読み取ることができる。実際に映画に関しては上映劇場を各地に続々と増やし、株式会社帝国劇場を吸収合併し、「七人の侍」の大ヒットとヴェニス国際映画祭での受賞、「生きる」のベルリン映画祭での受賞、日伊合作映画「蝶々夫人」の製作、「ゴジラ」の大ヒット、イーストマン・カラー「宮本武蔵」の上映、シネラマの上映等など、大躍進を果たし、俳優養成の東宝芸能学校も開校している。しかし演劇部門ではオペラまがいの公演や新派大合同公演、関西大歌舞伎公演、東宝歌舞伎公演など行く手の見えない迷路を歩いているような状態であった。当時の上演記録を読むと一貫しない方針が見て取れる。そこで菊田の重役就任ということになったと推測される。

なぜ、菊田一夫だったのか。二つの理由が考えられる。一つは戦後の菊田一夫という作家の存在、もう一つは戦前の菊田との関係だ。

まず、戦後一〇年間の菊田の作家としての活躍ぶりをあげることができる。

菊田は戦前古川緑波一座の座付作者で多くの作品を提供し、一座を辞した戦争末期、軍の報道部嘱託となり、移動演劇に大日本産業報国会委嘱石炭増産運動脚本（「日の出館の人々」「地底の花嫁」「蘇へる青春」など）を書いていた。永平和雄は、この戦中の仕事に対する自己反省が菊田の戦後出発のモチーフになったと指摘する（「菊田一夫『堕胎医』」『20世紀の戯曲　Ⅱ』所収　社会評論社二〇〇二年七月）。戦後書いた作品群から氏はそうした結論を出したのだと推測されるが、確かに戦後の作品は戦争批判を込めているし、戦争の犠牲になった人々が多く登場している。

ＮＨＫ放送劇「山から来た男」が大当たりして一九四六年にＮＨＫの嘱託になり、多くの放送劇を書く（「鐘の鳴る丘」47年、「さくらんぼ大将」51年、「君の名は」53～54年など）。敗戦後の日本の現状を書き込んだこれらの仕事は菊田一夫の名を全国的に知らせるのに貢献した。この知名度も重役採用に大きなポイントになったと思われる。しかしこれだけではだめだったろう。問題は演劇――戯曲だからだ。ところが菊田は戯曲でもヒットを飛ばしていた。

薔薇座の千秋実の依頼で書いた「東京哀詩」（日劇小劇場　一九四七年一月初演、三月再演、佐々木孝丸演出）、「堕胎医」（日劇小劇場　四七年一〇月初演、佐々木孝丸演出）がそれだ。「ガード下に七人の戦災浮浪児とその浮浪児にしたわれている与太者とパンパンと枯れ木の葉のように衰えさらばえた浮浪児が住みついている。その集団の生活を描いた作品」と「東京哀詩」について日記に書いたように、敗戦国日本の瓦礫の中で生きなければならない人びとを描き出した優れた戯曲であった。軽演劇畑の劇作家、しかも戦時中の仕事で戦争責任を問われていた菊田が、現実に根ざした〈純文学作品〉〈新劇的作品〉を提供したのだ。この初演は佐々木の演出、薔薇座の若い俳優たちの熱い演技、戯曲の現代性という三点で高い評価を得て、芸術に飢えていた観客が押し寄せ連日満員、追加公演まで持つ大ヒット作となった。

脚本を依頼した千秋は「テーマと材料さえよければ、最高の内容を最も大衆的に脚本（ほん）にできる人だ」（千秋実・佐々木踏絵『わが青春の薔薇座』リヨン社　一九八九年五月）からと言って菊田に頼んだという。つまり〈大衆性と芸術性〉を菊田の戯曲に要求したと理解していいだろう。菊田は「敗戦日記　昭和二十一年十一月十七日」の中で、千秋来訪の様子を記している。

「新劇団薔薇座の千秋実くる。（略）貧乏劇団だから、まともな脚本料は払えませんが、われわれのために本を書いていただけませんでしょうか。」「なぜ私のような者のところに頼みにくるのです」と問えば、

> 私は新劇というものにあいそがつきたのです。（略）新劇に昔からたずさわっている大家、先生方に腹が立つのです。（略）「M氏は終戦後朝鮮から帰ってきて（略）新劇はこぞって新しい芽生えを応援しなければならぬ（といったから、そこで……井上注）。（略）われわれの公演の演出をお願いにいきました。（略）商業演劇作家の大家が取っていらっしゃる金の倍ほどの演

出料を要求するのです（千秋は払ったらしい、ところが……井上注）。（略）彼が演出にきてくれたのは、たった二度です。」（略）私は引き受けた。脚本料はもらわないという条件で……（略）題名「東京哀詩」ガード下に住む浮浪時を書くつもりなのである。（『菊田一夫芝居つくり四十年』日本図書センター　一九九九年一二月）

「私の書きたい物を書かせてください」と千秋に返事をした菊田は書きたい物――「東京哀詩」を書くことになる。ここに出てくるM氏は村山知義で、依頼した演出作品は薔薇座第一回公演、久遠達郎作「新樹」であった（共立講堂一九四六年五月一日～四日）。あとで触れることになるが、村山には菊田も酷い仕打ちをされていたから、千秋の熱意を聞いて快く引き受けたのだと思われる。千秋の言から薔薇座作品の演出が、佐々木孝丸になった理由も頷ける。かつて革命的演劇の闘士であった佐々木は、「ダラ幹」といわれてプロレタリア演劇陣営から批判された時期を持つ。左翼劇場解散後に新築地劇団の劇作・演出を通して輝かしい新協・新築地時代の一翼を担い、戦後は新劇とは縁を切ったかのように映画畑で活躍した。彼は千秋の妻で女優佐々木踏絵の父である。三者三様にいろいろな想いの詰まった日劇小劇場公演であったようだ。

翌年一月一〇日に「東京哀詩」を脱稿する。

「とにかく力いっぱいに書いたが、さてどうなるか。私とすれば生れてはじめての新劇のつもり。だが批評家は恐らくお涙頂戴の大衆劇というかも知れない。」（「敗戦日記」）と自信のない発言が残されているが、この日劇小劇場公演は予想に反して連日満員、大きな反響を呼んだ。

「いつもさまざまな条件を原稿紙の余白にメモして職人仕事に追われている菊田一夫の『東京哀詩』はじっくり推敲のみえる力作である。（安）」（東京新聞　一月一七日号）という批評も出た。おまけに千秋楽後にGHQが戦災浮浪児対策まで発表することになって社会的影響も与えたのだった。

結果的にはこのヒットで戦時中の負い目を持った菊田も立ち直ることができたのである。菊田一夫という劇作家の存在が軽演劇やラジオの〈売れっ子作家〉とは別の意味合いで位置づけられることになったからだ。〈大衆性と芸術性〉、今から見ればこれは主権在民の新憲法が目指す大衆社会に必須条件であったといえる。東宝が演劇部門の未来を託そうと決める大きな役割の一つをこのヒットが担ったとみてもあながち誤りではないだろう。

拙著『久保栄の世界』や『近代演劇の扉をあける』（と

もに社会評論社刊　一九八九年一〇月、九九年一二月）をみてもらえばわかるように、戦後すぐに東宝は新しい時代の演劇は現代演劇、すなわち新劇だという発想から、本格的な現代劇を上演する集団をめざして久保栄・滝沢修・薄田研二の三人を核に東京芸術劇場を作らせた。ここで重視されたのは芸術性と大衆性であった。この時の東宝と演出家久保栄の計画は新しい道を示す可能性を秘めたものであったとわたくしはみているが、しかし残念ながらこの目論見は時代の寵児であった左翼政党の芸術政策に翻弄されてあっけなくつぶされた。以後、新劇人たちは興行会社と距離を置き、進歩的な政党と適度の距離を保ちながら独自の観客組織（勤労者演劇協会――労演）を生み出して新劇集団を運営しはじめ、六〇年代半ばまで成功路線を突き進む。

菊田は、新劇の劇作家に劣らない作品が書ける可能性を薔薇座作品で示し、しかも軽演劇に脚本を書いてきたから大衆性は抜群、おまけに月六本平均の脚本もこなしてきた作家・演出家であったから仕事も速く、舞台も作れる。まさに東宝にとっては願ってもない劇作家であったのだ。

おそらくここで考えなければならないのは〈大衆性〉だろう。かつてわたくしはベストセラーの分析で（「マディソン郡の橋」『20世紀のベストセラーを読み解く』學藝書林二〇〇一年三月）、大衆に好まれるためには体制内思想を受け入れなければならないことを明らかにしたことがあるが、この点にドタバタ喜劇とは異なる東宝演劇という舞台で菊田はどう対処するのか、興味のあるところだ。同時にこの課題は、大衆社会における芸術とは何かをわたくしたちに突きつけるものであり、これも菊田の戯曲と舞台を見ていきながら今後踏み込めるといいと思っている。

さて、もう一つの理由、それは菊田と東宝との戦前の関係に求められる。

菊田と東宝の関わりは、浅草で活躍していた古川緑波一座が東宝傘下に入った時にうまれる。緑波や徳川夢声らの「笑の王国」で脚本を担当していた菊田は、一座が東宝と契約した翌年に東宝（当時は東京宝塚劇場株式会社、一九四三年に東宝株式会社と組織変更）の嘱託社員として迎えられ、有楽座の緑波一座の座付作者（文芸部）になる。一九三六年九月のことであった。

菊田が東宝に入社する四ヵ月ほど前の古川緑波の日記に社長室に呼ばれた時のことが記されている。

「一時に社長室へといふ達しがあったので、早目に日劇四階の新装社長室へ行く。（略）社長の話は、東宝劇団は現状のまゝやる、僕の一座は、東宝ヴァラエティといふ称を廃して単に古川緑波一座でやり、演出家や役者も充実させろとの事」（「昭和十一年五月五日」『古川ロッパ昭和日記』晶文社　一九八七年七月）。こうして作者探しが始まった。

一ヵ月後に社長に呼ばれるが、「入れたい作者、役者がないから、徳山・渡辺はま子・藤山一郎を嘱託料出しておさへて欲しい」と申し入れ、小林一三はそれを受け入れる。このあと作者や演出家にあたっている様子が日記から伺われるが、菊田の名はなかなか出てこない。七月二四日に菊田一夫が登場する。

七時半起き、永田町の小林邸へ、社長に逢ひ、鈴木圭介の始末につき話すと、これは突ぱねろといふ意見、仕方なし。菊田一夫と渡辺篤の引き抜きを承認して貰ふ。十月の有楽座もこっちでやる事と決定。（「昭和十一年七月二十四日」の日記）

渡辺篤の松竹からの引き抜きは金銭面や何やかやで面倒が多かったようだ。が、菊田はすんなり行ったらしく、八月末に東宝と話して入社が決まる。緑波は「結局、渡辺篤は、笑の王国で居直っちまひ、こっちへは来ないと定まった。で、文芸部の菊田一夫とその細君の春日静枝が入り、丸山夢路が入る」（九月五日）と書いた。菊田はこの時期の東宝入りに付いて「抜かれたのでなく移籍である。引き抜きというのは、前にいた場所からはるかに高額な金で誘われて新しい場所にいくことをいうのだが、私は『笑の王国』では百七十円の月給で一本五十円の脚本料をもらっていた。月に四本は書いた。ところが東京宝塚劇場では私に十円値上がりの百八十円をくれただけだった。」脚本料はなかったと書き残している（「芝居づくり」読売新聞連載記事一九六一年五月二七日、『流れる水のごとく』所収オリオン出版一九六七年八月、「芝居づくり」は四月二一日から六月七日迄休日を除いておよそ三八回連載された）。

緑波一座の浅草から有楽町への移行は、喜劇の価値を高めたといわれている。尾崎宏次が「喜劇と言ふ言葉は浅草趣味と共通のものとされ人物の典型化や性格が無視されてきたのを緑波が、作者菊田一夫と共に、一歩々々非浅草的な、言はば新しい息吹きを持つ、性格的な喜劇内容に高めて来た」（「ロッパ國民劇と東宝國民劇」『演藝画報』一九四三年四月）と評したごとく、菊田にとってもドタバタ喜劇からの脱出がここで可能になったのだ。

こうして菊田一夫は東宝社長小林一三と係わりを持つことができ、それが戦後の菊田の演劇人としての大いなる飛躍への道を切り開くことになったのである。

演劇への扉

菊田一夫は、神戸で丁稚奉公をしているとき、詩歌グループの同人になる。一四 ,五歳(一九二二 ,三年)の時らしい。これが文学少年菊田のスタートである。

一二歳で養父に薬問屋へ丁稚奉公に出され、いやいや仕事をしていたのも上の学校へ行かせてくれるという養父との約束ができていたからだった。しかし養父にその気がなく進学は不可能と知ると、菊田は知的上昇志向を詩で解決しようとした。形式にとらわれない自由詩は当時若者を捉えていた新興芸術の一つだった。詩の同人誌へ参加して現状打開を願うという選択は、結果的に次々と他者を介して演劇の扉に近づくことになる。

同人誌「黒船」の詩友をたよって上京するが当てが外れ、それでも文選工になって散々苦労した後、サトウハチローと知りあい、一九二七年にサトウ宅の食客になった。これが、最初のチャンスだった。とにもかくにもサトウのお陰で生きてゆくことが出来たからだ。菊田作の「放浪記」に太平洋詩人協会の印刷係の少年・菊田一夫が登場するからこの時期のことは比較的知られている。「太平洋詩人」はサトウハチロー・岡本潤・伊福部隆輝・渡辺渡・山口義孝らが同人で、この同人誌を通じて菊田はカフエーの女給をしていた林芙美子を知る。芙美子は自己をさらけ出した詩「秋が来たんだ——放浪記——」を『女人芸術』(一九二八年一〇月。後一九三〇年に『新鋭作家叢書』の一巻として『放浪記』が改造社から出る)に連載し始めて有名になるのだが、菊田は芙美子のように自己の貧しさや惨めさを題材にする詩が書けなかった。

『評伝　菊田一夫』(岩波書店　二〇〇八年一月)を書いた小幡欣治が、「太平洋詩人」創刊号(一九二六年五月)に載った菊田の詩を引いている(四七頁)。

> 土ねずみ
>
> 退窓どきの通用門に　　(退社…井上注)
> 一番早く顔をさし出すものは
> こつそりと
> 地上に頭を持ちあげる土鼠だ
> 見よ!
> そのまばゆかしいしゆうちに似たかほつきを——

これを読むと自分を土鼠に擬して上を向いて歩こうとしている意志を感じるが、どうだろう……。

詩人になりそこなって生きる道に迷い自殺未遂を企てたり、活路を求めて大陸に出かけたりしたが混沌とした状況から抜け出ることはできなかったのである。

翌年、大陸から帰った菊田にサトウは二度目の救いの手を差しのべる。諸口十九（もろぐちつづや）一座の文芸部見習いの口だった。諸口は藤沢浅二郎が始めた東京俳優学校出身の新しもの好きの俳優だった。新演劇畑を経て松竹蒲田撮影所の創立と共に映画界入りしたが、女優とのロマンスがもとで松竹を追われて海外へ行く。帰国後浅草公園劇場で、ロマンスの相手筑波雪子と一座を組んで芝居をしていた。菊田はサトウからこの一座を紹介されたときのことをこんな風に記している。

> 諸口十九というのは、（略）日本のバレンチノとも称された美男俳優だった。（略）私の終生の望みは、詩人として萩原朔太郎のように、北原白秋のように、立派な詩人になることだった。（略）芝居などは河原乞食のすることだと思っていたのである。（略）
> 不満そうな顔を見てハチロー先生は「人間は飯櫃がなきゃ何もできないぞ」と、おっしゃった。飯櫃のない苦しみは、私のそれまでの人生でいやになるほど味わってきた。私は不承不承「お願いします」といった。
> （略）仕事は、諸口十九一座文芸部員見習いだった。
> （「わが人生――思い出の記」『落穂の籠　遺稿・演劇随想集』読売新聞社　一九七三年六月）

公園劇場は根岸興行が経営する芝居小屋で仲見世から六区の表通りに向かう通りにあった。表通りには有名な金龍館（元根岸興行、震災後に松竹が経営）がある。菊田の仕事は「脚本のコピーや役者に渡す書き抜き」をカーボン紙を使って複写することであった。コピー機の無い時代であるから、登場人物の数は仕事の量と時間に影響する。上演用台本を書いていたのは門脇陽一郎とその弟子たちで、一公演に新旧とりまぜて二本は書く。「十日目ごとに新作がでる」からそれを稽古開始までに複写するのは中々大変な仕事であったろう。しかし菊田は門脇や弟子たちの脚本を複写しながら脚本作りのノウハウを自然と習得することになったのである。しかも給料は五〇円、当時の大卒サラリーマンと同等の額で、「飯櫃」（生活費）は安泰。この一座に水町清子（後の三益愛子）、柳文代、竹久千恵子らの女優がいて、彼女たちとは後年一緒に芝居をすることになる。

「私のように芝居になんの興味もない素人の文芸部員にも、いつのまにか、脚本というものを読み抜く目が備わってきた」（二〇六頁）。筋と構成と展開の関係を把握できるようになり、作品の良し悪しがわかるようになる。同時に付帳（衣裳・小道具・鬘など、芝居に必要なものを書きだす帳面）

を作らされた。これも実際の舞台の場面を描き出す勉強になっていた。歌舞伎作家のように門脇は、弟子たちに構想を練らしたり、筋を作らせたり、場を任せたり（場割り）した。出来上がってきたバラバラの場面に赤を入れながら門脇が一つにする。この手腕に菊田は驚く。

はじめのちょっとした筋立ての打ち合わせだけで、各自の受け持ち場面を、各自思い思いに、てんでんばらばらに書き上げた……できあがりも順不同の脚本を、出たとこ勝負で手を入れてゆき……それが、いつのまにやら、一貫した一冊の脚本にできあがっている、門脇陽一郎氏の腕前だった。（二一四頁）

菊田は、この門脇と弟子たちの作家集団を脚本工場、優秀工場と呼び、脚本を生産品、門脇を天才的な脚本製作技術者とこの文章の中で名づけている。つまり劇作家ではないということだ。菊田がこの工場で「工員」として場面を持つようになるのは部員になって一年後で、初めて門脇から一時間の二番目物の一場を作れといわれる。曾我廼家十吾と渋谷天外たちの家庭劇一座の脚本だった。十吾がエレベーター・ボーイで社長の可愛がっている舞妓に恋をする。が、舞妓は社長の息子が好きでボーイは失恋すると言う内容であったらしい。これが菊田のはじめての作品ということになるが、書きあがって読んだ門脇は赤も入れずにコピーをさせた。菊田は喜んだが、それはこの台本が橋にも棒にも掛からないデキであったからで、実際の上演舞台を見て菊田はそれを悟る。舞台を見せた後で門脇は、菊田に「安手なセリフを書くな。生きたセリフを書け。上手な芝居を書くより生きた芝居を書け。どんなにへたな脚本でも、その中に、ほんとうの生きたセリフがあれば、みた人の胸を打つものだ。安手なセリフを並べて、どんなにうまい組み立ての芝居を書いたって、それは芝居職人のすることだぞ」（二二一頁）と言ったらしい。

門脇が天才的な脚本製作技術者だからこんな忠告ができたのか、あるいは絶筆となった「わが人生――思い出の記」を書いていた菊田のアレンジかは、明らかではないが、菊田はここで芝居を書く作家の基本的な姿勢を語っていることに間違いはない。この指摘は重要だ。久保栄が名著『新劇の書』（テアトロ社　一九三九年七月）の中で〈生きたセリフ〉のことを書いていたのを思い出す。〈生きたセリフ〉が書けるようになってはじめて劇作家といえ、本格的な劇作家になることができる。しかし〈生きたセリフ〉を書ける劇作家は少ない。菊田一夫の修業時代はまだ続いていた。

諸口一座の旅公演について名古屋帝国座、大阪浪花座、九州、神戸と移動、裏方をしながらも初めての旅公演を適宜楽しんで芝居者の灰汁や裏側を学んでいく。けれどもひとり立ちして台本を書く機会は来なかった。そして一座が解散、また一文無しになる。夏が終る頃に東京へ戻る。サトウを頼って三度目の救いの手を出してもらう。

一九三〇年九月、サトウハチローは浅草観音劇場の新カジノ・フォーリー（榎本健一、中村是好ら）の文芸部を紹介してくれた。サトウはこの集団の顧問をしていたのだ。今度は修業時代を経ているから見習ではなかった。劇作家菊田一夫の誕生だ。このあとレヴュー式喜劇あるいは軽演劇と呼ばれるようになる集団の座付き作家という菊田の浅草時代がいよいよ始まる。

浅草時代はじまる――作家デビュー

『カジノフオーリー脚本集』（内外社　一九三一年九月）という本がある。水族館の踊り子達の写真が六枚、川端康成と武田麟太郎の序文、島村龍三の作品が三篇、仲澤清太郎が二篇、山田壽夫が一編、収められている。カジノ・フォーリーは浅草公園の水族館の二階で一九二九年七月に始まった。この脚本集はカジノが人気を呼んでからのもので、これをみると当時の時代状況がよくわかる。例えば筆頭作家島村作品は「ルンペン社会学」「太陽のない街」「五月のイデオロギー」というタイトル、日本中で革命的な演劇運動が活発に展開されていた時だから、カジノもその時流に乗った内容を観客に提供して好まれていたのだ。芸術家から労働者まで様々な階層が客筋だったようだ。川端康成や武田麟太郎、サトウハチローらは常連客であった。

本の序文を書いた川端は、「踊子達は十五六の少女でありました。諸君には多少の芝居心得があつたとはいへ、やはり素人でありました。（略）魚族見物の餘興として、笑ふべき、目にも止めない、突飛な遊戯であつたかもしれないのです。それが僅か半年ばかりの間に、淺草の興業界を困惑させ、やがて追隨させるに到つたのです。レヴイウを上演しない小屋は、淺草に一つもなくなつたのです。」と言い、武田麟太郎は「思へば大ヘンなことになつた。――カジノ、フオリーなんてものは、たかゞ、淺草寺の境内にある、陰氣に貧弱な水族館の二階でやつてゐる餘興にすぎないではないか。そいつが、東京の名物になつたり、日本變格的レビユーの開祖になつたり、全國的な話題になつたりしてゐる。（略）理由は實に單純、時好にとうじたからである。（略）文藝部の原作と演出は、カジノ、フオリーの全存在を負つてゐるものではないか。そのうちこの三人は、それの中心をなしてゐる。」と書いた。

水族館の二階のカジノ・フォーリーに客が押し寄せるようになったのは、常連客の川端康成が「浅草紅団」（一九二九年一二月）を朝日新聞に連載し始めてからだと玉川しんめいは告げる（『ぼくは浅草の不良少年　実録サトウ・ハチロー伝』作品社　一九九一年七月）。劇場と呼べるような空間ではなく、トイレの匂いが漂うような場所で、アナーキーに〈エロ・グロ・ナンセンス・ギャグ〉のレヴューと芝居が展開された。榎本健一（エノケン）は、ここでナンセンス劇をやって瞬く間に有名になった。菊田は「浅草紅団」はカジノ・フォーリーを有名にし、「梅園竜子を一躍浅草レビューのスターにのしあげ」て、待遇問題その他で分裂騒ぎが持ち上がったとき脱退組や残留組とで梅園の争奪戦が繰り広げられたという（「芝居づくり」）。世論の動向は政治ばかりか芸能にまで思わぬ波紋を投げかけることがよくわかる。

しかし菊田が係わったのはこの水族館のカジノ・フォーリーではない。人気の出たエノケンが待遇問題でもめ、「突如脱退を決意し、中村是好、堀井英一、間野玉三郎とその一党を誘って、八月に観音劇場」（玉川しんめい）で新カジノ・フォーリーを結成、サトウハチローはここでエノケンに作品を提供することになった。そして菊田が文芸部に入るのだ。玉川はこのとき菊田は脚本料三十円で、サトウの代作「早慶戦雰囲気」を書いたと言うが真偽のほどは不明だ。三ヶ月で潰れた新カジノにいた菊田について山下三郎はこのように記述している。

> 私が、新カジノの文芸部に入ったのは、旗上げ後間もない八月下旬のことで、菊田さんは、九月のなかばに入ってきたのだから、レヴュー（当時は軽演劇という名称はまだなかった）に関する限り、私の方が一ヶ月ばかり先輩ということになるが、芝居の幕内生活を勘定に入れると菊田さんはずっと先輩で、サトウハチロー先生の門下としても、菊田さんが兄弟子で、私が弟弟子であって、更に、劇作家になるための手ほどきをすべて菊田さんから教えられたのであるから、私にとっては育ての親というべき大先輩なのである。（略）わずかに三カ月という短い寿命で解散してしまったので、菊田さんの作家としての誕生をみることもなしに終ってしまったのであったが、……　（「浅草のころ」『東宝』菊田一夫追悼号一九七三年六月）

菊田は新カジノの芝居で印象に残っている舞台に「思い出」（アルト・ハイデルベルヒ）をあげる。「浅草レビューふうに省略されたものだが、（略）榎本健一のカールに中村是好のユットナー博士、花島喜世子のケティ（略）ケティの酒場でドイツの学生服を着た若い俳優たちが盃をあげて合唱する姿が、付け帳作りのあいまに舞台を見る私の胸に、なんとはなしにやきついた。（略）その時はじめて、私はいくらか芝居が好きになったようである。」（「芝居づくり」）。衣裳も古く、合唱も下手、胸をうったのは「ロマンチックな筋でそうなったのか」と自問する菊田には、ロマンのある洒落た芝居に惹かれる道がひかれ始めていたのかもしれない。

観音劇場は水族館の何倍もの広さを持つ劇場で「小芝居用の脚本では、さすがのエノケンの珍演もいたずらに舞台上で空転するだけで冴えず、客足が容易につかなかった」〈吉野豊吉の弁〉玉川しんめい前掲書二三三頁）らしい。脚本は舞台の広さ、客席の大きさを考慮しなければならないことがよくわかる。演劇は、作家と俳優と観客がいれば成り立つのではなく、演じる場――劇場の存在の重要性、つまり舞台の広さと観客の数という最も重要な条件があることをこれは告げている。菊田にもいずれこの問題と面と向かわざるを得なくなる日がくる。

浅草関連の文章を読んでいると面白すぎて困惑する。まさに〈物語〉の如く芸能集団ができては壊れ、又できる。そこで語られる逸話は嘘か眞か、真偽の判断がつきにくい。とにかくエノケンの一座は、新装玉木座の登場で救われるのである。一九三〇年一一月、佐々木千里（元オペラ歌手戸山千里、広洋軒の看板娘絹と結婚して玉木座支配人となる）が設立した玉木座はレヴュー劇場として再開場する（収容定員五百名）。玉木座の舞台は間口五間、奥行き三間の安来節をやるために作られた狭い劇場でソデは二メートルあるかないかだったそうだ。芝居をやるにはこの狭さを受け入れて脚本を作り、演出をしなければならなかった。玉川しんめいは次のように記している。

レヴュー劇場として再発足した玉木座は、オペラの残党清水金太郎、静子夫妻を初め、二村定一、木村時子らの一座と中山呑海を座長とする奇々怪々一座、岡田嘉子一座の残党のシーク劇場、それにエノケンの一党などを加えて、五座大合同の舞台を華々しく展開したのである。これが伊庭孝命名による「プペ・ダンサント」（踊る人形）である。（前掲書二三四頁）

彼等に加えて淡谷のり子たちの楽団もいたらしい。このような混成ではいずれ分裂することになるのは目に見えているが、佐々木は第一回公演を見て、人気のありそうな集団を残していく方針ではじめたらしい。ここに出ている伊庭孝は一九一三年に「ファウスト」を帝劇で初演した近代劇協会の伊庭孝だ。彼は星亨暗殺にかかわった伊庭想太郎の子息でピアノ・チェロ・ヴァイオリン・三味線などを弾き、英仏独伊など数か国語に通じた才人と伝えられている（松本克平）。ちなみに「ファウスト」の翻訳は森鷗外、他に装置石井柏亭、演出伊庭孝、作曲清水金太郎、独唱原田清水、振付ローシー、指揮竹内平吉、という豪華さで、配役は、ファウスト博士上山草人、メフィストフェレス伊庭、マルテと魔女上山浦路、グレートヘン衣川孔雀であった。前宣伝が効いて観客動員も好調、記録破りの収益をあげたようだが、批評は余り芳しくなかった。このような人々も係わっていたのが浅草レヴューだったのである。まさに大衆性と芸術性を地でいっていた感がある。しかしこの五座混成で、何をどうするつもりなのか、考えただけでも混乱する。文芸部も別々であったからサトウハチローはエノケン一座の文芸部、菊田もそこに連なった。

結局、最終的にエノケン・奇々怪々・シークの三座になり、統一された文芸部が生れてサトウがプペ全体の総文芸部長に納まり、月給数百円、そして菊田の作家デビューの日もここで訪れるのである。

菊田の初めての作品は「阿保疑士迷々伝」（全一二場）とレヴュー「メリー・クリスマス」であった。第三回公演（一九三〇年一二月二一日初日）にサトウハチローから脚本を書くよう検閲納品日の前日に言われて「脈々書きはじめ……」（『菊田一夫戯曲選集』一巻あとがき）、一晩でつくった作品らしい。上げ本は納品日に間に合う。

公演が一二月であったからだと推測されるが出し物は既に決まっていた。前者は歌舞伎で師走興行によく出される忠臣蔵のアチャラカ。アチャラカの語の起こりは、彼方―あちら―外国―ハイカラということらしい。「先ず松の廊下で内匠頭が吉良とメンコの争いで刃傷となり、切腹の刀が安全剃刀。四段目の定九郎がゴルフパンツ姿で、勘平のピストルに射殺され、六段目はカルモチン自殺だから正に奇想天外であった」とシーク座担当作家だった斎藤豊吉は告げる（「菊ちゃんと識って」『東宝』菊田一夫追悼号）。菊田は家来たちが城に別れを告げる場面に流行歌「若者よなぜ泣くか」を入れ、「勘平が死のうとすると、義理を立てて死ぬなんてアホらしいからよしなといわせ」たらしい（「芝居づくり」）。後に緑波と組んで人気演目を作り出す芽が、既にここにあるのを知って驚きを覚えるが、流行の先を見る着想の斬新さが大衆相手の劇作家には必要なのだとあたらめて思う。ちなみに吉良が柳田貞一、内匠頭が北村猛夫（オペラ歌手、そのごエノケンの支配人）、由良之助がエノケン、力弥が二村、勘平がエノケン、お軽が竹久千恵子、顔世が外崎恵美子、遙泉院が河村時子であった。お軽の竹久には駕篭に乗って去る場がある。駕篭は絵に書いた張りぼてでお軽は腰を屈めて裏側で歩いていくうちに籠の絵が先に行き、お軽が取り残され、笑がくるという演出であったようで、竹久はその演出に腹を立て、この公演限りで辞めてしまったと言う。この逸話は当時のアチャラカ舞台がしのばれて興味深い。

後者は、別の作者に依頼していた「筋のあるバラエティー台本」が納品日に出来上がってこなかったために、「菊ちゃん、ついでだからもう一本書いてくれよ」とサトウハチローに言われて書くはめになる。欧米の一二月興行に登場するクリスマス用演目を菊田は、「筋は二村定一の泥棒が、サンタクロースに化けてある金持ちの家に忍び込むと、そこに沢モリノの令嬢がいて、泥棒とは知らずクリスマスを祝う、というたわいのないレヴュー」にしたらしい（「芝居づくり」）。かくて検閲用上げ本は提出日を一日遅れで完成した。納品日と初日の関係は、こうしてみるとどうやら〈なあなあ〉なところもあったと推察される。スリや泥棒がサンタに化けると言うのもよくある手だが、短時間でそれを作るのだから器用不器用の判断基準を越えて芝居作りの能力が菊田にはあったと見なければならない。

新劇（左翼劇場など）の舞台表現をみてもわかるように当時は斬新さが売り物であったから、モボ・モガ大流行の時代背景はレヴューやアチャラカものの登場を後押しするという好機に恵まれ、プペは開場以来の大入りとなった。プペのメンバーは、榎本健一、二村定一、柳田貞一、竹久千恵子、河村時子、田川潤吉、外崎恵美子らで、嗄れ声のエノケンに対し、スマートで「シスターボーイ的」歌い方のレコード界のスター・二村の「掛け合い漫唱」はプペの名物であったと牛島秀彦は告げる（『浅草の灯　エノケン』毎日新聞社一九七九年五月）。エノケン人気は上がる一方、菊田の給料も五〇円から八〇円に値上がりし、別に一本三〇円という脚本料まで手にしたという。月に六本の脚本を提供し続けたというから時間に追われる半面、生活苦は消え去り、菊田も本気にならざるを得なかった。

この時期の作品で記録に残っているものは、エノケンに書いた「倭漢ジゴマ」（大ヒット映画「ジゴマ」が題材）、「西遊記」（エノケンの孫悟空、柳田の猪八戒、二村の三蔵法師）などだ。「倭漢ジゴマ」（一九三一年初春公演）はサトウハチローの名前で発表されたものらしいが、菊田が書いた。「菊田喜劇のギャグには底の浅い着想はない。必死に考えぬき、工夫をこらし、計算されつくした趣向」があったと指摘する旗一平（「菊田さんの大衆演劇」『東宝』菊田一夫追悼号）によれば、当時のエノケンは肉体の前面で表現する活動性を持っていたが、俳優としてもショウマンとしても流動的なフォームはもっていなかったらしい。そこで菊田はエノケン用に一場面一〇分以内、芝居は一時間、セリフは五〇字以内、場面の移動に「暗転落しのギャグ」を入れるという一つのパターンを「西遊記」で生み出し、これが当たったのである。後に登場する緑波喜劇の「喋りの喜劇」と対照的で「動きの喜劇」であった。文芸部で作品のコピーをし、俳優たちの芝居を見続けていた菊田は、どうすれば俳優の個性が生かせるか、自然に習得していたのだろう。「十日替りの公演で、毎公演に必ず二本の脚本」（山下三郎）をこなしていた菊田は、この頃から俳優の個性を引き立て、しかも新しさを表現できる作品を書くすべを身につけていたことになる。文芸部にいた作家の卵たちの誰もが獲得できた能力ではないから、劇作という才能が花開き始めたといっていいだろう。

小林一三が「倭漢ジゴマ」を見にきて「アチャラかの天才」と評した逸話が残されている。逸話の真偽は不明だが、菊田は「芝居づくり」で古川緑波が小林を玉木座へ案内してきたと書き残しているが、ここで二人は出会ってはいない。おそらく小林は観客としてエノケンの玉木座を観にきたのだろう。東宝の森岩雄は小林が菊田一夫の名前を初めて知ったのは玉木座の舞台を観た時だろうと書いている（「小林翁と菊田さん」『東宝』菊田一夫追悼号）。エノケンと菊田はこうして浅草アチャラカの舞台を生み出していったのだ。

しかし蜜月は長くは続かず菊田はエノケンと衝突してプペを出るはめになり、金龍館レヴューに移り、清水金太郎らに「真夏の夜の夢」を出すが、失敗して旅興行に出る。ところがエノケンがカジノへ変わって玉木座を出たため、菊田は呼び戻されて第二次プペ・ダンサントに参加（一九三一年一二月）、解散する翌年六月まで脚本を書く。

この頃菊田は初めて世帯を持ったようだ。「春日静枝さんと一緒になるに際して、稲荷町の古沢アパートへ居を構えた。狭い部屋でベッドが殆どのスペースを占めるほどであったが、その頃としては高級な洋室だったので菊田さんとしては、ゴキゲンだった（略）玉木座が解散して（略）生活も苦しくなった」（山下三郎）と楽しいが、しかし苦しかった「菊田さんの最も苦境な時」を告げている。

この時期はめまぐるしく変化している。新宿のムーラン・ルージュに移るが、二ヶ月ほどで浅草に戻り、オペラ館でヤパン・モカル（日本儲かるの意）を旗揚げ、翌年すぐに玉木座に復帰して第三次プペ・ダンサントを藤原釜足・サトーロクロー・柳田貞一・北村武夫・柳文代・高清子らと始めていた。

菊田のプペ時代について友田純一郎は、『キネマ旬報』にレヴュウ紹介・批評欄「ヴァリエテ」をつくり「その頃誤用されていたレヴュウやミュージカル・コメディの正しい意味を世に教示」したからこの欄が「その道の一権威」としてまかり通ったこと、菊田作品の「普通の演劇では見ない新奇な題名が目を引いた」こと、プペや新宿ムーランの芝居などを「都新聞の土方正巳が〝軽演劇〟」と名付けたことなどを告げている（『東宝』菊田一夫追悼号）。

菊田はアチャラカやレヴューとは異なるプペの代表作「スモール・ホテル」を脚色したといわれているが、またもや解散となる。この作品はサトーハチロー原作だというが、グレタ・ガルボとジョン・バリモアで有名になった映画の「グランド・ホテル」（一九三二年）が種本だろう。映画の元は小説だ。時期を考えるとどうもそう思われる。

菊田は、「陽気な中尉さん」「ネオ・サルタンバンク」「巴里の屋根の下」、「巷に雨の降るごとく」「愛の学校」「人生の催眠術師」「男やもめの巌さん」などの作品も提供していた。藤原釜足（秀臣）とサトウロクロー（高村光雄）にあてて書いたものだ。「善意と愛情をちりばめた心温まる庶民の哀歌劇」（旗一平）で後年の大劇場作家時代に通じる情感と骨格を備えていたと評されているが、『菊田一夫戯曲選集』には収められていないからわたくしたちは手にすることができない。

菊田は生涯で脚色を含め一千数百の脚本を書いたといわれているが、現存する台本は菊田の手元にはほとんどなく、選集を編むとき二冊の上演台本しかなかったという。俳優やスタッフが所蔵していた台本を譲ってもらって一巻一三作、二巻一四作、三巻一三作の選集ができた。ここに収めた作品の少ない理由の一つに「何処かの会社の御用作家として過ごしてきたから……その作品の大部分は、誰かの原作（小説）などの脚色もの」（あとがき）で、原作以上のオリジナルが入っているから菊田脚色ではなく菊田脚本だと威張ってみても、これは入れられない、と記している。もちろん初期の浅草時代の作品は〈書き飛ばす〉という表現が適当かどうかはわからないが、〈十日に二本〉の割で書き続けていたから相当数にのぼるだろうが、消耗品同様で保存されるはずもなかった。旗の批評から推測するとこの短い時期に時代を反映したアチャラカ大衆的作品を固有の俳優に当てて大量生産したことが、劇作家としての菊田のある枠組みを形成させることになったとみていいのではないか。泥臭さを持たないバターの匂いがするそれ、とはいえその根底に流れる姿勢はいうまでもなく大衆に受け入れられやすい体制内的思想に裏打ちされたもの、そんな枠組みができたとわたくしには思われる。この時期の菊田の戯曲（創作）に付いては後で触れる。

エノケンとロッパ――松竹と東宝

さて、エノケンは、菊田と何故別れたのか……。

出身の正反対と言ってもいいくらい異なる〈エノケンとロッパ〉は、浅草から登場した喜劇俳優で一時代を築いたスターだった。前者は下積みから伸し上がり、後者は素人からそのまま座長になった。その彼らのスターへの歩みに菊田一夫は手を貸し、同時に自身の劇作家への道も作ったと言っていいだろう。始めはエノケンと組んでヒットをとばし、その後ロッパと組んで東宝と関係する道を拓く。

大笹吉雄は『日本現代演劇史』（全八巻　白水社一九八五年三月〜二〇〇一年一一月）の中でエノケンが菊田と別れてもやっていけると自信をつけたのは、「最後の伝令」（エノケン原案）の大成功であり、菊田に代わる作家菊谷栄の存在があったからだと指摘している。エノケンと菊谷の出会いは一九二九年ごろであったらしく、ペンネーム佐藤文雄の名で「ミニチュア・コメディ」「ジャズよルンペンと共にあれ」「飛行機は堕ちたか」などをプペ・ダンサントのエノケンに書いていた。菊谷も菊田も当時上映されたドイツやフランスの音楽映画を見て、それを自作に反映させていた。両者共に洒落た音楽劇の上演を夢見ていたのかもしれない。特にジョン・ゲイ原作、バプスト監督の「三文オペラ」（一九三二年二月封切り）が大いに影響を与えたらしい。これを見てただちに菊田は第二次プペ・ダンサントで脚色・上演（「乞食芝居」）している。エノケンも千田是也の東京演劇集団（TES）の「乞食芝居」（ブレヒト原作を自由脚色した）に特別出演する（一九三二年三月）。菊田も千田も同じように映画に触発されたのだ。松竹の大谷竹次郎がエノケンを引き抜くことを決めたのはこの舞台を見たからだといわれている。結果、エノケンの松竹入りとなり、浅草松竹座という浅草一の大劇場でエノケンの公演が実現する。

菊谷はこの公演で実名をはじめて使い「リオ・リタ」（一九三二年七月）を書く。これは、ブロード・ウエイのステージ・オペレッタの大作で映画版が日本でも封切られていて、それを脚色したものであった。ブロード・ウエイ作品の初登場だ。大笹はこの上演を日本における最初の本格的男女混合レヴューであり、菊谷の夢見ていたミュージカル実現への第一歩だと位置づける。

レヴューに付いて、白井鐵造は、「レヴユウと、少女歌劇と、オペレットを一緒にして居る人が多く、（略）筋のある、オペレツトと言ふべきものでも、レヴユウ、と言って見せたりして居る」（中村秋一『レヴュウ百科』音楽世界社一九三五年四月）と述べている。この中村の本のなかに「日本レヴュウ史」という章があり、レヴュー（レヴユウ）の表記の違いにはじまり、高木徳子のヴァラエテイに対してレヴユウは「赤坂帝国館に陣取つてゐた、高田舞踊団、二村定一、町田金嶺等の『赤坂フオーリー』に白羽の矢を當てるべきだ」という。この赤坂フオーリーを模倣したものが、〈武蔵野館の相良愛子一座、川上児童楽団のショオ、女歌劇〉である。そして多くの小集団が出てきて各地でレヴュウマガイをやるようになり、映画や芝居、舞踊公演の芸者ガールのレヴュウ、電気館レヴュウ、宝塚と松竹の少アトラクションとして賑々しく流行する。築地小劇場、新築地劇団、新劇協会などまでレヴュウをやったと書いている。演目を上げているわけではないからわからないが、音楽を入れて、アトラクションをしたと考えられる。

中村は日本における最初のレヴユウに宝塚の「『モン・パリ』、これに次ぐ『パリゼット』」を挙げている。レヴユウとオペレッタの概念規定が、どうやら表記の問題ばかりではなく本格的な宝塚関係者と浅草関係者とは異なる様に見受けられる。

これらは一九二七年前後のことだから、あとから出てくる水族館レヴューは時代に棹差したといってよく、それが一九二九年の世界恐慌後の抑圧された時代状況の中で拡大していったのだろう。菊田も菊谷もそんな時代に脚本を書いていたのだ。したがって「リオ・リタ」を大笹の指摘のように「最初の本格的男女混合レヴュー」と言っていいかどうかは疑問だ。

さて、菊谷と組んだエノケン率いる一座は大入りを続け、松竹におけるエノケンの待遇は歌舞伎俳優の大幹部と同等になったとも言われている。新劇俳優の丸山定夫が妻細川ちか子の薬代を稼ぐためにエノケン一座に福田良介と名を変えて身売りするという有名な事件が起こるのもこの頃だ（丸山定夫「おちかはねている。そして丸山定夫は自殺した」『婦人公論』一九三三年一月）。

先ごろ野田秀樹が中村勘九郎と組んで「研辰の討たれ」（木村錦花作）を歌舞伎座で上演して大評判をとったが、この作品はアレンジしやすいものだからもちろんエノケンも浅草松竹座で上演している（一九三三年二月）。菊田の一歩先を歩いた菊谷と人気絶頂のエノケンのコンビは多くのヒット作を生み出して一九三七年九月、菊谷に召集令状が来るまで続く。菊谷の出征と戦死はエノケンの松竹との別れにつながり、丸の内に進出したかったエノケンは東宝と契約し、やがて菊田と出会うことになる。エノケンをめぐる松竹と東宝の争奪戦はすさまじく、この時代のエノケン人気がいかようなものであったかを告げているが、旗一平はエノケンの絶頂期は菊谷と組んでヒットを飛ばしたこの時期だったと言い、東宝へ移ってからのエノケンの舞台はマンネリズムを感じさせるものが多かったと評していて、菊谷の死と大町竜夫・二村定一との離反にその原因を見ている。

〈エノケンと菊谷と松竹〉の時代と重なりながら入れ替わるように登場するのが、〈ロッパと菊田と東宝〉の時代だった。

小林一三は坪七百円で帝国ホテル横の土地千二百坪を買収、資本金百七十万円の株式会社東京宝塚劇場を創立し(一九三二年八月)、続けて日比谷土地建物株式会社を設立(三三年四月)する。東京宝塚劇場と日比谷映画劇場の開場は一九三四年、日本劇場の三ヵ年の賃貸契約が締結されるのが同じ年の一二月、翌年春から銀映座・横浜宝塚劇場・有楽座・京都宝塚劇場・名古屋宝塚劇場らを立続けに開場して、一二月には日本劇場を所有する日本映画劇場株式会社を吸収合併する。小林はかつて松竹が明治末から大正にかけて次々と大都市の劇場を手に入れて興行会社の雄となったように、新しい劇場を開場して瞬く間に有楽町界隈を演劇映画街に作り上げる。小林は東京進出を果たし、銀座木挽町界隈に劇場を持つ松竹に対抗的な動きを始める用意が整ったといっていいだろう。

東宝の京阪から東京への進出――それは〈安く、面白く、家庭本位に、清い、朗らかな演劇〉を、言い換えれば〈品位ある洒落た演劇を安価〉で大衆に提供するのが目的であったと理解してもいい。が、戦争・敗戦・占領(劇場を占領軍に取り上げられていた)とほぼ一五年間の曲折があって、結局占領解除後に東宝の演劇改革は持ち越されたといえるのではないかと思う。初めに触れた戦後の菊田の重役就任と焼け野原からの東宝の再出発は、この一九三五年のスタート時と酷似していて、言葉の真の意味での新生東宝演劇の始まりを告げるものであったと見ている。

東宝演劇の中心となる東京宝塚劇場は、一年の半分を少女歌劇が使い、残りを他の興行で埋める計画がたてられた。ここに古川緑波が登場する道が必然的にできたのである。

映画青年古川緑波(一九〇三〜一九六一)は、早稲田の学生であったころから菊池寛の文芸春秋社嘱託で映画雑誌『映画時代』(文芸春秋社　創刊年不詳、一九三〇年廃刊)の編集にかかわっていた。なやまし会という「タレントのかくし芸競演大会」(山下武)というような会があり、中心は徳川夢声、大辻司郎、山野一郎ら活動弁士であったが、そこで早大生緑波は声帯模写をして初舞台を踏んだと言われている。この会は仁和加的な部分を持つ旧式な曾我廼家劇とは異なる新しいアチャラカ喜劇を生み出していた。つまりバタくさいドタバタ調の喜劇だ。映画雑誌廃刊後、レヴューや映画評を新聞に書いたり、ラジオ番組の「声帯模写オンパレード」を担当したりしていたが、社の宴会余興係りであった緑波の芸を見込んだ菊池寛から役者になれ、「モダン曾我廼家をやれ」といわれたという。モボ・モガ流のバタ臭い喜劇を期待されたわけだ。

緑波は文芸春秋社時代に面識があった東宝の小林一三に相談する。宝塚少女歌劇の他に男性加入のレヴューを計画していた小林は即座に宝塚で「やってみなさい」（古川緑波『喜劇三十年・あちゃらか人生』アソカ書房一九五六年一月）と勧めた。

緑波の初舞台は宝塚中劇場の「世界のメロディー」（一九三二年一月）で宝塚スターとの競演であったが、不入りでこの企画はすぐつぶれる。緑波は上京し、映画のアトラクションでナンセンス・レヴューや声帯模写に出ていた。既に触れた白井鐵造や中村秋一が指摘した〈流行のレヴュウ〉だ。ロンドン帰りの森岩雄がロシア・キャバレーの蝙蝠座を日本で実現させたいと考えていて、緑波にカーニバル座の企画を持ち込む。このあたりの事情は大笹の『日本現代演劇史』に詳しい。浅草のいくつもの集団に属する俳優たちが人脈を通してあちこちから集まり、一本の線になる様子が手に取るようにわかる。こうして人気絶頂のエノケンに対抗するような喜劇集団をつくろうという目論見で「笑の王国」が誕生するのである（一九三三年）。ヒットラーのドイツ帝国が誕生し、それに倣う大日本帝国の目に見えない息苦しさが、人びとを笑いに走らせた。笑の王国の成功は社会的必然であったのかもしれない。

森がロシア・キャバレーを企画していた頃、同じ東宝の秦豊吉は勉強のために小林一三から派遣されて世界一周をした。パリやニューヨークの大劇場（三千〜六千の観客数）で上演している映画とステージ・ショーの二本立てに秦は傾倒する。帰国後映画の添え物ではなく「映画とショー」という「興行体、エンタアテエメント」を企画した（『劇場二十年』朝日新聞社一九五五年一二月）。宝塚少女歌劇が一方にある中で企画したのだが、これがのちの日劇ダンシングチームの登場になる。現在、宝塚歌劇団の公演は、芝居――ミュージカルとショーと言う二本立てが多いから、秦の悲願が別の形で達成されたと見てもいいだろう。

笑の王国の第一回公演は常盤座で四月、池辺鈞集の「凸凹放送局」を「無断頂戴」して緑波が台本を書いて大辻司郎とコンビを組み、渡辺篤と浜口富士子の「珍お蝶夫人」、元日活組みの「昭和新撰組」、渡辺篤の「御夫人は何がお好き」などが上演される。大好評のうちに演目を変えながら連続四ヶ月の公演が続いた。そして一九三三年八月にエノケン一座の後をうけて浅草松竹座に出るという大躍進を遂げたのである（笑の王国松竹提携第一回公演）。菊田一夫が参加するのはこの浅草松竹座の公演からだ。

笑の王国に書いたはじめての菊田作品「極楽兵隊さん」（演出は新劇の水品春樹）はサトーロクローと横尾泥海男が演じて最も観客に喜ばれた演目だった。戦争を茶化している場面が多いという理由で半分くらい削除されたらしいが、「従来の笑ひの王国にない速いテムポ」（友田純一郎）と評判もよかった。しかし九月公演では八本の出し物のうち半分を菊田が書き、仕事が荒れているという非難も出されたという。「お祭り行進曲」（「三文オペラ」）「われらが丹下作善」「われらが荒木又右衛門」「われらが新撰組」「われらが猫騒動」「われらが大菩薩峠」など、緑波が名づけた〈われら〉シリーズを菊田は立て続けに書いて上演し、そのアチャラカぶりの激しさに原作者を怒らせたこともあった。原作を過激に茶化したギャグが怒りを買ったのだろう。このあと笑の王国は一〇月から金竜館で一年間連続公演をしている。これはこの集団がいかに客の呼べる集団であったかを物語っている。翌年常盤座に移り、ほぼ十年にわたる長期興行を持ったというから、現在から考えると信じられないような話だ。

笑の王国で菊田と出合った渡辺篤が、笑の王国は「何しろ大幹部だけで十人も居たのですから驚きです。世間の人や業界の人まであんなに頭が大勢居ちゃうまくゆくまい、三ヶ月でポシャルだろうなどの噂をよそに、何と延々何年も続いた訳ですが、それは結局菊田先生のお芝居が面白かったから」だという。菊田の本は、読んでいる時は面白くないのだが「イザ板にかけてみると大受けする（略）これは笑の伏線を前にチャンと引いておいて、ここぞと思うところでちょっと起爆剤を塗」るから大爆笑がくる、しかし「芝居の筋に従って絶対必要な笑い以外はこれ又極端に嫌いました」と書く（『東宝』菊田一夫追悼号）。渡辺は初日を過ぎて台詞が入ると「悪ふざけ」をして勝手に客を笑わせたらしい。客席で見ていた菊田に後で「大変叱られた」という逸話も残す。ともすれば役者は自分を引き立たせたくて余計なセリフや動きを入れる。実はそれは芝居全体を壊すことになるのだが、それには気が付かない。あるいは気付いていても知らない振りをする。見方によっては演出家は役者の仕勝手と闘う存在なのだ。それを嫌う劇作家菊田の優れた一面をこれは語っている。

浅草は一日に二回公演は常で、多いときは四回も公演をした。朝から晩まで劇場にいることになる。東京宝塚劇場が一九三四年一月に開場（支配人秦豊吉）すると緑波もエノケンと同様に丸の内で一日一回の公演をしたいと考えていたようで、菊池寛の力を借りて話をつけ、松竹円満退社、東宝入社が決まるのである（一九三五年六月）。

緑波と菊田の東宝時代へ移る前に、ここで菊田の初期戯曲をみてみたい。

「かなりや軒」

「かなりや軒」は一九三三（昭8）年七月にムーラン・ルージュで初演され（新宿座）、『菊田一夫選集』の一巻冒頭に収められている。解題によれば「あるミルクホールの一日」という副題があったらしい。これが上演されたとき菊田は既にムーランを去り、八月には緑波の「笑の王国」に参加していくからこの上演の演出を菊田が担当したかどうかは不明である。

舞台は隅田川沿いの小さなミルクホールかなりや軒。装置は「三方かざり」と指定され、Aはかなりや軒の裏側、Bは店、Cは台所兼家族達の居間、そして隅田川界隈の景色がこの外側にあるとト書きには記されている。場の移動は回り舞台を使って表現される。

時は、ある日の朝から夜まで、登場人物はかなりや軒の主人惣兵衛と妻おとく、娘お銀、元の店員おしな、円タクの運転手仙吉、おしなの内縁の夫敬三、その他客たち。初演時の配役は明らかではないが推測として、順に藤原釜足・武智豊子・高清子・外崎恵美子・藤尾純・鳥橋弘一と『菊田一夫選集』解題には記されている。

筋は平和なお人よし家族に外から訪れた来訪者が波風を立たせ、同時にその家族の間に伏せられていたことが表面化し、来訪者が去ってその家族は幸せな状態に戻るという定番もの。この場合の来訪者はおしなで、明らかになるのは密かに恋していたお銀と仙吉の恋の成就だ。おしなはかつてこのかなりや軒の店員であったが、カフェーで働くために去っていった女だった。彼女には悪い男がついていて、何度も勤め先を変えているのはこの男から逃れるためであった。しかしいつも見つかり捉まっていた。彼女の登場はカフェーを辞めてお人よし集団とも言えるかなりや軒で再び働かせてもらおうということだった。大衆的な喜劇の常套は善人と悪人が明白なことであり、しかもその悪人も極悪ではない。この芝居ではおしなとそのヒモ敬三がそれにあたる。

幕開きは朝で、お銀がかなりやや九官鳥の世話をしている。この九官鳥は「お父ちゃん叱られた」としか言わない。この鳥の言葉、そしておとくとお銀の対話でこの店の主人惣兵衛は妻の尻にしかれていて、仕事に不熱心な料理人であることが示される。これもこうした喜劇に特有の布石で、そこそこ駄目な男としっかり者の女、しかしそんな男も絶対的には否定されない、程よい加減で逃げ場が用意されているのである。おそらくこれはわたくしたちの国の大衆のある一面を映すのであろう。それゆえに観客はそのぬるま湯の中で楽しむことができる。菊田は戯曲を書き出してわずか二年たらずであったが、既に〈初め―中―終わり〉のドラマトゥルギーの基本を踏まえ、大衆が好む情と笑いの質を獲得している。

妻に叩き起こされた惣兵衛は自分の朝食をとることに熱心で店を開ける準備をしたがらない。彼らの朝食はご飯と味噌汁。一般的な日本人の朝食メニューだ。ところがこのミルクホールに朝ごはんを食べに来る客は新人類でトーストやコーヒー、紅茶、カレーライスなどを注文する。今で言えば喫茶店のモーニング・サービスあるいはマックやドトールコーヒーなどに行くということになるのだろう。それほど洒落た店でもないかなりや軒が、モダンな昭和の新時代に適応して独身の給与生活者に洋風の朝ごはんを提供しているようすが筋の展開と共に上手に表現されていく。

おしなが働かせてほしいと訪れる。おとくと惣兵衛は驚くがカフェより安い給料でもいいのならと念を押しておしなを雇う。お銀がひそかに恋している仙吉が朝ごはんを食べにきた。仙吉もお銀が好きらしい。二人の対話でおしのが話題になったところで、おしのが再度登場。おしのはお銀を故意に奥へ行かせる。おしのの仙吉誘惑の場に移る。仙吉は円タクの運転手で夜は稼ぎで忙しいから朝と昼にしか来なかった。いつもの状態を知らないおしのは、夜にまた来てくれと誘う。「あんたみたいな可愛いお客様」はカフェーには来なかったのと言って熱い目で見つめるとうぶな仙吉はドギマギしてボーゼンとして帰る。

店に戻ったお銀はサヨナラも言わずに帰った仙吉にがっかりする。おしなは「お銀ちゃん、あの人好き?」と聞き、お銀は「ううん（恥かしそうに首をふる）」といって否定するが、一人になると「何時も黙って帰ったりなんかしないのに、何故帰っちゃたのかしら……」と心配して、つぶやく。

次の場は夜、場所は台所、仙吉が昼ごはんを食べにこなかったからお銀の様子がおかしい。おとくは惣兵衛にお銀が変だとはなしている。そこへ変な客がきておしなに絡んでいるとお銀が告げに来る。おしなのヒモだ。場面が店に変わり、金をよこすか俺と帰るかとおしなを攻めている。

仙吉の車の音がする。おしなとの約束どおり夜にやってきたのだ。昼に来なかったから謝りに来たんだと喜ぶお銀をみて、おとくと惣兵衛はお銀が仙吉に恋をしていることを知る。

一方おしなと敬三は話に決着がつかず、敬三がおしなを殴る。それをみて仙吉が止めに入り、おしなが仙吉に色目を使った理由がわかるのだが、お銀が仙吉に味方する様子から、お銀の気持ちを理解したおしなは、敬三を連れてこの店から立ち去る。お銀と仙吉の恋は成就する。最後にこんなト書きがある。これはおしなと敬三の退場で印象付けられるものだろう。多くはこの意図を強調するものとして退場時に音楽が挿入されるのだが、それを観客がどこまで理解するかは推測の範囲を超える。

四人の胸の内には、今夜のねぐらすらもない、おしなの寂しい姿が悲しくきざみつけられているのだ。小鳥の啼――。（静かに幕）『菊田一夫選集』一巻　一二一頁

これだけの芝居である。

大衆が足を向ける食堂のある日のスケッチという〈小品〉であるが、偶然に左右されるいい加減さはない。新劇の舞台で上演される古典劇や近・現代戯曲と、この浅草的な、いわゆる大衆芝居とはどこがどう違うのだろう。大きな違いは筋の展開と場の展開の一致があげられる。筋は込み入らず単純で、しかも筋の進展と場の移動が一致しているから、内容に応じて場はめまぐるしく変化することだ。この場合は三場面であったが、菊田の戯曲では5〜10の場面を持つものもある。つまりは抽象性が捨象され、具体性のみが重視されるからだ。故に誰が見ても理解できるのだろう。

菊田はこの戯曲でそうした大衆的芝居の特徴を十分に用い、同時にこれも定番の人情と涙と善意、それに若干の恐怖という必要不可欠の味付けをしている。ただこうした芝居――ウエル・メイド・プレイの常套手段、言い換えるとご都合主義の〈偶然性の使用〉がほとんどみられないところに菊田の劇作への意気込みを感じることができようか。

東宝の東京進出とナンセンス・オペラ――オペレッタ

東京宝塚劇場が開場した一九三四年（昭和9）一月に雑誌『東寶』が創刊された。この巻頭に小林一三（一八七三年〜一九五四年）が興味深いことを記している。

この劇場を「大衆芸術の陣営、家庭共楽の殿堂」としたい、興行時間を四時間にする、土曜日曜祭日はマチネー、

幕間の数を減らし、休憩時間は二、三〇分、切符の販売は「連中」優先にしない、全ての席に前売りと当日売りを用意する、この劇場で見せる芝居は、半年は宝塚少女歌劇、あとの六ヶ月は面白い芝居、御家族打連れて見ることのできる芝居にしたい。ただし高尚なる娯楽を本位とする芝居には変化が必要であり、従来の芝居とは形式も内容も変わってくるので大成するには準備と時間がかかる、同時にこの趣旨に御見物の賛同を得たい、というものだ。

宝塚歌劇以外の公演に高尚なる演劇を用意したいと考えていても具体的な対象がなかったことがわかる。かつて小山内薫が歌舞伎でも新派でもない新しい劇としか言えずに、新しい芸術的な現代劇を模索していたように、劇場経営者小林一三はハイレベルな大衆的現代劇を探していたのだ。

もともと小林は山梨県韮崎の豪農の長男に生まれた。『小林一三伝』（三宅春輝著　東洋書館一九五四年七月）によれば家付き娘であった母が産後一年もしないうちに幼い姉と一三を残して他界したために養子の父は実家に戻され、甲州の素封家田辺家へ再縁する。したがって一三は三歳で家督を継いだ。一三にとっては異母弟の父の子供たち（七六、宗英、加多丸）の一人が、後年小林の事業に参画することになるから離縁された父とも関係は続いていたと推測される。両親のいない大事な後とりということで一三は自由に育つ。十六歳で慶応義塾の予科に入学、二〇歳で卒業するまで十分な仕送りのもと、小説や芝居に傾倒する学生時代を過ごしていた。小説家志望で卒業後三井銀行に就職しても小説を書いていたらしい。

そんな小林が『東寶』第二号に寄せた「初夢有楽町」（アミューズメントセンターのルビがある）で「東京朝日、東京日々、報知新聞、日本劇場、邦楽座、少し離れて帝劇、日本倶楽部、電気倶楽部、日比谷映画劇場、東京宝塚劇場、帝国ホテル、東京市公会堂、日比谷図書館、日比谷公園、音楽堂等、西銀座数寄屋橋を渡って此有楽町の周囲ほど、雅俗人寄せのあらゆる機関が充実している一区画は、恐らく他にはあるまい。（略）東宝劇場と日比谷映画劇場との間に、今年の秋までに有楽座と名付くる劇場を作りたい（略）三信ビルの正南の空地に松竹館、日活館、市村座等を勧誘して（略）帝国ホテルの東の空地に（略）キャバレを建てて……」（一九三四年二月）と書いているのをみると、銀座から日比谷公園までに「一大娯楽境」を考えていて、それは「浅草よりは、より高級に、上品に、そして家庭本位に清遊の出来る帝都の新名所を空想」するものであった。小林はこれを終生東宝が掲げる大衆芸術の目標にした。宝塚少女歌劇も例外ではない。おそらくそれは大衆のレヴェルを上げれば社会全体のレヴェルが上る、そうなれば芸術の基準も上がり、レヴェルの高い国民演劇が誕生すると考えていたのかもしれない。小林が創刊した『東寶』の執筆者をみるとわたくしの推測もあながち的外れではないと思う。これが可能になれば素晴らしいことであった。

さて、当時東宝の専属俳優には沢村宗之助、雄之助、敞之助、伏見信子、吉野文子、澤蘭子、谷幹一などがいて、東京宝塚劇場開場時に新たに募集した東宝劇団の俳優たち（小野進賠、神田光一、加藤嘉、九重京司など）による東宝ヴァラエティ「さくら音頭」や水谷八重子の芸術座「男装の麗人」――川島芳子が時の人であったからこういう企画が生れたようだ――、市川猿之助と東宝専属俳優の合同公演などが上演されていたし、丁度できたばかりのP・C・Lではエノケンの映画が封切られていた。これらが小林の理想と違ったということだけは理解されるが、理想が緑波であったかどうかはわからない。とにかく有楽座が開場、オープニングは東宝劇団が受け持ち「寿曽我三番叟」「盲目の兄とその妹」「人間万事金世中」「シューベルトの恋」（一九三五年六月七日～三〇日）を上演しているときに古川緑波（ロッパ――表記は二種、時期により異なる）が専属契約を結ぶのである。

緑波一座には、渡辺篤、石田守衛、堀井英一、林寛、杉寛、三益愛子、花井淳子ら笑の王国の俳優たちと「東宝ヴァラエティーの藤原歌劇団」から来た能勢妙子、ムーランから来た望月恵美子（優子）らがいた。第一回の公演は横浜宝塚劇場で東宝ミュージカル・プレイヤースの名前で藤原義江、高橋豊子らとヴァラエティを上演する。横浜宝塚劇場はこの年の一月に開場した。初めにPCLの映画を上映し、その後宝塚少女歌劇月組が「アルルの女」「シューネス伯林」（五月）を上演、そして新国劇と緑波一座が公演している。

緑波一座が新開場の有楽座に出演するのは八月で、東宝ヴァラエティ（バラエティ――表記は二種、現在は後者を使用することが多い）と名称を変更して藤原義江・岸井明・三上孝子等と共に「ガラマサドン」「カルメン」「歌う弥次喜多」を上演した。菊田は「佐々木邦原作、川島順平脚色の『がらまさどん』などが大当りに当たって、丸の内人種に笑いの味を味わせはじめた」（「芝居づくり」）と書いている。

緑波が「歌う弥次喜多」初演時について書き残している一文を読むと、〈喜劇オペラ〉と呼んでいいような「歌う弥次喜多」は彼のアイデアで生れたようだ。弥次さんは緑波、喜多さんはビクターの歌手であり、音大出のオペラ歌手だった徳山璉（たまき）。彼に出演を依頼したのは緑波で、徳山が喜多さんを引き受けてくれなかったらいきなり丸の内に出ても成功しなかっただろうといっている。徳山の獲得について緑波が小林一三に頼んだのは既に記した。

「トクさん、初日から実に、堂々と、歌つた。現在と違つてマイクロフォンを使つたりしない頃である。肉声で、歌うんだから、いい加減な歌い手じゃあ、三階席まで歌が聞こえやしない。トクさんのは、大したもんだつた」（『喜劇三十年』）。緑波が徳山に出演を依頼した理由が理解される。本格的歌手と知的な笑いの芝居、ここには高尚さを求める喜劇俳優緑波の姿がある。

これらの演目をみていると、「西洋の楽器を使用して、日本人の音楽を創り、（略）日本人の唄う歌を作り、それを中心とした芝居を造らうといふのが目的」（『東寶』一九三五年四月）という小林一三の期待する演劇像がぼんやりわかってくる。洒落た喜劇を狙った緑波と洋菓子の香りのする舞台を好んでいた菊田は、小林一三と同じ目標を持っていたと考えていいのかもしれない。

東宝ヴァラエティから古川緑波一座と改称した年（一九三六年）の九月に、笑の王国に残っていた菊田は緑波一座の文芸部員として東宝に入社するのである。

菊田は歌舞伎が嫌いであった。菊田を知る人たちもそれは指摘する。自伝小説『がしんたれ』（光文社　一九五九年四月）に記述されていることがどこまで事実であるかどうかはわからないが、あとがきで〈真偽取り混ぜて書くつもりであったが偽はほんのわずかしかない〉と書いているのを信用すると、歌舞伎嫌い、洋風好みの源流はどうやら神戸で丁稚奉公をしていたときに生れたらしい。そして余談だが好意を持つ女性が〈お嬢さん〉でなければならないのもこの頃形成されたようだ。

「お囃子がはいったり長唄や清元のはいる足の遅い芝居が嫌いである。洋楽を使ってテンポの速い芝居に興味が強い」といい、それは丁稚奉公をしているときに宝塚を見たからだと菊田は書く。結果からみると、菊田は少年時代から泥臭さや旧さとは無縁の音楽入りの洒落た演劇に惹かれ、その思いを長い年月をかけて大きく育て、戦後東宝という会社で自由に羽ばたくことができたとき、それを実現させたとみることもできる。

ここでこの時期に菊田が書いていた〈洒落た音楽入り喜劇〉の脚本――「歌ふ金色夜叉」をみてみたい。先にふれた『カジノフオーリー　レヴュー脚本集』（内外社）に収められたレヴュー脚本（「ルンペン社会学」「太陽のない街」「混線『アジアの嵐』」など時代色の出た面白い脚本）と比較すると、舞台の広さや上演時間も影響はしているだろうが、同じナンセンスでも一味違っているのがわかる。

「歌ふ金色夜叉」（ヴラエテイ台本）は、一九三四年五月に笑の王国で初演され、二年後の一九三六年一二月に東宝古川緑波一座が有楽座で再演した。ロッパが考案した喜劇オペラ〈歌うシリーズ〉の一つで、尾崎紅葉の未完の大ベストセラー長編小説の脚色だ。

「金色夜叉」は一八九七年に新聞小説として登場、翌年すぐに川上音二郎一座が連載途中「貫一襲撃まで」を初演（川上の寛一、河村きよしの宮、高田實の富山、市村座　一八九八年三月）して以来、紅葉生存中に何度も劇化される。「金色夜叉」の初演から再演にいたる在り様は、当時の演劇状況も知ることができてなかなか興味深い経緯であった（井上著「川上音二郎の『金色夜叉』初演と海外巡業」『演劇学論集　日本演劇学会紀要45』二〇〇七年秋号）。

その後映画化もされ、〜♪♫　熱海の海岸散歩する　寛一お宮の二人づれ〜♪〜　の歌もできて、ダイヤモンドに目がくらんだ女と失恋して守銭奴になった男の芝居として日本中に流布される。ところが「金色夜叉」をつぶさに読むとそんな単純なものではなかった。良妻賢母という明治近代社会が作り出した女性像――〈妻の座〉に封じ込められた宮は、その抑圧の中で狂気という自己破壊に陥る。これは良妻賢母という社会が生み出した女性の理想像の虚偽性を撃つ小説であり、良妻賢母は女性の天職ではないと告げるものでもあったのだが……。

もちろんこんな解釈はフェミニズム思想が登場しなくては生れなかった。したがって菊田の脚色も俗に流布された範囲を超えていないし、〈ナンセンス〉を強調して、最後はみんな仲良くハッピーエンドに終わっている。原作が結末をつける前に紅葉が亡くなったせいで、いかようにも終らせることができたのだ。

現存する脚本は『東寶』一二月号（一九三六年）に載ったものと、実際に使用されたロッパの台本がある（早稲田大学演劇博物館所蔵）。脚色だからであろうが、これは『菊田一夫戯曲選集』には収録されていない。上演台本には場の省略と若干のカットや挿入はあるが、雑誌掲載脚本とほぼ同じである。渡辺保によれば菊田は大幅な加筆訂正をしない作家であったという。したがって菊田の脚本は、そのまま上演をイメージできるものと受け取って見ていく。ただし、宝塚歌劇団の酒井澄夫によれば、舞台稽古や初日を見た後で、一場面カット……などということもあったらしい。おそらくこれは上演時間が長すぎると言うことからではないかと推測される。

さて、『東寶』には、作家が書く当該月の公演案内が毎月載る。一二月の緑波一座は中野實「乾杯！　学生諸君」、伊藤松雄「恋のカレンダア」、そして菊田作品だ。自作の紹介で菊田はこの作品を流行歌オペラと呼んでいる。「流行歌をつぎはぎして一つの筋を運ぶといふ形式は僕が二三年前から徐々に試験的に書いて来た一つのナンセンス・オペラの型なのですが、今度の『歌ふ金色夜叉』はその意味に於いての総決算とも言へる」（七九頁）ものだ。この方法は非常に面白いが致命的な欠点もあって、それは非常に流行した流行歌でなければ効果がないことである。だからいつもつくれるというわけではないが、今回の作ではオペラ形式の場面を見てほしいと結んでいる。これが「歌ふ……」と角書がついた所以だ。

戦後の『東宝』終刊号（没後の特集、「菊田一夫演劇祭菊田一夫・人と作品」記念号　一九七四年三月）に解説付き作品年譜がある。菊田が「二三年前から徐々に試験的に書いて来た」という作品は具体的にどれかは明らかではないが、既に触れた菊田の第一作「阿呆疑士迷々伝」（一九三〇年一二月）に力弥を演じた二村定一が歌った流行歌「月光価千金」などの替え歌を使っていた。流行歌を入れて観客の心を掴み、ナンセンス・オペレッタを作り上げようとしていたと推測される。その後、一九三二年の「小学読本」に始まり、「ネオ・サルタンバンク」「三文オペラ」「銀座の柳」「自由を我等に」などが歌入りだったと思われるが、菊田の脚色は全てといっていいくらい歌あり、音楽ありなのでこれも推測の域をでない。解説にはミュージカルの語がしばしば出てくるが当時の状況を考慮すると、やはり一種のレヴューであり、ナンセンス・オペラ、ヴァラエティであってわたくし達が今、用いているミュージカルという語彙は避けたほうがよさそうに思われる。

この年譜で「歌ふ金色夜叉」について上山雅輔は、「カルタ会の場の富山の登場が合唱付の『トレアドル・ソング』であったり、熱海の海岸が全部流行歌のメドレーで処理してあったり、ミュージカル的手法の上での先駆的作品」とミュージカル全盛の現代を踏まえて解説している。が、先にも記したように菊田の目論見の最後がミュージカルになったとしても、当時の菊田は高度なセリフ付きレヴュー〈ナンセンス・オペラ〉、正確に言えば〈ナンセンス・オペレッタ〉を定着させる意図であったと考えたい。「後年」から「前」を見る愚はさけなければならない。

「歌ふ金色夜叉」

「歌ふ金色夜叉」を見ていこう。寛一がロッパ、荒尾が徳山璉、お宮が三益愛子で上演された。

プロローグ、左右のカーテン、下手に百人一首の歌留多が書いてあり、その文字「相見ての後の心に比ぶれば、昔は物を思はざりけり」がローマ字で表記され、上手に和歌の作者の絵姿、その顔はロッパの似顔絵。カーテンの文字がローマ字で表記されているところが洋風の強調であろう。そしてグランド・オペラ風の序曲で緞帳が上がり、カーテンの中から男女の歌手が登場、歌う。

「熱海の海の　松風に　匂こぼるる　梅よりも　淡く悲しく　ほの白き　春一月の　十七夜　年は移りて　変れどもこの月こそは　忘れまじ　遠きその日の　物語り」（歌詞A）、次が歌詞Bで筋を暗示する歌になっている。「（前略）誰が射落す　ハートのクイン」。

第二景　箕輪家の歌留多会　カルタを取っている場に続いてお宮たちの登場の前に、歌詞C「紹介の唄」が入る。ここで流行歌が使用されている。

合唱　これから始まる　恋の鞘当て　皆様御ゆつくり御覧ください　先、現はれたのは　その名はお宮　ハートのクイン、お宮（出る）春知り初めし恋心　今宵は宴に招かれて　胸は怪しくもときめく、合唱　さてその次は　今日の立役者　姓は間で、名は寛一　寛一（出る）あゝ玉杯に花うけて　緑酒に月の影やどす　頃は春なり恋にや身もくだける

合唱　二つ並んだ夫婦雛　離れまじくと寄りそうてるさて、その次は　ひげの大将　髭だるま　姓は荒尾で　名は譲介　荒尾（出る）守るも攻むるも　鉱鉄の　きたえし腕ぞ　宝なる　不正の輩を　攻め破り　我等の友を守るべし、合唱　真鉄のその胸打ちふるふ　男の友情たたうべし

上演台本ではこのあと「箱根の山は天下の剣」の歌が合唱で入る。

富山唯継の登場をみよう。全体がかなり昂揚感あふれ、ふざけた調子である。彼自身が歌いながら登場する。「歌詞（D）（カルメンの中のトレアドルソングの曲にて）今日は歌留多会　楽しみにして来たのだ　シャンは居るか　シャンは居るか　シャンが居なけりやいやだ　この世の楽しみは　女ばかり　女ばかり　これを見よ　これを見よ　こんなでかいダイヤ持つてるか　羨やましがれ　ざまを見ろ　其処らの男よ　俺は天下の金持だ　来れ女　来れ女　あゝ……　取り巻け　取り巻け　俺のまはりを　金が欲しけりや　いくらでもくれてやる　女ども俺に惚れろ」、これが登場の歌詞で、次のト書きが続く。「（富山、馬鹿々々しい程大きい手がかくれる程の大きいダイヤの指輪を一同にみせびらかしつゝ唄ひ、そして最後に懐中から、金をとり出し其処らにまき散らす）女達一せいに争つて拾ふ。箕輪、お芳、富山の前に行き、いんぎんに頭を下げる。」

ここで場割りを見ながらどんな流行歌が登場するのかあげてみたい。歌はプロ歌手徳山が演じる荒尾の歌うものが最も多い。第三景　歌留多会が終わった路上　荒尾「シューベルト・セレナーデ」、第四景　宮の父親と寛一、歌詞（G）曲名トラビアタ中、ゼルモンの歌「なつかしのフロベンツア」後半「忘られぬ花」。第五景　熱海の海岸富山とお宮と寛一が流行歌やセリフのメロデー。第六景新橋駅　荒尾が詩吟（鞭声粛粛）、第七景　満枝が侍ニッポンの曲で「利子を取るのが高利貸しならば　恋の勘定が何故とれぬ　どうせ斯うなりや腕づくでもと　赤樫満枝は苦笑ひ」を、第八景　園遊会の場「フニクリフニクラ」の曲で男女の来賓がこの場の筋を歌い、セリフの間に「花嫁人形」の音楽が流れる。

　第九景　大曲坂下（お宮と荒尾の出会い）荒尾「花嫁人形」。第十景　寛一の家　寛一と荒尾「私此頃変なのよ」、第十一景　牛込見付の場　狂ったお宮が「スケーターワルツ」の曲で「私の恋人どこにいる」、荒尾「朗らかな朝」を歌ってフイナーレに。

『東寶』掲載脚本では「舞台、正面に流線型の列車、窓は全部穴あき。（人が首を出せる様に）その他電飾まばゆき舞台。列車には合唱隊が乗り組んでゐる。寛一お宮は列車の前へ。鳴澤、お篠、荒尾、満枝は上手へ。別れる。一同合唱。（幕）」とあるが、上演台本では正気に戻ったお宮と寛一の歌になっている。

　菊田一夫が新しい大衆演劇を求めて冒険をしている様子が理解される。昭和初期のモダンな時代に合わせ、古色蒼然としていた『金色夜叉』を笑いと歌で揶揄しながら現代風に彩り、時代の先を歩くセンスを見せたのである。これが大衆に喜ばれるのはよくわかる。

　緑波の日記「昭和十一年一二月二十一日」に「雪にもめげず満員である」という一文がある一方、「座へ引返すと『金色』これが大ふざけ。久富など吹いちまつて喋れないさわぎ。」（千秋楽）という記述もある。菊田は役者の仕勝手を嫌っていたからこのような舞台をどのように見ていたのかと思う。こうした舞台が当時、「邪劇」と批判されていたのである。それでも観客が入るから翌一九三七年四月には日本劇場で映画と一緒に再演されている。面白いことにこの年の『東寶』一月号は大衆劇特集をしている。「邪劇」も含め、当時の演劇界の状況を次に見てみたい。

〈演劇〉という商品――邪劇

久保栄に「大衆劇とインテリゲンチャ」という一文がある。ずいぶん昔にこの文章を読んだ時には全く気に留めなかったが、実は『東寶』（一九三七年一月）の特集「現代大衆劇論」の初めに置かれた論であった。雑誌の文章というのは、その中において横並びで考えなければならないことを改めて再確認したのだが、この大衆劇特集には坪内士行、八住利雄、永田衛吉、村山知義、金子洋文、井上正夫、鈴木英輔、千田是也が寄稿し、小林一三も巻頭に、三年で既にお荷物になってしまった東宝劇団との絡みで触れている。

執筆メンバーを見ると小林がこの雑誌を高踏的芸術理論誌にしたいと考えていることが理解され、それを裏付けるような一文は既に日記にあった。

東宝関係の雑誌は今の『東宝』では駄目だと思ふから、その中に屹度、劇に関スル高級雑誌と、映画に関する大衆雑誌とを発行しなければならぬ運命が来ると思ふから…」（一九三六年三月三十一日　『小林一三日記』阪急電鉄株式会社発行　一九九一年六月）。

一年もしないうちに実行に移しているのだから、小林一三という人の演劇に掛ける想いはすごい。

さて、久保の論は、演劇のなかに「大衆劇」という特殊なジャンルがあるはずはなく、「すぐれた演劇ならば、かならずすぐれた大衆性をもつはずで、演劇イコール大衆劇でなければならないのでしょう」に始まり、現在は「一般勤労人民の文化水準を高めるため」「新劇の大衆化を企て、高度の『芸術性』と高度の『大衆性』とを合致させ」る時期に来ているというものだ。

村山は、「大衆的であることの意味が問題」で、「いい芸術が、常に直ちに大衆を惹きつけるとは限らない」、問題は観客で金持ちや花柳界の芝居好きではなく「未来を背負ふ運命を持つた勤労者達」に優れた演劇を結び付けたいという。勤労者たちは芝居に慣れていないから彼らをよき観客にしたいという意味だと思われる。

こうした考えは久保や村山だけのものではなく当時の演劇人たちに共通の願いであった。時代はどんどん動いている。古い演劇と古い観客ではすでに芸術効果も経済効果も期待できない時期に来ていたからだ。新しい演劇の発見と新しい観客層の開拓は、商業畑からみると東宝の東上が契機になり、現代演劇の担い手の新劇からみると、左翼劇場の登場と弾圧による終焉、それに続く新協劇団の創設にある。これについてはあとで触れるが、革命的演劇運動を展開しているときに労働者層を大量に観客に取り込んだ新劇は、その後つかの間の演劇全体の発展に大きく寄与していく。皮肉なことに時代はなし崩し的に戦時へと歩みを進め、人々にとっては鬱陶しい日常が続き、演劇は単なる娯楽以上の役割を果たすことになるからだ。そこで要求されるものが大衆性であり、芸術性であった。

小林一三は『東寶』の巻頭「問はず語り」で、低迷している歌舞伎俳優たちの東宝劇団に批判が多く、社内でも解散すべきという意見があるが、「一任した以上は、彼等の思ふ通りにやらせることが結局成功の秘訣だと信じてゐる」こと、他方、小林の理想である国民劇に対する村山たち若い人々の発言、「現代劇にあの道この道はない。真に大衆を掴む現代劇は真のリアリズムの演劇しかない。それは新劇の道と異なるものではない。ただそれが大劇場的になり、解りよくなったものに他ならない。（略）新劇は学生や好事家の演劇と片付けるやうな見方からは決して本当の現代劇は生れない」という主張を「書生の空論」と否定する。小林は新劇を「学生や好事家の演劇と片付け度いのが私の心持」だといい、新劇の芸術の尊さと真価には敬意を表するが、〈商品〉としての存在価値とは別だと書く。さらに若者たちは松竹の歌舞伎を否定しているが、「私達は、断じて松竹をバカにしてはイケない、松竹の各劇場が存在してゐる理由を学びつゝ、一歩を先じて」東宝は進むために、今年は小林が主張していた劇壇の分解作用が実現する状況であるから、今は既成の劇壇を充実することに勉めて欲しいと結ぶ。松竹に遅れをとっている東宝が、先へ進むにはどうすればいいのかを判断すべく、小林は新劇やその他で活躍する人々からの意見に耳を傾けていたのだろう。

観客がどのくらい入るか、公演が赤字にならないか、次の芝居がうてるか、というのは〈江戸期のかぶき〉以来現在まで、演劇公演に付いて回る大問題である。小林の言う〈商品〉というのはそれを意味し、新劇は〈商品〉にならないといっているのだろう。ところが実際はそうではなかった。もちろん大劇場規模の演劇とは異なるが、このあとそれなりに成果をあげていくのである。

時代に受け入れられた演劇については既に「演劇の100年」（『20世紀の戯曲　Ⅲ』社会評論社　二〇〇五年六月）で指摘したが、川上音二郎はもとより文芸協会も芸術座も〈商品〉になっていたし、新協劇団創立後、新劇（新築地劇団と新協劇団）は観客動員が目覚しく、赤字から黒字に転換して新劇隆盛といわれる時期が到来する。「綴方教室」「女人哀詞」「ファウスト」「どん底」「夜明け前」（再演）、そして「北東の風」「アンナ・カレーニナ」「火山灰地」とつづく黄金時代の両劇団の公演はどれも大入りであった。これまでの演劇史ではほとんど指摘されてこなかったが、こうした一連の新劇事情があったからこそ演劇における大衆性と芸術性が方々で論議の的になり、商業畑の俳優たちも芸術づくのである。当時歌舞伎以外の現代劇には、新劇（新築地劇団・新協劇団）、井上正夫一座、花柳章太郎、喜多村緑郎、小堀誠らの一座、水谷八重子の芸術座、東宝劇団、曾我廼家一座などなどが賑々しく存在していた。演目も一見すると新劇と似たようなタイトルが並ぶ。

金子洋文は『東寶』の特集で、〈井上正夫一座の中間劇、花柳章太郎の大衆的新劇、東宝劇団が標榜する大衆現代劇〉などをあげて、これらは「商業劇場を中心とするところ」「商品的芸術作品の舞台化」である点で一致し、中間劇については、井上が一九三六年の初頭に「芸術的な大衆劇」の樹立を宣言し、〈芸術的な大衆劇〉では長すぎるから中間演劇という名で呼ぶことになったと書く。商業演劇と新劇の中間、あるいは新派と新劇の中間ということだけで、中間劇と呼称したわけではないことがわかる。

井上正夫は新劇と商業演劇の違いを稽古日数と演出にみた。「私達商業劇団に較べると、新劇の連中の稽古は実に熱心です（略）確りした演出者があつて、内容的に芝居を深く掘り下げ、俳優たちもそれぞれの役を充分に理解して、演出者の指図に服従する（略）充分の稽古を積み上げた上ではじめて舞台にのせる」（『化け損ねた狸』右文社　一九四七年九月）と書く。商業演劇は現在も稽古日数は三〜四日と聞くが、芸術性を重視した井上は村山知義を演出に招き、伊藤熹朔装置、亀屋原徳作「海鳴り」（明治座　一九三六年一月）を上演、以来「芸術的な大衆劇」を標榜して久板栄二郎の「断層」（改訂版）まで上演する（六月）。

余談だが、三〜四日の稽古で一ヶ月の舞台が持つわけはなく、俳優経験のない若い人気者を大きな役で使うときはどうするのかと商業畑の人に尋ねたことがある。そういう時は新劇の演出家に前もって預け、稽古をつけてもらうのだということだった。しかしキャスト全員の稽古日数は少ないのだから舞台のできがいいはずはない。客からみればなるべく初日から遠い日に見に行くに限るということになってしまう。これでは〈芸術的な舞台〉の出現は望むべくもなく、長期興行、あるいは再演になってはじめて舞台が練られることになる。未完成品を見せられるわけだから〈商品〉とは名ばかりで観客無視もはなはだしいが、その理由の一つは、稽古期間にお金がでないことだろう。諸外国のように稽古期間を契約に入れなくては演劇のレヴェルの上るはずはない。井上正夫の主張もわかるというものだ。小林一三は、宝塚歌劇団の稽古日数には、新劇的稽古を導入している。よき国民演劇を作るために稽古が重要なポイントであることを知っていたのだろう。

「現代大衆劇論」を特集した同じ号の「演劇随筆」欄に河竹繁俊が「邪劇横行」という一文を寄せている。この時期「邪劇」という言説があちこちで指摘されている。何を「邪劇」というのか、河竹の一文を引いてみよう。氏は、緑波の東宝入りと上演作品に関して一年前に東宝の文芸部で意見を言ったようだ。「オペラと共に『笑の王国』式のものをやる」と言う話をきいて「オペラの成功は多分困難」だろうから「バラエテイ風のものに限る、必ず何年間は大丈夫行けさう」と発言したらしい。それが今「緑波氏の各方面に於ける才分と時代の観衆とがマッチし」て「成績がいい」こと、その理由は「かういふ時代には、先づかうした行き方のものが歓迎され、新時代の舞臺藝術を暗示する有力なものと考へられる」からだという。そして佐々木孝丸の「歌ふ金色夜叉」劇評を引く。佐々木はロッパやエノケンの芝居を「邪劇」と批判しているのだ。

「第一劇場のエノケンと有樂座のロッパを見る。共に大入滿員、これが何れも舞臺の邪劇に、たゞわけもなくあはあはと笑ひこけてゐる。世は正に邪劇横行の時代で、（略）中世の暗黒時代には『阿呆劇』が栄え、ファルスが栄えた」そしてエノケンの「大學漫才」ロッパの「歌ふ金色夜叉」が現代のその見本と批判した。

河竹は、能楽と歌舞伎の歴史的移行期を上げて、かつては両者にも邪劇の時代があった。それが大成した。だから「これが如何やうに發展し、洗練されるかは、今後の『邪劇』當事者と社會の動向とに俟たなければならない」と書く。つまり河竹もエノケンやロッパのバラエテイを「邪劇」と見ていたのだ。

この二ヶ月前に三好十郎は「劇壇最近の動向」（『日本短歌』一九三六年一〇月号）で、新劇と商業演劇の差がなくなってきたこと、商業演劇における「邪劇愚劇はやりの一般風潮」を上げ、新劇の持っている「精神や生命に着眼して、レパートリイなり藝術方法なりにそれを取入れ来つた新派の一部、特に井上正夫一座及び前進座」の態度を好意的に見ている。新劇とはもちろん新協劇団・新築地劇団をはじめとする築地座やテアトル・コメディ、創作座などで後者は既に解散していた。つまり商業演劇が新劇に近づいてきたことを指摘していたのである。であるからこそ芸術性と大衆性が俎上にのり問題になったのだ。

また、坪内士行は大衆劇には「その上演の時々の見物の心や頭にピッタリと來るもの」が必須条件といい、当時の岸田國士の「風俗時評」を上げて「適切な時局風刺に富んでゐるとしても、一部の人々の理知に訴へるだけでは、大衆的でない事は云ふまでもない。（略）相当甘いとの批難はあつても金子洋文氏の『ふるさと』や三好十郎氏の『彦六大いに笑ふ』は、誰の頭にも心にもとけ入るものであるから大衆劇と云へる。」（『東寶』一月号）と主張、踊りや歌を入れる歌舞劇を三好や山田耕筰と試みようとしていると書く。そして小林一三は理論ばかりでなく実作にも及び、この翌月、歌舞伎レヴユ「恋に破れたるサムライ」を発表、宝塚少女歌劇月組が初演（渡辺亘—小夜福子、袈裟御前—雲野かよ子、遠藤盛遠—天津乙女、一九三七年三月）、演出は坪内士行であった。これはしばしば芝居にされる「袈裟と盛遠」物で、その取り上げ方も上演集団により異なる。川上音二郎と貞奴がヨーロッパで評判を取ったのもこれ（「ＫＥＳＡ　袈裟」）である。それは貞奴演ずる袈裟の死ぬ場面をリアルに強調したからで、しかも僧籍に入り死ぬ筈のない盛遠（音二郎）を、パリでは観客の要望で切腹までさせていた。そんなリアリズムが絶賛されたのだ。

小林は盛遠を中心にすえているが、盛遠が袈裟を殺すところや渡辺亘に追われる場などは出さず、僅かなセリフと歌で何故、盛遠は袈裟に執着し渡辺が恋敵として狙われなければならないのか、袈裟は渡辺の代わりに何故死ぬのかを表現した。具体的な事件は舞台上にあらわさない古典劇の手法を取り入れた興味深い作品で、盛遠が自身の行為を悔いて仏道に入り修業、滝壷に没するが不動明王に救われ、許される姿までを描く。音楽や歌は洋楽・和洋合奏・浄瑠璃・都都逸・木遣り等を取り入れていて、日頃の小林の主張を舞台化したといえる。大衆的芸術作品を目指していたのだろう。ちなみに文覚上人は佐渡で修業を積んだといわれているようで、修業したとされる滝壷が現存するというので、行ってみた。人家から離れた山の中の小さな滝壷であった。

さてこうしてみると一九三〇年代後半は新劇の側からは、新劇の大衆化、商業演劇からは芸術化、そういうことが真剣に叫ばれ、検討された時代であったことが理解される。菊田一夫が中央の演劇界——東宝の嘱託になって緑波一座に参加した時は、まさにこのような大衆性と芸術性が重視される華やかな演劇の時代であったのだ。それを考えると〈リアリズム演劇の金字塔〉と言われてきた新劇人久保栄の「火山灰地」（一九三七年発表、翌年初演）は、音楽や朗読を取り入れた二部七時間もの大作で、イプセン戯曲を基準にすると、構成は決して正統派リアリズム戯曲とは言えないにもかかわらず、そんな「火山灰地」がこの時何故生まれたのかも納得でき、同時に大衆性を持つこの芝居の内容が芸術的で思索的な〈リアリズム演劇〉と絶賛された理由もわかる気がする。やはり演劇は時代の中に置いてみなくては駄目なのだ。

浅草という大衆中心の、しかも洒落たレヴューという場所にいた菊田が、日比谷に移動して〈高尚な〉芸術性を求めるようになったといってしまうといかにも月並みだが、菊田も芸術的大衆劇を求める時代に生きた劇作家だったから文学的な戯曲に傾斜するようになるのも必然であり、同時にめざすものが大衆劇であったからこそ戦時色が濃厚になると簡単に巻き込まれたのである。

戦争を描く

「天保六歌選」のパロディ「ギャング河内山宗俊」（一九三六年一〇月）に始まり、「歌ふ金色夜叉」（三六年一二月）、獅子文六原作の「楽天公子」（三七年二月）、木村錦花原作「研辰の討たれ」の脚色「研辰道中記」（三七年五月）、古関裕而が初めて音楽担当した「ロッパ従軍記」（三九年四月）、フランスのM・パニョル原作「マリウス」（三九年八月）、川口松太郎原作「ロッパの愛染かつら」（三九年八月）、火野葦平の「ロッパと兵隊」（「下駄分隊」、四〇年一月）、「ロッパと開拓者」（四一年一月）、「髭のある天使」（四一年四月）、芥川賞受賞長谷健原作「あさくさの子供」（四一年一一月）、「若桜散りぬ」（四二年四月）、少年期に材を取った「道修町」（島公靖装置、四二年七月）、「スラバヤの太鼓」（四二年九月）、「撃ちてし止まむ」（四三年三月）、そして名舞台といわれたロッパと渡辺篤の「花咲く港」（帝国劇場　四三年三月）、織田作之助原作「わが町」（井上演劇道場　四三年一〇月）、敗戦間際の「君を思へば」（明朗新劇座　四五年七月　邦楽座）まで、その数はおよそ七〇本。多くがロッパ一座に書き、演出したものであるが、その他宝塚少女歌劇雪組（「赤十字旗は進む」東郷静男演出　東京宝塚劇場　四〇年）、柳家金語楼劇団（「彦左と二人太助」四〇年八月）、榎本健一一座（「マレーの虎」四二年五月）、花柳章太郎の新生新派（「桑港から帰った女」四三年一月）、東宝劇団（「都会の船」四三年一〇月、片岡鉄平原作「運河」四三年一一月）、水谷八重子一座（「つばさ」四三年九月、「もんぺさん」一一月）、長谷川一夫の新演技座（「京町堀」四三年一月、「姿三四郎」五月）、井上正夫演劇道場（「今年の歌」四三年六月、「雁来紅の女」四四年二月）、明朗新劇座（演出は関口次郎、「田舎の花嫁」「信子」「結婚」「あたい達でも」「女のゐる波止場」「風の中の花」四四年八月〜一二月）等々に提供。菊田が戦後、戦犯を危惧した戦意高揚劇はこの時期に書かれた。

この頃、菊田はコロンビアの歌手で女優の高杉妙子（福田琴子）と交際し、結婚する（一九四二年一一月披露宴）。菊田伊寧子によれば、一九三九年二月、ロッパ一座に高杉が特別出演することになりその稽古場ではじめて出会ったようだ（「母の日記より」『ママによろしくな』かまくら春秋社　二〇〇八年四月）。高杉がどの作品に出演したのか記録にないが、この時ロッパ一座は、関西公演と有楽座公演を持ち、「ロッパ従軍記」（菊田）、「鶴八鶴次郎」（川口松太郎）、「百鬼園先生」（内田百閒）を出した。菊田作品で知り合うのだから「ロッパ従軍記」だ。観客は満員だったようだがロッパはこの作品が気に入らなかったらしく、日記には「従軍記」がつまらず、「客は食ひつき損なった」（四月一日）、「夜の「従軍記」又ドマついたので又菊田が荒れ、帰っちまった」（四月二日）、「「従軍記」流石は東京の客だ、馬鹿々々しがって受けない」（四月八日）、「「従軍記」つく〴〵いやだ」（四月一六日）、はては「従軍記」の時、「眠くて弱った」（四月二十六日）までである。ロッパの高杉に関する記録は〈公演中に盲腸炎で入院し、代役を立てた〉というものしかない。菊田と高杉はこの盲腸炎が縁で仲良くなったようだが、ロッパの書き様をみると、菊田はロッパとの間に複雑なものを抱えていたように見受けられる。ロッパとのコンビは火野葦平原作「さんまと兵隊」（原題「ロッパと兵隊」新橋演舞場　四四年四月）、「レイテ湾」（渋谷東横劇場　四五年一月）まで続くが、上山雅輔によれば、獅子文六原作・菊田脚本「おばあさん」（四三年一〇月）の公演あたりから「ソリが合わ」なくなるらしい（『東宝』終刊号）。

　ロッパの日記には「おばあさん」の評判がよく、大入りで客に受けている様子は記されているが菊田についてはほとんど触れられず、「菊田一夫のとこでは出産、女の子の由」（十月二十四日）があるのみだ。「ソリが合わ」なくなってきた証かもしれない。事実上の決別となる新橋演舞場公演――菊田は「てのひら（掌）」と「さんまと兵隊」を書いた――についてロッパは日記に次のように記していた。

「さんまと兵隊」は、「ロッパと兵隊」のタイトルが許可にならなくて題名のみ変えたもので、稽古中に「久々で菊田一夫現はれ、高杉妙子も来る。これは「此の際」高杉を借りようかと、僕から上森・ハチロー等に計り、出ることになったもの。久しぶりで立ってみるとやっぱりい丶。」（日記「昭和十九年三月二十六日」）。さらに『てのひら』モンペはいて、汚い田舎婆、演舞場だけに五郎のやう。菊田の邪劇、ご都合一方のひどいもの乍ら、ちゃんと壺は心得て丶憎い。河合張り、それに大成駒を加味したセリフで行く。」（三月三十一日）、ロッパは声帯模写で売れた俳優だから新派の河合を真似てやると書いているのだろう。それにしてもロッパ自身の演劇も邪劇といわれているのに、「菊田の邪劇」とはよく書いた。

　戦時体制で切符の販売方法も変わり、当日売りのみの自由席だったらしい。「この新体制興行は、全くやって、ゝへンな気持だ。客が悪い、いつもの有楽座の客じゃない、と言って浅草といふのでもなし。兎に角、低下してゐる。」（四月三日）、「われらの芝居も、限られたる有閑階級のためのものに違ひない、その階級は今や、前売・指定席なしの制度に恐れをなして来なくなった」（四月十六日）と嘆く。「興行師が許可制になるときいてゐたが、今日菊田が来て言ふには、演出家も許可制になり、その資格は試験で定めるといふことで、菊田もその銓衡委員の一人ださうだ。」（四月七日）。「客種のわるいこと、東京が、いつの間にこんな田舎もの、都になったのか――こんな客を相手に芝居をするより移動隊の方が何の位気持がいゝか分らない。」（四月二十三日）。

そして千秋楽、ロッパはこの後移動隊で巡演せざるを得なくなる。戦況が悪化し、三月一日に第一次決戦非常措置令が出され、大劇場（東京―歌舞伎座・東京劇場・新橋演舞場・有楽座・東京宝塚劇場・帝国劇場・明治座・国際劇場・日本劇場、大阪―歌舞伎座などの六劇場、京都―南座、名古屋―御園座、兵庫―神戸松竹劇場・宝塚大劇場）の封鎖が決まったからだった。必然的に俳優たちは邦楽座などの小劇場か、移動演劇かでやる以外、生きる道がなくなる。

二人の別れに付いて菊田は、戦後の「敗戦日記」の中で記述している。〈一座の企画・配役などにロッパと菊田の二頭政治であるがごとくの印象を外部に与えているという理由でロッパ側から辞職を要請され〉、「それを承知して一年後、東宝演劇部解散。東宝とは縁が切れ」たと。ロッパから見ると浅草から中央へ引き上げたはずの菊田の名前が出すぎたのだろう。菊田はロッパの不興を買ったとみていいのかもしれない。とにかく敗戦前の一九四四年八月に菊田は東宝の嘱託を辞める。劇場が封鎖されては演劇はできない。演劇部の解散もその結果だ。それで先に上げたように邦楽座の明朗新劇座に何本も脚本を提供していたのだ。東宝の嘱託を辞した菊田は演劇協会の常任理事となって情報局や移動演劇連盟の仕事に携わるようになる。これも戦後、菊田が危惧した戦争責任を問われる種類のものであった。

戦争協力戯曲をたくさん書いて菊田は戦中を生きた。しかし同時に菊田はこの時期に〈浅草〉から抜け出て、尾崎宏次に言わせると〈性格的喜劇〉、おそらく笑いの中で芸術性を追求するような作品、そんな脚本を書くようになったという。菊田自身、この時期を作劇上の重要なターニングポイントと位置付けていた。

戦時に菊田はどんな風に戦争を取り込んだのか、どんな〈性格的喜劇〉だったのか、三本の戯曲を見てみたい。

「ロッパと兵隊」――「下駄分隊」

これは火野葦平から譲り受けた原稿用紙五枚ほどの兵隊生活のユーモラスなエピソードを題材にして書いた戯曲である。緑波の浅草から有楽町への転身は喜劇の質を高めたといわれているが、菊田が提供する戯曲の存在が大きかった。この戯曲もその一つで、菊田は火野のメモがドタバタとは無縁なものであったから「まともな」作品を書いたと後年記している（『芝居づくり』）。

初めは「ロッパと兵隊」（一九四〇年一月　有楽座初演）のタイトルで初演され、選集に収めるとき「下駄分隊」とタイトルを変えたらしい。〈下駄〉としたのは主人公の小山田軍曹（緑波）が召集前に下駄屋をしていたからであり、小山田の妻芳枝（三益愛子）からの慰問袋に下駄が入れてあって隊の全員がそれを履くからだと推測される。

時は「昭和十四年　日華事変の頃」、場所は西湖のほとりの小さな町、登場人物は小山田軍曹以下五人の兵士と現地の中国人六人、最後に日本に帰還して小山田の妻が出る。幕が開くと「シナ語」が初めに披露されて異国情緒を漂わせ、この地が西湖のほとりであることを観客に知らせてから、軍隊内部の苦労話に移る。軍隊の話であるが、いわゆるドンパチ闘う戦争物ではなく、どこかの会社の外地勤務と変えても通じるものだ。笑いも品よくまとめられている。

外地で迎える正月をたのしくするために物品集めに皆で苦労する話、兵士の一人と現地の娘との恋、スパイ事件などのエピソードがちりばめられている。これらが火野葦平から聞いたエピソードであるのかもしれない。現地の人間は食べ物がなく何日も何も食べていないのだが、それに比して軍本部には豊富に食料があることなども何気なくセリフで交わされているから、これはあるいは菊田の戦争や軍部に対する批判の一つの表象であったのかもしれない。もちろん小山田軍曹が情深い隊長で現地人に食べ物を与えたりする場も織り込んである。つまりは先にみた「かなりや軒」同様に人情と若干の争い事とほのかな恋愛が盛り込まれた芝居ということだ。

問題は最後の場で内地帰還した小山田と妻芳枝の美しい夫婦の心の交流が描かれ、内地生活に慣れない夫を気遣う妻、それを揶揄する酔っ払いが退場したあとで、小山田が部下のいる戦地を懐かしがって終わるところだろう。詩人の小山田が佐藤春夫の詩を若干変えて兵士たちに教えたメランコリックな歌、〈あわれ、冬風よ、情けあらば伝えてよ、兵隊ありて、秋刀魚を焼きてくらうと　そが上に、あつき涙をしたたらせてくらうは　いづこの里のならいぞやあわれ　げにそは問わまほしくおかし〉が、叙情的に何度も歌われる。決して戦意高揚劇ではなかったが、しかしこの内容は結果的には戦争を美しく賛美してしまった。

初演された一九四〇年といえば、皇紀二千六百年を祝い、日独伊の三国軍事同盟が締結されていく年である。実際に現地で過ごした兵士たちがこの戯曲に見られるようなのんびりした日常を過ごしていたはずはなく、厳しい現実から目をそらさせる芝居であったことは否定できない。しかも三月には大阪北野劇場、五月に再度有楽座、六月に名古屋宝塚劇場、と巡演・再演を繰り返し、大好評であった。どれだけの人がこれを見て笑い、そして戦時を忘れたことかと思う。一方ではそれは大きな罪悪であり、同時に他方ではそれは恵みの笑いでもあったと推測される。善意は得てして諸刃の刃になるからだ。こうして戦後自己反省する戦争戯曲を菊田は書いていくのである。

「道修町」

この作品は薬問屋に奉公していた菊田一夫の体験がもとになっている。暖簾を守るという古い思想を強調して書いた作品で、全編にあからさまな戦時色はないがあとで触れるようにかなり重大な問題を孕んだ戯曲であることは否定できない。菊田は母の何人目かの男に、それは約束を守らない養父であったが、いずれ学校へあげてやるという約束で一二歳のとき薬問屋に丁稚奉公に行かされた。約束は守られず、菊田は絶望的な日々の中で詩の同人誌に参加して現状打開をはかる。この作品の中の一二歳の丁稚や一七歳の丁稚が菊田の影を引きずっていると推測することは可能である。初演は緑波一座で一九四二年七月の有楽座、主人市兵衛が緑波、佐登子が轟夕起子、たか子が高杉妙子、恭助が伊達信。

道修町で古い暖簾を誇る漢方専門の薬問屋安田市商店ははじめて新薬を売り出した。資本の全てをかけて宣伝し家の建て直しを図る目的であった。出だしはよく、注文が殺到してうまくいくはずであったが失敗する。派手な宣伝をするタケダなどの後進の薬問屋に追い越されている状態だ。長女の佐登子は大学出の番頭恭助と恋仲で結婚する予定であったが、店が左前になり、金持ちの息子からの縁談を受けようとしている。父親の市兵衛は結婚を止めてもいいという言うが、佐登子も恭助も二人の恋を通そうとしない。この戯曲では恋愛に対しては父親のほうが新しい発想をして佐登子も恭助も旧い理念にとらわれている。

佐登子は「古い店の暖簾がはずされる……そんなことがあったらお母はんは、きっと嘆いてやと思う……うちは、それがたまらんねんわ」といい、恭助は「古い暖簾の代りに我々の手で新らしい暖簾をかければいいじゃないか…そう思うのです」というが、駆け落ちしようとは言わず、お嬢さんは亡くなったお母さんから受け継がれた古いこの家の気風に依って生きているお嬢さんだ。それがよくわかるといって佐登子の決定に同調する。つまり二人とも古さの中で生きることを選択するのだ。それがこの一九四〇年、いいかえれば皇紀二千六百年ということさら古さを強調する時代状況を肯定し、同時に過去に引き戻そうとする雰囲気を生み出していることは否定できない。恋愛というのは非常に個的な問題ではあるが、それが斬新さを主張するとたちまちに個的な範疇を飛び越えて、世界に飛翔し、大きな影響を与えることができるものであるからだ。しかし菊田はまだそうした恋愛の斬新さが持つ魔力に気づかないのか、あるいは否定的なのか、そうした恋愛は描かない。

佐登子は恭助と別れたあとで歌を詠む。「その人はいかにかしたる。今も猶君を恋ふるや」少女は髪をかき上げぬ「否」と答えて、「一月ばかりすぎて後、我その人を見捨てにき…あはれ七年また逢わはず」と。菊田が詩を書く人であったことがわかる部分だ。詩を吹っ切ることができない菊田がここにはいる。ロマンテックではあっても破天荒には決してなれない菊田が……。

前半はこの結婚話を佐登子が受けるか否かが中心となり、妹のたか子は店の犠牲にならないで恋人と結婚することをすすめ、佐登子の結婚式の日に抗議の家出をする。が、姉は家の暖簾を守るために金持ちの家に嫁ぐ。後半、二年の歳月が流れ、たか子が職もなく貧しい日々を送っている様子が伝聞で告げられる。佐登子はそれなりに幸せに過ごしている。ある日たか子をつれて佐登子が訪れ、待っていた父はたか子を許す。

佐登子は「おなごの子がなぁ、男の手にもすがらんと、一人立ちして暮らして行くのは、並大抵やおまへんよってなぁ……たか子なぁ……人間が生きて行くのは、仲々の事では、難かしい言うことを悟って帰ってきましてん…」という。彼女は結婚前と少しも変わらず、むしろ家父長制を維持する妻の役割を立派に果たしているのだ。

恋人の恭助は佐登子の嫁入りのあと召集されて戦場へ行っていた。戦地へ行く前に恭助が発案した宣伝文句が当たって、薬が売れ、安田市商店はにぎわっていた。もちろんかつての借金返済は佐登子の夫が援助した。最後の幕で、恭助が戦地から出した手紙が届く。

暖簾の為にと言った佐登子さんの言葉……それがあの当時よりも、もっと美しい言葉になって、胸に蘇えるのです……何故ならば僕自身も、今は祖国たる日本の二千六百年の古い暖簾の為に戦っているのではないか（略）身を捨ててこそ、一家の暖簾は守り通せる……（略）国家に対しては国民が、一家に対しては一家の者が、身を捨てて暖簾を守る、その気持ちこそ……一番必要ではないか、（『菊田一夫戯曲選集』一巻八五頁）

佐登子の恋人であった恭助も佐登子と同じ世界に住む人であったのだ。この二人には互いの愛を主張し、古さを否定して新しい世界へ飛翔することは決してできない。家の暖簾を守るために犠牲になる娘の行為が肯定され、それが今度は国家の戦争と言う他国の侵略へと向かう国民の意識に利用される。おそらくこのセリフを書いたときの菊田は、うまく論理の辻褄があったと思ったことであろうが、これは明らかに戦意高揚、見る人々を幻惑して戦争肯定に向かわせるものだ。日本人が古くから持たされてきた思想をうまく利用しているから納得させるのに努力はいらない。

恭助に慰問袋を送りたいとためらいながら言う佐登子に父は、〈兵隊さんに慰問袋を送るのに遠慮は要らない、お前の旦那さんかて、許してくれてや〉と言う。

最後の幕でさらっと言われるこのセリフは一つの道理にふれている。妻は夫以外の男に目を向けてはいけないという家父長制に都合のいい道理だ——戦前は明治憲法が生きていて姦通罪が適用されていた。同時に正反対の道理もあって、夫は妻以外の女を恋人や第二夫人にしても許されていた。これらは〈対〉にして記憶されなければならない。そして先にもふれたが重要なのは、家の暖簾を守るということから家の犠牲になることを由とする発想、個人の希望を捨てても家——公の為に女が犠牲になる、その道理を脈絡なくつなげて国家のために国民は身を捨てて犠牲になれ、と語っていることだ。しかもそれがあからさまな戦争芝居ではない喜劇で、情と涙とを絡めて描かれているところに問題があると考える。こうした短絡した論理がほんの六〇年前には通用していたのだから恐ろしい。

「花咲く港」

〈菊田はロッパと二人で駆け上がった〉と表現される緑波一座の帝劇公演「花咲く港」をみよう。

「花咲く港」は、「緑波が一等四圓六十銭の入場料をとつて、由緒深い帝國劇場に出演」（尾崎宏次「ロッパ國民劇と東宝國民劇」『演芸画報』一九四三年四月）と騒がれた帝劇の舞台で一九四三年三月、初演されている。浅草出身の喜劇俳優の〈登り詰めた〉状態を世間がどうとらえたかが理解される尾崎の評だ。周知のようにこれは情報局委嘱作品で、その点でも鳴り物入りであったが、さらに緑波は脇を新劇人でかため、舞台のレヴェルを上げようとした。結果は成功であった。

九州天草島の南にある上甑島に、二人のペテン師（古川緑波と渡辺篤）がかつてここで造船業を試みようとして失敗した渡瀬憲造の遺児として乗り込む。渡瀬のなしえなかった船会社を作ろうと話しかけて純朴な島民（旅館の女主人―竹久千恵子、網元―薄田研二、渡瀬の妻―村瀬幸子、漁夫―鶴丸睦彦など）を騙し、金を出させて株券を発行、株式会社を立ち上げる。その金を持ち逃げする計画であった。金を目の前に置いて、持ち逃げしようとしながらなかなか実行できない場面があって笑わせる。

しかし太平洋戦争に突入し、南端の島にも敵艦がきて、漁をしていた漁夫が海で殺される。それを知った網元林田――彼は会社設立計画に反対であった――が渡瀬の船を完成させてくれと書置きを残して敵討ちだと海に出る。手紙を見た二人は、もともと悪人になりきれないペテン師であったから金を持ち逃げできず、おりしも襲ってきた嵐に造船中の船がつぶされると心配する島民たちと一緒に渡瀬の夢であった船を守りに出かけてしまう。

幕切れは誰もいなくなった舞台で終わったらしい。尾崎はこの最後を次のように書いた（一八頁）。

林田は書置きをおいて仇をとるんだと沖へ出ていった。嵐の夜、イカサマ師二人はその手紙を見てハッとする。二人は金の持ち逃げをやめた。二人は夢中で嵐の海岸へ船を守りに駆け出した。

私は幕切れに登場人物のいなくなった舞台を見た時作者の隠れた心を読めたと思った。緑波が一座の俳優を厭へて新劇人を使った度胸にも感心した。そして同時に、この喜劇ももう一息押しがほしいと思った。

（引用は新かな新字）

「新劇人を使った度胸～云々」とは、一九四〇年に国家の手で潰された新劇団の俳優を舞台に使ったことを指す。ここで「作者の隠れた心を読めたと思った」と記しているが、これをどう理解すればいいのかと、今、思う。嵐、それを戦争と見ると、この二人の行動は嵐に立ち向かっていくわけだから、嵐、つまり戦争に対抗すると読むこともできる……、はたしてどうであろうか。戯曲を読む限りその解釈は難しい。が、同時代で舞台を見ると、あるいはそうした受け取りかたも出来たかもしれないとも思う。それが時代の中に演劇が成立するゆえんであるからだ。

とはいえこの芝居は、根っからの悪人はいないという前提で成り立つ筋だからいつの時代も日本人に好まれる人情ものの定番でもあった。それを〈涙〉ではなく〈笑い〉で扱ったところに菊田の新しさがあったのである。ここで見てきた菊田の作品はどれもが人情と善意と涙があったことを思い出せばいいだろう。しかし暗い時代に〈涙〉はいらない。〈涙〉はあらゆる対抗的な行動を阻害する。しかも結論を出さない最後と幕切れに誰もいない設定。これも〈めでたしめでたし〉で終わる軽演劇――大衆的な演劇にはなかったことで、笑いの質を上げる手助けをしたと思われる。

結果的には尾崎も指摘したように、浅草とは異なる、「由緒深い」帝劇でドタバタではない喜劇を上演した緑波一座と菊田は、興行史的には一つの記録をつくり、演劇史的には大衆性のレベルアップをはたしたとして注目されたのである。

そのせいかどうか分からないが、同じ年の夏には木下恵介が映画化（小沢栄と上原謙がペテン師役）もしている。永平和雄はこの戯曲の成功で菊田が北条秀司と並ぶ実力者と認められるようになったという（『20世紀の戯曲 Ⅱ』）。が、そのあたりは微妙ではないかと思う。同じ時代の作家とはいっても北条秀司や中野実は岡本綺堂門下で、雑誌『舞台』で劇作家デヴューをしていた。世間的には商業演劇の正統派といっていいかもしれない。年齢も六〜七年菊田より上である。確かにこの時期、菊田は水谷八重子や井上正夫の一座、あるいは第二次東宝劇団（岡譲二・小夜福子ら）など、いわゆるドタバタ喜劇ではない現代劇、〈中間演劇〉と称される集団に何本も台本を書いている。肩が凝らず、若干の芸術味のある台本は劇作家としての腕を磨くのに役に立ったかもしれないが、実力者と認められるまでには、まだいかなかったのではないだろうか。

そのいい例がある。

「花咲く港」と同じ月に陸軍記念日を記念するための演劇「撃ちてし止まむ」が各劇場でいっせいに上演された。さまざまな劇作家の同じタイトルの芝居が並んだのだ。菊田も書いた。一方で戦争に対抗的な戯曲を書き、他方で戦時協力をするのだから、劇作家も大変だ。

しかしこの何作も並んだ「撃ちてし止まむ」は全てが「浅薄なる便乗劇」（安陪豊）で一つとしていいものはない、なぜ現実に戦地から帰還している兵士たちに取材して書かないのかと論難される。もともと無理な批判であるのだが、批判をしただけいいのかもしれない。国家主導の戯曲上演には当時かなり批判が出ている。菊田は新生新派（花柳・

大矢・伊志井・森赫子など）に書き、「通俗教化絵本の域を出ない」（井田秀二）と批判された。この新生新派公演では花柳と喜多村に宛てて川口松太郎が書き、二番目物を中野実が書いている。菊田が陸軍委嘱作を受け持っているのをみると、若い作家に委嘱作を廻したとみていい。やはり戦前の商業演劇界では菊田は〈浅草〉をやっと抜けたという位置にあったと考えていいだろう。

さて、「花咲く港」は、敗戦後の一九五二年に新国劇が再演している（名古屋御園座）。このとき進水式の場が加筆されたらしい（『菊田一夫戯曲選集』一巻の解題）。初演台本が現存するか否かも明らかではないから、各場の加筆状態も不明である。が、菊田は加筆変更をしない作家であったと聞いている（渡辺保）。現存する『菊田一夫戯曲選集』所収の戦後改訂版と初演台本とはおそらく〈進水式の場〉以外、異なる部分はないと推測している。もちろんわたくしが読んだ「花咲く港」は最終幕が加筆された『菊田一夫戯曲選集』収録の戦後改訂版である。

戦後改訂版が、日本の近代劇上演を試みている新国立劇場で、芸術座閉館最終公演と合わせるかのように、二〇〇五年三月に鵜山仁演出で再演された。「笑い」を題材にした戯曲はほかにもあるのだが、なぜこの作品が取り上げられたのかわからない。しかも「古今東西の傑作・新作を集めた」シリーズとうたわれているのだからなおさらの感がある。結果、舞台は〈善意と情〉に裏打ちされた「人情もの」でしかなく、〈涙〉を棄て〈笑い〉を抽出した菊田の意図は消され、緑波や篤に並ぶ個性もない普通の俳優の喜劇は、〈お笑い〉でしか過ぎず、隙間風の吹く粗さの目立つ公演だった。

宝塚歌劇も「花咲く港」を宝塚バージョンで初演した（二〇〇七年一月宝塚、二月東京）。植田紳爾脚本・演出「パリの空よりも高く」（月組、瀬名じゅんと大空祐飛がペテン師役）だ。これはパリを舞台にしてエッフェル塔を作るというシチュエーションに変えていて霧矢大夢演じるエッフェル（設計士）があらたに加筆されたが、大筋は変更がない。演出の植田は瀬名と大空を上手く使って新国立劇場の「花咲く港」よりも数段上のコミカルな舞台を創っていた。

植田紳爾は菊田が見出した作家の一人である。かつて東京公演用の植田の第一作「楊妃と梅妃」（一九六五年）を「新人作家の東京第一作としては珍しく、骨格のしっかりとしたミュージカル・ドラマです。ドラマの書ける作家の少ない宝塚歌劇団としては前途有望の一人」（「パリの空よりも高く」プログラム）と、その仕事を褒めたという。菊田の目の確かさは、こののち植田紳爾が宝塚を背負う作家になったことでわかる。余談だが、わたくしが子供の頃観ていた宝塚に再度通うことになったのは、この菊田作品の上演が契機で、〈女・子ども〉の観る芝居と蔑まれている宝塚が、かなり上質ないい舞台を創っている現実を知ったからである。菊田の宝塚作品については第二部以降で触れる。

緑波一座が「花咲く港」公演を持った年の一二月、東宝は会社の規模を拡大する（一九四三年に株式会社東京宝塚劇場と東宝映画株式会社が合併、東宝株式会社が誕生、資本金千百四十二万円）。紙がなくなって演劇雑誌五誌――『東寶』『演藝画報』『國民演劇』『演劇』『現代演劇』が統合、縮小され、『日本演劇』と『演劇界』になる。これは東宝の拡大と時を同じくしていた。映画も演劇も国策に依存していたのだが、今から思えば企業は統制を理由にして映画会社と演劇会社を一つにして大きくし、戦後の再出発を準備していたのかもしれない。

一九四五年三月九日、一〇日、アメリカ軍Ｂ29約三〇〇機が東京を無差別爆撃（大空襲）、国民新劇場（築地小劇場）、明治座、新橋演舞場、歌舞伎座等が焼ける。四月一日、アメリカ軍沖縄本島に上陸、五月二四日、宮城全域・東京都区内大半焼失、八月六日、Ｂ29広島に原爆投下、八月九日、Ｂ29長崎に原爆投下、八月一四日、御前会議ポツダム宣言受諾を決定、一五日、天皇戦争終結の放送――敗戦。八月二八日、連合国最高司令官マッカーサー厚木に到着、事実上のアメリカ一国の日本占領がはじまる。占領軍民間情報教育局（ＣＩＥ）による台本検閲もはじまる。〈表現の自由〉は未だ獲得できなかったのである。

第二章

アメリカの日本占領

ラジオ・舞台・映画

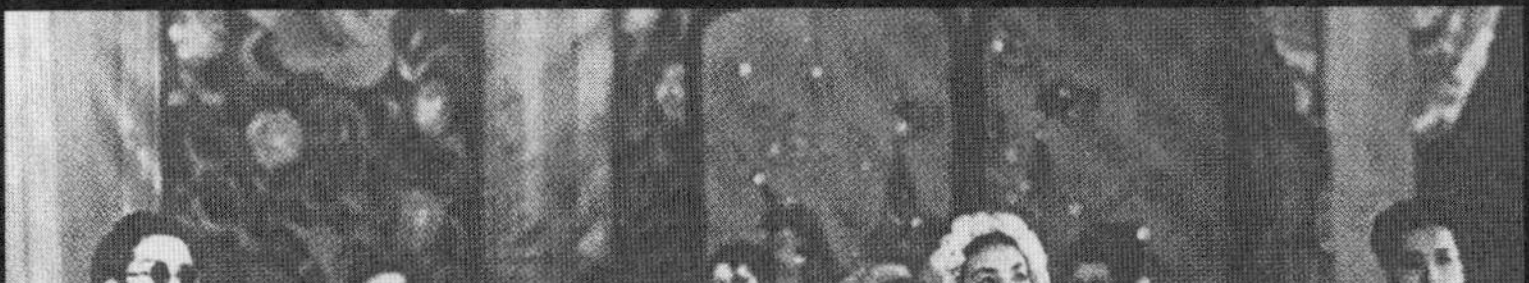

「ひめゆりの塔」 出典：『歌劇』（昭和 28 年 8 月号）

菊田一夫の戦後は、松竹からの脚本依頼で始まった。「敗戦日記」の一九四五年九月五日の項に、明朗新劇（花柳小菊、桑野通子、小堀誠ら）で邦楽座を再開場したいから脚本を書いてくれないか、という松竹演劇部の依頼が記されている（『菊田一夫　芝居作り四十年』）。これに対し菊田は、かつて「敵愾心昂揚劇」を書いてきた。今敗戦となって「掌をかえすようにアメリカと仲良くしましょうは書けません」、それに戦犯としていつ捕まるかわからないなど、煮え切らない返事をする。松竹の高橋歳雄の命を受けて訪問した担当者加納は困る。このときの菊田の本心は「松竹嘱託となるもよし。何にしても東京には出てゆきたし」というところにあった。迷った末に二日後、高橋宛に「上京します。宜しく。戦犯として捕まったら捕まったときのこととして……」と返事を出し、疎開先に妻子を残して九月一八日に上京、明朗新劇の脚本を書き始める。しかし戦時中のことが重荷となって筆が進まず、ＧＨＱを訪問、演劇担当将校に面談を申し込む（「敗戦日記」）。

戦時中の「敵愾心昂揚劇」を書いたことについて「私は日本国民として日本に勝ってほしかったから誰に強要されたのでもなく、それらの脚本を書いたのです。いまでも悪いことをしたとは思っておりません」、文士も戦犯として捕らえられるとか、きいているが、今までのところ音沙汰がない。「私は脚本を書くことによって生活の糧を得ている」「書かねば食えません」脚本の依頼があるが、書いてもよいものかどうかの質問をしにきた、と問うたのである。演劇担当のキースは、〈捉えられ、有罪と判決が下されるまでは無罪である〉と返事をしたらしい。菊田は仕事をしてもかまわないということがわかって安堵する。しかも帰りがけに「グッド・ラック」と肩を叩かれて涙がこぼれたと記している。このときの作品が「新風」で、一〇月に邦楽座で上演された。

「新風」公演の廊下で菊田は土方与志に会う。一〇月に治安維持法が廃止され、演劇関係者を含む思想犯が釈放された。土方は戦前、革命的演劇運動をしていたから左翼弾圧の危険を感じた親族が与志一家を外遊させたといわれているが、九年間の外遊のあと帰国した直後（一九四一年七月）に捕まり、巣鴨、豊多摩、宮城の刑務所で四年を過ごし、一〇月八日に出獄したばかりであった。土方は菊田に丁寧に挨拶し、芝居が「明かるいのがいいですね。大変面白かった」と褒める。菊田は褒められているのではなく試されているような気がしたらしい。そして敗戦前後のＭ氏（村山知義と推測される）との不愉快な関わりを思い出す（敗戦日記　垢のかたまり、昭和二十年十月十八日）。

第二次東宝劇団が組織され（一九四三年八月）、有楽座や帝劇で三回ほど公演を持ったときのことだ。菊田は企画制作を担当した。劇団担当重役渋沢秀雄会長に呼ばれ、新劇弾圧のときに捕まり、今は保釈で出ているMさんから仕事を頼まれている、何か仕事を与えてやってもらいたいと言われる。このときも菊田は警視庁保安課を訪ね、菊田の名前でM氏に演出をやらせていいかと聞いていた。検閲係は「まあいいだろう」と返事をする。このあたり、芝居をみているようでどこまでが真実かと思いたくなるが、とにかく菊田は出獄後のM氏―村山に仕事をあげたのだ。

村山と菊田は、井上と八重子の一座に書いた「桑港から帰った女」（新橋演舞場　一九四三年一月）の時に既にかかわりがあった。おそらく井上正夫から菊田の名前で村山に演出をさせてくれ、という話が出たのだろう。前にも引いたが井上は村山を重視していたからだ。このほかにも村山は井上正夫演劇道場の「今年の歌」「わが町」「雁来紅の女」などの菊田作品を演出したと推測される。

第二次東宝劇団に菊田は「紅の翼」（9月）、「都会の船」（10月）、「運河」（片岡鉄兵原作　11月）の三作を書き、前の二作は村山が、最後のは菊田が演出する。三作目を菊田が担当した理由は次のようであった。「M氏は第一回第二回公演の間に、岡、小夜の両氏の外、旧新協劇団の人々を集めては、菊田の方針ややりかたに従っていては、満足な劇団活動はできないから、すべての方針は自分に従ってもらいたい……」といい、それを旧新協劇団員が菊田に知らせにきて、もっとしっかりしてくださいという。「私は浅草育ちの、演劇の基本も知らず教養もない作者だというコンプレックスがある。そのコンプレックスが私に腹を立てさせ」て、「第三回公演の稽古から、私の作品は自ら演出することによって劇団の仕事からM氏を除外」したという。

その村山が敗戦後、共産党全盛の時代が来て、意気揚々とGHQの将校を相手に楽しげに振る舞っているのを見る。しかも菊田は共産党から戦犯容疑者として提訴されていた。劇作家を集めた会議で村山と会った時、「私は卑屈にもM氏に対して、『こんにちは』と挨拶した。M氏は私の顔を忘れたのか、私の挨拶に対し、ふりかえっては見たが、にこりともしないでそのまま去ってしまった。まるで昔から一度も会ったことがない人のような顔で……」という対応をした。

非常に独断的で個性的な村山知義に関する逸話はいくつも残されている。菊田ともこんなことがあったらしい。そして、戦後の再出発時、演劇人の戦争責任はかなたに追いやられてしまい、再建運動がはじまるのだ。

NHKと薔薇座

[1] 放送劇

菊田一夫のラジオの仕事は敗戦後のNHKの「鐘の鳴る丘」や「君の名は」で知られているが、台本を書いたのは思いのほか早かった。

僕が放送劇を書くようになったのは、局がまだ愛宕山にあった頃で、僕自身もまだ若くて二十四歳の時だった。それからずっと書きつづけ、ことしは数え四十三歳だから、ちょうど足かけ二十年目である。(略)僕の放送劇の処女作品は『ドノゴオトンカ』である。これは脚本色物(脚色物の誤植か…井上)、原作はジュル・ロメンのシナリオ。(「NHKと僕」『流れる水のごとく』)

菊田が放送劇を書くようになったきっかけもサトウハチローが作った。サトウの友人を通じて読売新聞の松山照夫がNHKの小林徳三郎主事に推薦してくれて菊田はNHKの放送劇を書くようになる。

「僕は、孤児者である自分の立場に慣れてしまっていて、自分の師匠を除けば、他人には一切何事も頼ろうとはしないし、また、恥ずかしがりやだから、原稿の売り込みというものは、唯の一度もやったことがない人間だが、僕の処女放送脚本は、松山さんという記者が、僕に代って、僕の知らない間に、売り込みをやって下すったのである。(略)思えば、幸福な出発であった。(略)親のスネをかじって学校教育をうけた連中が、四の五のと理屈をならべたてるのを見て、(僕は)冷眼視するくせがあるが、しかし、僕の放送劇作家としての出発は、考えてみれば、まるで金持のせがれの学校教育みたいに、幸福だったのだ」(「NHKと僕」)と書く。

〈人〉との出会いに恵まれた菊田は、それを糧として努力し、次の道への扉を自分で開いていったのだと思われる。そして戦後、NHKの嘱託という関係が生れた。占領期であったからアメリカの検閲があり、表現の自由はなく放送もCIEのチェックが入れられていた。その不自由な戦後のNHKを、敗戦国の実態を、菊田一夫は書き残している(『鐘の鳴る丘』前後」一九五一年)。

占領統治下の七年の間、内幸町の放送会館のトイレのガラスに赤ペンキで「日本人は使用を御遠慮下さい。」と書いてあった。CIEのラジオ課のオフィスがある4階と6階のトイレの赤い文字を見て、かつて上海のイギリス租界の公園の入り口に「犬と支那人は入るべからず」とあったことを思い出した人々は、惨めさを噛み締めていたこと。

CIE検閲下のNHK番組を「アメちゃん番組」と呼んでいた。つまりCIEラジオ課が企画し、それをNHK企画という名目で放送した番組であったからだ。「真相はこうだ」「農家におくる夕」「炭鉱におくる夕」「ラジオ実験室」「ラジオ討論会」「話の泉」「鐘の鳴る丘」「向こう三軒両隣り」「廿の扉」等々が、アメちゃん番組といわれるものであった。GHQは検閲があるという事実を一般には隠していた。彼らは日本を占領していたという事実を曖昧にして占領軍を進駐軍と称していたのだ。歌舞伎の演目については、敵討ちや切腹、殺戮ものの上演禁止はよく知られている。しかし現実はかなり詳細に〈key log〉が存在していて川崎賢子によれば、一種の軍事検閲で〈占領軍・ジープ・GHQ・MP・アメリカ兵士の犯罪・天皇の極端な賛美・アメリカ軍賛美・際物的な事件などに触れているもの〉も全て不可であったという。おそらくアメリカ軍の政策の変化で検閲の基準も変化したと推測される。しかもかつて日本の警察が行ったと同様に各地方で異なったから、東京でOKのものが地方では不可、という場合もある。興味深いのは誰が台本検閲をしたのかである。元軍人、大学生のアルバイト、教師、政治家などなど……が採用されたようだ（「GHQメディア政策と戦後占領期の演劇上演をめぐって――芸術受容者の研究」二〇一〇年一二月二〇日川崎賢子口頭発表）。現在福岡地区の検閲台本資料は「ダイザー・コレクション」として早稲田大学坪内博士記念演劇博物館で閲覧できる。これによると後でふれる菊田の「堕胎医」を簡略にして上演しようという演劇集団があったようだが、福岡地区では上演不可になっている。

さて菊田一夫はラジオの放送時間の枠に変化が現れたのは一九四六年五月頃からで「天使と海賊」（一時間枠三回三週予定）が、二週目に突如三〇分に切り詰められその週で終わりにされたこと、CIEの軍属氏と意見衝突したNHKのディレクターが解任処分を受けたり、解職させられたりしたことも記している。特にCIEは学校放送などの教育番組に対して厳しかったという。こういうことを知ると、〈教育はその国の行方を左右する重要な鍵である〉と占領軍が考えていたことがよくわかる。短絡的にいえば、その結果、戦争をしない国と国民を作るために、今私たちが持っている平和憲法と教育基本法が生み出されたのだ。このことは唯一の〈よきこと〉であったのだが、百年もしない今、改憲が叫ばれているのだから、本稿で過去を振り返っているだけに恐ろしい。

NHKのあらゆる番組はCIEの検閲と企画に左右された。番組が一五分単位の枠に縛られるようになったのはゼネスト中止後の一九四七年七月からだった。そのテストケースとして菊田の「鐘の鳴る丘」などの学校放送番組が作られる。これには浮浪児救済と多くの大衆に聞いてもらうというプロパガンダの目的があり、短い放送時間にしたのはアメリカで一五分もののソープ・オペラが大人気で定着し、五年も一〇年も続いているというのが、その理由であった。以後、短い枠の連続ドラマが数多く制作されていく。これでは連続ラジオ小説といった方がいい。ドラマの歴史が短いアメリカならではの発想だ。

菊田はＣＩＥに呼ばれて、一五分の番組を作るように言われたとき、無理だと応えた。英会話によるドラマ一五分に対して、日本語では二五分間であると主張し、せめて二〇分はほしいといったが聞き入れられなかったという。「私は日本語会話の十五分間連続ドラマというものが成立するか、どうかのモルモットとなることを承知した訳でした」と書いている。これがテレビになっても適用され、現在の朝の連続テレビドラマ（小説）が生れた。

〔2〕「東京哀詩」

ＣＩＥの検閲が緩やかなときに菊田は、「東京哀詩」をＮＨＫラジオで放送している。これは初めに記したように千秋実の薔薇座に書いた戯曲だ。日劇小劇場で初演（一九四七年一月二一〜二五日）された「東京哀詩」は、爆発的な人気を得て、日劇小劇場で再演、再再演（三月）をくりかえす。とにかく売れた。初演の最中の一月一八日にはＮＨＫで放送され、名古屋名宝文化劇場や浅草常盤座が買いにきて一部改定して上演もされた。この改訂も、あるいは検閲によるものかもしれない。

現在『菊田一夫戯曲選集』に収められている「東京哀詩」が初演のものか、改定版かは解説にも明記されていないため明らかではないが、千秋実所蔵のものであるなら初演であろう（演出　佐々木孝丸、美佐枝　佐々木踏絵、桂太　千秋実、飛島　西川敬三郎、蓉子　牧屋杏子、掛橋　野口元夫）。

これも初めに触れたが、戯曲依頼で千秋が菊田を訪ねたのは新劇合同公演の「桜の園」（一九四五年一二月）が不満だったからだ。「巷には戦災孤児、浮浪者が溢れてるじゃないですか、ガード下にゃパンパンが住みつき、与太者がうろつき、闇市で一杯十円のゆでじゃが、二十円のシチューに人がむらがりたかっています。（略）戦後日本の、現在の〝どん底〟は目の前にあるじゃないですか。昔の翻訳物をやるより今の日本の現実のなかにいくらでもドラマはある」（『わが青春の薔薇座』）と千秋は菊田に熱っぽく語った。

千秋の指摘するとおり、戦前からの新劇人たちは合同公演のあと、翌四六年二月に村山知義の再建新協劇団は「幸福の家」（フョードロフ作　村山演出）、三月に久保栄たちの東京芸術劇場は「人形の家」（イプセン作　土方与志演出）、千田是也らの俳優座は「検察官」（ゴーゴリー作　青山杉作・千田演出）を上演、創作劇は文学座の「河」（和田勝一作　中村信成演出）だけであった。

若い劇団の薔薇座は五月に「新樹」（久藤達郎作　村山演出）という敗戦後の東北のある村が舞台の芝居で旗揚げ公演を、九月に「東風の歌」（久藤作　八木隆一郎演出）、これも東北が舞台で漁港の改築に一生をかけて突進していく男とその息子の話を上演していた。二つとも戦後の作品（『日本演劇』掲載）だが、久藤の故郷青森が舞台であるだけに、度重なる空襲で焼け野原になり、〈浮浪児やパンパン〉がたむろする東京で上演するには翻訳劇同様の違和感があったのだろう。しかも演技は素人の域を脱していないといわれていたから（大江良太郎）、「東京哀詩」のような目の前を歩いている人々を舞台に乗せたほうが演技力もそれほど要求されなくてすんだろうし、見るものにはノンフィクションのように迫ってくるから予想外の熱気も加わり、ヒットするのも必然であったと思われる。

二人は何度も話し合い、意気投合して「東京哀詩」（副題汚れた顔の子たち）が出来上がる（四六年秋）。「有楽町あたりのガード下のパンパンと与太者が、浮浪児・戦災孤児たちと暮し、育てていこうとする話で、与太者とパンパンにそんなことがうまくできるわけのないところが哀詩」なのだと千秋は告げる。

時は敗戦の翌年の冬、舞台は有楽町と思われる省線（現在のJR）のガード下。まさに〈今ここ〉という時間と場所であった。敗戦前からいた浮浪者と戦争で両親と死に別れた浮浪児、パンパンと呼ばれた私娼がこの場所で住み分けて暮らしている。この辺りを縄張りにしている組の一員桂太―いわゆる与太者―は戦地から戻って知り合った蓉子と一緒に暮らしていた。が、遅れて帰還した兄貴分飛島の妻であったこと知り、微妙な立場に置かれている。蓉子の夫飛島が疑っているのだ。私娼―パンパンの美佐枝は浮浪児たちを姉のごとく、母のごとく面倒をみる。彼女も孤児であった。皆が屋根のある家に住みたいと考えている。

蓉子と別れた桂太は美佐枝と夫婦になって、孤児たちと一緒に暮らすことを夢見る。しかし組長と飛島のエゴに振り回され、組同士の縄張り争いに都合よく使われる。おまけに飛島の嫉妬が桂太の命を狙う。マーケットに店を出して屋根のある家に住もうという彼らの共通の夢は破れるのだが、子供たちや美佐枝はそんな事は知らない。戯曲は桂太が話し合いに飛び出していき、子供たちが「いい子になるから帰っておいでよう」と叫んで終わる。

筋は単純だが浮浪児の現実が赤裸々に表現されているから、占領軍の浮浪児対策のメガネにかない、ラジオドラマ「鐘の鳴る丘」へと発展的に移行する。

この戯曲に登場する人々は皆、悲しい。その悲しい現実に一つの夢を与える場がある。四場の雲の上だ。天国の父や母が登場して子供たちとエールを交わす場で、まさに夢の場だ。ここには美佐枝と桂太の天使も登場する。悪いことをしてはいけない、人のために一ついいことをすると天国へいけると語るのだ。美佐枝や桂太の言葉遣いも天使のときは全く変わる。これがおもしろい異化効果になった。

千秋は反響とラジオ放送について次のように書いている。

——芝居は三日目から超満員になった。安藤鶴夫がいち早く東京新聞に劇評を書いただけでなく、日劇の目と鼻の先にある朝日新聞社から、井沢淳と北鬼助が観にきてびっくり仰天といってもいいほど感激してしまい、毎日見にきた。誰かれかまわず吹聴する。「これぞネオ・ロマンチシズムだ、朝日賞ものだ」と興奮し、とどまるところを知らないで褒めまくった。あんまり入りすぎて観客席の椅子がこわれた。

菊田は「東京哀詩」をラジオドラマの脚本にし、NHKに薔薇座の舞台そのままの配役で売りこみ、彼の演出で放送することに決めた。（略）日本薄謝協会と言われる安い出演料でも、薔薇座ユニットとして出れば、全員の小遣いかせぎになるし、芝居の宣伝にもなる。

（略）菊田は熱心にうまく子供たちを指導して、舞台とはまた違った情趣を盛り上げた——と。

ラジオにはレコードの録音が流されたという。したがって関係者はみな聞くことができた。放送を聴いた翌日に菊田は千秋に次回作についての手紙を書いている。

「次回作品……礼儀としても久藤君の物をやるべきだと思いますから、小生は次回は引き下がるつもりですが、ほかの人の本が間に合はなかつたらその次ぐらいには書いてもいいです。次回だっていよいよ間に合はなければ書いてもいいですが、出来得れば久藤君のものか、或いは他の人の物をやるべきでせう……。書きたい気持ちはありますが。（略）本年中には既成新劇を打倒しませう」というものだ。

かなり遠慮がちな手紙だが、菊田には「東京哀詩」の大評判を逃さずに続けて書きたいという気持ちのあったことが伝わってくる。同時に戦後の再出発で菊田は、既存の新劇を射程距離に入れ、それを乗り越えようと考えていたことがわかる。そしてその実現可能な場としてこのときは若い千秋の薔薇座を念頭においていたのだが、このあと菊田のこの思いはなかなか続けて実行されなかった。結局、最終的には東宝の芸術座の舞台づくりへと行き着くことになるのだろう。

薔薇座の次回作に予定されていたのは久藤の「宮沢賢治伝」で、千秋は武者小路実篤に演出を依頼していた。ところが本を読んだ武者小路は〈この本では演出できない〉と手直しを要求し、久藤は「書き直す」といって青森に帰ってしまう。結局菊田に二作目も書いてもらうことになり、「堕胎医」が舞台にあがることになる。しかしこれは難産であった。

［3］「堕胎医」

「堕胎医」といふ題名に決めた。貧民街の若い産婦人科医の悩み（近頃の世相への）と、彼の助手である看護婦の恋愛との交錯、結局は人間性の高揚のために闘いながら（堕胎を否定）しながら、堕胎医として下獄する男の話

こんな内容のハガキが、菊田から千秋に届く。しかしいつものようにすぐには出来上がらない。一幕を渡して、翌日はそれを没にするという書き直しが続いて千秋を悩ます。菊田通いで千秋は靴を一足はきつぶしたというから、菊田にとってはまさに初めての大仕事、見方によっては本格的な作家になったといっていいのかもしれない。菊田が時間をかけて書き上げた「堕胎医」（一九四七年一〇月二二日～一一月三日、一二月五日～二八日、日劇小劇場）を読んでいこう。

生むという行為を菊田がどのように考えていたのか、興味深いものがあるが、ここでは性病が問題になっている。しかしイプセンが一九世紀のあの時代にタブーであった梅毒を扱ったようには描かれてはいない。表現は赤裸々だ。それが青少年に性病の恐ろしさを伝える社会劇として評判になった理由でもある。

第一幕、昭和一五年夏、藤崎の自宅。若い産婦人科医師藤崎恭二（千秋実）は婚約者の美佐緒（高杉妙子）と楽しげにすごしている。恭二は帝王切開をして赤ちゃんを救ったが、母親は心臓マヒで死んだ。その女の夫重田が来る。重田の妻は恭二の所へ来る前に助産婦大塚に堕胎をしてもらい、それに失敗して恭二の病院へ運ばれたのだった。重田は妻の産んだ赤ん坊の父親を教えてくれという。姦通罪で訴えるつもりであった。しかし恭二は教えない。赤ん坊を引き取りたいと父親が病院へ来たという電話が入る。この事件がきっかけで、このあと恭二には次々と不運がおそう。

第二幕、昭和二一年秋、藤崎の自宅は産婦人科の医院に

なっている。しかも前場とは異なり、薄汚れた感じである。恭二は戦地で傷病兵を治療中、指の傷から性病に感染し、それが完治していないために美紗緒との結婚をあきらめようとしている。もと私娼であったるい（佐々木踏絵）を救い、看護婦見習いとして働かせていて、妊娠している彼女のために看護婦の資格を取るよう助言している。堕胎を頼みに来る人々に恭二はいつも生むことを進める。美佐緒は結婚をしようというが恭二は理由もいわずに断る。

第3幕、同じ場所冬、るいの子供が生れた。戦地で知り合った友人中田が妊娠した妻を連れてくる。彼は性病をもっていて、それが妻に伝染していた。彼は戦地で無理に犯した女から病気をもらったのだ。その治療をしていて、恭二は傷口から性病をもらう羽目になった。恭二にとっては中田は恨めしい存在であった。中田の妻は性病の話を聞くが自分の子供として産みたいという。が、恭二は薬は既に効かなくなっているから、生まないほうがいいと応える。結婚をしないという恭二をあきらめ、美佐緒はほかの人との結婚を決める。恭二は悩む。

病気を持っている場合の堕胎はかまわないが、貧乏で生活苦にあえいでいる場合や不幸な妊娠（たとえばレイプなど）でも生むことを進言する恭二。結果、彼のもとを去った患者たちはいい加減な処置をされて、死亡する。この現実を恭二はほとんど考えない。彼は自分の体が蝕まれても、それに耐えながら治療をつづける。最後の幕では頭に菌が入り、精神病院へ入ることになる。彼の先に待っているものは死である。

菊田は、敗戦後の混乱期に望まない妊娠をした女性たちが命を落としたり、あるいは貧乏のどん底で死んでいくその現実を描いた。恭二は男性の自分勝手なエゴ、肉欲を批判するが、その結果の被害者である女性の〈生〉にほとんど目を向けない。あまりにも人道主義的でヒロイックな主人公である。あるいはそんな恭二を描き出す中で、菊田は堕胎罪という不条理な法律や現実に批判をしていたのかもしれない。

二〇世紀のはじめに制定された堕胎罪は現在も生きている。これは悪法だ。産む・産まないは国家や法律が決定することではない。きわめて個人的な問題で、身体を所有する女性が決定すればいいことなのだ。

一九二〇年代にドイツの医師が書いた戯曲「青酸カリ」（F・ウォルフ作）で既にこの問題は取り上げられ、堕胎罪の存在が批判されている。これは一九三一年に久保栄の翻訳演出で新興劇協会が上演した。近年ではイギリス映画「ヴェラ・ドレイク」（マイク・リー監督）が鋭い問題提起をした。家父長制社会で貧しい女たちが生きる困難を告げた優れた映画で、拙著『ドラマ解読』（社会評論社二〇〇九年五月）でとりあげたことがある。

堕胎は、わたくしたちの国では、樋口一葉が「たけくらべ」でわずかに触れているだけであった。その後一九二〇年に発表された山本有三の「嬰児殺し」が間接的に取り上げ、そして戦後の菊田のこの「堕胎医」ということになる。その意味でもこの戯曲は敗戦後という時代の特質を映し出すと同時に、この悪法のある限りいつになっても存在する極めて不条理な問題を描出していたのである。

新国劇の舞台

「堕胎医」と前後して、森繁久弥に「非常警戒」（日劇小劇場　一九四七年三月）、エノケンとロッパに「弥次喜多道中膝栗毛」（有楽座　四月）、エノケンに「孫悟空」（有楽座一一月）、森川信に「令嬢の秘密」（浅草常盤座　四八年二月）、新国劇の島田正吾に「シンガポールの灯」（名古屋御園座四月）、新生新派の水谷八重子に「風の口笛」（新橋演舞場四九年一月）などを菊田は書いていく。ロッパやエノケン以外は全て当時の状況の中に生きる同時代人を描いたものだ。八重子はガード下の売れないパン助を演じ、子役デビューした良重（現在の二代目八重子）は浮浪児役だった。このあとも新国劇や新生新派に脚本を提供、演技の質の多様な俳優たちに出会い、菊田の戯曲は、ギャグやナンセンス・オペラとは異なる同時代の風俗的な商業演劇──ウエル・メイド・プレイに歩みを進め、レヴューやロッパ路線とも新劇とも異なる領域を開拓し、結果的にはこれらが全て後の帝劇や芸術座につながっていく。

新国劇という集団は、今はない。新国劇に一〇年間いたという緒形拳が「師・島田正吾の『白野（シラノ）』に挑む」といわれて話題になっている（二〇〇六年一〇月にシアターコクーンで上演）。実は菊田一夫と新国劇の出会いも「シラノ」がらみだった。

2・1ゼネストが中止された一九四七年二月、新国劇は有楽座で「シラノ・ド・ベルジュラック」（ロスタン作・楠山正雄訳・佐々木孝丸演出）、「刺青奇偶」（長谷川伸作・谷屋充演出）の二本立ての公演を持つ。大笹吉雄『日本現代演劇史』（白水社）によれば、この作品に決まるまで演目選定でもめたらしい。当初は中里介山「大菩薩峠」の通しの予定が、GHQの検閲ゆえか、あるいは上演時間の関係からか、理由は不明だが上演不可能になる。次に新国劇企画の菊田一夫作「東京」（内容不詳）と東宝本社企画の川口松太郎作「幡随院長兵衛」の新作二本の上演を考えるが、これも脚本に難があるとして下ろされ、最後に前記二本に落ち着いた。薔薇座が一月に初演した「東京哀詩」なども候補にあがったというから、新国劇は現実を描く現代劇を舞台に上げて新しい戦後日本に合った演劇集団になろうとしていたのかもしれない。それゆえ戦前新国劇の当たり狂言であった額田六福翻案の「白野弁十郎」を出さずに、新劇がやるような忠実な翻訳劇「シラノ」を新劇演出家の佐々木を使って上演したのだろう。

島田のシラノにたいして、ロクサーヌは初役の花柳小菊で、クリスチャンには森雅之が当初予定された。森はこのとき東京芸術劇場の久保栄作・演出「林檎園日記」(三月帝劇初演)の稽古中であった。森の代わりに清水彰が抜擢される。小菊は初めての翻訳劇で、歩き方からメーキャップにいたるまで滝沢修の指導を受けたという。指導者がなぜ滝沢だったのかわからないが、この公演が東宝の有楽座であったことを考慮すると、滝沢が手を貸したのは、東宝からの助言だろう。久保や滝沢が戦後立ち上げた東京芸術劇場は東宝と契約していたからだ。東宝は新国劇も傘下にいれる考えがあったのかもしれない。

菊田は新国劇に現代劇を何本も書いた。同時代演劇として生きるには戦前の作品におんぶしていては集団は死ぬ。演劇は今を生きる芸術だからだ。新生新派も川口松太郎一辺倒から抜けでようとしていたし、新劇も危機を叫ばれていて出口をさがしている。現代演劇のゆく手は混沌としていた。占領下ではあったが、それゆえに新しい思想や新しい状況が出現していた。新国劇が現代にコミットしようと思うのも当然だろう。

[1]「長崎」と「ミスター浦島」

菊田は「東京」を提供して下ろされたが、すぐに「長崎」(一九四七年一〇月 新宿第一劇場)を作・演出している。『東宝』追悼号の「菊田一夫作品略年譜」にも終刊号の「作品年譜」にもないからこれが『菊田一夫戯曲選集』二巻に収録されている古川緑波一座で上演した「長崎」(菊田演出・伊藤熹朔装置 一九四三年七月一日〜二九日 有楽座)と同じであるかどうかはわからない。菊田は「『長崎』はおなじ題名で内容の異なる四作品があります」(『菊田一夫戯曲選集』二巻あとがき)と記しているからおそらく異なるのだろう。というのも緑波一座の作では戦後に上演するにはあまりにも旧弊だからだ。

長崎に関する作品を四つも書いたのは、なぜか……。菊田は九歳の一九一七年の五月、台北から一時帰国して長崎の加津佐に半年間住んだことがあったという。その懐かしさがこれを書かせたのだとすると、長崎の半年間は菊田にとって〈心地よいとき〉であったのかもしれない。

緑波一座が上演した「長崎」は日露戦争開戦前六年間の長崎が舞台で、沖仲仕の積荷やおくんち祭りをめぐるやくざの争いに国家機密が絡んだ話しだ。恩や義理、人情や忍耐、国民の義務や幸せなどが描かれていて、しかも国家を救うためにスパイとして林田組の娘がロシア高官の妾になるという破天荒な筋も含まれている。いかにも古く、戦時色満載の作品だ。

緑波は「長崎」について一九四三年七月の日記に度々書いている。「昼でも気を入れるよりなし、兎角井上正夫調になるので、なるべくドスを利かせて逃げる。」「奈良中将と昼食、中将昨夜見物の『長崎』を大いに賞めて呉た。」「夜の『長崎』段々クサくなり、『芋』つくぐ〳〵いやんなる」（『古川ロッパ昭和日記』）。評判はよかったようだが、作品が単純なだけに、初めの内はいいが二〇日間もやると飽きるのだろう。

しかしこの作品には一つ面白い視点がある。洋妾とさげすまれ、噂される娘お栄が、四年ぶりで帰宅したとき、婚約者であった源吉と結婚して林田組の後を取っていくところだ。お栄が泣き寝入りせずに凛々しく生きようとし、源吉の愛情も変わらず思いやりを持って彼女を愛していく。芝居では洋妾が悲劇的な終末を迎えることが多かったから、この結論には商業主義のウエルメイドプレイだと言い切れないものがある。

おそらく、未来は決して過去に足を引っ張られ振り回されてはならない、と菊田は語っているのだと思う。それは菊田自身の行き方にも反映されていたし、戦後のパンパンや混血児たちを描いた作品で彼らに注いだ菊田の暖かい視線を思えば、これはあながち的外れではないだろう。緑波はそうした菊田の視点が把握できなかったようだ。日記にはしきりと自分で作品が書きたいと記述され、同時に菊田との関係が悪くなっている様子が記されていた。文芸部の人材が辞めたいといいだした話の中で「菊田――といふより高杉が蔭から糸ひいてゐるもの、如し。」や「菊田、へンに抗って来た。一っそあいつの脚本不要といふ一声を発したい気持だ。実にいぢましき抗ひなので、腹が立つ。えゝイ自分でいゝ本書くぞ。」とまで書いている。疑心暗鬼の状態だったのだろう。疑惑と言うのは恐ろしい。文芸部の人材の給料の値上げが絡んでの事のようだ。これが一部で触れた緑波と菊田の仲が〈ギクシャク〉しだした頃、一九四三年の夏の話だった。

さて、筋のわからない新国劇の「長崎」のあと、詐欺師物四本、「ミスター浦島」（一九五二年五月　明治座）、「ビルマの竪琴」（竹山道雄原作、五八年八月〜九月　新宿コマ劇場）、「参謀命令」（五九年七月　東京宝塚劇場）などを書く。後者二作品は日本の独立後の作品。現在『菊田一夫戯曲選集』で読むことのできる戯曲は少なく、「シンガポールの灯」「海猫とペテン師」「私は騙さない」「ミスター浦島」の四本だ。前三作の詐欺師物は後で触れることにして「ミスター浦島」を見ていこう。

この戯曲は写真結婚でサンフランシスコまで行ったが、写真と出迎えに来た男の顔があまりに違うのでそのまま日本へ帰ってきた娘と、一度会った娘が忘れられず、成功して三〇年後に訪ねて来る男の話だ。彼は未婚であった。ロマンティック過ぎてこの設定はかなり嘘っぽい。なぜならアメリカで開拓しながら成功するにはあらゆる面での協力者が必要で、それには妻の存在が大きいからだ。菊田はかなりロマンティックな部分の強い人であったのだろう。

船でアメリカへ行き、相手の男が気に入らないから戻ってくるというのは、有島武郎が「或る女」で葉子にとらせた行為だ。一九四六年一〇月、文学座が杉村春子の葉子で帝劇の舞台に二日ほど乗せている。一ヶ月公演が二日で終ったのは東宝争議で公演が中止になったからだが、菊田がこんな突飛な行為をする写真結婚の女性を戯曲に書き込んだのは、「或る女」をヒントにしたのかもしれない。アメリカに占領されていたから、アメリカで成功した男の話は間接的にアメリカの印象をよくする。検閲はすんなりとおったことだろう。この作品はおそらく菊田の最後の検閲作品と推測される。

この戯曲の場所は呉、「時」に明確な指定はない。主人公のきわが五〇歳ぐらいということになっているからおそらく一九二〇年頃の写真結婚だと推測される。戦前戦中には満州にいった人たちの間で写真結婚は多かったし、その人たちが敗戦後引き上げてきていて身近な出来事であった。占領されていたからもちろんアメリカ人は日本中に存在している。片言の英語や日本語は巷間にあふれていた。一九五二年四月二八日、ＧＨＱが廃止され、日米安保条約が発効する。デモやストが続いて日本は騒然としていた。海外から戻ってきた人がいたとすると、まさにそれは浦島太郎であったろう。けれどももちろんデモもストもここには出てこない。

戯曲は、金持ちのアメリカ帰り中ノ橋種次が突然登場して、金目当ての親類が集まりだす。夫を戦争で亡くし、娘二人を育て上げ、パチンコ店を経営している藤崎きわ。種次はきわと結婚したがっている。きわもその気になるが、親類縁者の干渉に負ける。きわは種次に言う。

浦島さん、私は三十年前には、あんたに恥をかかせた女ですけん……それがいま、あんたと結婚してもう一度あんたを不幸にしてしまうようなことがあってはいけません。

私のまわりには、あんたを不幸にする種がいっぱいころがっていますからね。（略）

種次さん……あんたのように、こんなええ人が、どうしてこの家には、いられないのかしら。

女たちの幸福は、彼女を取り巻く親族……世間が壊す。戦争未亡人の不幸は、愛と性の二重の不幸であった。一度は若くして夫に死に別れ、二度目は再婚も否定される。有島が描き出した葉子のような新しい女は二〇世紀の初めに登場していたのだが、それが大衆レヴェルで浸透するには時間がかかる。菊田はそんな女たちの哀しみをこの戯曲で描いていた。きわの泣き声が高く響いて幕が下りる。後で触れる「君の名は」で菊田が描きたいと考えた戦争未亡人の〈愛〉がここでも問われていたのである。

[2] ペテン師もの――「シンガポールの灯」
「海猫とペテン師」「わたしは騙さない」

さて、興味深いのは詐欺師を題材にしている作品だ。新国劇には四作、ペテン師ものを書いている。詐欺師・ペテン師の話は情報局委嘱作「花咲く港」で既に書いていた。この詐欺師は可愛げのある微笑ましい存在だった。時代が動転しているときには詐欺が横行する。本物の悪（ワル）と中途半端な悪（ワル）。菊田の詐欺師はとことんの悪（ワル）ではない。詐欺師といわれない人たちの方が悪者だといいたいのかもしれない。そんな戦後の動揺した時代とそこで生きなければならなかった人間を連続して描き出す。占領期と占領解除後との違いを見ながら作品をみよう。

最初の「シンガポールの灯」（一九四八年四月一日～二二日　名古屋御園座、再演五〇年七月　東劇）は、昭和一七年のマレー半島が舞台。大阪から二〇年前に詐欺まがいのことをして逃げて来た小心な男が主人公だ。彼を捜している新聞記者山中正一郎は、その当人瀬木周吉（本名西沢修平）と出会うが、かつて彼の家族をだましたから恨まれていると勘違いしている西沢は本名を名乗らず姿を消す。瀬木たちは二〇年前、偽のホルモン剤の製造販売の権利を高値で山中商店に売りつけた。山中商店は破産寸前、瀬木の薬会社も同様であった。ところが瀬木が消えた後にホルモン剤が大当たりして山中商店は大盛況、山中は息子に瀬木を探させていたことがわかる。勘違いをしていたわけだが、瀬木は二〇年間重荷を背負っていた。戦争が終ってもまだ終らないと思ってどこかに隠れている兵士たちを髣髴させる話だ。

瀬木は帰りたくても帰れない自分に自問自答する。長い間この地で日本軍の通訳をして表彰されることになったからだ。その挨拶の言葉。「自分は……あの時、他の引き揚げ同胞諸君と一緒に…非常に…ほんまに…内地へ帰りたかったんですけど（略）こんなこと言うてもええのんかなあ……（大声で）この時こそ老骨に鞭打って、お国の役に立つべきやと…（幕）」

瀬木の悲嘆は深く、しかもその絶望には出口がない。表彰されるより、日本へ帰りたい、それは戦争で死んでいった兵士たち全ての望みであっただろう。深読みといわれるであろうが婉曲にそう告げているようにもとれる。

ここで登場した瀬木という名前はこの後のペテン師物に続けて出てくる。登場人物の名前を考えるのが面倒になったのか、あるいは連作のつもりで同じ名前を使用したのか、定かではないが瀬木が主役の名前になる。〈せき、せぎ〉いかように呼ばせたかったのだろうか。〈せき〉であれば、〈関〉に通じ、境界にいる人間を意味することになるが……。

この後「海猫とペテン師」（五三年一月～二月　明治座）、「一八度線のペテン師」（五三年六月　明治座――朝鮮戦争休戦協定の半島分断点38度線に敏感に反応しているタイトルだ）、「私は騙さない」（五五年6月　明治座――前二作の続編）と、ペテン師ものが続く。『菊田一夫戯曲選集』で読める二作を簡単に見ると、まず構成が変っている。これまでは舞台の時間は自然主義的で過去を表す場面は現れず、古典劇やイプセン劇のようにセリフの中で表現されていた。しかし「海猫とペテン師」以降、過去は舞台にタイムスリップして登場する。現在から過去へ、過去から現在へ戻って幕が下りる。イプセン流リアリズムからの脱出だ。明治座という舞台機構（回り舞台の利用など）がこうした場面転換を可能にしたのかもしれない。が、同時代の新劇作家たちがリアリズム演劇全盛で自然主義的時間の中で戯曲を作っていたことを考えると新しい試みといっていい。これは翌年の宝塚歌劇公演「ワルシャワの恋の物語――君の名は」でも取り入れられている。宝塚作品については後述する。

「海猫とペテン師」――時は戦後でおそらく上演時と同じ、場所は海の河口の見えるガード下、東京湾近郊だろう。幕開きで主人公が殺される。センセーショナルな第一場だ。そして死んだ瀬木三平が夜光塗料で光る衣裳を着て登場（幽霊というわけだ）、なぜ死んだのかを語り出して過去へと遡る。この劇の詐欺は、戦後に多かったと思われる沈没船の引き上げに絡むものだ。登場人物はすべて詐欺師。瀬木は七年前にも詐欺を働き、良心的な一家を没落させ、しかもその末娘と恋愛をし、捨てて逃げたのだ。その家族の娘たち（芳枝・葉子）と再会、愛と復讐が入り乱れる。菊田の戯曲は人と人との信頼がキーワードであることが多く、これもその信頼が強調され、それに足を引っ張られて瀬木は詐欺師失格、殺される羽目になる。笑いはそここに挿入されているが、最後はシビアーな終り方だ。裏切った者を許さないという視点が底を流れているように見受けられる。

「私は騙さない」はさらに激しい。戯曲の構成は「海猫とペテン師」と同様だ。主人公の詐欺師は瀬木三平、幼友達で恋心を寄せていた奈保子と故郷で再会する。この劇で死ぬのは奈保子の夫。彼は卑怯者だ。

場所は北海道の厚岸、時は一九五五年の上演時と敗戦の数ヶ月前。一場は敗戦前の殺人で服役していた瀬木が出獄し、殺したと思っていた源吉と出会うところから始まる。源吉が生きていたのなら瀬木は誰を殺したのか。何のために十年間監獄に入っていたのか。この問いは最後まで問われていて答えが出ない。全ては観客に手渡されるのだ。舞台が進むにつれて実際に殺されたのは特高で、彼を殺したのは奈保子の夫桜井（社会主義者）であったことがわかる。桜井は反戦工作のかくれみのを着て上海で麻薬の密売をしていた。彼を追っていた特高を殺したのだ。騙されて殺人者にされた詐欺師三平が代りに投獄される。冤罪だ。

桜井は戦後、社会民主化運動の先頭に立っていろんな仕事をする。今は北海道の有力者の一人になっていた。かつて一族みんなで三平を陥れた奈保子は、三平にあなたの為に無実の罪の証人になるというが、三平は「なんぼ証しを立ててもろたかて、十年間も刑務所でくらした悲しさは、元に戻れへん」つぐなう道は結婚することだ、という。奈保子は冷徹な桜井が嫌いであった。三平とその後の人生を生きようとしていたから結婚を承諾する。が、夫の桜井に話をする前に彼が死んでしまう。

一九五五年、桜井は死の直前にこんなことをいう。

今、婆やが、人間には、世の中の役に立つ人間と、役に立たない人間がいる……
旦那さまのような立派な役に立つ人が……といってくれたのだが……私はあのとき、あのまま、あの男の代りに…代わりにだ…この世間からひっこんで、あの男がいっていた場所に姿を隠していたとしたら……私が終戦後にこの社会の中でやっていた仕事は、どうなっていただろう…誰が居残ることが最も世の中の役に立つか、それが問題なのだ…世の中って面白いものだねえ……私は、あの時、この社会の中に居残って、いいことをしたと思うよ……あの男もそれに気がついたので、私を訪ねてこないのではないだろうか……

何と言う虫のいい言葉だろう。自身の行為に対する反省もないし、責任をとるつもりもない。戦争を引き起こした人も、その後の日本を引っ張って行った人も、結局自分は有意義な存在だという発想の中で安住して生きているのだと作者は言わんばかりだ。桜井の身勝手な思い入れに対し、三平は呟く。

誰が居残ることが最も世の中の役に立つか、それが問題なのだ……そうかもしれへんな……僕みたいな頼りない人間は、なんぼ生きてても世の中の役には立てへんやろな……そうかもしれへんけど……刑務所にはいらんでもええ人間が十年間も刑務所にはいってきたんは、どないなんねん……（悲しげに）どない考えても、とりかえしのつかん十年間や……どないなんねん、これは…

冤罪の罪の深さ、恐ろしさ、取り返せない時間の闇に面と向かう人間の口惜しさがたどたどしい表現から伝わる。世の中に役に立とうが立たなかろうが、人は自己の生を十全に開花させて生きる権利がある。

三平に罪をなすりつけた桜井は心臓病で死ぬ。桜井が死んで奈保子は死んだ夫に縛られる。かつて三平を裏切った奈保子には自由な幸せな時間は来ない。一人失った時間を取り戻すすべもない三平は奈保子の前を駆け去って消える。加害者はその責任を、身を持って取らなければならないのだ。しかし被害者はどうすればいいのか……決して救われない。

一九四九年八月一七日未明、上野行き列車が金谷川駅と松川駅との間で脱線転覆する。何者かが線路の継目板をはずし、犬釘を抜く操作をしたために起った明らかな人為的事件であった（松川事件）。日本近代史上まれに見る大規模で深刻な事件であった。犯人と目された二〇人の被告は、一九五〇年の一審で死刑を含む重刑、五三年の二審で無罪三名、ほかは一審と変わらず、という判決が下された。この判決には大きな批判が沸き起こっていた。あきらかな冤罪である。この芝居が上演される少し前に、田中耕太郎最高裁長官は松川裁判批判が噴出している状況をみて、「外部の雑音に迷うな」という訓示を出していた。菊田は日本中を揺るがしているこの事件を念頭に置いていたのではないだろうか。決して直接的表現ではないが、時代のなかにこの戯曲を置くと、そう読める。菊田が常に時代と共にある演劇を目指していたからだ。

この時期にこんなにも早くに人が生きる価値の是非や冤罪を問題にした劇作家がいただろうか……と思う。菊田はまことに恐ろしい劇作家だ。

オペラ・コミック「モルガンお雪」

一九五一年二月に帝劇が第一回コミックオペラ「モルガンお雪」（OPERA COMIQUE "MORUGAN ŌYUKI"）を出した（昼夜二回公演）。英語の梗概や配役表がついたプログラムは、占領軍関係者の観劇を狙ったものであることが一目瞭然だ。越路吹雪が宝塚歌劇団の生徒のままお雪役で出演し、モルガンはロッパが演じた。演出には東信一を筆頭に水守三郎・小崎正房・斎藤豊吉ら4人の名があるが、六年後に梅田コマ劇場で再演したときは菊田が演出して、そのプログラムに初演は秦先生だったと書いている。初演の陣頭指揮は秦豊吉（当時帝劇社長）であったようだ。実際後でひく緑波の日記にも秦の名がある。再演では「グランド・ミュージカル」と名づけられている。

菊田の作品年譜には、この再演の「ミュージカル」を意識してか、初演時にも「試作ミュージカル」と解説されている（永井孝男『東宝』終刊号）。が、初演のプログラムを見るとヌードガールズや日劇ダンシングチーム、日舞の群舞などが筋に無関係で出てくる和洋混合のレヴューだから、やはりタイトル通りコミックオペラと呼んだほうがいいように思う。

ストリップがたくさん出てくる舞台について、坂口安吾が〈ハダカばかりで能がない〉と批判したことばを引きながら秦豊吉は、「パリのレヴューは、美しいだけで芸のない美人を集めて、今日まで欧州の名物になっている。日本の美人劇場には帝劇が一番よい。そしてこの劇場を東洋名物にしたい」（「モルガンお雪」プログラム）と鼻息荒く書いている。秦と菊田のレヴューやミュージカルに対する考えは違っていたが、こういう秦のもくろみで当時の帝劇の舞台は作られたのだ。

緑波は、一九五〇年一二月のラジオ「さくらんぼ大将」で菊田との仕事を再開していた。

鈴木静一が〈「モルガン」「さくらんぼ」で菊ちゃんとの握手おめでたう。ケイコを嫌がることが（略）ロッパ不振の原因となったと思ふ〉という手紙を緑波に出したらしい

（日記一月十八日）。緑波も反省して、菊田との間に流れていた不穏な空気は消え、戦後の新たな出発が始まる。

一九四九年に離婚が成立していた菊田は、当時能勢妙子との結婚が決まっていたようだ。「さくらんぼ大将」の稽古に「菊田が、能勢妙子とお揃ひだ。（略）此の作、まるで吉川英治の『あるぷす大将』で知恵がない。然し、菊田のラジオはやっぱり他に真似手がない、上手い。」（日記十二月二十九日）とある。そして帝劇の「モルガンお雪」の脚本が菊田と決まり、轟夕起子の出演が予定されていたが地球座に決まったために宝塚の越路吹雪を交渉中の由とある。「菊田は、僕を得てはじめて出来る仕事、又僕も菊田を得て始めての仕事、これは嬉しくます〳〵活気出る。」と上機嫌だった。しかし脚本については「秦氏大ハリキリ、（略）菊田のまともな脚本をショウ式に直してゐるので、僕もギャグや思ひつきを話す。」旅行から帰った菊田が「面喰ふのではないか」（一月九日）と書いているのをみると、なんでもありの舞台が、秦豊吉の希望を入れた脚本で、菊田脚本とはいえないものであったことが理解される。「菊田は秦の押しに参ったのか、秦の改訂版に大改訂を加へると思ってたのにちっともいぢらず、そのため、まことに常識的なレヴィウ脚本となり可笑しくも面白くもなし、くさり」（二月一日）。「秦ハリキリ大王は、菊田の脚本を殆んど使はず、『今回は私に任せて呉れ』と菊田から貰っちまって、ひどいものになったので、菊田嘆く。おまけにストリップを売ものにし、ポスターもひどくはしたないものになっているので、共に嘆く。」（二月四日）と記した。

菊田は〈ストリップ〉は嫌いであった。後年、宝塚スターの外部出演について、「僕はストリップをやらない限り、何に出たっていいと思うよ。ストリップは、あれは裸であって、演技じゃないからね。」（真咲美岐との座談会「オケラ漫訪」『歌劇』一九五四年二月号）と発言しているのをみてもわかる。坂口安吾の批判も当然のような舞台であったのだろう。救いの神はアメリカ人、進駐軍の放送アナウンサー、ジョージ・ルイスで、いいアイデアを出してくれたという。が、全てを変えるわけには行かない。ルイスは「コーチャン（越路）ファンも、さぞがっかりするだろう」とか、「二十歳以下は入場禁止にしよう」とか言ったというから、相当猥雑な舞台であったようだ。しかし問題の秦もこのルイスの助言には好意的で「ビギン・ザ・ビギン」の編曲をし、「越路を毎日扶けてくれた」と述べている。彼の存在がこの公演の負の部分にプラスの味付けをしたのは事実のようだ。

お雪とモルガンの出会い、結婚、新婚旅行中のカイロでの災難（お雪がギャングにさらわれる）、救出、パリ到着、パリのレヴュー見物、十字架上の美女の裸体、ビギン・ザ・ビギンやマンボの歌と踊り、ニースの別荘、モルガンの死、お雪の回想の日本（芸者の踊りやダンシングチームの踊り）、フィナーレ、というように日本―アジア―パリ―日本と場面を重ねてお雪の生涯を描出した。先に引いた秦豊吉が望む美女集団のハダカに歌や踊りを入れてまとめているが、必然性のない場面が多い。菊田は自分の名前を使ってはいても自分の作とは程遠い演出に口出しも出来ず呆れてものも言えなかったのだろう。

秦豊吉の「モルガンお雪」に関する一文からどんな場面があったのか引いてみよう。この舞台は秦にとって第一回のミュージカルで「忘れ難いもの」であったらしい。しかし「都下の新聞の劇評は、どれ一つとして好評を与えたものはない。悉く痛罵」された。その上、主演の越路が喉を痛め二日休場、なかなか声が戻らなかった。大雪の日には暖房が不具合で劇場内の寒さがひどかった。ところが悪評に反して観客が押しかけた。それは一つには越路の美しさ、日本衣裳も西洋衣裳も両方を美しくきこなしたことであるが、もう一つは、日比谷の地でのヌードダンサーズの登場があったからだろう。「大詰の幕は、ニースのモルガンの別荘の庭から、紗幕を使って、次第に京都智恩院の風景に変え、更に浮世絵風のヨシワラに転じた、三林亮太郎考案の三段返しのうまい転換を見せたが、このヨシワラの朱の窓の中には、裸体の女が、大きな髷に結って立って、活人画になっていた。（略）しかもこの連中も、大詰になる前には、パリのレヴュウの場面で、フィギュラントになって出た。頭と腰の辺に白鳩の舞う装飾をつけ、後に長い白紗を曳いて、音楽に合せ、手をひろげ、あるいは高くして、美しい姿勢を見せて舞台を静かに歩いた。」（「大雪の日の『モルガンお雪』」）というのだから、まさに支離滅裂だ。しかし「外人見物の満足を得た」ことが秦の喜びであったようだ。やはり菊田が指摘したように〈裸〉は〈はだか〉でしかない。

祇園の芸子お雪とアメリカの大富豪一族のジョージ・デニソン・モルガンの恋物語は、明治の恋物語――シンデレラ・ストーリーとして有名であった。ちなみに外国人との恋愛物語でもっとビッグなものもある。オーストリアの貴族と結婚した光子・クーデンホーフ伯爵夫人（一八七四年生）だ。東京牛込の裕福な商人のお嬢さんで、彼との間に七人の子をなし、次男がEU・ヨーロッパ共同体の主唱者であったから、「ヨーロッパ共同体の母」といわれている。日本に帰ることなく、かの地で没した。写真で見ると目を見張るような素敵な伯爵夫人で、非常に知的だ。演出家大間知靖子と女優吉行和子が一人芝居「MITSUKO―ミツコ」を一三年間上演し続け、二〇〇五年の冬に光子の故郷神楽坂の牛込で最後の公演をした。香水の「ミツコ」は彼女の名前をとったといわれている。ついでに脱線すると、着物スタイルのシルクの女性用ガウンが20世紀始めにヨーロッパで流行したのは、川上貞奴のヨーロッパ公演（一九〇一年）で着物に触れたデザイナーが考案したからだといわれている。秦は「モルガンお雪」の後、越路に「マダム貞奴」を演じさせ、成功している。

日本女性を主役にした世界で一番有名なオペラ「マダム・バタフライ」のお蝶さんは男性好みの〈待つ女〉で悲劇の人だが、彼女とは異なりお雪はモルガンと結婚しアメリカ国籍を得た。第一次大戦が始まった年に、ニューヨークからニースへ向かう途上でモルガンは腸チブスにかかり亡くなってしまう。その後、ニース（別荘）で暮らしたといわれているお雪が、日本へ戻ったのは一九三八年頃であったらしい。日本の戦時体制が強化されだしたときで、世界戦争の始まる気配で急遽帰国したのかもしれない。この芝居が上演されたときもお雪は生存していて、カトリック信者としての日々を過ごしていた。プログラムには「現に京都に住まわれる女主人公お雪さんにお迷惑のないように各位の御了解をお願いいたします」とある。

アメリカ兵と日本人女性の現実は、〈お雪とモルガンの世界〉とは程遠く、菊田が薔薇座に描いた戯曲世界と同類の惨めなものであったのだが、見物するアメリカ兵にとっては日本人女性との擬似恋愛を、モルガンとお雪に重ねて楽しんでいたのかもしれない。

「モルガンお雪」の後、菊田は東宝の取締役になる前、宝塚歌劇団にほぼ毎年脚本を提供、演出もするようになる。

宝塚歌劇の「猿飛佐助」

菊田一夫にとって宝塚歌劇団とは、どのような存在だったのだろう。舞台に賭ける菊田の〈夢を叶える場〉の一つであったとわたくしは推測している。

菊田が初めて宝塚歌劇団に書いたのは戦前で、雪組の歌劇「赤十字旗は進む」（演出東郷静男　一九四〇年四月二六日～五月二四日　宝塚中劇場初演、翌月東京宝塚劇場）だ。既に記したようにこの年は皇紀二千六百年を祝う記念の年であった。新協劇団や新築地劇団も記念の芸術祭公演にいち早く参加したが、そんなものには惑わされない国家権力によって八月には新劇人の一斉検挙があった。決して忘れることのできない問題の年だった。あるいは「赤十字は進む」もそうした記念の出し物の一つであったのかもしれない。『宝塚五十年史』には「15年には紀元二千六百年を迎えて、国民の士気昂揚のため国民服ができ、隣組が生まれ、新劇団体は解散を命じられ～～云々、10月1日、今までの宝塚少女歌劇の名称から少女を除いて『宝塚歌劇』ということになり、～～」とあって記念芸術祭に参加したという特別な記述はない。

「赤十字旗は進む」は、『宝塚少女歌劇脚本集２６００』を読むと、同じ年の一月にロッパに当てた「ロッパと兵隊」（「下駄分隊」）と同種の作品であることがわかる。日本から〈支那〉の野戦病院（現地の金持ちの屋敷を接収）に看護婦たちが派遣され、そこで展開する傷病兵や屋敷の持ち主一家との心の交流を、笑いと涙で描くバラエティになっている。もちろんきれいな歌が多く挿入されているから醜さや悲惨さはなく、戦時下を宝塚歌劇流に綺麗に描いたものだ。菊田は「その公演の月が赤十字の記念日にあたっていた」からこういうものを書いたと追想している。

これに広島の原爆で死んだ園井恵子が出た。園井は主役の看護婦で、演技がかなり上手だったらしい。「私は彼女にすっかりいかれてしまった。第一には彼女は宝塚歌劇の人でありながら、いわゆるヅカ調でない、きわめて新鮮な演技でリアルな芝居をやっていたのだ」、ヅカ調というのは白井鐵造調ということらしく、「アマイ芝居」――〈ほんものの男がしゃべったらキザで聞くに耐えないようなセリフと芝居〉をさした。

菊田は彼女をロッパ一座の「わが家の幸福」（有楽座　一九四二年一月）に抜擢した。宝塚歌劇団生徒の外部出演第一号だ。この舞台がまた好評で園井は新興キネマ（後の大映）に引き抜かれ、有名な映画「無法松の一生」（阪東妻三郎と共演）に軍人の妻で出演することになる。菊田は園井のことを「多くのタカラジェンヌたちをスターに育てあげたが、園井さんほどの名女優は生れてこなかった」（「宝塚随想」『文芸朝日』一九六二年）と書く。この随想を書いたあとすぐに菊田は〈マルさん〉こと那智わたるという才能あるタカラジェンヌに出会い、彼女のために数多くの本を提供することになるのだから人と人との出会いというのは予測のつかないものだ。

東宝重役になる前の宝塚作品は、一九五二年に忍者レヴュー「猿飛佐助」（三月雪組　明石照子・新珠三千代・寿美花代）、グランド・レヴュー「ジャワの踊り子」（一〇月雪組　明石照子・新珠三千代・八千草薫・寿美花代）、五三年にグランド・レヴュー「ひめゆりの塔」（七月雪組　美吉左久子・明石照子・新珠三千代）、五四年にミュージカル・プレイ「君の名は――ワルシャワの恋の物語」（一一月花組　春日野八千代・神代錦・故里明美・新珠三千代、一二月星組　藤波洸子・明石照子・淀かほる・鳳八千代）である。これらは宝塚大劇場公演後、東京宝塚劇場が占領軍に接収されていたから帝劇で上演されている。脚本を読むとセリフが多くドラマ色が強い。宝塚歌劇団の演目は、歌や踊り中心の演目とドラマの演目と二本立てで組まれることが多いのだが、このときの菊田の脚本は全て一本立てでウイークデーは昼の部、週末は昼夜二回公演、白井鐵造の「虞美人」(一九五一年八月～一〇月)、「白蓮記」(五二年一月～二月)以来の大作であった。雪組に多く書いたのは芝居が上手だったからだと、菊田はのちに語っている。

戦後第一作の「猿飛佐助」で菊田は宝塚歌劇団の新人脚本家らしい「作者の言葉」を残している。

「ギャグというものとロマンチックなものとは、所詮は両立しないものです。ギャグは現実ばくろの瞬間における笑いをねらつたものだから、夢を追うロマンチックなものとは、およそ正反対のもの……その意味からいつても、少女歌劇を舞台にして、はたして此処まで書いていいものか、此処までやつてもいいものか、と、絶えず悩みながら、私は『猿飛佐助』を書き、そして演出しています。(略)生れてはじめてグランド・レヴューらしいものを書くに際して、私は、専ら白井鉄造先生の作品に範をとり、演出に際しても、いろいろと先生の御助言を仰ぎました」(『宝塚歌劇脚本集』一九五二年三月)。

菊田が宝塚歌劇団でこれまで上演したことのなかったギャグ続出の冒険的忍者レヴューを書き上げた理由は何か。おそらく白井流のグランド・レヴューを書いて成功しなかった場合を危惧したからではないか。これまで自分が培ってきたジャンルで脚本を書き、それに少々宝塚流の味つけをしたほうが失敗の可能性は少ない。その上、比較するものを持たない観客には舞台の目新しさが倍増して受け取られる。宝塚での成功は、東宝での成功につながる。菊田には失敗は許されなかったのだ。

この公演では新人寿美花代が抜擢された。菊田は寿美の売出しを頼まれたらしい。新人は特定の演出家の色が付いていないから宝塚での新人演出家菊田が自由な演技を付けやすい。これも寿美の売り出しに成功した理由であったかもしれない。

幕開き、泥棒が警官に追われてつかまる。盗んだ箱の蓋を開けると煙が出てきて忍者戸沢白雲斎(美吉左久子)が出現、その瞬間に音楽が入り、スクリーンにスライドでタイトルが映し出される。この出だしもあっと驚かせて非常に効果的だ。

農民の息子佐助(寿美花代)が、戦で父をなくし、侍になるため旅に出る。白雲斎に忍術を学び真田幸村(天城月江）の家来となって大阪城落城までが描かれるのだが、佐助と恋人しおり（高千穂ひづる―のち東映でお姫様女優になる）は生き残り神父と南蛮船で南の国へ旅立ってフィナーレ。戦前に流行した連鎖劇を髣髴させる映画が途中に何度も挿入されてスピード感や軽快感を出している。いまならさしずめ〈スクリーンセイバー〉ということになるだろう。

劇中の歌を二つ引いてみよう。ギャグとロマンが理解できる。

＊＊

♫～ひとがいやがる　隠密家業　それも因果と　あきらめしゃんせ　皆主への　心中だて
ハ、ア　ツマランネ
♫～二言目には　お家大事と　お家大事か　吾身が大事　だけどそうすりゃ　喰いはぐれ
ハ、ア　ツマランネ

＊＊

♪～故郷の　小川のほとり　春なれば　花はひなげし
睫毛をあげて　じつとみつめる
君はひなげし　花の哀れを
♪～恋しさに　あゝ恋しさに　春なれば　花にむせんで　君がみむねに　じつと寄り添う
旅の乙女は　涙ほろほろ

＊＊

結果は大成功であった。ロマンチックなものを好む宝塚ファンがギャグ満載の新しい芝居に好意を示したのだ。よく知られるように真田風雲録は講談や漫画で人々が親しんできたものだ。菊田には巷間に流布した作品「金色夜叉」をコミック・オペラにして成功した経験もあった。筋の大衆性を利用すれば成功すると考えた菊田の予測があたったのである。

「ジャワの踊り子」

「猿飛佐助」の宝塚大劇場公演（三月）と東京帝劇公演（七月）の間に日本は独立する。

一九五二年四月破壊活動防止法案反対のストライキ、公職追放令の廃案で追放されていた最後の人たちが解除、海上警備隊が設置、日米安全保障条約が発効、メーデー事件、全学連大会、破壊活動防止案可決、全学連各地で農村調査工作活動開始。国は新しい日本国再建への道を歩きだすが、アメリカ軍は日本中の基地に残り、沖縄は返還されなかった。

当時東京大学の学生であった福田善之は、この年全学連の農村調査に参加して基地反対闘争の農民や学生を描いた

「富士山麓」を書いた（ふじたあさやと共著　一九五三年東大五月際で初演）。福田は卒業後木下順二の弟子になってリアリズム戯曲を書いていくのだが、60年安保時に表現の方向転換をはかり、その戯曲の題材に講談真田風雲録を選んでいる。

菊田が新しい宝塚の場で斬新さを盛り込むために使った題材を福田も取り上げたのだ。

敗戦後は新劇も映画も表現芸術の主流はリアリズム表現であった。占領解除後はその頂点ともいえる。久保栄が科学者の戦争責任を扱った「日本の気象」（一九五三年初演）を書き上げ、他方で「原爆の子」や「真空地帯」が映画化され、「ひめゆりの塔」（五三年一月）が上映され、職場演劇も盛んになる。およそ10年もの間続く新劇のリアリズム演劇全盛時代に反旗を翻し、一本目の楔を打ち込むのが福田善之で、それが「真田風雲録」だった。ギャグあり、歌あり、恋あり、戦いありの戯曲を書き上げる（初めはラジオで一九六〇年に、次はテレビで六一年に放送。初演は一九六二年）。作品の構造や主題は全く異なるが取り込んだものは似ているといっていい。むしろ菊田の方が遊び（逸脱）が少ない。福田は〈折り目正しい〉新劇からの逸脱を狙い、他方菊田は、〈浅草〉と〈宝塚調〉から離れるために真田十勇士を取り上げた。そんな理解が当たっているのかも知れない。

福田の戯曲が上演されたとき〈不真面目・ふざけてる・ドラマではない・劇画の舞台化に過ぎない……等々〉散々な批評が出された。しかし福田は少年講談物、大衆芸能から歴史を見る精神、「虚が実を批評する」（福田『劇の向こうの空』読売新聞社一九九五年一二月）行為を選び取って、結果リアリズム演劇からの大いなる飛翔を示したのだ。菊田が大衆性を利用することで宝塚調からの一つの飛躍を意図したのと類似する。福田が大衆を取り込みながら舞台を作るようになるその後の歩みを知ると、まったく別の場所で生きた二人の劇作家が大衆性という一点で重なり合うのには、興味深いものがある。

菊田一夫という劇作家が、日本の時代状況を的確に把握し、それを上演する芝居に反映させていたいい例は、宝塚歌劇の「プナリイ・ムラテイ（ジャワの踊り子）」（一九五二年一〇月）や「ひめゆりの塔」（五三年七月）にも見出すことができる。夢の世界と思われている宝塚作品でそれを実行したのは、いかなる表現の場であれ大衆を相手にする演劇はやはり時代の子でなければならないという菊田の強い意志が働いていたからであり、現実を描くことで自身の力は発揮されると考えていたからであろう。レヴューの専門家ばかりの宝塚でレヴューを出しても新鮮さは出ない。これは〈菊田一夫は劇作家〉なのだという意思表示であったのかもしれない。

「プナリイ・ムラテイ（ジャワの踊り子）」は、四時間二〇分の大作で、グランド・レヴューと銘打ってはいるが芝居の部分の多い作品であった。菊田の初演後再演希望が多く、三〇年後に再演され、以来度々全国ツアー公演の舞台に乗った。つまり宝塚を始めて見る人たちが宝塚を知る最適な作品になったということだ。それはこの作品には〈革命と愛と死〉というドラマの三点セットのような題材が含まれているからだ。再演は植田紳爾が潤色し、二時間半に縮めている。以下、役名の後の名前は演者、初演から再再演まで、可能な限り入れた。

菊田は、これは完全なるグランド・レヴューではないといい、「脚本執筆なかばに私自身が感冒で倒れたために、作品を完全な形で仕上げることができず（略）構成もまたくずれてきたからである」（「ジャワの踊り子」演出後記）と、いい訳じみたことを書いた。しかしこれは建前以外の何者でもなく初めから情熱的な芝居を書くつもりであったと推測され、それは劇の内容をみるとよく分る。

日本の独立と重ねあわすようにして、インドネシアの独立運動を取り上げる。大きな違いは日本は自力で勝ち取った独立ではないということ、インドネシアは指導者と民衆とで独立を獲得したのだった。宝塚で上演しても無理のないように、傀儡国王であるインドネシア王宮のプナリイ（踊り子）の一人——アディナン（明石照子、再演——麻実れい・彩輝直・春野寿美礼）をオランダからの独立運動の指導者にした。もちろん王も王妃も彼等の味方。同じ踊り子で恋人のアルヴィア（新珠三千代、再演——遙くらら・映美くらら・ふづき美世）、その弟の踊り子オースマン（寿美花代、再演——壽ひづる・北翔海莉・華形ひかる）と恋人アミナ（八千草薫、再演——草笛雅子・椎名葵・桜乃彩音）。王宮なら華やかな歌や踊りがあっても不自然ではない。それを妨害するのはオランダ人に使われているインドネシア警察のタムロン（美吉左久子、再演——尚すみれ・大空祐飛・蘭寿とむ）。この作品には「私」という作者のような狂言回しが時々登場してドラマの異化効果を狙った（初演は水原節子、再演は千城恵・未紗のえる）。アディナンとアルヴィアの恋は、オランダ警察の警視総監の横恋慕で壊れそうになるがアディナンが彼女を救い、二人は逃げる。それを追いかけるタムロン。他方ジャワの各地で一斉に蜂起したインドネシア独立義勇軍は、オランダ軍に勝ち抜き、王宮のある地へ向かっていた。それを知らない二人は救いを求めて第三国の領事館へ逃げ込もうとする。が、あと一歩という時、門の前でオランダ軍に撃たれる。国は独立したが二人は天国へ……。

♪おうムラテイ　あなたの心にも私の心にも　いつも
　咲いている花ムラテイ
やさしい花の色　かぐわしい花の香り　それは二人の
　心をつなぐ　まごころの糸
♪たとえ二人は別れていても　心の糸は　つながれて
　あなたは私を　私はあなたを
二人の愛はつながれる　切れてくれるな心の糸よ　散
　つてくれるな愛の花ムラテイ
♪たとえ二人は　花のように散り落ちても　やさしい
　グヌン　メラビイの　ふところに……ねむらうよ
　ムラテイの花に埋もれて　ねむらうよ

菊田作詞の歌だ。なんとロマンティクな歌か……。悲劇的なロマンと革命の物語。前作とは打って変わった内容であった。こうした悲劇は以後、宝塚の定番になっていく。

一九七四年に大ヒットした「ヴェルサイユのばら」もこれと同種の〈悲劇的なロマンと革命の物語〉であるが、少女漫画が原作の虚のフランス革命物語。焦点は市民と革命派貴族に倒される王一族と王党派の悲劇であるところが異なる。男装の麗人の登場と貴族同士の恋愛、王妃の秘められた愛、これら全てが悲恋に終り、貴族社会に憧れる上流志向の強い少女たちの心をつかんだ。菊田の「ジャワの踊り子」が目指したものとは正反対の内容である。菊田はあくまでも大衆レヴェルで作劇していた。

小林一三は菊田作品に付いて次のように記している（「おもひつ記」『歌劇』一九五二年一一月）。

菊田一夫先生の「ジャワの踊り子」を見る。脚本を見た時、大分芝居がかつてゐるから、生徒達の力技が、それをやり遂げ得るや否やを心配して〔いたが〕（略）その心配は無用であつた事を嬉しいと思ふ。仲々面白い。そして上手だ。（略）演出を厳重にやって頂けば、大概のものはやりこなせると信じて居つた私の考へが間違つて居らないことを立證してくれたのが嬉しい（略）三時間半にきりつめられるならば大成功だと思ふ。

この一文を読むと、これまで宝塚では「大分芝居がかつてゐる」ものはやっていなかったことがわかる。その意味でも菊田は宝塚に内容的にも質的にも新しい可能性を提示したと言うことが出来る。

〈芝居〉が多くなれば〈演技〉が問題にされる。この舞台はその点でも成功した。菊田が生徒たちを巧みに指導し、「全生徒の演技水準は、恐らくは他のどの劇団と比較しても、その平均点は勝るとも劣らぬもの」だ。「いままでが、お嬢さん扱いでありすぎたんだ。どんなことだって、やりゃあできるじゃぁねえか。」といった菊田は、最低は水準が高いが、最高は途中で留まっているとも書く（「ジャワの踊り子」演出後記）。

演技について白井鐵造が「相手が常に女同士であるということが、生徒の演技の向上を、或る水準以下に、とどめてしまう」と、菊田・春日野八千代との鼎談で語った例を引きながら、菊田はこの意見にはある程度の同感はする。そしてこうした視点から男性加入の問題も浮かび上る。が、それは相手役の演技水準が「生徒よりも演技水準の高い男性である場合にのみ可能性の生じてくる話」だという。この指摘は当然で、それは相手が男優であろうと女優であろうと同じなのだ。宝塚を抜けて映画にいったところで「相手役の女優の演技を引きあげてくれるような名演技をやる男優は、殊に映画俳優には、滅多にいない」と菊田は記して、要は生徒達の最高の部分の演技の水準を上げることであり、同時に生徒たちが自由に演技が出来るように「宝塚の当事者が、生徒達の間に、窒息感を与えないように心がけること、それが必要なのではあるまいか。」と、投げかけてこの文章を結んでいる。

外部にいる菊田が、宝塚をどう見ていたのかわかる「演出後記」で興味深い。菊田の今後の課題は、上の方の演技水準を更に上げることであった。そして次々と作品を書く。

菊田が宝塚に脚本を書くことについて〈或る劇界の老大家〉は「君は子供にとりまかれて楽しそうに芝居を書いているね」（「ひめゆりの悲劇」）と笑われたらしい。「いつどこで、誰の為に書こうとも常に向上の気持を失っていなければ、それでい、のだと思う。何かを私はやっているつもりだ。」と反論している。宝塚を子供の演劇と小ばかにする演劇人に、作家は、対象はどうであれ〈いいものを書く〉ことが重要なのだと主張している菊田は、このあと宝塚に次々と大いなる飛躍をもたらす。昨今の演劇状況をみると、宝塚出身のスター達を抜きにしてはミュージカルもストレート・プレイ公演も成り立たない。この現状をかの〈老大家〉が存命中であったら何と言うだろう。〈女・子ども〉は馬鹿にすると、あとが怖いのである。

「ひめゆりの塔」

さて、一年後にグランド・レヴュー「ひめゆりの塔」を舞台に上げる時、菊田は「戦争を肯定することは、自らの死をも、他人の死をも肯定することである。これは愚かにして神を恐れぬ獣類の為すわざである。そして、自らの死を恐れながら、しかも他人を戦争にかりたてる人間は卑劣なる戦争犯罪者である」と書いていた（『菊田一夫戯曲選集』三巻）。

宝塚はじまって以来の〈汚いレヴュー（純粋にはレヴューと言えるものでなく、ミュージカル・プレイの一種なのだが）だった〉という題材をあるがままに近く描き、汚い舞台をつくりあげた。「日頃から宝塚の歌劇は低級な物だと決めてかゝっている（宝塚ファン以外の）人達に……宝塚の舞台でも宝塚の生徒達でも、これだけの意義のある仕事がやれるんだぞ……と、見せてやりたくて」（「ひめゆりの悲劇」）書いたというから、菊田もすっかり宝塚に身を入れたファンになっている。

平和を希求する激しい主張が色濃く書き込まれていたこの作品は、幻想場面で宝塚らしい歌やダンスを取り入れながらも、シビアーな場面——敵機襲来・艦砲射撃の激しさやひめゆり部隊の地下壕での看護・卒業式などを中心とする〈芝居〉であった。舞台は一人生き残った恵子（新珠三千代）の結婚披露宴の場に、これも目をやられて生き残った平川先生（明石照子）が登場する現在時間から始まり、戦時中の過去へ、そして現在へと戻るドラマテックな構成で、ひめゆり部隊は動員されたために卒業式も学芸会も出来なかったという設定になっていた。菊田はその過去の学芸会を幻想場面で出す。学芸会の「幻想のシンデレラ」は、宮殿を出し、登場人物たちが美しい衣裳で踊る。この場面は悲惨な物語に美しいロマンを与え、同時に戦争の無残さを際立たせる役割をもったと推測される。シンデレラは少女達の憧れ、素敵な王子さまと結婚する、いわゆる玉の輿物語だ。現在ではフェミニズム思想が浸透しシンデレラ物語は〈幻想〉であり、女の目を曇らす〈虚〉であることがわかってしまったが、当時はまだまだ通用した。晴れやかな場面があると、打って変わった現実の悲惨な〈汚い場面〉は哀しみを倍増させて観客を衝撃的な感涙の渦に巻き込んだといわれている。「ある新聞劇評に『見ているうちに、はじめは女生徒がやってるのだと思っていた男役が、いつのまにか不自然でなくなり、劇にひきこまれていった』とあるのを読んで私は嬉しかった。あれをやっている生徒達の全部が、ほんとうに可愛くなってきた。」と菊田は書いた。舞台は好評だったのだ。

この「ひめゆりの塔」を桐朋学園芸術短期大学演劇専攻科の学生達が試演会で舞台にあげた（二〇〇九年六月一三

～一四日、桐朋学園小劇場、演出・越光照文、脚色・三浦剛）。その時は幻想の学芸会は、「シンデレラ」ではなく「ロミオとジュリエット」になっていた。「シンデレラ」では「今更」ということもあったのだろう。ジュリエットが毒を飲んでロミオの上に倒れる姿は、いずれ来るひめゆり部隊の死と重なり非常に効果的であった。

学生たちの演技の未熟さなどはほとんど問題にはならないような熱い叫びが小劇場中にこだまして、あたかもひめゆり部隊がそこにいるかのようであった。それは演じている学生たちが、あの戦争で死んでいった若者たちと同じ年頃であったからかもしれない。

おそらく宝塚の初演時も若い初々しい生徒たちの繰り広げる舞台が、無垢でひたむきなひめゆり少女たちと重なって大きな衝撃を与えたのだと推測される。それは後年、菊田が宝塚の「火の島」（一九六一年）の芸術祭文部大臣賞受賞を喜ぶ文章の中で、生徒の舞台の熱情を、「かつて一度見たことがある。それは私の作品『ひめゆりの塔』の舞台に於てであった。私は自分の作品を舞台に見て泣くとは、素人みたいで阿呆らしいと思いながらも、しばしばその生徒達の健気な熱情に涙をこぼしたものだった」と記述しているのをみてもわかる（「宝塚随想」『歌劇』四三六号）。

菊田は、「ふたたび繰り返してはならない悲劇の姿の再現」という「難しい題材」を宝塚の舞台に上げて成功させたのである。菊田はこれを「悲しいリアリズム」と呼んだ。そして「この次の大劇場の舞台には（もしも、やらしていただけるなら）……詩のように美しい作品を書いてみたい……と、思っている。」（「ひめゆりの悲劇」）と書いて次作への意欲を示す。劇作家菊田一夫の〈創作する青春〉の始まりであった。それは宝塚最後の作品「さよなら僕の青春」（一九六七年初演）まで続く。

ラジオ「君の名は」

菊田は、ラジオでも〈現実を描く〉番組を作った。NHKで「君の名は」が放送されたのは一九五二年である。宝塚で「猿飛佐助」を上演した年であり、日本が独立した年だ。この作品で翌年、菊田は放送文化賞を受賞した。

二年余り続く放送劇には春樹と真知子の〈すれ違いのハラハラドキドキ〉で能がない、と言う批評がかなり出た。菊田は「ストーリーによってハラハラさせるのはスイッチを切られない為の手段であって目的ではない」（「『君の名は』の世評へ」東京新聞一九五四年一月十一日）と反論している。菊田の当初の意図は、「終戦期から現在までの七年間、この国のなかに生きてきた人々の姿を、大体在りのままの形で描きあげる」ところにあった。元軍人の生活・戦争未亡人の生活と恋愛・混血児を産んだパン助などなど、無名の何の力もない庶民、つまり菊田は敗戦後から独立までの日本の〈今〉を生きている人々を描きたかったのだ。その点では薔薇座に書いた「東京哀詩」「堕胎医」の延長線上にある。ただラジオというメディアだから聴取者はいつでもスイッチを切ることができる。いかにしたらスイッチを切らせないか、それが重要なポイントになった。聞いてもらわないことには話にならないからだ。

〈現実を描く〉といっても平凡な「セミ・ドキュメント的人間群像」になってはだめだと考えた菊田は、複雑な構成を選んだ。三ヶ所（東京、佐渡、志摩）の地点でそれぞれに生きている三つのグループを設定し、それを交錯させて「三ツ編のように進展するストーリー」を「一本の太い綱としてくみあげてゆく構成法」（君の名は……〈作者として〉）がそれだ。登場人物は四〇人、そうやって「庶民の群像」を描き出すつもりであった。

これを読んで思い出すのは、久保栄の「火山灰地」（一九三八年初演）だ。久保は舞台を北海道帯広と近隣の農村に選び、そこで生きる人々（三つの階層の違う人々）を各々の幕で描きながら、総体として一九三〇年代半ばに生きる典型的な人々の〈つくる喜びと生きる呪い〉を舞台で表現した。これは新劇で久保栄が初めて編み出した創作方法だった。その構成にこの菊田の発想は似ている。久保はそれぞれの階層をつなげるために、しのという農民の娘と治郎という炭焼きの〈恋と労働〉、科学者雨宮の息子徹が犯した〈レイプ事件〉を結節点にした。菊田は春樹と真知子の恋愛と勝則との三角関係を「接着剤」にした。

菊田が「火山灰地」を観たか、あるいは戯曲を読んだかどうかはわからない（初版は一九三八年七月、その後一九四〇年、四七年、四九年、五二年）。しかし国家総動員法が発令され緊迫した状況の中で最後の抵抗と受け取られた「火山灰地」公演は、一九三八年七月に築地小劇場で一万七〇〇〇人もの観客を集めた大入りの芝居だった。一般人はもとより東京にいた演劇人は皆見に行ったといっても過言ではない。花柳章太郎はこれを観て久保栄に脚本を依頼し、その間に入ったのが久保の傍にいた大江良太郎で、彼と菊田は親交があった。劇作家菊田が劇場に足を運んだと見てもそれほど的外れではないだろう。

菊田は「火山灰地」公演時、有楽座で「弥次喜多お化け大会」（古川緑波一座）というアチャラカ芝居を出していた。これを見た小林一三が菊田のアチャラカの腕を「天才」と褒めたという逸話もある。菊田は「何となくバカにされ、軽蔑されていたアチャラカ芝居を、いつも、必死になって書いていた。（略）バカな作者はアチャラカ芝居をバカにして、自分だけ面白がっている使い物にならない脚本を書いてくる。（略）一生懸命に書いた面白い脚本、少なくとも骨組みはがっちりした脚本でなければ役者がどんなにドタバタとあばれようとも客は笑わない」（「笑いのむずかしさ」）とこの頃の劇作について述べている。菊田は研究熱心な真摯な劇作家であったのだ。

戦後、「火山灰地」は一九四八年に俳優座が一部のみ久保演出で再演し、四九年に『久保栄選集』全七巻が「火山灰地」で配本開始（中央公論社一一月）、「君の名は」が放送されたときには新潮社文庫版も発売されている（一九五二年一月）。これは推測でしかないが、連続ラジオ・ドラマに戦後の典型的な状況（元軍人・復員兵・戦争未亡人・パンパン・混血児等など）を書き込もうとしたとき、かつて観た久保の「火山灰地」の作劇法が浮上し、これを使おうと考えたのではないか。理由は構成が新しかったからだ。菊田が常に新しい劇作にチャレンジしている作家であったことは、これまで見てきたとおりだし、東宝の演劇担当重役になってからも内外の新しい演劇に触発され、そこからヒントを得て舞台を構築している。

「君の名は」で三つの地域が登場したのは、戦後の特質を出すのに便利であったからだろう。しばしば揶揄されたような観光目的ではなかったはずだ。そしてそのつなぎ目に「火山灰地」に習って男と女の関係を置いた。恋愛はいつの時代も人々の興味の対象になる。ただ菊田が使ったのは自身で語っているようにありえそうでありえない架空の恋愛で、ここが久保栄とは異なった。

「火山灰地」の初演や戦後の再演時の劇評で若い二人の恋愛や徹の事件がこの芝居を一つにするつなぎ目になっていることを指摘した批評家はいなかった。登場する女性や恋愛や事件に着目したのは一九八四年のわたくしの「火山灰地」論が最初であった（『久保栄の世界』所収　社会評論社）。フェミニズム思想の登場がこういう分析を可能にしたのだが、仮に私の仮説が当たっているとすると、菊田は自身で言うように確かに理論家ではないがドラマの構造を見抜く恐ろしいほどの鋭さを持っていたと言っていいだろう。

社会性のある連続ドラマという壮大な菊田のもくろみは、放送が始まるとすぐに変質せざるを得なくなる。菊田自身が聴取者のスイッチを切らせないために入れた架空の恋愛劇が原因であった。モデルがいると推測した雑誌社はモデル探しをし、聴取者は春樹と真知子の恋愛に加担した。「多少でも社会の矛盾に触れ、再軍備の問題に触れたりすると」「回り道」をするな、「春樹と真知子の話を聞かせろ」という大衆の投書が届く。作家の予想を超えた反響で非現実的なロマンに仮託した大衆の想いが菊田を縛ることになる。放送時間に銭湯の女湯が空になるというデマさえ飛んだ。自ら作り出した架空の恋愛に菊田は足を引っ張られ、俗受けする嫁姑の問題へと傾斜する。

「通俗物といえば、小説に限らず演劇でもラジオでも、社会性をもたないもののほうが、大衆受けするようで、かつてその道の大家のなかには、それ（社会性…井上注）は通俗物のタブーであるとさえ極限する人もあったそうだ」と書く菊田は、接着剤で入れた恋物語に聴取者という大衆の注目が集まってしまうことに落胆しながら、「多少でもそれ等の現代社会の有様に眼を触れないでは、あの作品が書けない」から、〈元軍人加瀬田修造の敗戦後の生活や混血児を生んだパンパン上がりの梢、アサ、戦争未亡人の後宮悠紀枝などの生活〉を、「スイッチを切ってしまわない、最小限度の範囲で」描いて聴取者に社会の矛盾を訴えていく。

本来自分たちの生活と密接な関わりがあるはずの政治的社会的問題は、大衆には受けなかった。大仰な嘘っぽい恋愛や嫁いびりが好まれるのだ。これは今も変わらない。

聴取者という目に見えない巨大な大衆が作家の推測をはるかに超えて大衆迎合への道を作家に強いる。国家の検閲も、アメリカ軍の検閲もなくなって自由な時代が来たと思ったとたん、この恐ろしい大衆社会の現実に菊田は直面した。そして作品は「初期の目的とは全く別のかたちになって」しまい、ついには「世の中の革新を叫ぶなどというおこがましいものではなく、風俗描写の範囲を出ない程度のものかもしれない」と「君の名は」の社会性を位置づけ、その程度に留まっていたのは、聴取者の年齢が「13歳から最高は80歳の老婆までが聞いている広範囲の大衆層を対象とした連続放送劇」であったからだ、と菊田は自身を合理化させてしまうのであった。

しかしこの放送にも批評にも自らの行為にも、菊田は納得できなかったらしい。

庶民の群像を書きたかったのに初期の目的を変更したこと、長すぎる放送劇であったために俳優の病気や都合で予定された日の内容を変えなければならなかったこと、映画や小説になって一人歩きした「君の名は」に——それは春樹と真知子の恋愛に力点が置かれたのだが、実際の放送を聞かない人々が批判的な批評を下しはじめたこと、そんな現実に不満であったのだ。〈菊田一夫的・「君の名は」的・メロドラマ的〉（佐藤忠男）などという嘲笑的な言説が、あたかも何か言っているかのごとく一人歩きしはじめる。

批判的な映画批評に菊田はこんなことを書く。

「日本の映画作家や映画批評家にたいしていいたいことはいろいろあるが、先ず第一に大衆の気持ちを研究しなさいということだ」「映画作家諸氏にのぞみたいのは、生活権擁護の問題で作家は結びつくとともに、いかなることがあっても、これ以下には落してはならないという映画の内容の一定の水準をきめて、その点で協定をむすぶことである。と同時に、映画批評家はもっとわかりやすい文章を書くこと。（略）だが、このことも、己れを高しとし、大衆を低しとみて、大衆を上から見おろす態度をかえてゆかないかぎり、実現できないであろう」と。

同じ頃に花田清輝ももったいぶった文芸批評家を批判している。難解な批評ではなく、「軽快で、陽気で、柔軟なスタイル」の映画批評家を見習えという一文だ（「映画批評家裁断」一九五四年八月）。菊田が批判する批評家は、花田が批判したもったいぶった文芸批評家と同種の存在であり、花田が是とする映画評論家は、残念ながら菊田原作の映画を批評していない。批評の視点をどこに置くかは今もって大きな課題になっているが、特別の人間を対象にした批評はやはり菊田が指摘するように自己を高みにおいているといわざるをえない。

「由紀子」――ラジオと小説

菊田はあるとき、ウイリアム・ワイラー監督の「黄昏」（一九五一年のアメリカ映画　原作セオドア・ドライサー、脚本ルース・ゲーツ、オーガスタ・ゲーツ、出演ジェニファー・ジョーンズ、ローレンス・オリビエ）を見た。

「一見、通俗的なメロ・ドラマのようでありながら、その底になみなみならぬ〝何か〟をひそませている点、ラジオ・ドラマ「君の名は」のもっている〝何か〟よりもはるかに高度なもの」を感じ、「おれはとてもあそこまではいっていない」（「大衆の好む色をすててはならない」一九五四年六月）と妻明子（能勢妙子）に語る。そして「真知子が大きくクローズアップされればされるほど、作品としてはマイナスであり、不幸であった（略）だから私は『君の名は…』を、私の失敗作の一つに数えている」と断定して「何か」がある作品をつくろうとする。

それが「由紀子」であった。由紀子は強い意志を持った女性として形象化される（一九五四年放送）。姿の見えない聴取者への挑戦であった。

「私の書きたいのは、不幸になるけれども、自己の意志は貫き通すべきであるということ……それが結局は最後の勝利になるのだということ……がむしゃらに自我を通して行くために不幸になった女、しかも自分は決して不仕合せじゃないと信じている女……おそらくはじめは、聴取者は誤解されるであろうが、私の由紀子は、こんな女」だ。大衆に翻弄されない作家を目指すかのごとく、菊田は由紀子の自我を、自身の自我を主張した。由紀子は戦前派ではあるが「戦前派ならざる性格のために、自分で予測さえしなかった不幸を背負わされてゆく（略）由紀子の青春時代は、日本の悲劇の中にあった」（「真知子と由紀子」）という菊田の一文を読むと、由紀子は古い女の真知子とは異なる戦後派女性であったことや戦時体制という暗黒時代と戦後の混乱期が背景におかれ、そこで強く生きた女性であったことが理解される。

このラジオ・ドラマの台本は『菊田一夫戯曲選集』にはないが、小説『由紀子』（全四巻　宝文館　一九五四年〜五六年）がある。第一巻の「あとがき」に、この本が一九五四年四月一五日からはじまったNHK連続放送劇「由紀子」の小説化であること、しかし小説とドラマは「作品の構成法からしてちがう」がこれは「放送劇の組立にしたがつて、そのままの形を読みものにしている」と記しているように、これは小説ではない。はじめは読んでいて違和感を持ったが、反対に毎回どのように放送されているかが理解された。ただ、巻が進むごとに段々といわゆる小説に近くなってきていた。あとがきの最後に「由紀子という私生児の気持は、かなりに小生意気で、この放送劇をきいた人の投書によると、同情がもてない、という言葉もありましたが、孤独な人間の気持は、ほんとうは孤独な人にだけしか通じないのではないかも知れません。孤独な人間の、孤独であるが故の反抗は、しばしば幸福な人達から反撥をうけます。浮浪児が世間の人達から、その気持も知らずに、恐れられ蔑すまれるのと同じ理由からです。（略）このあと（略）孤独な女の一生を、できるだけ、感傷に溺れずに書いていつてみようと思っています。」と記した。

「君の名は」同様にこれも長く、これでもかこれでもかというように事件が次々と起り由起子は不幸へ向かっていく。はっきりいえばどうでもいいような脇筋が多いのだが、ディテールにおいて戦中戦後の日本人の生活を浮びださせたかったといっていい。おそらく菊田はそれが書きたかったのだろう。と同時に育ての親の伯母にいじめられ人を信じられない由紀子、しかし世間や権力（学校・警察）に絶対に媚びない孤独な由紀子と真の男女の愛情を求めてどこまでも一途な愛を由紀子に捧げる上野山三吉（のちに劇作家になる）の姿を描きたかった。つまり由紀子も三吉も、菊田自身なのである。自己を自己とすることなく、自己の体験や精神の有りようを二人の人間に形象化して作品を作り上げた。実際菊田は二巻（一九五五年）のあとがきで「由紀子の人生そのもののなかに、……ただ、男と女とが入れかわつただけで……私の姿を見るので、ことさらに愛着の念が強い」と記している。この頃菊田は長編自伝小説『街に雨降る』（一九五三年）、『忘却のふるさと』（一九五五年、共に宝文館）を上梓している。日本の独立という時代状況が契機となって自分を振り返ることが可能になったのかも知れない。

簡略に筋をみると、波乱万丈の発端は一九三〇年、女学校卒業前の一七歳の時、由起子が友人を訪ねて浅草に初めて行くところにはじまる。田鶴子という女学校を中退した友人がトラブル・メーカーで由紀子の人生を変えていきその親族の関係をも弄ぶ。浅草で田鶴子の婚約者、彼女に捨てられた文芸部の見習上野山三吉と知り合う。二人は互に惹かれあい、その後結婚の約束をし、駆け落ちまでするが、他者の介入で別れ別れになる。浅草でやくざに絡まれ怪我をした三吉は故郷に帰り、船上生活者の頑固者の父に三吉を慕う娘との結婚を強いられるが、出征する。

おばの家を出て生きる手立てのない由紀子は、死ぬつもりで生れた地北海道へ行き、そこで画家尾高恭助と出会う。下半身が不随になった尾高は妻に逃げられて彼も死を決意していた。二人は互に救われて、由紀子は尾高の秘書として東京の尾高邸に住む事になる。二〇歳も年長の尾高は由紀子を愛し始めるが性生活が不可能ゆえにそれを口にできない。戦時中、さまざまな困難に出会い、思想性を疑われた尾高は北海道から国境を越えようとして射殺され、同行していた由紀子は投獄される。戦争末期に出獄した由紀子には、尾高の遺言で莫大な財産が残されていた。財産を受取るなら由紀子は死者尾高の妻になりたいという。尾高の弁護士と会社を設立した由紀子は、戦中戦後のドサクサ時に有楽町や銀座の土地を買占め、闇もやり財産を増やし会社を大きくする。他方、三吉は病気で帰還後故郷の島で幼馴染の娘と結婚していたが、彼女が死んで東京へ出てくる。戦後、三吉は作品が認められ浅草から丸の内の劇場に勤める事になり、由紀子を探す。由紀子も三吉を探しに浅草にきていた。

由紀子は没落貴族と弁護士の紹介で結婚、しかし金目当ての不幸な結婚生活であった。弁護士と夫の姦計に引っかかり、心身ともに具合の悪くなった由紀子は肺結核になり、死の床にいた。由紀子の家を探し当てた三吉が訪ねてきて、彼女は救われる。夫にすべての財産を渡し、離婚して由紀子は三吉と二人で新しい人生を歩むことになる。

この他に奔放な田鶴子の恋愛、三吉の父と妻となった漁師の娘、由紀子の伯母一家、母の妹富美とその夫正継、富美の子供、浅草水族館レヴューなど、いくつもの挿話と時代背景が描写される。トラブル・メーカー田鶴子の名前は、有島武郎がはじめて描き出した新しい女「或る女のグリンプス」の主人公の名前である。自由な女として意図的に使用したのだと推測される。この作の特徴は由紀子が必要以上に頑強に他者を拒むところだろう。やさしく美人で他者に温かいが、決して心をひらかない。それを菊田は孤独ゆえと語り、同じ立場の人間でなければわからないといった。

映画「由紀子」

よほど愛着があったのだろう。これは映画になった(一九五五年八月公開　中央映画制作、松竹配給)。いくつかの映画会社から話があったが、菊田は今井正監督で映画化を希望する(脚本　井出俊郎、出演　津島恵子、木村功、宇野重吉、野添ひとみ、加藤嘉)。

「メロドラマでありながら、しかも優れた作品にしてもらいたいという気持ちから」今井監督を望んだという。今井には「メロドラマにもいい作品がなくてはならない」という考え――高踏的メロドラマ観――があって、菊田はそこが気に入ったのだ。菊田にはワイラー監督の「黄昏」に挑戦するつもりがあったのかもしれない。

『キネマ旬報』(一九五五年七月下旬号)が今井正監督のインタービューをしている。今井は中央映画のステージで「自分たちの手でつくった撮影所で仕事ができるのはほんとうに楽しい」と答えながら製作の豊富を語った。これまで今井の作品は浅草では受けなかったらしい。「青い山脈」でさえ、新宿渋谷はよかったが浅草ではだめだった。「これは私の中にある〝山の手〟的な何かがそういう結果となって表れるのではないか」と自己批判をしていたようだ。今井は「由紀子」を映画にしてその枠を踏み破ろうとし、「堂々たるメロドラマを作ろう」と思っていたのだ。佐藤忠男にいわせれば、これが今井のような「進歩的インテリに特有な大衆コンプレックス」で、「菊田一夫的なものも尊重すべきではなかろうか、と考えてみたのであるらしい」(「メロドラマと今井正」)という見方になる。

今井を取材した記者は「熾烈な野心をもえたたせている」監督に好意的で、「木村功・津島恵子の両主役は、メロドラマ役者としての甘さにいささかかけるうらみなしとはしないけれど、人気の点では文句なし、演技的にも信頼できるであろう。監督と題材の組み合わせが興味をひく」と期待していた。

完成した映画のできに菊田は満足する。「連続放送劇に特有の(略)不自然な夾雑物が一切省かれ〝由紀子〟はすっきりと新鮮な装いで描かれていた。（略）今井さんの演出のチミツな計算とラジオ屋にはない絵心の美しさを感じた。浅草木馬館裏の決闘場面はフランス映画みたいだった。しかもバタ臭さを感じない」（映画「由紀子」をみて）と手放しの褒めようだ。しかし結果は、菊田の期待を裏切る。今井作品は徹底的に批判される。

岡本博は明らかな失敗作と断じた。菊田のラジオドラマのモチーフであるサスペンスを今井が「君の名は」式のセンチメンタルと差し替えたことが最大の誤謬と書く（『キネマ旬報』五五年九月下旬号）。「サスペンスをセンチメンタルとおき代えた今井は『由紀子』のモチーフを破壊することからはじまつて、このラジオドラマの人気をメディアとしなければ成立しない多くの観客をも閉め出すという愚を敢えて結果したわけだ。主題における矛盾は当然あらゆるシーン、すべての登場人物の性格をあいまいな印象にするのである。情緒は誇張されるほどに散漫になり、展開は工夫されるほどテンポが落ちる」と指弾。興行価値についてば、NHKの連続放送劇を今井正が映画化をしたという話題作ではあるが、主演の津島、木村のコンビにメロドラマとしての甘さが欠け、また筋にも無理があるので、興行的にむずかしい作品と裁断される。

佐藤忠男も「作者の公言した製作意図と作品の出来ばえとが実に奇妙な具合になつているものの筆頭」（「メロドラマと今井正」『映画評論』一九五五年一〇月）としてあげ、「菊田一夫なんかの通俗メロドラマにいつたいどんな新風が吹き込まれるというのか」と今井の抱負を批判する。この一文で佐藤は菊田一夫に対して〈高みから〉ものを言っているようにうけとれるのだが、菊田が「君の名は」で入れた架空の恋愛をとりあげ、非現実的な恋愛を描くのがメロドラマであるかのように書く。菊田が接着剤として入れるのがメロドラマであるかのように書く。非現実的な恋愛というコードに無媒介で組み込まれていくのをみると批評という行為の恐ろしさを感じざるを得ない。

映画の脚本は井出俊郎が書いたものだ。したがって正確にいえば原作は菊田だが、今井と井手の映画で菊田のものではない。しかし佐藤はその点を捨象して菊田の脚本のように見ているのだが、内容に触れているから佐藤の評を引いてみたい。

佐藤は「由紀子」を菊田が「君の名は」を超えようとした作品で、すれ違いの元祖・川口松太郎の「愛染かつら」に描かれた〈忍従こそが全て〉という負の側面を乗り越えた作品とまず抑え、その上で「由紀子は徹底的に反抗的な女である。（略）偽善的な環境に育ったが故に、また、私生児であり罪人の子であるというコンプレックスを持っているが故に決して目上の者には妥協しないし涙も流さない。妥協しないことによって彼女は、彼女を上野山三吉（即ち幸福のシンボル）とスレ違わせてしまうところの悪の根元を発見しようとする。そして浮かびあがってきたのが、浅草のボスであり、学校や中流家庭の偽善であり、上野山三吉の父の貧乏であり、警察であり、そしてとうとう戦争になるのである」と書く。小説「由紀子」の一部と二部がこれにあたる。三吉を「幸福のシンボル」と見るところが鋭い。

一九七三年に出された『日本映画作品全集』（『キネマ旬報』一一月二〇日号）の紹介では、（書き手は磯山）「菊田一夫の原作で、『君の名は』を見た今井正監督は別の面からメロドラマの面白さを出そうと試み好評の連続ラジオ・ドラマを映画化した。脚色は井出俊郎。私生児として伯母の家に世話になった由紀子が絶望のあまり自殺しようとするが足の悪い画家に助けられ、といった話を詩情をただよわせながら、女に同情しつつ甘く描いている。由紀子の津島恵子がいや味がなく、漁村の娘・野添ひとみも、かれんで美しい。」とある。

佐藤の評に戻ろう。菊田には「リアリズムの目をもつて善と悪とをはつきり見極め、これを力強い振幅で描き分け、現像のリアリティを尊重しながらも作者自身の内心から溢れてくる愛や憎しみや恐怖や正義感のリアリティによつてそれを見事に造型するということができない」から、それを補うために菊田は今井監督の映画化を望んだのだ。しかしもともと今井は〈メロドラマはサッカリンに過ぎぬ〉と思っていたから、上等のサッカリンは苦味の少ないサッカリンと誤解してこの映画をつくって失敗したという。ここまで飛躍すると、批評家の想像力は驚嘆に値するものとなる。ここから透けて見えるのは、やはり佐藤も「由紀子」を、すれ違いドラマ「基本的な下らなさ」をもった「君の名は」を書いた菊田一夫の原作という、そんな色眼鏡で見ているということだろう。はじめから菊田を「根が甘い風俗作家」と断定している佐藤には疑問を感じざるを得ない。

この批評文は問題も多いが、興味深い指摘もある。大衆についてだ。「大衆は非現実的な甘い夢に酔いたいからメロドラマを愛するのだ、などというのは大変浅い解釈であつて、大衆はただ単なる非現実や単なる甘さなどというものには決して酔いはしない。甘さ一点ばりや空想一点ばりのメロドラマなどはきつと失敗する。大衆が見たがつているのは、自分たち自身の受けている抑圧の実相と、それに耐え、それから脱出する方法とを、トリヴィアルな末梢的なリアリズムの形でなく、波乱に富んだ象徴的な物語の形において描いたものなのである。」と、書く。一九五〇年代という時代的背景が推測される指摘であるが、〈大衆の願望〉――自己の存在状況からの〈脱出〉という願望が現実味を帯びているのは確かだ。もしそうなら佐藤の批評の中の由紀子は敗れるのである。脱出できないことになる。そうなると時代の大衆が要求する願望とは裏腹な映画ということになり、これはこの映画のあたらなかった理由の一つにもなる。しかし由紀子は脱出した。そして巨額の富を捨て、愛をとったのだ。巨額の富を取れれば〈大衆の願望〉が達成されたということになるのだろうか……。映画はどのように完結されたのか、残念ながらわからない。二年間続いたラジオでは、小説を読む限り〈金よりも愛〉というのが、菊田の結論であった。小説『由紀子』の最終巻のあとがきで菊田はこのように記している。菊田は〈絶対的な愛〉の存在を、この時はまだ信じていたのである。

「由紀子という不幸な女の半生を描きながら、その人生が遂に幸福に……所謂豊な生活をおくる人間を幸福な人間であるというならば……してやれなかつたことに対して、読者のなかに不満を感じる向きも、おありでしょう。

しかし人生の幸福とは……言い古された言葉ではありますが……愛する人との生活、その内容にあるのではないでしょうか。」（一九五六年夏）

新しいスタイルのメロドラマを、という菊田と今井の野心は、従来どおりの〈甘さ〉〈メロドラマ〉を要求する見る側の既成概念につぶされたといっていいのかもしれない。古さを壊す難しさがここにはある。「大衆の好む色をすてないで、その色のまま、内容をたかめてゆくことがたいせつ」と言っていた菊田だが、大衆とはどうやら常に裏切る存在であったようだ。

舞台と女優〈宝塚スター〉

巨大な見えない大衆相手の放送や映画の仕事と違い、舞台は観客という対象が目に見える。〈大衆の好む色を棄てないで、内容を高める〉には手ごたえのある舞台が最適であった。

東宝は一九五〇年に帝劇を買い取るが、すぐに独立させて株式会社帝国劇場を設立（七月）、秦豊吉を代表取締役社長に就任させる（九月）。菊田は秦のもとで、これまで触れてきたコミックオペラ「モルガンお雪」や宝塚の「猿飛佐助」「ジャワの踊り子」「ひめゆりの塔」を帝劇の舞台に上げてきた。東宝での菊田の仕事をコメディー・宝塚・ミユージカル・現代劇と区分すれば、そのうちの最後がまだ始まっていなかった。もちろんこれまで記してきたように現代劇は東宝とは別の集団（薔薇座や新国劇や新派）にはすでに提供している。

この頃、宝塚の真咲美岐が「オケラ漫訪」（『歌劇』一九五四年二月号）で菊田と対談をした。この対談は様々な意味で宝塚の演劇状況を知ることが出来る興味深いものなのだが、「新劇でもない、レヴューでもない、新派でもない」現代劇とは何か、という真咲の質問に菊田は次のように答えていた。

普通現代劇と言われているのは、新派や新国劇や新劇も含めたウンと広い意味で現代物と言われているあれね、それを総カツして現代劇とよんでいるらしいんだが、たとえば新派の「幸福さん」あれは昭和二十八年を舞台としているが、あの人達の演技は、決して昭和二十八年じゃない大正時代なんだ。現代はプログラムに存在するだけだし、使用されている会話が、今の言葉というだけなんだ。（略）僕のいう現代劇は現代の都会を舞台にして、現代の神経で書かれたものを言うんだ。昭和二十九年の神経でやってもらいたい。（略）「セールスマンの死」だって、その国のその時の現代劇なんだ。その国のその時の現代劇というのがないのは、日本の演劇界だけじゃないのかな。新劇がどうにか現代劇をやってると言えるけど、しかし新劇だって、あの舞台に出てくる日本の現代の家庭など、少なくとも我々の見ている家庭にはあんな気取った物の言い方をしている家はないよ。（略）さりげない芝居が、どうして出来ないか。

これに真咲が、芝居のうまいまずいは別として「真空地帯」みたいな方が、そう思えますねと応じると、菊田は、「そう……だから、むしろ新劇の若い人達を集めてやるほうがいいと言えるかも知れない。」と発言している。

菊田は演技に染み付いた〈古い垢〉のようなものが邪魔だと言っているのだろう。かつて小山内薫が、新しい演劇運動を土方与志ら若者とはじめた時、築地小劇場は当分の間創作劇はやらない、翻訳劇のみを上演すると宣言した。その理由を小山内は明かしていないが、当時の創作劇を上演していた集団が歌舞伎の若手俳優や文芸協会・芸術座以来の俳優たちであったことを考えると、彼等の演技で出来る芝居はやらない、彼らの演技でできないものを小山内は求めていたのだと考えることが可能だ。それこそが新しいものだったのだ。それで同時代の創作劇はやらないと発言したとわたくしは記したことがある（「演劇の100年」『20世紀の戯曲』Ⅲ巻所収）。この視点は今も変わらない。菊田も現代の演技と現代の戯曲、それを現代劇といい、それを上演したいと考えていたのだと思われる。

帝劇現代劇と銘打って帝劇で第一回公演が持たれたのは、一九五三年一〇月の「縮図」（徳田秋声原作、菊田脚色・演出）だった。「縮図」は一九三一年に徳田秋声が出会った女性をモデルにして一九四一年から都新聞に連載した小説で、検閲で連載中止になったものだ。東京の下町の靴職人の娘が、芸者に身売りし、苦労しながら何人もの男と擬似恋愛をする話しだから、一九五三年の時点ではこれは決して現代劇ではない。この企画を誰がしたのかは明らかではないが、菊田はとにかくこれを上演する。これに宝塚の新珠三千代を抜擢、新珠の新境地を開いた舞台といわれている。菊田は宝塚の生徒が外部出演することは〈演技の上にプラスになる〉と考え、〈腕を磨くといい〉と語る。これは生徒の演技力の向上をめざす、一つの方法であったと推測される。しかしファンは外部出演を好まなかった。真咲美岐も帝劇ミュージカルス「赤い絨毯」（一九五三年一二月、秦豊吉・水守三郎作、小崎政房演出）に外部出演し、森繁久弥と抱き合う場面があり、「森繁さんなんかと抱き合って何ともありませんか」とファンに批難されたらしい。「縮図」は色恋沙汰の多い芝居で、ラブシーンが多かったから真咲のときよりも批難は「もっとひどかった」という。ところがこれに出て新珠三千代には男性ファンが増加した。

一九五〇年に宝塚スターの映画出演が認められて、五一年から新珠は東宝映画にいわゆる〈娘役女優〉として出演している。東宝が映画に力を入れ始めていたときだ。新珠は一九四六年の初舞台生だからいわゆる〈研5——研究科五年生〉であった。菊田は宝塚公演「猿飛佐助」「ジャワの踊り子」「ひめゆりの塔」など、このころ書いた全ての作品に主役で新珠を使っている。

既に書いたことだが、戦前宝塚に書いた「赤十字旗は進む」の主役は園井恵子（演出は東郷静男）で、その演技を見て〈すっかりいかれてしまった〉菊田はロッパ一座の公演で抜擢、その後園井は映画スターに転進した、そのときと似ている。ただ新珠の場合は五一年から映画に出演して映画スターになりつつあった頃だから、菊田の抜擢がその後押しをしたということになるだろう。相手役の明石照子も同期の男役スターであった。

帝劇現代劇第二回公演「芸者秀駒」（菊田作・演出　一九五四年八月）にも新珠は出演する。この戯曲は選集にはない。『東宝』作品年譜の解説では「昭電事件のヒロインとの同名芸者秀駒（日高澄子）にスポットをあてたキワもの。一方、貧しい印刷工場主の贈賄と芸者秀千代（新珠三千代）の物語が絡む悲劇」（永井孝男）とある。新珠は脇筋のヒロインであったようだ。永井は「キワもの」と記したが、徳田秋声の「縮図」の脚色と異なり、これは時代を映した菊田なりの現代劇だったといえるだろう。

このあと新珠は一一月の「君の名は」宝塚大劇場公演に出演。その後、映画出演が増えて、一九五五年に退団、日活に入社（二年後に東宝に移籍）、以後二〇年以上銀幕のスターでありつづける。独特のハイトーンの声と台詞回し、華奢な容姿が売り物のマドンナ女優であった。最近の映画観客には既に過去の女優の一人であろうが、二〇〇六年に話題になった再演テレビ・ドラマ「氷点」（三浦綾子作）の初代夏江である。これは当たり役で原作の感じをよく出していた。旭川の三浦綾子記念館ではこの新珠と芦田伸介の初演「氷点」ビデオを常に放映している。わたくしもそこで新珠の夏江に再会した。

新珠は劇団民芸の舞台に立ったことがある。木下順二の「白い夜の宴」（一九六七年五～六月）だ。当時映画スターが新劇の舞台に立つということで騒がれ、宇野重吉の商業主義が云々された。今ではジャンルを超えた出演はそこここで見られる光景である。彼女の出演はその走りであり、それはまさに戦後リアリズム演劇の牙城を築いてきた新劇の崩壊現象の始まりの一つでもあった。リアリズム表現に対抗的な若い演劇小集団――自由劇場・天井桟敷・早稲田小劇場・状況劇場などが陸続と登場し、瞬く間に日本の若い演劇観客の心を捉えることになるからである。

新珠の最後の芝居はドラマ・リーデング「ハロルドとモード」（小池修一郎監修、井上芳雄と共演　二〇〇〇年一一月一三～一五日　於銀座ラ・ポーラ）で、監修者は宝塚の現役演出家だ。小池も菊田と同様に社会的な問題を宝塚歌劇公演の舞台で描いている。新珠三千代は東宝という大きな傘の下で女優人生を続けることができた幸せな女優の一人であったのかもしれない（二〇〇一年三月一七日没）。

「ワルシャワの恋の物語」――宝塚版「君の名は」

新珠三千代が宝塚の「君の名は」に出演した舞台に触れて〈菊田一夫と日本の占領期〉を終りにしよう。宝塚は観客に夢を売る場でもあったからロマンティクな菊田にとっては砂漠のオアシスのような存在であったのかもしれない。「由紀子」の否定的な批評に悩まされていたとき、宝塚側の希望で「君の名は」を上演することになる。先にも記したが、「ひめゆりの塔」を上演したとき、次は「詩のように美しい作品を」と願った。それはこのような脈絡で語られていた。

〈猿飛〉では「アチャラカをやった」、〈ジャワ〉では「熱情をやった」、〈ひめゆり〉では「悲しいリアリズムをやった」、「こんどは美しい詩と絵のようなロマンを描く順番である。もう二、三本書けば、私の持っているいろんな色調の見本を一応ならべ終わるかも知れない。」（「ひめゆりの悲劇」）。

そして菊田はラジオとも映画とも異なる〈詩と絵のようなロマン〉物語をつくろうとする。しかし原作が「君の名は」だから、表現も限られた。舞台をポーランドのワルシャワに移し、一八三〇年の〈一一月蜂起〉、ロシアに対するポーランド革命軍との闘いをバックに戦火の中で出会ったジュリアン（春日野八千代）とエリーナ（新珠三千代）の悲恋を描き出す。春日野の登場は、菊田の希望であった。〈宝塚の白薔薇の君〉で絵のようなロマンを描きたかったのかもしれない。菊田は「君の名は」のタイトルではなく「ワルシャワの恋の物語」にしたかったらしいが、宝塚側の希望を入れて大劇場の二ヶ月続きの公演では「君の名は」、二年後の東京公演では副題の「ワルシャワの恋の物語」をタイトルにした（一九五四年一一月花組、一二月星組、東京宝塚劇場五六年一月花組）。宝塚も「君の名は」ブームにあやかりたかったのだろう。真咲美岐の「オケラ漫訪」で、「君の名は」ブームで映画を作った松竹は一部二部合せて六億円の収益を上げたと告げられている。菊田にも高額な収入があったはずと推測する人々がいたせいか、真咲の質問に答えて菊田は、松竹に借金があり、それを返したから普通の原作料だけを貰ったに過ぎないと語っている。

「君の名は」の恋愛はよく考えると不思議な恋愛だ。戦いの最中に初めて橋の上で出会い、名も告げずに半年後に生きていたら会いましょうと別れる。その瞬時の出会いで二人は恋焦がれるほどの恋に落ちる。いってみれば〈一目ぼれ〉なわけで、これは戦火の中だから有り得るのか……と思う。どうにも今から見ると納得できなくて可笑しい。だから現実味のない架空の恋愛なのだ。これがブームになったのは、貧しく未来の見えない日本で〈恋愛〉が一種の〈夢や希望〉として存在したからなのだろう。

宝塚版では、序幕の現在時間でかつてのジュリアン（春日野八千代、星組では淀かほる）とエリーナ（新珠三千代、星組では鳳八千代）のような若い恋人たち（八代洋子・朝丘雪路）が登場する。愛し合っているなら障碍を乗り越えて結婚しなさいという忠告をしたジュリアンが、彼らに体験を語る形で過去へ、「あのとき、此のワルシャワの街には革命の血が流されていた。（略）ロシアの激しい銃火の雨が降つていた一八三〇年春（秋ではないか？）私は、はじめてこの橋の上でエリーナに出会つた」と。

彼はフランス系の詩人で革命軍に参加していた。豪農の娘エリーナはロシアと革命軍との戦いを逃れるために両親と馬車で橋を渡る途中に撃たれ、両親は即死、エリーナはジュリアンに助けられ、互に惹かれる。ジュリアンは革命軍にいたために、「やがて、ロシア軍が敗戦の革命軍狩りをはじめるだろう…」もしロシア側の追求にあったときに危害を加えられるのではないか、名前は知らない方がいい、「いつかまた、生きていたら……僕は君に会いたい……君この橋の上で会ってくれないか」「……私もお目にかかりたい」、互に生きていたら半年後の二十九日にこの橋（アレキサンダー橋）で会おう。「ポーランドは負けたのです。革命によって得たものは、ワルシャワの街を火の海にしてしまったこと、多くの人命を失って、そして、こんどは、ロシアとプロシアから分割されて、完全なる支配をうけるようになったことでした。」

半年後のジュリアンの自己批判はこう語られる。「僕は革命に失敗して、そして、外国に籍があるばかりに解き放たれて、仲間が捕われていくのを黙ってみていなければならない、卑怯な男なのだよ」、そしてこの日二人はすれ違う。ジュリアンの詩を新聞で読んだエリーナは、幼友達のワルコフ嬢（故里明美）――ジュリアンと親しく、しかも愛している――とジュリアンの姉の家に……姉はジュリアンが結婚したと偽る。諦めてエリーナは、求婚されていたロシア大尉ヘンリイク（神代錦）と結婚の約束をする。結婚式の前日にアレキサンダー橋へ行き、偶然にジュリアンと会う。度々ジュリアンと会うエリーナ、二人で逃げる決心をしたとき、エリーナはヘンリイクの子供を身ごもっていることを知り、また、別離。ヘンリイクの母（瑠璃豊美）に虐められ、子供は死にジュリアンに焦がれるエリーナは病気になるが、ジュリアンと逃げ、国境を越えようとする。またもや姦計に引っかかり二人は捕まる。エリーナは夫の下へ、ジュリアンはシベリアへ送られる。

五年が経ち、シベリアのジュリアンのもとにヘンリイクがエリーナを連れて来る。死直前のエリーナは、彼の腕の中で「私はうれしい……ジュリアン、もう私達を、誰も邪魔することはできないのよ」「エリーナ君は、私の妻だ、今はじめて私の妻になった、エリーナ……もう一度笑っておくれ」「ジュリアン私貴方の妻です」そして息絶える。

新珠三千代が歌った「君の名は（昼顔の歌）」（菊田作詞・入江薫作曲）を引こう。CDで聞くと新珠の声はかなりなソプラノであった。

君の名はと　たずねし人あり　ああ　その人の名も知らず　故郷の泉のほとり
浜昼顔に　名をきけば　我は知らずと　花は答えき

多くの偶然に左右されて話が進むこの作品の出来は、よくない。が、権力の重圧や戦争を嫌い、自らの行為の責任を重視する菊田の思想は表現されている。宝塚で二ヶ月連続して公演がもてたのは、若い男性が戦死して少なく、他方では街娼や占領軍の兵士が町にあふれていた当時の日本、しかもほかならない宝塚の上演劇場であった東京宝塚劇場（アニー・パイル劇場）が占領軍に接収されていたという厳然たる事実もあり、愛に命をかけるそんな恋愛が、その結果の結婚が、女たちの希望と憧れであったのだと思われる。〈結婚〉という二文字が重視された時代の長期公演の成功であった。

一九五五年一月二七日、アーニー・パイル劇場と名を変えてアメリカ占領軍に接収されていた東京宝塚劇場が東宝に返還された。菊田一夫の演劇人生はこのことによって大転換する。東京宝塚劇場の新装開場は、四月一五日であった。この年の夏に公開された映画「由紀子」に批判的な批評が出された九月、菊田は小林一三の招きに応えて東宝株式会社の演劇担当取締役に就任する（九月二〇日）。東宝という巨大資本が菊田に〈自由に演劇をつくりなさい、大きく飛翔していいよ〉といった。そう考えていいだろう。演目も俳優も自由に選べる、そんな立場を与えられたのだ。

東京宝塚劇場　　出典：『東宝五十年史』

第三章
東宝演劇と宝塚歌劇

「まり子自叙伝」 提供：宮城まり子

現代演劇を生み出そう

菊田一夫の一九五五(昭和30)年当時の演劇への夢はどんなものだったのか。東宝の重役になる4ヶ月ほど前に菊田は次のような一文を東京新聞(一九五五年五月一〇日)に寄せている。タイトルは「現代演劇を生み出そう」だ。〈新劇でもなく新派でもなく、新国劇的なお芝居でもない現代劇〉、それを菊田は望んでいた。「新劇の人々はもちろん、自らの手で演じられる創作劇を、これこそ現代劇と思っていられるであろうし、新国劇の人々だって、そこで上演される現代物を、これこそ現代劇と思っていられるにちがいない。でなければ、現代の街や家を背景に、現代の服装をした登場人物が現れる芝居を正気でやれるはずがない。」

かなり辛らつだ。さらに水谷八重子の新派現代劇(「明日の幸福」など)にも言及して、演技や舞台の作り方、そんなものが、どうも違う、新派……になってしまっているという。それらの舞台からは、「現代の……現在の社会の……生活のにおい……ほんとうの現代の雰囲気が感じられないのはどういうことだろう」と疑問視する。迂遠な言い方であるが菊田は同時代演劇に〈疑義〉を呈している。戦後菊田が薔薇座に提供したような、今を描ける、今を演じられるそんな舞台を考えていたのだ。

その原因を演劇のセクショナリズムに菊田は求めた。日本には古典劇の俳優、新劇の俳優、新派・新国劇の俳優という具合に演劇も俳優もジャンル分けされ、彼らは同じ舞台に乗ることが殆どない。演技も異なる。外国の場合俳優は、古典も現代劇も同じ俳優が演じる。俳優は、特別の存在ではなく普通の生活を送っている普通の社会人だ。日本のようにジャンル別に、セクショナリズムで区分けされている「特権的芝居者」ではない。現代劇をうみだすためにはそうした区分を壊すこと、演技を考えること、「わが国の演劇界に一大革命をもたらさなくてはならないのかも知れない」、そうすれば真の現代劇が生れるだろうと考えていたようだ。

これをみるとその後の菊田の一見無原則と思われがちな歩みが理解される。菊田はこれまで出会わなかった俳優たちと舞台づくりをすることになるからだ。宝塚スター、歌舞伎俳優、映画スター、新派俳優、新劇俳優、歌手、コメディアン……などなど、新しい若い才能が菊田の演劇に賭ける夢の実現——〈現代の社会の〉〈生活のにおい〉〈ほんとうの現代の雰囲気が感じられる演劇〉——その可能性に手を貸す。おそらくその実現の場の大半は、一九五七年四月に開場する芸術座(客席数七六〇席)になるのだろうが、このとき菊田が考えなければならない東宝の劇場は、東京宝塚劇場、梅田コマ、新宿コマなど、舞台の大きさも客席数も、そして客種も異なる劇場であった。菊田の夢の実現の困難さは推測できる。

長い間演劇専門の劇場であった帝劇は、映画の流行と足並みを揃えるように五四年に映画専門のシネラマ劇場に転換するため演劇興行をやめる。五五年一月には「これがシネラマだ」を初公開していたし、各地には東宝直営の映画館も軒並み誕生していた。映画全盛時代が到来していることをこれらは物語る。そういう状況の中で菊田は東宝演劇をどのように作っていったのか、安くて多数の観客を見込める映画、つまり商売になる映画に演劇がどのように対抗していこうとするのか、それが菊田に課せられた役回りでもあったのだ。

菊田が現代劇ではないと指弾した新劇は、一九四八年に舞台芸術学院が、翌四九年に俳優座俳優養成所が創設され、俳優養成を始めていて菊田が東宝の演劇担当重役になった頃には養成所出身の俳優たちが多数誕生していた。また、一九四八年には新劇人会議が中心となって東京で勤労者演劇協同組合（労演）が発足、翌年には最大の観客組織となる大阪勤労者演劇協会（大阪労演）も結成され、その後各地に観客組織が誕生して60年代半ばまで新劇繁栄の要因となる観客の増大に貢献する。その中でも大阪労演は目覚しい運動を展開した。その様子は武井昭夫の『演劇の弁証法』（影書房二〇〇二年一月）で知ることができる。

他方、アマチュアの労働者たちの自立演劇運動も活況を呈し、各地で公演が持たれ、そこにかかわった人々が劇作家や俳優へと転身する。堀田清美や宮本研がその代表的存在だ。そして戦後初の新劇の劇場、俳優座劇場が六本木に開場する（一九五四年）。

劇団の動きも活発になる。既存の文学座や俳優座に加えて劇団民芸が五〇年に再組織され、新劇三大劇団が成立、そのほかにも山本安英のぶどうの会・村山知義の新協劇団・真山美保の新制作座・佐々木隆の文化座などなど、戦前からの演出家や俳優たちは各人の思想と演技の共通項で自らの居場所を見つけ、劇団体制を固めていくのである。

そんな中で俳優座養成所出身者たちの若い集団（当時は俳優座スタジオ劇団と呼ばれたが）、劇団新人会・劇団仲間・劇団三期会・青年座・青俳や、学生演劇（慶応大学・東京大学・放送劇団など）出身の劇団四季など、これらの若者集団が五三年から五四年にかけて相次いで劇団の旗揚げをする。混沌とした占領期を経て、新劇における新たな出発は、まさにこの五五年前後に出揃ったといっていいだろう。

この時期の新劇の演目は、日本の創作劇はもとよりドイツ・フランス・アメリカなどのこれまで上演されなかった新戯曲が並ぶ。アメリカ演劇の上演は占領軍の演劇政策の一つであったがドイツのブレヒトやフランス戯曲の上演は舞台を作る側の選択であった。まさに新しい時代の到来であり、世界レヴェルで演劇を考えることのできる状況を日本の現代演劇界が獲得したといっていい。しかしそれらは世界的傾向と足並みをそろえていて、リアリズム表現をときに超えるものがあっても、基本的にはリアリズム演劇を大枠で壊してはいなかったのである。

アヌイやジロドゥを舞台に上げた劇団四季を、リアリズム表現を壊した集団の走りと位置づける論者もいるが、わたくしはそのようには見ていない。劇団四季は戦後初登場した若者の演劇集団の一つと位置づける。四季の舞台表現——たとえば早い台詞回しや非日常的な演技など——は演技の未熟さをカバーするもの、あるいは翻訳劇ゆえの上演時間の冗漫さをなくすためのもので、むしろ長いセリフを朗々と歌い上げる古典劇の表現法であった。リアリズム表現ばかりの中では、非日常的であるがゆえに四季の登場は確かに洒落ていて刺激的ではあったろうが、一九三五年から始まっている新劇のリアリズム演劇表現という大きな砦を壊すものではなかった。

一九五五年の菊田の東宝における出発は、新劇の現在と未来とを作り出す活動期の出発——戦後のリアリズム演劇全盛期を生み出す時期と実は重なっていたのである。菊田もその舞台表現は、基本的にリアリズム—写実であった。

再開東宝演劇部と東宝歌舞伎

「東宝が演劇部を再開したのは、昭和三十年二月、アニー・パイルの東京宝塚劇場が返還されてからだ」と佐貫百合人は書く（「興行師菊田さん」『東宝』菊田追悼号）。

東宝演劇部は、一九五五年七月に長谷川一夫、中村扇雀、中村勘三郎（一七世）、中村歌右衛門（六世）たちが東宝の傘下にはいって再開され、彼らの公演を東宝歌舞伎と呼んだ。菊田一夫が東宝の重役になる二ヶ月前の話である。

第一回公演の演目は川口松太郎の「帰ってきた男」で衣笠貞之助が演出している。衣笠はもともと新派の女形であったが、映画監督になって、検閲で上映中止になった「日輪」（横光利一原作　一九二五年）や「狂った一頁」（一九二六年）、「十字路」（一九二八年）などを発表、川端康成たちと新感覚派映画連盟を作ったりしたアバンギャルド派（前衛映画）の新進映画監督だった。川口作品を演出したときには衣笠は既に巨匠になっていた。

発足当時、歌舞伎という名前を使用した興行姿勢が歌舞伎関係者の「論議の対象に」なったり、歌舞伎や映画のトップスターの競演が話題になったりしたらしいが、特筆すべき点は斬新な興行時間の組み方であった。佐貫が先の一文でそれについて触れている。松竹歌舞伎は「戦争中の興行の名残り」だという昼夜二部興行制をとり、観劇料も高かった（歌舞伎座は現在も二部制、料金は一万四千円前後から三千円前後まで）。しだがって団体客依存状態を抜けることができなかった。

東宝演劇部は、昼夜二部興行をとらず一部制を採用し、料金設定を歌舞伎座の二割減にした。これはすでに東京宝塚劇場が開場したところで触れたが、小林一三の演劇に対する姿勢である。戦後の再開にも小林は演劇興行の合理化政策を通したのである。これを佐貫は〈大福帳〉的芝居作りを否定して制作費の合理化をはかり、近代化された興行システムを打ち立てようとしたからで、〈一般の生活水準からどの程度の観劇料〉が可能かという計算の結果だったと告げている。観劇対象を芝居の見巧者ではなく大衆にもとめたのは、「大衆芸術の陣営、家庭共楽の殿堂」にしたいとして建設したこの劇場の目的であったから、それを戦後も貫いたことになる。圧倒的に数が多いのはもちろん大衆だ。こうして大衆が自腹を切って東宝歌舞伎に通うようになったのである。ここでは〈歌舞伎〉は古典的な歌舞伎を意味しない。それは〈歌い〉〈踊り〉そして〈技―演じる〉そういう芝居、まさに歌・舞・伎を意味したのだった。松竹の歌舞伎と異なる東宝歌舞伎について、戸部銀作は「ショー的な歌舞伎まがいの興行」と批判した。が、この「歌舞伎まがい」に客が付き、このあと梅田や新宿のコマ劇場にも、コマ歌舞伎が登場する。つまり東宝歌舞伎は、経済の高度成長期に向かう時代の大衆に好まれたのである。古典ではない舞台が時代と共に生きづいていたからであろう。

二回目も川口作「編笠権八」（五六年五月）、演出は藤間勘十郎、そして三回目が菊田の作品であった。

始めて東宝歌舞伎に提供した作品は、「百舌と女」（一九五六年一〇月）で中村扇雀（現坂田藤十郎）、長谷川一夫、越路吹雪らが出演、扇雀の番頭が主役だった。この戯曲は『菊田一夫戯曲選集』に入っていない。『東宝』終刊号の永井孝男解説で、次のようにこの舞台は紹介されている。

大阪の材木店が舞台。店の再建をねがい愛人である番頭と別れ、金持ちの老人の後妻にゆく姉娘の話。長谷川一夫が番頭の兄の船頭で〝五木の子守唄〟をきかせるのがファンにとっては、たまらない御馳走だった。

これを読むと、かつて菊田が書いた「道修町」の焼き直しであることに気づく。「道修町」では薬問屋が舞台で、結婚相手は老人ではなかったが、店を救うために恋人と別れて金持ちの妻になるという大筋は同じだ。これは菊田の気持ちがこの集団には向いていなかったことを物語っているように思われる。彼の思いはもうすぐ完成する新しい劇場——芸術座に向いていたのかもしれない。

菊田は東宝歌舞伎にはこのあと現代世俗劇とでも呼べそうな「すっぽん」（長谷川一夫と水谷八重子——八重子の経営するファッション・モデルクラブが舞台のコメディー。長谷川は美容体操の教師に扮し、扇雀はモデル・ヘルパー役、八重子の娘良重も出演。一九五七年五月二日～二七日）、「あした渡り鳥」（川口松太郎原作をアレンジ、長谷川一夫、一九六一年五月三日～二九日）を提供し、第十一回公演「霧に消えた男」（長谷川一夫にあてた時代物、一九六二年一〇月一日～二九日）が最後になる。結局東宝歌舞伎は菊田の考える現代を描き出せる集団ではなく、長谷川一夫や水谷八重子の魅力で客が呼べる集団であったのであり、佐貫が「長谷川一夫を軸にした大衆劇の代名詞として定着」したと一九七三年の時点で評したような、そういうものであったのである。

最近送られてきた『官報　池田文庫』（27号）で坂田藤十郎襲名を前にした中村鴈治郎が、扇雀時代の東宝入社について語っている。東宝歌舞伎に関連することだから、少し触れたい。

よく知られているように中村扇雀は「曽根崎心中」で世に出た。松竹の大谷竹次郎が舞台に上げたのだが、この時の扇雀の美しさは今でも語り草になっている。その翌年の一九五四年に扇雀は宝塚映画の所長高井重徳の訪問を受ける。〈うちの校長先生があなたと一緒に食事をしたい〉と……。扇雀は池田の小林一三邸に行き、そこで東宝入社の誘いを受ける。

余談だが、この小林邸は二〇一〇年に公開された。もちろんすぐに見学に行く。小林は扇雀とどの部屋で話をしたのだろうと思い巡らしながら……応接間の椅子に座った。

扇雀への小林の話は、アーニー・パイル劇場が来年戻るから長谷川一夫と一緒に芝居をしないかというものであった。しかし扇雀には松竹との関係もあるからすぐに東宝の舞台に立つのは問題だろうし、まず宝塚映画の専属になって一本とって、そのあとで東宝歌舞伎にでないかと小林一三は話したらしい（六頁）。

これは小林の描く国民劇的歌・舞・技の実現のための勧

誘であったのだと推測される。この後、扇雀は長谷川一夫と東宝歌舞伎の舞台に立つ。東宝歌舞伎は一三の考える国民演劇の一つの姿であったのかもしれない。萩田清を聞き役にしたこの対談で、藤十郎は、二〇〇五年の正月鴈治郎時代に「男の花道」を洋楽で上演したのだが、そのことを「小林先生に対する私の恩返し」「小林先生のお考えになっている国民劇精神は大切にしたい」「初代の藤十郎が民衆の中で創った和事、これは国民劇じゃないかと思う」、そして今も小林一三の精神を受け継いで扇雀から鴈治郎になり、鴈治郎から藤十郎になって「お客様の中で」「今」を考えて芝居をしていると語っていた。

さて、アーニー・パイル劇場。この返還はすんなり行かなかった。東宝はすでに一九五三年の訴訟で勝訴したにもかかわらず、政府は一九五四年一月まで劇場の強制使用をおこなった。東宝は再度「政府の使用認可と都の収用裁決とに対する取消し訴訟」(『東宝五十年史』)を起こし、これにも勝訴するが返還されず、政府の強制使用(五四年一月二八日〜五五年一月二七日)続行の意思に対してまた取消し訴訟を起こしている。結局、返還されたのは強制使用の最後の日であった。それで新装開場は一九五五年四月になる。

東宝歌舞伎の第一回が上演されたのは三ヵ月後の七月、すでに触れたように扇雀はこれに女形で参加する。二年後には新しく出来た芸術座の舞台(北条秀司作演出「秋草物語」)にも立つ(女形)。そして子役中山千夏の登場や数々の賞を取って話題をさらい、結果的に一〇ヶ月のロングラン記録をつくる菊田の「がめつい奴」に男優として出演するのが、一九五九年であった。これについては後述する。

爆笑ミュージカル

同時期に第一回東宝ミュージカル公演が東京宝塚劇場で幕を開ける。『東宝』の菊田追悼号に出版された作品の一覧がのっているが、そこには東宝ミュージカル作品は含まれていない。次に引くように一五本ほどある。菊田にはゴーストライターがいたという話も聞くから、ミュージカル作品が全て菊田の手になったかどうかはわからない。が、東宝ミュージカルは菊田の東宝での仕事として大きな位置を占めるから、作品略年譜にある東宝ミュージカル作品をあげてみたい。(一回目のみミュージカルス、以後はミュージカル)

第1回　恋すれど恋すれど物語
　　　　一九五六年二月九日〜三月一四日
第2回　俺は知らない

第3回　極楽島物語　三部三〇場
一九五六年七月五日〜七月三一日
第4回　パンと真珠と泥棒
一九五六年九月一日〜九月二七日
第5回　金瓶梅（白井鐵造と共同）
一九五六年一二月二日〜一二月二五日
第6回　パノラマ島奇譚（江戸川乱歩原作）
一九五七年二月一日〜二月二六日
第7回　メナムの王妃
一九五七年七月三日〜七月三一日
第11回　すれちがいすれちがい物語
一九五七年九月四日〜一〇月二九日
第12回　女優物語
一九五八年七月二日〜七月二九日
第14回　バリ島物語　一九五八年一二月三日〜一二九日
第15回　浅草の灯（浜本浩原作）
一九五九年五月三〇日〜六月二九日
東宝ミュージカル爆笑公演　雲の上団五郎一座（合作）
一九五九年一二月二日〜一二月二九日
一九六〇年一二月一日〜一二九日

東宝の取締役になって菊田が東京宝塚劇場で始めてつくったのは、東宝ミュージカルス第一回公演の「恋すれど恋すれど物語」である。この公演はなぜか、ミュージカルスとなっている。後年、菊田は「この公演名をとりあえず『東宝喜劇』とし、やがて、それをミュージカルスの一つにしようと考えたのだが、小林一三先生はその私の案をズバリ『ミュージカルス』と朱字で訂正なすった。中身はアチャラカです、と私がいう」と、「おもしろければいいじゃないか」と小林は応えたらしい（『芝居づくり』）。以後、名称はミュージカルとなる。

ミュージカルとはなんだろう。ランダム・ハウス（小学館）では、ミュージカル・フィルムは音楽入り映画、ミュージカル・コメディにはミュージカルと訳がついている。その解説は、歌と音楽と踊りが伴う音楽劇の一種、軽い筋立てに基づき多くは奇抜なあるいは風刺的な性質を持つ、とある。

『東宝』の菊田一夫追悼号で野口久光は、「ミュージカルという肩書きを使った」のは「一九五〇年に中原淳一氏の手で旧ピカデリー劇場に上演された『ファニー』が最初とされている」と書いて、「しかしミュージカルという言葉を最初に積極的に取り上げたのは（略）秦豊吉氏の『モルガンお雪』に始まる一連のプロデュース作品の肩書きの帝劇ミュージカルス（どういうわけか複数形になっていた）であろう」と結ぶ。

戸板康二が『対談　戦後新劇史』（早川書房一九八一年四月）で中原の「ファニー」について菅原卓と話している。「ミュージカルなんてものがまだよくわからない時代であった」こと、当時は「音楽劇」といわれていて歌を聞かせすぎたことなどが話されている。戸部銀作がこの公演に触れて「アメリカのようにミュージカル・プレイの流行するのは遠い将来かもしれない」（『幕間』7月号）と評しているが、すぐにコミックの要素を取り入れたミュージカルが、野口の指摘したように秦の指揮下、帝劇で花開く。

秦の帝劇公演はしばしば誤って記述されている。既に述べたようにこれは初めコミックオペラ（英語名はOPERA COMIQUE）とプログラムに記され、『帝劇の五十年』にも同様に記録されているのだが、なぜかミュージカルスなどと常に書かれてきた。帝劇第二回公演の「マダム貞奴」はミュージックオペラだ。第三回はエノケンや越路吹雪のミュージカルコメディ「お軽勘平」で、五二年の第四回からミュージカルスになって「浮かれ源氏」（エノケン・笠置シズ子・筑紫まり）、五三年の第五回「美人ホテル」（エノケン・越路・灰田勝彦）、第六回「天一と天勝」（古川緑波・越路吹雪・森繁久弥）、第七回「赤い絨毯」（森繁久弥・有島一郎・真咲美岐）、五四年の第八回「喜劇蝶々さん」（田中路子・宮本良平・三木のり平・松田トシ）で終わる。帝劇が翌年にはシネラマ劇場になるからだった。

東宝ミュージカルス第一回公演について、『東宝』終刊号――菊田一夫演劇祭（一九七四年）で「東宝専属のコメディアンを総動員して世に問うた作品で、この成功がキッカケとなって東宝ミュージカルの繁盛を呼んだ」と解説されているように、東宝演劇の繁栄――菊田生涯の大きな演劇事業の一つのジャンルを築くことになる。

「恋すれど恋すれど物語」の出演者は多彩で、エノケン、ロッパ、越路吹雪、有島一郎、トニー谷、小林圭樹、高英男、宮城まり子、伊東絹子、雪村いづみ、三木のり平らコメディアンを中心に歌手やミスユニバースまでいた。まさにおもちゃ箱をひっくり返したようなオールスターだが、「ミュージカルの名称をアチャラカ劇とすりかえたという非難」がでたらしい。この芝居は「人海戦術さながら」出演者を「駆使しての芝居づくりは、見方によれば、予算主義の足かせのウップンを、舞台で晴らしているかのようでもあった」（佐貫百合人）と記述されている。小林流合理化政策への鬱憤晴らしと佐貫はみているのだ。喜劇人総出演の公演に菊田はそんな思いを仮託したのだろうか、わたくしにはそうは思えない。先きに記した如く菊田がアチャラカです、と小林一三に告げたように第一回は喜劇人総出演公演の大きな花火を上げたに過ぎなかったのではないかと思われるからである。

コメディアンとして戦後登場した三木のり平が、このミュージカルに参加した。ここに出演できたのは日本喜劇人協会の第二回公演（一九五五年九月一三〜二六日　日劇）「最後の伝令」（エノケン原作　菊谷栄脚色）の従卒ロバーツ役で出演して大いに受けたからだ、とのり平はいう（三木のり平『のり平のパーッといきましょう』小学館　一九九九年五月　一三六頁）。

日本喜劇人協会は会長エノケン、副会長ロッパと金語桜で一九五四年に結成された集団だった。「喜劇というものが、東京に一つも無くなってしまった。芝居もなければ映画にもない、せいぜいラジオで日曜娯楽版を三木トリローグループがやってるぐらいなものだ。（略）喜劇を復興したい」（榎本健一『喜劇こそわが命』栄光出版社　一九六七年二月、一八六頁）と手術後のエノケンの療養先にロッパと金語桜が訪問して立ち上がったとエノケンは書く。

三木のり平は三木トリローグループの一人で彼の芸名はここから来ているらしい。

「最後の伝令」は、菊田一夫作「アチャラカ誕生」の中にあったとのり平は語っているが、菊田の作品年譜には喜劇人公演「アチャラカ誕生」はない。

『古川ロッパ昭和日記　晩年編』（晶文社　一九八九年四月）を見ると、この「アチャラカ誕生」までのいきさつが記されていた。これはロッパの原案だった。

北村武夫来訪、渋谷天外の書くべき筈の脚本、間に合わぬ（略）山下与志一にたのんである分をやるより他なしとの話。我にも案あれど、もう日も迫りたることなれば、山下に書かせることに賛成。（昭和三十年八月十三日）

昨日出来の山下与志一脚本「昭和不出世物語」を読む。笑ひ少く、野暮なり。我に案あれど、この方で運ぶ気なのだろう、弱ったものだ。（略）金語桜来り、丸尾・山本紫朗も、榎本も来た。（略）一人として山下の脚本をいゝと言はず、（略）先日来あったためてゐた、アチャラカの起源とも称すべきストーリーを話すと、皆々これに賛成。昭和初期東京の景では「カフェーの夜」をやればいゝとエノケンの意見。これで節劇「太閤記十段目」、「カフェーの夜」「最後の伝令」とつゞく。「太十」は金語桜が書き、この三つを綴り合せて、筋を作るのが我となる。題名も、根岸が「アチャラカ誕生」と附け、これなら受取り取れる！　と皆喜ぶ。（八月一九日）

このあとロッパは二四日までにこの台本（三十一枚）を書き上げる。そして二五日に本読みで主だったメンバーに内容紹介する。九月一三日からの公演なのだが顔合わせはなんと九月七日だ。「今日は一時より、九月公演の本読み顔合わせなり、出しものに自信あるから、たのしみである。（略）皆集まり、顔合わせ。榎本が配役を読み上げ、僕は一景毎の解説、注意。これでもう用済み。」（「日記」三五五頁）という記述が九月七日にある。喜劇人たちの芝居作りがどのようなものであったか垣間見ることが出来て興味深い。新劇の稽古状況を知っているものからみると、これはずいぶんといい加減に思える。つまりは一つの景を受け持った俳優が、自分の個性で新しいアイディアや過去の経験を生かしてその場をつくるということなのだろう。これでは演出はいらない。これが商業演劇の現実なのか……と思う。

のり平はこの芝居を「雲の上団五郎一座」の原型だといっている。喜劇俳優たちが俳優として登場し、劇中で劇をやるという設定であったと推測される。エノケン主演の「最後の伝令」の景は、「南北戦争かなんかで、名誉の戦死をするという大ドタバタ劇」（のり平前傾書一三六頁）で楠トシエのメリーに恋人トムの戦死の知らせを告げる役が、のり平だった。「メリーさん大変だ、大変だ」と「間の抜けたせりふでメリーさんのところへ駆け込んで、「シナを作って倒れこむ」そんな場面であったらしい。この芝居ではのり平は女形という役回りであった。のり平を売り出したこの公演は、客がしり上がりに来るようになった。ロッパ日記にもその様子が記されていた。

「恋すれど恋すれど物語」は菊田の東宝入社第一作であったが、原稿の上がりも遅く、その内容も東宝歌舞伎にあてた作品同様に二番煎じであったようだ。のり平は原稿の遅れについて〈「原稿上がった?」「キクタケ（菊田家）野暮よ」っていう洒落があったくらいだから。毎日原稿何枚かずつしか上がってこないんだから大変だったよ。〉と著書（前掲書一三八頁）で触れているし、ロッパは次に引くように更に具体的に書き残している。エノケンにはこの作品に関する記述はない。

「東宝ミュージカルス顔合せ（略）東宝劇場事務所の二階、皆集る。飯沢匡と菊田一夫も来て、菊田立ち、挨拶。重役となっての責任からだろう、『ミュージカルスの名の方は、飯沢君の方に強く出てゐるので、僕の方は、一にもお客、二にもお客といふものを書きました』と言ふが、その脚本がまだ出来てゐず、四日には間に合はせると言ふんだから心細い。」（二月二日）。ロッパはこの飯沢の作品

（「泣きべそ天女」）を「面白くない」「読み合せしてみると尚更つまらない」「僕の役、天帝、全く何でもいゝやうなもの」と役のしどころのなさに「くさっていた。」

ロッパは昔からの関係もあり、出来上がってこない菊田の作品に期待をしていたらしい。「何景かのプリントが来た（略）菊田もひどい。その読合せをする。わが役、家老で、たゞ出てゐる役、世が世なら断はりたいところ。」（二月五日）

ロッパ日記には興味深い記述が多い。戦後のロッパは悲劇的な道を歩むことになるが、彼が段々と凋落していく様子がこの東宝ミュージカルス公演でも読み取れ、二〇〇六年暮れに上演された劇団民芸の公演、小幡欣治作「喜劇の殿さん」のロッパの悲劇を思い出す。

まず、ロッパは楽屋の部屋割りに触れる。舞台稽古第一日（二月七日）、エノケンがA室、ロッパは襖一つ隔ててB室、しかも有島一郎と同室だった。有島はロッパより一三歳年下、戦前に名古屋の軽演劇の舞台でスタートを切って、敗戦後に映画でコミカルな役を演じて注目を集め、東宝と契約をしたばかりの新しい喜劇俳優だった。ロッパがショックを受けるのも理解される。

「世が世なら、いやわが身がわが身なら早速眼角立てゝ怒るところであるが、いゝや、まあ我慢しよう」とロッパは書く。「飯沢匡作・演出であるが、黙ってるので、演出家無きが如し。」そして肝心の菊田の本は夕方「三分の二から先のプリント届く。明日舞台稽古といふに、まだ完本が出来ない。作者横暴時代、役者の弱きこと。俺は、看板も部屋もひどい目に遭はされ、役もひどい。」ロッパの期待は菊田作品でも打ち砕かれる。

菊田の原稿は夜の七時過ぎの休憩になって続々とプリントが届く。それでもロッパは最後にはよくなると期待していたらしい。が、役の悪さは変わらなかった。完本が届いたのは初日前日、八日の十時過ぎであった。それから徹夜の稽古、まさに聞きしに勝る状態だ。

このミュージカルの詳細な筋は把握できないが、ロッパ日記から推測すると、「マゲモノ・スペクタル」で難破船が出、大道具の大掛かりな転換を見せ場にするようなものであったらしい。客席で舞台稽古を見ていたロッパは驚く。

「菊田もひどい、エノケン・ロッパの『弥次喜多』でやった、お化けのシーンそのまゝなのだ（それも、もとは、昭和十何年、わが一座の時、『弥次喜多お化け大会』といふ題でやったもの）。その弥次喜多を、エノケン・のり平にやらせちまふんだから、これは随分僕を蔑にしているわけ。」（二月八日）

こんな調子の舞台がうまくいくはずはない。初日は道具転換はうまくいかず、俳優のトチリは多く、客の入りも八分。すぐに菊田はセリフをカットし、舞台を整理する。ロッパの少ないセリフも更に減ったようだ。菊田の現実的な対応が功をそうしたのか徐々に客の入りがよくなり、ついには「これはヒット。菊田の勝利だ」とロッパは記述する。この芝居の劇評でロッパは「精彩全くなし」（朝日）、「元気なし」（産経時事）と書かれて、なお落ち込む。「すべて菊田を恨むばかりなり」と我が身の終わりを感じ、薬、タバコ、酒、美食におぼれ、寄りかかる日々。ロッパの日常は観客に笑いを見せる舞台と裏腹に疲弊していく。「あゝ、地獄の思ひの、東宝ミュージカルス第一回も、もうあと、三日間で終わるなり。この三十五日間には、侮辱のみ受けた、これぞ記念すべき屈辱の公演。」（三月一二日）とロッパは書き残す。

戦前喜劇人から戦後喜劇人への転換がこの東宝ミュージカルで行われたといっていいだろう。その意味では喜劇畑にも戦後が到来したのだ。

東宝ミュージカル公演は爆笑公演と名付けられた「雲の上団五郎一座」が大いに当たり、以後、これは東宝のドル箱になるが、それ以前の公演をみると焼き直しが多く、菊田が芸術座の開場で気持ちはそっちに移っていることが理解される。

東宝ミュージカルの大きな事件は、劇場の火事だ。「メナムの王妃」のあとに「金色夜叉」（越路吹雪、高島忠夫）が上演される予定であった。これも菊田がロッパとかつて上演したものだ。前の出し物「アイヌ悲歌」の大詰め近く、越路吹雪が下手で歌っているときに出火した（一九五八年二月一日）。「二日間の徹夜稽古が終わった東宝ミュージカルスの初日だ。（略）遠見の集落が燃えているシーンの効果を出すために上手から裏方が吹いたフイゴの細かい粉炭がカーテンに燃え移った（略）カーテンの火はその一、二分後には舞台の天井まで燃え上がり」（のり平前掲書　一四八頁）、あっという間に大変な騒ぎになった。芝居や映画の観客には被害はなかったが、この芝居には子役が出ていた。劇団若草の子供二人とミュージカルのダンシングチームの一人が亡くなった。

菊田はこの事件について三人の霊に詫びるという一文を残している。「子供たちはだれも、犠牲者を出したのはお前の責任だと、私に言いはしなかった。ただ素直に逝ける友を惜しんでいた。その素直な声が私にはこの世から消えてしまいたいほどたまらなかった。（略）私たちは二度とこのようなことのないようにいたします。お許し下さい。」（「お許し下さい」『週刊朝日』一九五八年二月二三日）。

これは大きな傷となって菊田の裡に残った。

宝塚の「ローサ・フラメンカ」と「天使と山賊」

菊田は東宝重役に就任と同時に宝塚歌劇団の顧問になった。顧問の抱負を依頼されて『歌劇』(一九五五年一〇月号)に「宝塚随想——公演活動を活発にするには——」を寄稿する。菊田は宝塚で何をしたらいいのかと、小林一三に問うと「いままで通りに、ただいい本を書いてくれればいいのだよ」と応えたという。しかし菊田はこの一文でこれまでの「好い伝統」を重んじることを前提にして、意欲的にしかし宝塚関係者に気遣いながら「公演活動を活発にする」ために6つの提案を記述した。これは演劇畑にいた菊田が宝塚を外から見て感じたことだったのだろう。

①各組(雪・月・花・星)に一名の責任あるプロデューサーをおく。②各組に専属の作家は三名宛、都合一二名配属させる。③各組担当の制作者グループが、引田理事長・白井先生の下に緊密に統率されて、各自特色のあるよりよき公演成果(質と公演成績)を競う。④各組専属作家の他に新人発掘を専門に担当する演出者は随時他の先生方と連絡をとり、あるときは作品の演技指導におもむき、目星をつけた新人を熱意を以ってスターとして養成する(これは、ある場合に、私自身がかって出ても結構です)。⑤養成されたスターには、少なくとも五年間は歌劇団から去らないだけの保証を与え、またスター自身も、それだけの信義を守る。⑥部外委員会として、宝塚を愛する古いファン及び専門家の集まりを月一回乃至三カ月に一回程度催して、その委員会の意見をも製作面に反映させる。

この提案のうち、どれだけ実施されたのかは定かではない。翌五六年の『歌劇』(二月号)の座談会で星組の天城月江が「この前のプロデューサー制はどうなりました？アドバルーンの効果としては(笑)」と尋ねていて、菊田は「とにかくやってみようというところまできたんだけど、いまのところ人選その他で行き悩みだそうです。」と返事をした。このあといつ頃担当プロデューサー制が決まったかは明らかではないが、これに関する二つの記事をみると実現までに時間が掛かったようだ。

〈一九六四年一〇月二八日　宝塚歌劇団、公演の制作者制度(プロデューサー・システム)決定。四〇年(一九六五年の意——井上注)一月公演から実施〉〈一九六五年三月一日　宝塚歌劇団、プロデュサー室を新設〉(『宝塚歌劇の60年』)。

これが菊田の考えていたような「一人一人のキャラクターを考えて、その組の性格から出て来る演し物、合った作品を、題材を押してくる、と話をのっけて行く……」そういう発言力のある制作者であるかどうかはわからない。現在のプログラムを見ると各組毎に一定の制作者の名前があるから、各組担当プロデューサーは今も存在しているようだ。いずれにせよ一九五五年当時、菊田は宝塚を斬新に活性化させたかったことだけは理解できる。

占領が終わり、日本の社会が新たな未来へ向かって歩いていく時であったから宝塚にも自由な発想が生れたのだと思われる。この頃、高木史郎は男性加入の別劇団を作って少女歌劇を卒業（宝塚は音楽学校の延長で学校組織をとっている。歌劇団は研究科生徒――井上注）したらそこへ行けばいいという、男性加入の発言をしている。今すぐ実行しようという高木案に菊田は反対であった。まず男役を充実させることが重要で、それには男役生徒達の意識――袖に引っ込んだ時や役から離れたときに女になっているから、それを収斂することからはじめなければいけないと発言している。男性加入は一〇年後だと発言した菊田は、結局、劇団とは異なるが、似たような状況――卒業生を男性俳優と共演させる舞台を芸術座と新帝劇開場で作るから、この時の発言を実行したのと同じことになるのかもしれない。

さて、菊田は小林一三と約束したように、一九五六年にミュージカル・プレイ「ローサ・フラメンカ」（春日野八千代・神代錦・黒木ひかる・恵さかえ・浦島歌女・寿美花代・鳳八千代・大路三千緒・扇千景）、ミュージカル・コメディ「天使と山賊」（大路三千代・明石照子・鳳八千代・美山しぐれ・星空ひかる）の二本の台本を三月と十一月に提供、五七年九月には一九世紀フランス心理小説スタンダールの「赤と黒」を脚色し、寿美花代のジュリアン・ソレル、淀かほるのレナル夫人、鳳八千代のマチルドで上演、既婚女性の恋・女を翻弄する男の恋が宝塚にはじめて登場する。

芸術座開場前後であったからだろう、菊田はこの三作品を演出していない。「ローサ・フラメンカ」、「天使と山賊」の演出は、春日野八千代、「赤と黒」は高木史郎だった。

ミュージカル・プレイ「ローサ・フラメンカ」は春日野八千代の初演出で、それが公演の呼び物になった。この年は第二回のハワイ公演が三月から四月に掛けてあり、目ぼしいスターは海外であった。したがって前者の月組公演（宝塚大劇場三月、東京公演六月）には専科や各組のスターが総出で若手の寿美や鳳の舞台を支えている。「ローサ・フラメンカ」（一本立て）は脚本の出来が遅く、初演出の取材を受ける春日野は困ったらしい。取材があったら、「白昼の決闘」と「エデンの東」を交ぜたみたいなものだといえと菊田に言われて春日野は正直に応えていたと座談会で語る（『歌劇』一九五六年三月号）。

舞台はスペインのマドリッド、名門大地主モンテーロ家とアルバレス家とは幼少時に親同士が決めて次男坊のカルロス（寿美花代）と娘カタリーナ（鳳八千代）を婚約させていた。幕開き、一門の悩みの種反抗的なカルロスが悪人と争って殺し警察に捕まったという知らせが入る。カルロスの異母兄アントニオ（春日野八千代）は父の嘆願書を持参して警察に釈放を願い出る。アントニオを密かに恋するカタリーナは、粗暴なカルロスの行為に怒りをあらわにしている父アンドレス（神代錦）の気持をやわらげようと訪れる。実はアンドレスにも酒好きで軌道を逸した弟アグスト（大路三千緒）がいた。それで余計にカルロスを心配しているのだ。アンドレスはカルロスが愛しているカタリーナに、結婚して粗暴な息子をやさしい男にしてくれと頼む。が、彼女はアントニオを愛していると告げてしまう。実はカルロスの兄・アントニオもカタリーナを愛していた。

アントニオは弟の婚約者に惹かれる自分の気持を隠している。アントニオを恋するマリーア（浦島歌女）もいる。カタリーナはカルロスを嫌うが、カルロスはカタリーナを愛している。一人の女を愛する二人の男、しかも異母兄弟の愚弟賢兄、振り向かれない愛を抱える二人の男と女。こんなよくある話に領地で密輸の商売をしているジプシー女の誘惑が入り、またもや三角関係。

反抗している不良少年のカルロスは人を殺していなかった。悪い友達が彼に罪をなすりつけていたのだ。カルロスはそれを知らず、不良ぶって密輸をしているジプシーたちに近づく。最後に彼は心配する父や兄の心を受け止めることなく兄に決闘を挑み、二人は共に倒れ死ぬ。

兄の春日野が歌う「オレンジの花が咲いたら――弟を想う唄」（菊田作詩・入江薫作曲）が哀愁を帯びていて素晴らしい。詩を引こう。「オレンジの花が咲いたなら　弟よあの丘に行こうよ　いつだったかな　あの丘で君と僕　迷い子になって　泣いたっけ　なつかしいあの丘に　オレンジの花も　咲くだろう」（CD『入江薫宝塚歌劇作品集』）

カルロスは宝塚らしくない常識を逸する暴れん坊の主人公であった。「エデンの東」（一九五五年に映画化、原作は創世記のカインとアベルが題材の小説で一九五二年に発表されている）のジェームス・ディーンを思い出させる趣向だろうが、同時に菊田は別の作品も浮かべていたと推測される。「太陽の季節」だ。一九五五年七月に石原慎太郎が『文学界』に発表した。大人の常識に反撥するハイティーン達の無軌道な日常が描出されていた。〈太陽族〉という呼称も流行していた。菊田は、当時映画や小説に登場した新しい若者たちのイメージをカルロス・カタリーナ・アントニオに仮託して描き出したように思える。特にカルロスは、兄の作品で俳優の道を歩き出した石原裕次郎――これまでの正統派二枚目俳優とは異なる存在――に似た個性的な若手・寿美花代が演じている。のちに寿美は宝塚の石原裕次郎といわれるようになるから、菊田は時代にあったスターを宝塚で育てたと言っていい。

菊田の書いたセリフを幾つか上げてみよう。

興味深いのは兄弟二人に愛されるカタリーナのセリフだ。初めのセリフ、相手はアントニオ「私が親達の無責任な約束の責任をもたなくてはならないのでしょうか」、中詰のセリフ、相手はカルロスとアントニオの父「もしも、カルロスがこのお家に戻つてくるのなら……私はカルロスと結婚いたします」、そしてカルロスがセビリアへ消えた後のアントニオに告白するセリフ「いつかも私は云つた、私とカルロスの婚約は、父たちがきめたことです、私の知ったことじゃな」いと。それに応えてアントニオ「僕はカルロスの気持を思って、君をあきらめようとした。だが、諦めるには、君はあまりにも美しすぎる……君のやさしさがあまりにも僕の心をひきつける。僕はカルロスに悪いと思いながら、君を諦めることができないんだよ」、カタリーナ「なぜ私達は、そんな古いきずなにしばられて悲しい思いをしなくてはならないの……なぜ愛してもいないカルロスのために、私達の恋を邪魔されなくてはならないの……私はもう父に叱られてもいい、カルロスに殺されてもいい……アントニオ、カタリーナは貴方を愛しています」、アントニオ「僕も……僕も君の腕の中で死んで行きたい」、二人は抱き合い接吻する。

石原と菊田との大きな違いは、前者の恋は遊び、後者の恋は真実というところだろう。「太陽の季節」には女性蔑視の男性中心思想が色濃く息づいている。しかし菊田の作品には、女性に対するやさしい愛情が伺える。

この作品以降、宝塚は菊田にとっての「愛」の思想、あるいは「愛とはなにか」を表現する場となる。宝塚は外国を舞台にして「愛」「夢」「希望」を描くことのできる舞台であったから、これが菊田にとって幸いしたとわたくしは見ている。一見全く絵空事と思われやすい場で、菊田は真実に触れようとしたのだ。

この公演で菊田は恋をしたらしい。春日野八千代のアントニオを恋する女マリーアを演じた浦島歌女（のち千歌子）だ。小幡欣治によると、「菊田一夫が浦島千歌子に魅かれたのは、ノーブルな彼女に、貴種である美也子の面影を見たからである。菊田一夫の貴種好みは、出生のコンプレックスから生じたもので、その意味では、宝塚歌劇の少女たちも彼にとっては貴種であった」という。〈美也子〉とはあとで触れる菊田の自伝小説「がしんたれ」に登場する初恋の少女で、神戸のお嬢さまであった。

「貴種好み」は菊田に限らず、男性一般の好みではないかとわたくしは思う。それは絶対的に不可能な対象（権力や存在）を所有したいという男性の根源的欲求に由来するのだ。男性と女性を決定的に二分する発想で、これが家父長制社会を形成し維持してきたと見ている。その所有欲をどのように表現するかは、個々の対象に向かう姿勢―思想によるのだ。菊田の場合は演劇の場で表現されるから、かなりロマンティクであったのだと思われる。

この作品がキッカケで菊田は浦島を知り、開場前の芸術座に誘う。宝塚の公演は、大劇場と東京とで二ヶ月あるから、恋を熟成させるのに時間は充分ある。他者の追随を許さないほどの抜群の美貌とスタイルを持つ浦島は歌とダンスの得意な生徒であった。小幡によれば、演技に自信がないからと固辞する浦島を「ぼくが個人教授をするから」と口説き、結果、浦島は芸術座の開場作品「暖簾」の舞台に立つことになった。菊田と浦島の愛の関係は長く、幸せな時間であったと言われているが、菊田の離婚が成立しないために法的な婚姻関係には至らなかった。

「毎年四月四日の命日には父を思う人々によって華やかになる。私たちが行くより先にいつも墓石を洗いお掃除をして下さって、父の好きだった煙草の紫煙がお線香とともに立ちのぼっている。なによりの供養である。この美しい女性が一番誠実に父に尽していたと誰もが云う。父の身勝手にどんな思いをなさったのかと思うと申し訳ない気持でいっぱいになる。」と菊田の娘・伊寧子は書いている（『ママによろしくな』かまくら春秋社　二〇〇八年四月）。〈恋多き男〉と言われた菊田が舞台の〈愛の在り様〉に拘るのは、自らの生き方を反映してのことであるのかもしれない。

さて、ミュージカル・コメディ「天使と山賊」（二〇場）の舞台は、南アメリカ、チリのサンチャゴ。チリ革命が舞台の背景にある。副題は「アンデスの聖者と赤ん坊と恋の物語」。この時期、アルゼンチンでは軍部クーデターでペロン大統領が失脚し、チリでも闘いが始まっていた。チリの人民行動戦線が結成されるのは一九五六年の二月だ。同時代の南アメリカの独立と自由への闘いを背景に置いて、チリのサンチアゴからアンデス山脈を横断してブエノスアイレスへ向かう一本道を舞台に、革命と恋と自由を題材にした喜劇を作った。悲劇を避け喜劇にして自由を叫んだところが興味深い。

三人の盗賊（大路三千緒・明石照子・星空ひかる）――彼らは革命党の闘士と間違えられ、軍部に追われて逃げる。追いかけごっこが笑いを呼ぶ。しかも途中で両親を無くした赤ん坊を拾う。赤ん坊をサン・ファーノの祖父に届ける約束をして、旅がはじまり、ますます笑いの種が増加する。世話をしなければならなくなった赤ん坊を巡って笑いと涙が満載。革命党員を追う軍人と追われる党員との緊迫感が舞台を引き締める。恋は、逃亡中に知りあった村長の娘ロシータ（鳳八千代）と盗賊の一人ペドロ（明石）との恋。ペドロは革命党のシンパで、最後に裁判で国外追放になる。ロシータはペドロと共に行動することを選択して二人の恋は成就し、フィナーレへ移行する。恋が成就する菊田の作品は珍しい。

この公演は二本立てで、初めに武智鉄二作・演出の狂言レビュー「浮かれ大名」（六場）があり、太郎冠者を大路三千緒、花子を鳳八千代が演じた。

芸術座の仕事――世間の常識と闘う

芸術座は一九五七年四月二五日、「暖簾」で開場する（客席七五〇席）。この三ヶ月前、洋楽を用いた国民劇を主張していた小林一三が鬼籍に入った（一月二五日）。菊田はこの新しい劇場で展開しようとする現代演劇運動を小林に見せるが出来なかった。初日は小林の三ヶ月遅れの命日だった。

よく知られるように芸術座の名前は、島村抱月と松井須磨子が一九一三年に開いた芸術座から名づけられている。小山内薫や同時代の人々からは批判されたが、抱月は〈二元の道〉を貫くために芸術倶楽部をつくり、大衆的な大劇場公演と全国巡業、芸術倶楽部試演場での新作の実験公演を持った。

大劇場公演や巡業では、小山内薫の批判のもととなった歌、日本の流行歌の始まりといわれる「カチューシャの歌」を須磨子に歌わせたトルストイの「復活」、〈いのち短し恋せよ乙女〜〜〜〉の「ゴンドラの唄」が歌われたツルゲーネフの「その前夜」などなど……抱月は大作を翻訳・演出し、歌舞伎の世界しか知らなかった日本中の大衆に西洋の劇世界と思想を知らせた。その功績は大きいといわなければならない。菊田にもそうした抱月の仕事ぶりと共通するところがあるように思える。

明治の二〇年代に川上音二郎を一躍有名にした〈オッペケペー節〉は、いわゆる俗謡でいってみれば日本の前近代の和楽であり、大正の初めに須磨子が歌った〈カチューシャの歌〉（中山晋平作曲　抱月・御風作詞）は和樂と洋楽の中間のようなヨナ抜き唱歌（独特の旋律）で、少し洋風化してきた当時の日本人の感性に丁度マッチした曲であったと園部三郎はいう。抱月が晋平に和と洋の中間の旋律で作曲して欲しいと注文をしたことも記されている。これはいわゆる音楽改良運動の一つの姿勢だったのだが、結果的には時代に受け入れられるメロディーになったのだから、抱月の先見の明には驚く。流行するのは当然だったのだ。この歌は芸術座の巡業で広まり、レコード化されてさらに流行し、大正期中を席巻した。子供が歌うので教育上問題だという発言もでたほどだった。

抱月の芸術倶楽部で有島武郎の「死と其前後」（一九一八年一〇月）が初演されたとき、有島は観に来た人々に公演後、礼状を書いた。そのはがきの端には自筆の葡萄のスケッチが添えられていた。その礼状を受け取った土方与志は、築地小劇場のシンボルマークを考えているとき、有島の葡萄を思い出して決めたそうだ。このときの葡萄のスケッチが四年後に出た『一房の葡萄』の有島が描いた表紙絵と同じかどうかは不明だが、五十殿利治はこの本の葡萄の挿絵スタイルは未来派だと指摘している（『有島武郎事典』勉誠出版　二〇一〇年一二月）。川上・有島・抱月・土方・小山内……、そして菊田。新しい男たちの仕事が、不思議な縁で繋がっていく。思想も行動も異なるのに……

芸術座旗揚げの須磨子の舞台（メーテルリンク作・秋田雨雀訳「内部」一九一三年）で初舞台を踏んだ水谷八重子は、抱月と須磨子の死後、抱月夫人から芸術座の名前を譲り受けて新劇活動を続けた。その芸術座の名前を東宝は八重子から譲られる。

一九五五年に東宝の重役になったとき、菊田は年間計画で「東宝現代劇」の公演項目を書いたらしい。そのとき小林一三は「いまに、それにふさわしい劇場が出来る……そこで好きなことをやり給え」（『東宝五十年史』）と菊田に言った。それが東京本社に出来た芸術座だった。菊田は「この劇場の名『芸術座』は、水谷八重子さんの一座の歴史の古い劇団名であったのを、その御好意で譲渡していただいたものです。私達は此の劇場を立派に育ててゆかなくてはなりません」と開場公演「暖簾」のプログラムに記す。そして五月に東京宝塚劇場の先にふれた東宝歌舞伎で八重子・長谷川・扇雀の現代劇「すっぽん」を作・演出する。八重子への返礼の意があったのかもしれない。

芸術座東宝現代劇第一回公演「暖簾」は、山崎豊子の原作を菊田が脚色・演出した。これは『菊田一夫戯曲選集』にはない。「大阪物の現代劇ゆえに出演者はすべて、大阪出身者か大阪に育った人々のみとした」（最終公演「放浪記」

プログラム）というように、主演の八田五平は森繁久弥でその他、藤木悠・三益愛子・浦島歌女（のち千歌子）・浪花千栄子・八千草薫・星十郎らが出演した。この「暖簾」に関する逸話は小幡欣治が『評伝　菊田一夫』（岩波書店）に記していて、北条秀司に依頼していた大阪物の開場作品が出来上がらなかったために、森繁が暖めていた山崎の「暖簾」を急遽菊田が脚色したとある。先の思いやられる芸術座の開場だったが、連日大入りであった。

森繁と菊田、あるいは東宝の関係がどのようなものであったのかは明らかではない。森繁の『こじき袋』（読売新聞社　一九五七年三月）をみると、一九三五年、芝居好きなら仕方がないと、親戚一同が東宝に入社させたとある。これは社員としての「裏口入社」で、俳優ではなかったから、森繁は芝居が捨て切れず東宝新劇団に潜り込むが、ここがつぶれて、市川寿美蔵らの東宝劇団に入り、役者修行をした。伊藤雄之助、加藤嘉、山形勲と同期であった。一九三六年七月、東宝劇団の「宮本武蔵」（村山知義演出、有楽座）で死んだ兵士の役で登場し、親戚一同の非難にあう。その後、「ふるさと」で馬の脚をやったが役がつかないことにいやけがさして、ロッパ劇団に移る。おそらく、ここで菊田と出会ったのだと推測される。

一九三九年にＮＨＫのアナウンサー試験に合格し、満州へいく。満州の生活を森繁はこんな風に書いている。「今や私は、放送のエキスパートであり、新京の名士であり、満州の寵児となった。関東軍の参謀部は、私を珍重がった。甘粕親分の宴会にも、無くてはならないインテリ幇間であった。久保田万太郎さんも来た。北条秀司さんも来た。菊田一夫さんも来た。山田耕筰さんも来た。有楽座の楽屋風呂で私を怒鳴った蓑助さんも、もしほ（先代勘三郎）さんも、薄田研二さんも、菊五郎さんも……続々と来た。内地の食い物が悪くなるにつれて、名士の渡満の数は殖えて来た。」（二五八頁）。

芸術座開場公演は劇評家には批判されたようだが、森繁の好演で評判を呼び、客が来た。この作品は、「三十五銭の金を握りしめて淡路島から大阪に飛び出して来た」五平の立身出世の一代記ものである。しかしウエルメイドプレイの常套ではなく、悲劇におわるのだ。このあたりがおもしろい。いわゆる商業演劇の終わり方といわれる楽観的な〈めでたしめでたし〉を拒否しているからだ。

『東宝』終刊号の解説では次のように内容が記されている。

　八田五平が昆布屋に奉公、みっちり大阪商法を学びとって成功するが、三人の子供たちを次々と兵隊にとられ、空襲にあって丸裸となるが不屈の精神で店を復興させたのも束の間、昆布倉庫で死んで行く波乱万丈の人生を描く。脚本は主人公の森繁の役者としての味を存分に生かすべく書かれ、森繁もまたよく努力して傑作となった。（永井孝男）

ピンチヒッターとはいえ、菊田は山崎豊子作品のどこに惹かれたのだろう。永井の解説をみると、一つの仮説が生まれる。丁稚奉公をして成功するというのは、菊田の実人生に重なる部分があること、さらには太閤秀吉の例を引くまでもなくこうした出世物語を日本人は好み、多くの観客の共感を得ることが可能であること、しかも努力すれば必ず報われるという希望がここにはあること、にもかかわらず戦争はそうした一般大衆の幸せを必ず壊すものであるという現実、まさに戦争は人々にとって昨日のことであったからだ。にもかかわらず新しい道を生きていかなければならない現実もあるから、希望を失うことはできない。

これら全てをこの作品は可能にしたのだろう。さらに多くの場合、商業演劇は幸せな状態のままで終わらせることが多いのだが、菊田はそれを取らず、五平が一人死んでいく結末を選んだ。現代演劇を生み出そうとした菊田はまず、商業演劇の常套手段を壊したといっても誤りではないだろう。菊田の描く演劇はこれまでの商業演劇の常識を覆すことからはじまったのだ。

一九六六年の文章にこのようなものがある。

「商業演劇の企画には常識というものがある。世間の多くの観客は何をみることを望むのか。その基本線は、社会を広く太く貫く、世間の常識というものである。だから……それに従ってばかりいるから商業演劇の芝居は、すでにはや陳腐に成り下がっているのである、という説がある。非常識をチョイと入れると斬新だといってほめられることがある。が、それも常識の土台を踏んまえての話である。非常識過ぎると、常識を破れといった人までが、馬鹿呼ばわりをする。」（「芝居あれこれ」）。

世間と商業演劇の常識とどう闘うか、それが問題であったのだ。

グランド・ミュージカル「赤と黒」

一九五七年度の芸術座は、六月がウイリアム・インジ作、菅原卓訳・演出、ミュージカル「バス・ストップ」、七月が獅子文六原作、田中澄江脚色、菊田演出「大番」、八月が北条秀司作・演出「秋草物語」、九～一〇月が菊田作・演出「ながれ」、一〇～一一月が船橋聖一作・演出「若い果実」、一一～一二月が川口松太郎作、中村俊一演出「モデルの部屋」であった。中野実の作品はないが、菊田より少し先輩の北条・船橋・川口など当時の商業演劇の売れっ子作家たちが名を連ねている。これは新しい劇場の、劇作家へのご祝儀みたいなものであったのかもしれない。新劇場の特質はこのレパートリーからは伺えないからだ。そしてこの同じ年の九月に宝塚で一本立て公演「赤と黒」（二部三四場）を出す。先にに記したように夢を売る宝塚に初めて登場した上流階級既婚女性と下層出身年下の男性との恋、まさに「世間の常識と闘う」行為である。芸術座には焼き直しのような「ながれ」を、宝塚には新しい試みの「赤と黒」を提出しているのだから、菊田一夫という劇作家は、一筋縄ではいかない存在だ。

「赤と黒」は、この年の二月に新潮文庫から小林正訳で新発売されていた。もちろん映画はジェラール・フィリップとダニエル・ダリューの「赤と黒」が一九五四年にフランスで製作されている。花組の「赤と黒」（ジュリアン・ソレルの恋と人生）は菊田脚色、高木史郎演出。配役がセンセーショナルであった。レナル夫人の淀かほるは、研究科10年目の男役トップスター、レナル家の家庭教師ジュリアンは寿美花代で研究科9年、公爵令嬢マチルドが娘役トップの鳳八千代（研7）。重要な脇のレナル氏は春日野八千代と共に菊田作品によく使われる神代錦。当時は退団が早かったから、この配役は充実していたといっていい。淀と鳳は二本目、寿美は四本目で菊田がスターにした生徒だ。

第一部幕開き、暗のなかから声、「赤い服を着けた軍人に成るか、黒い服を着る僧侶になるか、現在ではこの二つより出世の道はないぞ。（略）ジュリアン・ソレルお前はどちらを選ぶのだ」、赤い服と黒い服の人々が各々二〇人ずつ踊り、白服の貴婦人が二〇人踊る。そして「赤と黒」の本が燃やされる。声「賎民の分際で、貴族の仲間入りをしようとした奴、それをさも英雄であるように書いた小説、赤と黒、我々の豊かなくらしを脅かす思想だ！　焼いてしまえ、焼いてしまえ」……銀橋に立つジュリアンに明かりがあたる。ドラマの始まりだ。

次の場は百姓達が言う「軍人と僧侶と貴族だけが人間なのか」「い、や、おれ達だつて立派に人間だ、同じ血が通つている人間だ」――舞台は階級批判・平等思想から始まる。

そしてジュリアンが司祭に連れられてレナル家へ向かう、子供達の家庭教師になるために。馬車の中でジュリアンが歌う木樵の歌「木樵はマサカリで　山の木を伐る　くる日も　くる日も　山の木を伐る　生れて死ぬまで　山の木を伐る（略）木樵の倅でも　赤い上着を身にまとい　いつの日にか　美しい娘と　恋を語る　恋に身を灼くこともある　ああ　恋こそ　ああ　美しいそなたとの恋こそ　貧しかりし木樵の倅の　夢　夢　夢なのだよ」

恋に憧れたジュリアンは夢に見た恋をソレル夫人と可能にする。しかし怪文書が夫人の夫に届き噂が広がる。司祭が救いの手。神学校へ。次に黒い服を着ることになる。

第二部は神学校からパリの侯爵家。神学校の校長と共にパリへ行ったジュリアンは、秘書として雇われた公爵家で令嬢のマチルドから恋を仕掛けられる。下層階級出身のジュリアンに興味を持ったのだ。恋に恋するお嬢様だったから……。

マチルドの歌、「私のまわりには　何もかもが揃っているから　私は、何かが欲しいのよ　何が足りないのかしら……その何かが私には判らない　（略）私の胸はいつの日も　悲しみみち　いつもまごころを求めている」

偽善ではない恋に彼女は憧れていた。ジュリアンは迷いながら立身を夢見て、それに応える。彼女と結婚することになるが、ソレル夫人の偽りの手紙で身分違いの結婚は否定され、ジュリアンはもときた道へ消える。偽りの手紙は司祭がレナル夫人に書かせたものであった。噂や手紙が虚偽を拡大して一人の青年の夢を潰す。市民社会は無原則な情報流通社会でもある。

ジュリアンは教会でレナル夫人を撃って逮捕される。夫人は死んだと彼は思っていた。裁判所でジュリアンは陪審員にいう、「諸君が如何なる判決を下されようと不服はありません。（略）私は最も気高く、あらゆる敬意を受けるにふさわしい婦人の命を奪おうとしたのです。私の罪は死に値します。（略）私が処罰されるのは私が犯した罪そのもの、為ではないということです。皆さんにとつて、私の罪は、私が生れた下層階級から抜け出して、世間が誇りをもつて社交界と呼んでいる世界に屈しようとした為に他ならないのです。何故なら、その世界こそ、あなた方自身の階級なのですから……」

ジュリアンには死刑の判決が下され、彼はそれを受け入れようとする。ソレル夫人は控訴を受け入れるよう、面会にくる。

「ジュリアン――あたしはもうあなただけのもの」「僕は、いつもあなたを愛していたのだ。あなた以外の誰も愛したことはないのだ」、控訴を進める夫人にジュリアンは否定。自分が死んでも、「死ぬなぞと、そんなことを考えてはいけない。死なぞ問題ではないのだ。僕達には、愛があるだけです。神にも、人間にも、どうにもできないのです」「恋の魅するがごとき喜び、甘い愉楽、唯それのみが、あらゆる力に打ち勝つことができるのだ。あの女の、天使のような美しさも、やさしいかよわさも、すべて僕のものとなつた今は、僕はいつでも喜んで死ねるのだ」（『宝塚歌劇脚本集』）、そしてジュリアンは刑場へ。

〈愛の絶対と所有〉がここでは謳い上げられている。支配階級批判は後景に退いているが、下層出身のジュリアンの野望と恋への絶対的な期待は描出されていた。グランド・ミュージカルと名付けられていたが、劇中歌は極端に少なく、ジュリアンの「木樵の歌」、レナル夫人の「蒼い月夜に」「生命ある限り」、そしてマチルドの歌だけだ。芝居色濃厚のミュージカルであった。

菊田はわたくしたちの生きる世界で不可能なまでに〈愛の絶対と所有〉を宝塚の舞台で追及し始めていたといっていいだろう。

「ながれ」

宝塚の「赤と黒」初演と同じ月に菊田作・演出の「ながれ」が芸術座の舞台に乗った。これは一九五三年一一月にNHKで放送されたもので、『菊田一夫戯曲選集』にはその放送作品が収録されている。解説によれば、「昭和三十二年九月、作者自身の脚色により、かなり内容をふくらました舞台劇に書きかえられ、十日から十月七日まで芸術座に上演されたが、その時の配役は——たか（大路三千緒）松造（有島一郎）あさ（草笛光子）咲江（八千草薫）勇三（金子信雄）塚田（芦田伸介）岡倉（夏目俊二）先生（仙石正夫）等々となっていた」とある。大路も八千草も宝塚在籍中であった。

放送劇の「ながれ」は隅田川を上り下りするダルマ船の一家を描いたもので、船上の生活を嫌う娘と頑固な父親が中心に描かれる。子供が船をでることを恐れる父親は末息子を学校にも入れない。この時代にこんなことがあったのかと思われるような内容だ。既に触れた「由紀子」の上野山三吉の父親像にそっくりである。むしろ放送劇「ながれ」が先で、そのあと「由紀子」が放送されているのを見ると、菊田はどこかで船上生活者を知り、強烈な印象を持ったのだろう。幼い時に養母と住んだ長崎県の加津佐町かもしれない。同時に頑固者の親爺像にもよほどこだわりがあったと推測される。

放送時と芸術座上演時との間には五年ある。この五年間の開きは大きかったはずだ。菊田がどの程度加筆したのかは明らかではない。しかし頑固な父親が考えを変えて開明的になる様子を描き出す本筋は変わらなかったのではないか。学校に行きたいと夢にまで見て泣いていた息子を学校へ上げ、反対していた陸の男と末娘の結婚を許す。水商売で働いていた姉娘が父親の判らない子を身ごもって帰って来ると、それをやさしく受け入れる。これではこれまで通りの頑固な父親の人情劇と変わらない。しかも菅原卓も船橋聖一も川口松太郎も、新しい劇場に新作を出し、それなりの成果を上げているのに、菊田が古い作品を書き換えて上演しなければならなかったのには、理由があるように思われる。

一つは現実的なこと、菊田の忙しさだ。四〜五月が「暖簾」、「すっぽん」、七月には東宝ミュージカル「パノラマ島奇譚」と芸術座の「大番」の演出、九月には東宝ミュージカル「メナムの王妃」と宝塚の「赤と黒」、そして芸術座の「ながれ」、これでは芸術座に新作の書けるわけがない。今一つは菊田のこだわりである。それは末の息子の〈学校へ行きたい〉という想いだ。これがあとで触れる菊田の少年期の想いに重なるのである。自身の子供時代の想いと重なる「ながれ」を舞台にあげることで、〈好きなことが自由にできる芸術座〉の新たな出発にしようという密かな考えがあった。ロマンティクな菊田だからそのぐらいのことはしたかもしれない。

菊田作「ながれ」で妹娘を演じた八千草薫は、淀かほると同期で可憐な容姿が人気の宝塚の娘役である。この芝居の妹娘は、舞台を見ていないわたくしにも不似合いな気がするくらい、八千草は泥臭さのない可憐な女優だ。春日野八千代初演の「源氏物語」(一九五二年)で若紫役を振られて脚光を浴び、宝塚在籍のままで映画(五四年にアカデミー賞をとった「宮本武蔵」や日伊合作の「蝶々夫人」)に出演する。新珠三千代と似たケースだ。菊田は、既に触れた「ジャワの踊り子」(五二年一〇月初演)で八千草を寿美花代の恋人役で使った(主演は明石照子・新珠三千代)。八千草薫は十年間宝塚にいて丁度、この年に退団する。

救世主——宮城まり子

開場一年目の芸術座は毎公演百万から四百万の欠損で合計千五百万円の赤字を出した。開場公演「暖簾」は赤字を出さずに済んだが他は全て失敗で、菊田びいきの森岩雄専務も黒字は望まないがそれでも一公演の赤字は五〇万から百万以内にしてくれと言ったらしい(佐貫百合人)。そのせいかどうかは明らかではないが、菊田は翌年の上半期をすべて自分の演出作品にした。しかも一代記ものを選んでいる。大衆は立身出世物語や苦労話が好きだからだと推測される。下半期には菊田のほかに宇野信夫・中野実・長岡輝子などが演出を担当した。

一九五八年三月、東宝の経営陣はあらゆる分野で大規模な職制変更を行う。菊田は第一演劇担当取締役になり、東京宝塚劇場と芸術座を統括した。第二演劇は、日本劇場・日劇ミュージックホール・日劇ダンシングチーム・東宝演芸場・ＯＳミュージックホール等で、長谷川取締役が担当した。それまでは演劇は全て菊田が担当していたのだから、その煩雑さと忙しさがいかばかりであったかは想像を絶する。同時にこれでは社会に根ざした現代劇を作る時間もなかっただろう。その後菊田は三年後に演劇担当常務取締役に、四年後の東宝創立三十周年（一九六二年）に専務取締役に就任する。東宝演劇を自由に運営できる状態をまさに手に入れるのである。

芸術座開場二年目の上半期は、一月一日から二月九日まで宮崎滔天を扱った「風雪三十三年の夢」（森繁久弥・扇千景・三益愛子・山茶花究ら）、四月一日から六月二二日まで宮城まり子を主演にした「まり子自叙伝」、六月二八日から七月二九日まで八千草薫主演の北原怜子の話「蟻の街のマリア」を舞台に上げる。

「まり子自叙伝」は小柄で歌の上手なまり子の苦労話で、これが初めての大当たり、初の三ヶ月ロングラン公演——黒字公演が誕生した。

宮城まり子は三年まえにビクターレコードから「ガード下の靴磨き」を出して歌手デビュー、人気者になっていた。菊田一夫はまり子を弟子と呼ぶ。「作者の弟子に女優がいるのはおかしいが、彼女のために脚本を書き、手をとって演技を教えて育てあげた、という意味からいえば、やはり弟子というべきであろう」（「宮城まり子の恋」）と書く。まり子は翌五九年にこの芝居でテアトロン賞を受賞し、四月五月の二ヶ月、「興行師まり子」に主演した。楽しげな舞台写真が残されている。これは柴田芳男原作「映画ものがたり」を菊田が脚色演出したものだ。映画産業が華やかな時代であったから時代色を取り込み、濃尾平野の片田舎で映画館を経営する興行師まり子の奮闘振りが描かれた。前作の当たりを意識し、まり子人気を考慮して二匹目の泥鰌を狙ったものかもしれない。

しかしまり子はこの後芸術座の舞台には登場しない。「まり子も一時私にそむいて、というより反逆を企てて、手元から離れていったことがあった」と菊田は一九六一年に書いているから、離反が理由だろう。この「宮城まり子の恋」は、まだ続きがあって「先生ごめんなさいと言って、また私の手元に帰ってきた。（略）あの時は先生を恨んでいたのです」と言うまり子に、菊田は何を恨んでいたのかわからないが、「彼女が出演する予定になっていた公演を、作者兼興行師である私が、その興行師のほうの都合で中止して、その前月からやっていて好評だった芝居を続演したことを言うのであろう。勝気で必死な子なので、それはよほど口惜しい出来事であったにちがいない」と書く。続演した芝居は恐らく「がめつい奴」と推測される。

抜擢した当時三十を越えていてもまり子は一生懸命に舞台やテレビの成功を夢見る生真面目な「女の子」で、そのあたりが菊田の気に入った理由でもあったらしい。その可愛い女の子が離反し、初めて恋をし、その相手が妻子のある新進作家吉行淳之介で、これからどうすればいいのかを書いたのがこの文章の主旨だった。

まり子だけではなく、このころから〈演出者であり興行師〉であるために菊田は女優に悩まされるようになる。褒めれば褒めたなりに、否定すればまた、それなりに問題が続出したらしい。同様に私的な日常で菊田が何度も離婚をし、恋多き男であったこともいろいろ書き残されているが、菊田の身近にいた人の追想に〈先生は利用された〉のだという一文もある。女優に利用される。それもあったかもしれない。権力者であったからだ。

フェミニズムが浸透した現在、男にも女にも共に〈セクハラだ、パワハラだ〉と指摘される出来事がさまざまな集団で噴出している。女性の権利も主張も重視されない時代には、特に家父長的性格の強い演劇界では、闇の中で〈愛〉を利用したいろいろな状況があったと推測される。それが菊田に当てはまるのかどうかはわからない。客観的に見ていえる事は男女いずれもある階層で離婚の回数が多いのは、それだけ生真面目であり、同時に身勝手であり、かつ経済力があったということなのだと思う。生み出す作品から見ると、菊田は多分、それを捜し求めたのであろうが、実は〈男女の愛に永遠も絶対もない〉のだから……。

八千草薫の「蟻の街のマリア」

芸術座の女優を菊田は何処から探してきたか。傘下に宝の山があった。明治近代社会成立以来女優不足のこの国で──もちろん男優不足も同様だが、歌舞伎という男優ばかりの集団が存在しているから、何かのときには利用できる──女優を探すとなるとやはり宝塚のスターたち以外いない。歌も踊りもできて芝居もできる、その上鍛えられた美しい容姿を持ち、しかも下品でなく、華があり、主役を張れる俳優は、宝塚以外にはそうざらにはいないからだ。

菊田が宝塚の生徒に目を向けたのは、厳しい俳優教育のもとで育てられた俳優であったからだとわたくしはみている。日本では明治以来、俳優教育を重視すべしといわれながら実現が難しかった。俳優座養成所は演技のできる優れた人材を多数輩出したが、演技以外の踊りや歌も完璧な俳優を育て上げることはできなかった。戦後のリアリズム演劇全盛時代の、演技重視の俳優養成であったように思われる。スタニスラフスキーシステムを批判しているのではない。このシステムは諸外国で基礎的訓練として重視されているように、重要な俳優訓練の一つであると考えている。しかし時代が変わって演技ばかりでは納まらない現状をみると、諸外国のように歌や踊りにも同様に重きを置く、いいかえればあらゆる演劇ジャンルに可能な俳優養成がやはり必要であったと思う。

宝塚は女性ばかりという特殊性はあるが、踊りも歌も演技も可能な俳優を育てている。現在の日本の俳優教育を見渡すと宝塚がもっともプロフェッショナルだといってもいいのではないか。その意味では東宝の菊田一夫は俳優の宝庫を持ったといっていいのかもしれない。宝塚と芸術座は姉妹……かと見まちがう位だ。

開場の年（一九五七）に芸術座の舞台を踏んだ宝塚の生徒達は何人いるだろう。八千草薫・浦島歌女（のち千歌子）・越路吹雪・大路三千緒・霧立のぼる・扇千景等々が大きな役を振られている。退団している者や在籍中の者、さまざまだがこれ以後、菊田は宝塚で自作に出た生徒を、芸術座で使い、主要な役を与えるようになる。宝塚は才能の宝庫といってもいいから、演出者としては当然のことであっただろう。宝塚歌劇団卒業生は芸術座へ。女優たちにとって芸術座は宝塚とは質の異なる青春を演じる場になった。二つの集団は姉妹のようだと見る所以である。

八千草薫を芸術座起用主役第一号と呼んでいいかどうか迷うが、宝塚退団後の芸術座主演が「蟻の街のマリア」（一九五八年六月二八日～七月二九日）であった。〈焼け跡の天使〉〈蟻の街のマリア〉と呼ばれた北原怜子（さとこ）の生涯を扱った作品だ。

敗戦後の一九五〇年一月、東京の隅田公園に戦争被災者や引揚者が集まり住んだ〈蟻の街〉が登場した。人々は廃品回収で生計をたて、業者の共同体〈蟻の会〉を作る。この会はキリスト教のゼノ修道士の支援を受けていた。修道士を通じてこの街の存在を知った北原怜子は、豊かな大学教授の娘であったが、その悲惨さに衝撃を受け、ここで奉仕をする決心をしてこの街に移り住み、廃品回収を子供達と共に行う。強制立ち退きを逃れるために翌年、木造の教会が建てられた。が、無理な生活がたたって怜子は結核にかかる。自宅へ帰ることを薦められてもこの地に留まり、治療もままならないうちに命を絶つ。それは東京都の申し入れで江東区潮見へ移転が決まった、その交渉の朝から三日後であったと言う（一九五八年一月二三日）。潮見に建つ教会も街も、知らずに怜子は天国へ旅立った。

〈蟻の会〉の松居桃楼が二八歳で逝った彼女を『蟻の街のマリア』（知性社　一九五八年五月）に書いた。それを菊田は一ヵ月後に舞台へ上げたのである。赤字克服のために話題性を狙ったのかもしれないが、純粋な彼女の行為は菊田の胸を打ったともいえる。菊田の意図はどうあれ、マリアにぴったりの八千草薫はこれを好演した。戦後一三年もたったが、日本はまだ戦争を引きずっていたのである。

一代記もの

芸術座の一代記ものはこのあとも続く。九月から三ヶ月間は五味川純平原作、小幡欣治脚色、菊田・久保昭三郎演出の「人間の条件」で、戦後最大のベストセラーと言われた小説の劇化である。この舞台は、「まり子自叙伝」以来の大入りが続く。つまり黒字公演になったのだ。

この年の最後が山崎豊子の直木賞受賞作「花のれん」の脚色上演で、菊田は中村俊一に演出をさせている。お笑い芸人や多数のタレントを抱え、銀座に劇場まで持った大阪吉本興業の生みの親、吉本せいの立身の物語で、三益愛子が演じた。

三益愛子とはロッパ劇団に居た時からの長い付き合いであるが、菊田は彼女を次のように評している。

> 彼女は一度新派の芝居に出たことがある。「赤線地帯」という作品だった。（略）その演技は新派のどの役者よりリアルであるという意味で好評だった。（略）劇団内では不評だった。あの演技は芝居ではない、と、いうのがその理由だったときいている。
>
> 新派の演技を学ぼうとして、それをやり得なかったのが三益愛子である、と、私は思う。新派ではなく新劇ではない演技をやる女優、それが三益だ。（略）三益の演技を庶民的なニオイを身につけた、と評する人がある。（略）これは庶民的なニオイを身につけた演技なのではなく、三益愛子が庶民そのものなのである。そのリアルな演技は庶民そのものの身体から発散されるエネルギーのこもったニオイなのである。（略）みずからの作品やそれに対する批評から、また体験から割り出しては次の作劇をつづけている筆者自身の場合と、実によく似ている。だから三益の場合は、同じ型の女優が他にはいない。彼女は独自の道を歩いている。（略）彼女は超高級家庭の令嬢にはなれない女優なの

だ。(「三益愛子」朝日新聞　一九六一年七月一六日)

菊田一夫という庶民的な〈作家も他にはいない〉ということを言っているに等しい。この文章はロングラン舞台「がめつい奴」の三益を評した言葉だが、菊田が、新派でもない新劇でもない現代劇を目指しているという抱負と自負の伺われる一文でもある。同時にまた、新派にも新劇にも、ある種の特別な演技が存在していることも指摘している。自然な、リアルな演技を求めていた菊田は、自身の作品で今の現実をどのように描いたというのだろうか。菊田の指摘する「リアルな演技」が可能になる戯曲とはどういうものか、という問いが新たに浮かび上がる。と同時に「体験から割り出しては次の作劇をつづけている」という一文も興味深い。これは、「私小説」のように体験を次の作劇にそのまま描くと言う事を意味しない。菊田が体験から得た何か、現実や思想を「体験から割り出して」作品を書くということを言っているのだ。つまり菊田一夫という人間の身体を通して〈現実を描く〉ということなのである。

久保栄が、「戯曲におけるリアリズム」(俳優座演劇ゼミナール講演　一九四八年三月三〇日　於保険協会講堂)で、他芸術と比較して「演劇の特徴はどういうことか」にふれて、「演劇のもつ特徴は、現実です。生活印象、世の中の或る形、の姿、演劇の描き出す形象が、一番具体的な表象として、一番現実に似ていはしませんか。」と語っていた。その現実を劇作家はいかように肉付けしてどのよう描出するかということなのである。菊田は言葉は違うが同様のことを発言しているのだと思う。アプローチもスタンスも異なるが、生きている時代の現実を描こうという姿勢は同じであった。

一人の人間が見る現実・体験する現実は一局面でしかない。それを「私」を超えて客観化することが劇作家には求められている。菊田が宝塚に書く新作も、やはりそういう視点でみていいと思われる。対象舞台が異なり、俳優も異なるから表現する内容も方法も異なるのは必然で、芸術座と宝塚、そしてのちには新帝劇に、菊田がどのように「体験から割り出し」作品を生み出したか、今後見ていきたい。

翌一九五九年秋は菊田にとっても芸術座にとっても画期的な年になるのだが、それにはまだ間があった。五味川純平の「人間の条件」でヒットを飛ばしてもその後は相変わらず赤字が続く。

一月公演は久方ぶりの菊田の新作・演出で「大和撫子」。タイトルが古く、これでは戦後の客はきそうもない。清川虹子が南米移民の渡部きんを演じ、彼女の生涯が舞台に展開された。舞台の時間は大正三年から戦争に突入する時代。喜劇人たちが出演したが、これも成功しなかった。この戯曲は『菊田一夫戯曲選集』にはない。

二月中旬から三月末までの一ヵ月半は、益田喜頓芸能生活三十周年記念公演「がっこの先生」（『菊田一夫戯曲選集』所収）。これも一種の一代記で、主人公の教師瀬戸口修三（喜頓）と妻さとの（八千草薫）との出会い、結婚そして老後が、修三の職場である学校を中心に描かれる。舞台の時間は昭和初年から昭和三三年秋まで。つまりこの芝居の上演される少し前の時間までで、かなり長い。この時間の設定は、今の現代劇を作っているという意識から出たと推測される。

筋は戦時中も戦後も、朴訥な修三と利発で優しいさとの夫婦の理想的な在り様と、他の人々、主に教師たちの時代に迎合し、揺れ動く醜い姿。戦時戦後にはそこかしこにいた人々だ。これについては既に記したが菊田自身も同業の演出家の醜さに触れ、不愉快な思いをしている。おそらくその経験が書きたいことの一つであったのだろう。

芸者と恋愛中の教師は仕事か結婚かの選択を迫られて、仕事を取らされるが、自由に結婚できる時まで待つという。このあたり、戦争が終ることがわかっているように受取れてしまう。

英語教師の修三は、戦時中は国語を教え、人材不足で校長になる。戦後定年年齢を過ぎても勤め続ける修三は、急進的な新しい教師たちに旧体制の教師と見られて糾弾される。夫婦二人は戦前も戦後も意識は変らないのだが、廻りが変るのだ。救いは生徒や父兄との心暖まる交流。

最後は、退職金も使い果たし、傘の修理屋になるという悲惨な二人の日常が描かれる。戦後幸せな日常を獲得したのは、修三の同僚で純愛を通した教師と元芸者の夫婦だ。修三たち二人の暖かい愛情溢れる夫婦愛が見もののようだが、今から見ると、修三夫婦の最後は唐突だ。しかし一九五九年という現実社会には、時勢に乗れず、落ちこぼれていくこういう人たちが多数存在していたのかもしれない。

戯曲ではディテールは非常に上手に描かれているし、セリフにも現実味が溢れている。菊田がかつて書いた「下駄分隊」のような趣があるが、作品にひきつけるものがない。観客の涙を誘ったようだが、修三夫婦の悲惨さが必然性をもって迫ってこないから、雲の上の話のようなのだ。喜頓の人柄に合わせた戯曲であるのだろう。が、これでは客は入らない。作家から観客に手渡されるものがないからだ。涙や笑いは手渡すものではない。

菊田は宝塚ではドラマ性の高い好い作品を作っているが、

芸術座では二年たってもヒットが出ていなかった。座付作者の菊田は、演じる俳優に心を傾けることができないといい作品が書けないのかもしれない。唯一成功した「まり子自叙伝」は、菊田が気に入り、育てようとした女優まり子に宛てて書いたから成功したのだろう。興行の赤字黒字の問題ではなく、自由な上演環境の中で劇作家としてどう生きるのか、という問題が芸術座を動かす菊田には迫っていた。

東宝現代劇

菊田は芸術座開場と同時に東宝現代劇という俳優集団を作った。その俳優たちの単独公演「今日を限りの」が、一九五九年六月二日から七月末まで二ヶ月間続く。当初は一カ月の予定だったらしいが、好評で日延べされたのである。座付作家であり演出家である菊田は一息ついたことだろう。何故なら宝塚の「ダル・レークの恋」（宝塚大劇場七月公演）と重なっていたからである。

「今日を限りの」（三幕十一場）は、三益愛子・南道郎・水野久美らのゲスト出演者以外、全て東宝現代劇の無名の俳優たちにあてて菊田が書き、演出した舞台であった。登場人物は二六人余、戯曲は『菊田一夫戯曲選集』一巻に収録されている。敗戦から一四年、平和憲法の改悪案なども浮上し始め、新安保条約の改定交渉がはじまり、反対運動もおこり、危うい時がまた訪れていた。海軍兵学校の生徒と特攻隊の出撃、彼らの戦後の在り様という題材は、戦争を二度と起したくない人たちには喜べない内容だ。士官候補生の学校はたくさんの若い俳優たちを舞台に乗せるのに都合のよい題材ではあったが、この時期にこの作品で菊田は何を手渡したかったのであろう。それを見てみたい。

舞台の時間は太平洋戦争開始前から戦後三年のおよそ八年間。

一幕一場は一九四〇年三月末の夜、海軍兵学校に入学した桂一郎（井上孝雄）・朝倉安彦（三上直也）島公安（小鹿卓－敦－番）らが、上級生の頼母木亘（児玉利和）らにここでの生活一般について指導されている場から始まる。教官の三宅が前の教官であった藤岡中尉の戦死を報せにくる。皆で黙祷をすることになるが、新入生で何にでも反抗する少々いじけた朝倉は「俺は嫌だ、死者に対して礼をつくしたければ、知っている人間だけやればいい、関係のない人間が、明日はわが身にふりかかる運命だからといって、黙祷などする必要はない。俺は戦争なんぞにいかないぞ」と反撥。他方、桂は曇りのない好感の持てる模範的な生徒であった。

　江田島の民家（兵学校用のクラブ）、六月。朝倉の母邦子（三益愛子）と妹三枝（表泰子）が来る。ここで朝倉安彦の家庭状況が明かされる。母邦子は安彦を連れて軍人と再婚、父親違いの妹がいる。養父とは仲が悪い。彼は親の薦めで海軍兵学校へ入学した。友人の桂は朝倉と同じ二本松出身、地主の跡取で好青年だ。対照的な個性の持ち主で、安彦母子の不和を心配している。三宅教官の娘雪枝（水野久美）に好意を持っている朝倉と桂。雪枝は初めて会ったときから桂を好きになっていた。二人は気持を表明できないでいる。朝倉は積極的に雪枝に告白して彼女を困らせている。

　二幕、一九四四年の夏、二本松。突撃前、桂一郎は三宅教官から娘の雪枝を嫁にやりたいという話を受け、承諾する。士官候補生たちの出発の日が決まる。安彦の妹は、雪枝を兄に譲ってくれと一郎の父親に頼みに来る。一郎は三枝にいう、「僕にも、朝倉の気持はよく判っていました。（略）しかし、私はあの人を愛しているのです。（略）一生のうちの初めての、そして最後になるかも知れない愛なのです。譲れません」

　出征前に祝言を挙げろと言う三宅教官や一郎の両親に対し、一郎は特攻機に乗って出征すれば、帰ってこられない。「桂少尉の妻となったあなたが残る、あなたをそんな不幸せな女にしたくはありません」という。「あなたが、たとえば戦死してしまっても悔いを残さない」という雪枝。「今日を限りの命なりけり、されど又、明日も生きんと思う（と、つぶやく）……雪枝さんご覧なさい、花があんなに美しい……生きていなければ、あの花の美しさも判らない」　そして二人は許婚のまま仮祝言を挙げる。

　出撃を見守る雪枝。雪枝は桂少尉の妻と名乗るが、桂はあくまでも三宅雪枝さんだという。帰還する飛行機を待つ雪枝に桂の遺書を渡して上官はいう「奥さん……桂少尉は、もう帰ってはきませんよ。（略）特攻機は攻撃を済ませて帰還するだけの燃料を積んではいません」、雪枝は「どんな時でもあなたを愛している」といいたかったのだ。彼女が手にする桂の遺書には「雲の涯ての彼方より、永久に君を愛す。一郎……雪枝どの」とあった。「時々エンジンに故障を起して帰ってくる特攻機があります（略）しかし昨日の若桜隊は一機も不時着はありませんでした。」　桂は帰還しなかった。

　三幕、敗戦後三年。二本松の朝倉安彦の家。安彦は雪枝と一年前に結婚した。戦後、教官であった父も戦死して経済力がなく、生きていけなくなった雪枝を迎えたのが朝倉母子だった。初め雪枝は桂一郎の妻だといって食べ物にも手をつけなったが、貧しさに負けたのである。「一郎さんが死んだときに私も死んだ」といって雪枝は安彦と結婚した。

最後の幕は、兵学校時代の友人が集まって雪枝の誕生日を祝っている場。雪枝の父も戦死、桂一郎も戦死、彼らの死を悼もうということになる。ところが桂は生きて二本松に戻ってきていた。飛行機が海に落ち、救われて捕虜になっていたのだ。

桂の胸に縋りつく雪枝は、泣く。が、もう二人は元には戻れない。安彦の母が「来年の春子供が生れるのです」、桂は「雪枝さんを幸せにしてやるんだぞ。」と朝倉に告げて去る。

最終場面は、古城に関係者皆が出て友情を確かめ合い、最後に桂が雪枝に「お嬢さん、朝倉と並んであの月をごらんなさい。美しいですよ」といって「朝倉と雪枝の手を取ってすわらせる」月を見て幕。

この幕切れはいかにもお粗末な付けたしだ。菊田は「花咲く港」や「暖簾」のような幕切れをつくることはできなかった。それは、こうした悲劇が帰還兵士と銃後の妻の現実であったからだ。そこここで泣いた男や女が大勢いた。最後の場面はそんな人たちへの贈り物であったのかもしれない。

死んでしまったといわれた人間が、戻ってきた。すでに妻は他者の妻になっている。永遠の愛を誓い合った仲であっても……生きている人間の現実は「記憶の愛」だけでは生きていかれない。……菊田は戦争の不条理を指摘したかったのだ。

かつて敗戦後に薔薇座に書いた「東京哀詩」でも、戦後に出会いバラックで一緒に暮らす圭太と容子のところに容子の夫が帰還してくるエピソードを扱ったが、この時は弟分の圭太が身を引いて別の女と一緒になった。

「今日を限りの」では、問題の設定が全く異なっている。普通の人々の幸福を壊す戦争とは何なのか、絶対と考えていた愛をも無惨に壊すもの、「愛」とはなんなのか、など不条理が加速して答えが出せない。三人が三人ともにこれから生きるのは苦しいはずだ。鉛の固まり——重いものが投げかけられている。これは芸術座に菊田が初めて書いた不条理な現実を描出する作品であった。

若い俳優たちの熱演が評判を呼んだのもよくわかる。井上孝雄、三上真一、小鹿敦などの新しい才能が登場した舞台であった。彼らはこの後、菊田の舞台で花開く。

この時期に何故、菊田は「蟻の街のマリア」「人間の条件」「がっこの先生」「今日を限りの」と、立て続けに戦争を題材にした芝居を舞台に上げたのだろうか？

戦後、天皇の映像が登場したのは「日本の悲劇」（亀井文夫監督一九四六年）が最初だ。ニュース映画の断片を利用して作られたこの作品は、天皇の戦争責任を追及した初めての映画として位置付けられている。しかしこれはすぐに上映禁止になった。

ところがその後劇映画に天皇を登場させる戦争映画が流行する。それが丁度、菊田が芸術座で戦争を題材に芝居を書いた時期と重なる。嵐寛十郎主演の「明治天皇と日露大戦争」（渡辺邦男監督、新東宝、一九五七年）、「天皇・皇后と日清戦争」（五八年）、「明治大帝と乃木将軍」（五九年）、「皇室と戦争とわが民族」（六〇年）、等々が続き、新東宝は大ヒットを飛ばした。戦争で苦しい生活を強いられてきた人々が、何ゆえ戦争映画を見に行くのか、しかも過去の勝利した戦争を見せている。人々は負けた口惜しさを映画を観て癒したとでもいうのであろうか……ここには社会が仕組んだ目論見があるように思われる。安保改定に向かっている時期である。戦争責任問題ははるか彼方に追いやられていた。戦争を美化する行為で、まさに戦争責任の忘却に映画産業は一肌脱いだのだ。

菊田はこうした時代状況を読んで、大衆の側から一つの問題提起をしたのだと思う。たとえそれが曖昧な結末をつけたにしろ、これを観に来る人々はその意図を感じとったにちがいない。

宝塚の「ダル・レークの恋」を読む

[1] 破綻に始まる恋

「ダル・レークの恋……とは云いますがこれは、ダル・レークで恋が結ばれるという話ではなく、結ばれかけた恋が、そこで精算されるお話。そう云えば開幕間もない場面から、恋の破タンが生じてくる……という点で、いままでの、いろんな作品とは異質なものだ、ということがお判りと思います。（略）こんどの作品は開幕前に、あまり筋書きを読んでいただきたくありません。できれば筋書きを印刷することもやめていただきたいくらいです。それは春日野さんの役のラッチマンをめぐる女性達の心理の変転のめまぐるしさを……また、春日野さん（ラッチマン）の素性のいくたびかの逆廻転を、場面とともに面白く味わっていただきたい、という理由からです」と、菊田は「ダル・レークの恋」初演プログラムに書く。実は〜〜、というのは歌舞伎によくある話だ。菊田はこれを使って騎兵大尉ラッチマン、実は〜〜、さらに実は〜〜、という三回もの素性の変化を取り込んで女の真意を見定めるのに使った。これが恋の破綻に大きく関わるのである。

この作品は、「がしんたれ」の『週刊朝日』連載後（あるいは連載中）に書かれている。一九五九年七月に宝塚大劇場で、同じ年の一〇～一一月の二ヶ月間、東京宝塚劇場で上演された。宝塚歌劇団では二年ぶりの菊田作品の上演だった。演出は春日野八千代。「ダル・レークの恋」に関する発言を見ても理解されるように、恋の在りようが後で触れる「がしんたれ」と類似している。恋の破綻が初めに描かれていて、そこから話が進展しているのだ。

これは以下のような推測を可能にする。菊田は自伝小説を連載中に、かつての初恋を客観化したのだろう。おそらく恋愛における階級差の問題が菊田の裡に大きな塊となって残っていたと推測される。そして同時に現在の菊田の地位や権力に群がる女性達の真意に疑問を持つという思いもあっただろう。それらは女性への絶望、あるいは憎悪、不信となって菊田の裡に広がっていたとみていい。

菊田が裏切りと感じた行為から自らの得た侮蔑的な思いや女性不信をラッチマンという一人のインド人の〈恋〉を通して、異なるシチュエーションで描出しようとした。決して裏切った女性を許さない毅然とした男性像の創造。身分差、階級差別を描くにはインドはうってつけだ。それはある意味で菊田の女性への復讐、女性たちへの警告といってもいいのかもしれないし、同時に過去との決別、払拭になったのだと思われる。自伝小説ではモデルもいることであり、声高に批判することはできない。したがって和吉の態度は煮え切らないものになり、作品も曖昧になった。舞台で恋の絡まない子役ばかりの場面がよかったのはそうした曖昧さが無かったからだろう。まったく別の作品であれば自由に表現することは可能で、「いままでの、いろんな作品とは異質な」宝塚作品らしからぬ「ダル・レークの恋」はこうして生み出されたのである。

[2] ラッチマンとカマラ

王族マハ・ラジア、チャンドラ・クマールの姫カマラ（故里明美）と農民出身といわれている騎兵大尉ラッチマン（春日野八千代）の恋は避暑地ダル・レークで始まって避暑地を去る日に終る。このドラマは避暑地を去る前日に始まっている。愛しあう二人の仲はすでにこの避暑地で公然のものとなっていた。身分違いの恋は多くの人々の注目の的、噂の種にもなって、家柄と対面を重んじる祖母のインディラ（神代錦）はカマラに別れるように命じる。

カマラはインディラに言う、

カマラ「女の言葉は、春の蜜蜂のようなものだと思います。……あるときは甘い蜜をたたえています。でも相手によっては…」

インディラ「お前のそのトゲで突き刺して貰いたい相手があるのだがね。」

カマラ「お云いつけとあれば、誰でも刺しますわ」

インディラは身分が違うのだからラッチャマンを恋の相手に選んではいけない。しかし「傷つけてはいけません。苦しめてもいけません。慈悲深く……ほんとに慈悲深くね……一刺しでころしてあげなくてはいけません…男は高等動物ですからね。心臓をまともに突いてやりさえすれば、お前の言葉の、たつた一撃で見事に殺せるものです」という。カマラは「カマラの名誉と、女官長という地位がきっと私の心に力を付けてくれます」と応えて、ラッチマンとの別離を約束する。カマラは権威を、ポストを、家柄を選択したのだ。

ラッチマンはカマラの突然の心変わりに驚く。祖父がパリから戻るからお付き合いを終りにするとカマラがいえば、〈私はあなたを心の底から愛しているし、おじい様もよく知っている〉と応えて、別れを承知しないラッチマン。ここでカマラは、何故祖父と知り合いなのかを問おうとはしなかった。彼女は意に反した拒絶を言うことのみに心が奪われていた。のちにこれが大きな哀しみのもとになる。

カマラ「ただの楽しい夏の間の遊戯でございました。……あなたと私との間に、恋とか愛とかがある筈はないからでございます」

ラッチマン「恋をしている限りたとえ誰であろうと、男はただのおとこであり、女はただの女です…」

平等を主張するラッチマンと身分の違いを重視するカマラ、二人の話合いは平行線で進む。そして身分の高いものが低いものに分配するご褒美、地位を与えるという。

「私はやがて、デリーのゴヤール王家の女官長になります。そのときあなたにも何かの地位をお贈りするように取り計らいましょう。（略）あなたは私に、自分は氏素性も知らない百姓の息子だとおっしゃいました。百姓の息子なら、それだけでも幸福ではないのですか。（略）百姓は百姓同志でつきあうのですよ」

カマラの言葉はラッチマンの「憤怒」をかった。そして二人は別れる。

ラッチマンに「よくあんなことが言えたと思うくらい」と悲しむカマラに、祖母のインディラは、「恋の悲しみは、時が解決する。どんなに夢中になった恋でも、一生忘れられない恋というものはありませんよ」と慰める。

そこにさらに一族にとって不名誉な新しい情報が入る。世界的な詐欺師のラジェンドラ・シャルヌがこの避暑地のホテルに宿泊していて騎兵大尉の服装をし、名前はラッチマンだという。世界中の女性たちを騙し、女性たちに汚名をきせてきた。カマラのひと夏の恋はどんな噂として広がるか、一族の名誉がここでまた問題にされる。

従姉弟のクリスナは「相手の卑しい心と、卑しい口を封じるためには、こちらも卑しい行為という犠牲を払わなくてはならないのだよ、……ただ黙っているだけで、その例はいくらもある」一族はカマラに男の意のままになり口封じをせよと要求する。

祖母の前に呼ばれたラッチマンは詐欺師だと白状することを強要され、そしてカマラとのひと夏の恋を黙っているために取引を強いられる。一族のためにカマラの祖母やクリスナはラッチマンを追い込んでいく。いくら払えばいいのかと問われ、金銭では取引はできない。お姫様を愛しているから「今夜一晩、お姫様のお生命を頂戴したい」とラッチマンは要求する。カマラを自由にしたいという意であった。祖母たちはそれを呑む。名誉のみを重視する上流階級は、実はどんなことでもするのである。菊田の批判が見え隠れする。

残酷な話だが、実は愛しあっているカマラとラッチマンには嬉しい夜となる。

二人になってラッチマンは再度カマラに問う、自分を愛しているかと…。カマラは本当のことが言えない。軍服を愛していたのだと応えて、「名誉のための殉教者、（略）あなたの卑しい要求に応じて、純潔を守る」と、ルクレチアのようなセリフをはく。

カマラとラッチマンの二人はダル湖で楽しい時間を過ごすが、カマラは自身の本当の愛と詐欺師への代償と言う二つの現実の前でゆれる。ラッチマンは何度も愛しているのか否かと問い、悩む。カマラは〈女官長〉にならねばならないから真意を打ち明けられない。それは彼が詐欺師であると信じているからだ。

カマラの妹がパリから男を連れてくる。彼こそが世界的な詐欺師であった。かつてラッチマンはカマラの祖父チャンドラとパリで出会い、チャンドラを騙した詐欺師ラジェンドラから救ったことがあった。以来、カマラの祖父と親しい関係にあった。

ラッチマンはパリの大学に来ていたのだが、ぐれてイカサマサイコロの名手として有名な存在であった。しかしもともと彼はデリーの大公に次ぐ家柄、ベンガルのマハ・ラジャ、ハリラム・カプールの子息であった。カマラの妹の男が詐欺師であることに気付き、彼ら一族を救う。

［3］真実の愛はどこ…？

関係は逆転する。ラッチマンが家柄のある子息とわかったからだ。

インディラはラッチマンにカマラを幸福にして欲しいという。が、ラッチマンはそれを拒絶する。カマラと彼は次のような対話を交わして別れるのである。

「あなたを愛している（略）サギ師だと偽って、私を脅して湖につれていった人を、私は愛しています」というカマラに、ラッチマンは「あれはラッチマンを百姓の小倅とのしったあなたに対して、百姓の小倅ラッチマンが罰を与えたのでした」と言う。カマラは「でもその罰が一生忘れられない思い出であるとしたら」と問うが、しかし話は平行線、今度はラッチマンが受け入れない。初めの場面を思い出すような平行線だ。

愛するというのは、軍服の中の私が、マハ・ラジャの世継ぎだからでしょうか、といって立ち去る。カマラは何処までもあの人を追っていくといい、パリの街でラッチマンを探す。悲壮なまでのカマラの姿と、「まことの愛……まことの愛は、どこにあるのだろう」と唄うラッチマンの姿をみせて終る。シビアーな最後だ。

これまでの宝塚的な恋愛であるなら、こうした最後はない。最後には許しあい結ばれる。その意味でも「ダル・レークの恋」はさまざまな問題をわたくしたちに投げかける。もちろん愛とは何かだ。菊田もそれを追及していたのだと推測される。しかし偽りの姿で愛を試すというのは、フェアーではない。それはラッチマン自身が上流の人間であるからできることだ。初めから身分を隠して近寄るという行為そのものに男性中心の思想のあり様が見えてくる。ラッチマンが身分の低い少女と恋をしたならば、それは成立したろう。彼自身が王族と言う条件に惹かれて恋をされては困ると思って偽ったとしても、その少女には何のマイナスにはならないからだ。けれどもラッチマンと同等の地位にいる少女にとっては、全く同じことが、彼女の側にも言えるのだということが、この話には抜けている。むしろ農民出身だといった美しい男と恋に落ちたカマラは、〈純粋な愛〉で接していたといっていい。それを一族が潰しにかかり、カマラもそれに従ったのだ、彼が詐欺師だと信じていたのだから……。カマラを打算的と切り捨てるのは容易い。が、カマラの愛を否定的に見るように最後が設定されているのは、やはり菊田一夫という男性の意識が優先したのだといわざるをえない。

〈純粋な愛〉などというものは、はじめから存在しない。多かれ少なかれ、互いの身にまとわりついている種々の状況、それは見方によっては条件とも疵とも言い換えることができるが、それを前提にして恋が成立するからだ。美しさや醜さ・利発さやぼんやり・やさしさや厳しさを含めた身体的状況（条件）、収入・学歴・職業などの外的状況（条件）、そして気が合うか否か、気に入るか否かという最も重要な心的状況（条件）、それらが相まって――あるいはどれかが欠けても、最後の条件が満たされれば――恋愛は成立する。おそらく菊田もそれは知っていただろう。にもかかわらずこうした作品を書かざるを得なかったところに、彼の深い負い目、哀しみ、女性不信を感じるのである。この後、菊田がどのような愛の在り様を描き出すのか、興味深いものがある。現実社会とは遠い世界を描出しているようにみえるが、そうではない。ここには菊田の精神の在り様があり、私たちのそれがある。宝塚作品にわたくしはそんな普遍的な真実の声を見るのである。

この後、宝塚から離れ、芸術座は別の作家や演出家に受け持たせ、菊田は作劇時間を作る。そして高度成長期の半ばまで確実に存在した簡易宿泊施設を舞台にした「がめつい奴」を執筆、戦後日本に生きる最底辺の大衆が芸術座の舞台に登場するのである。

「がめつい奴」の登場

菊田は現代劇上演にあふれる〈愛〉を注いだものの、芸術座公演はなかなか軌道に乗らなかった。気まぐれな観客を呼び込むコツをまだ獲得していなかったのかもしれない。芝居のレヴェルを下げずに客を呼びたいという意図も菊田にはあった。そんな時に「がめつい奴」公演が予想外の大当たり、客を呼んだのだ（一九五九年一〇月五日初日）。

「がめつい奴」は芸術際主催公演用の脚本として「当局から依頼されたもの」であった。菊田は「ある程度は高い格調を保った脚本にしなくてはならなかった。が、同時に作者には委嘱作品であるから賞は与えられない」「従って作者賞を貰うという野心に溺れる必要はなく」、芝居は「絶対に面白く、しかも格調はくずさないという、ふたつの意図が偶然合流して、うまく溶けあったところに、この公演の成功があったのではないだろうか」と言った（『菊田一夫戯曲選集』一巻、解題）。さまざまな賞が溢れている昨今、賞そのものの価値が下がっているように思われるが、この時期には国家の芸術祭の賞はそれなりの重みと意味があった。「君の名は」で放送文化賞を一九五三年に貰っているが、商業演劇畑の菊田は大きな権力を握ってはいても、浅草出身を払拭できるある種のステータスになる賞が欲しかったのかもしれない。この作品の受賞については後で触れる。

「がめつい奴」は演劇界始まって以来の「空前の大当た

り」で一九五九年一〇月五日に初日を開け、翌年の七月一七日まで、九ヶ月のロングランになった。上演日数は二七二日、上演回数は三七二回、観客動員数は二〇万八六〇〇余人という。このうち企業が買った団体客がどの程度の割合を占めていたのか定かではない。しかし人々の経済状態がさほど豊かでもなかった時期に、この動員数は瞠目に値する。しかも上演時間も四時間という長さ。〈入場料を支払うお客様にはじっくり観ていただかなくてはならない。〉これが当時の劇場側の対応であり、四時間は普通の上演時間であった。現在の劇場にはとても考えられないことだ。豊かになった人々は二時間半で高額の入場料を払う。集中力のない観客たちには二時間半が限度で、しかもそれで満足しているのだ。菊田が知ったら驚くだろう。

同一劇場で、同一俳優での長期公演は「がめつい奴」以来、可能になったといっていい。もちろん芸術座という劇場の存在があったことがまず上げられるが、菊田一夫がいて、演じる俳優がいて、いい芝居に足を運んだ観客がいたという四つの要素が、これを可能にしたのだ。菊田は現代演劇に新しい扉を開け、可能性を拡げた。菊田は商業演劇の客と劇評と芝居について「がめつい奴」上演から七年後にこんなことを書いている。

「商業演劇は内容がよければ客が来る、と、いうものではない。その証拠には、劇評でどんなにほめられても客席はガラガラという公演がある。劇評で悪罵の限りをつくされても超満員になる公演がある。（略）その公演に、その作品を上せる時と場所……そのタイミングの問題である。いま不入りであっても、その同じ作品を、翌年、他の劇場に出せば超満員になることがある」（「芝居あれこれ」『落穂の籠』）。

上演する場所と作品と観客のタイミングを指摘している。これは〈時代の風〉を読むということなのかもしれない。この後、いつも新しい試みが成功していくのは、菊田が常に〈時代の風〉を読み、その少し前を歩いていたからだと推測される。「がめつい奴」の大ヒットはその最初の成功であった。

[1] 舞台がテレビを動かす

演劇と映画が主流の時代に登場したテレビは、「がめつい奴」を争って中継した。ＮＨＫと民間放送局三社がそれぞれ時期をずらして放映したのだ。流す番組がなかったからだといわれればそれまでだが、そうではないだろう。それほど当時の人々に密着していたのだ。四つの局で同じ芝居を中継するということも現在では考えられないことだ。

芸術座の後には、大阪、名古屋、九州各地で巡演され、映画にもなる（千葉泰樹監督）。「がめつい奴」は一つの時代をつくっていたといっていい。しかもこの〈がめつい〉という大阪の一地域の方言が忽ちの内に日本中に流れ、現在までも死後とならずに生きている。舞台が、テレビや映画に影響を与えた最初で最後の作品かもしれない。このあとテレビは徐々に演劇も映画も侵食し始め、ついにはつまらぬテレビ番組が私たちの生活をリードするようになるからだ。電波を伝わって一瞬の内に流される情報に、舞台はもちろん映画も時間的な側面だけでも負ける。スピードは、芝居の上演時間にも影響を与え、テレビの長時間ドラマの限界、二時間から二時間半を舞台の上演時間に要求するようになってしまうのだ。テレビは恐ろしい。上手に使わないと人々にとって害になるのかもしれない。

菊田はテレビについても書き残している。「演劇はシバイ事の源流である。映画もテレビも、その水源から発して支流となり、大河となった。（略）それがどういうものだか、映画やテレビにたずさわる連中は……芝居を、ほんの片隅の仕事だと思い込んでいるらしい。演劇劇場よりも多い興行収入の差を、あるいは観客数の差を、その事業の規模の差を……彼らは、偉い、と思い込んでいるのであろうか。（略）とくにテレビなど、演出の基礎も知らない素人がテレビ・ドラマの演出をやって、わけの判らないドラマをみせてくれる。テレビ・ドラマのカット割りのうまさやその他の演出テクニックなどは、演出というものからみれば枝葉である。映画、テレビは、ある役者の顔を衆知させることによって（その意味だけで）一夜にしてスターをつくることができるが、舞台のスターは十五年……が常識である。演技の基礎がなければ、舞台に出た役者は、幕のあいた舞台で間がもたないのである。」（「芝居あれこれ」『落穂の籠』）

これは一九六六年の記述だ。舞台が金儲けのしにくい場であり、舞台の演技がどの領域よりも難しいことを語っている。演劇書を多く編集してきた松本昌次が秋元松代の「常陸坊海尊」で舞台に乗ったときのことを語っているから引いてみよう（「私の戦後出版史」『論座』二〇〇七年一一月号）。

「演劇座の時代、（略）舞台で観光客がゾロゾロ歩く場面があるんですが、小さい劇団の悲しさで人が足りなくて、急遽、その他大勢のひとりとして出ろといわれ、ただぶらぶらと一、二分舞台を歩いただけです。（略）体がこわばって足が自然に動かないんです。いっぱいの観客の前で、舞台を上手から下手に自然に歩いて横切るなんてことは、皆さんもとてもできないと思いますよ。」これが菊田の言う「演技の基礎がなければ」「舞台で間がもたない」ということだ。ピンターも横切るだけで芝居が出来る、そんなことを言っていたような気がする。

制作者で演出家の菊田が、金儲けを考えず、俳優の演技の基礎を重視していい舞台を作りたいという姿勢を持ち続けていたのは〈演劇〉にとって嬉しい事だった。菊田はこうして芸術座を守ってきたといえよう。

[2]「がめつい奴」の舞台

好評の「がめつい奴」は賞をいくつも取った。主演のお鹿を演じた三益愛子に芸術祭文部大臣賞が授与され、翌年、三益とエノケンに東京演劇記者選定テアトロン賞が、作・演出の菊田一夫には菊池寛賞が送られる。

ここで「がめつい奴」のスタッフ・キャストを見てみよう。長い公演であったから、主役のお鹿とテコ、彦八、おたか以外は何人も交代している。（　）内は交代者。作演出・菊田一夫、装置・伊藤熹朔、音楽・古関裕而、お鹿・三益愛子、息子健太・中村扇雀（高島忠夫、太刀川寛、藤木悠）、娘お咲・高岡奈千子（表泰子）、絹・八千草薫（司葉子、浜木綿子、原知佐子、峰京子）、彦八・エノケン、お鹿に拾われた孤児テコ・中山千夏、おたか・浦島千歌子、絹の姉初枝・森光子（乙羽信子）、熊吉・田武謙三（井上孝雄）等々。


これをみると、たしかに演技の基礎のできた俳優を使っている。女優は宝塚出身者が主流をしめていて、異色は大阪の喜劇の舞台で菊田に見出され「花のれん」で芸術座にはじめて登場した森光子だけだ。しかも「暖簾」同様に、大阪が舞台の芝居だから出演者のほとんどが大阪弁を話せる人たち。同時代の新劇も新派もリアリズム演劇全盛時代であったことを思うと、この舞台でも本当らしさが求められたのだと推測される。同時にこれは商業演劇の短い稽古期間を補う意味もあったのかもしれない。

主演の三益愛子について菊田は公演終了後に次のように書いている。この発言にも本当らしさが重要視されている。

「『がめつい奴』のお鹿婆あは彼女の一世一代のといってもいい程の素晴らしい演技であった。これを庶民のくせにお姫様に化けおおせる女優がやったとしたら、ああは人に愛されなかったであろう。客がたくさん見にくるということは、その芝居が愛され、主役のお鹿が愛された証拠である。お鹿婆あは、ある一面からみたら世にも憎たらしい人物である。それがなぜ愛されたか。それは庶民三益愛子の皮膚からにじみ出る人の好さが、あの薄汚ないがめついバアさんの周囲に愛嬌をただよわせ、やることに共感を感じさせたのだ。三益のいない『がめつい奴』はあり得ない。彼女は素性の悪い芝居の出てあるが故に（浅草芝居の演技経歴をいう）不当に軽く見られて育ってきた。（これは彼女のひがみではなく、筆者自身の経験からもいえる。今更その身分になって何を、といういいかたもあろうが、その差別待遇を受けた人間は、一生その味をわすれない）だからこそ、なお、三益の芝居はいつの場合も全身が汗と熱の体当たりである。」（朝日新聞一九六一年七月十六日号）

三益の体当たり演技を一番理解できるのは、同じ浅草出の自分だといっている。「不当に軽く見られて」きたことは、菊田や三益だけではなく、誰もが恐らく忘れない。それゆえに彼らがこの時期に得た〈賞〉の重みは他者の想像を超えるものであったと推測される。

既に記したが、三益愛子は戦前に浅草から東宝の舞台へ移り、戦後大映の「母もの」映画で一九四九年から五八年までに三〇本以上もの映画に主演した。彼女は菊田の指摘したように映画でも庶民派で「無知・無教養な母親役として登場し、子供の幸せ（多くの場合は子供の社会的上昇）を願って自己犠牲を払う」（板倉史明）、まさに家父長制社会を維持し、補完する母親役を演じてきたのであった。この「母もの」映画で日本中の〈女・子供〉に散々涙を流させた三益が、芸術座の舞台では庶民代表の母親ではなく、全く相反する、反社会的ながめつい婆さんの役を演じた。三益にとってこれは俳優としての一代転機であった。そして菊田にとっても初めての赤裸々な下層社会の描出であったのだ。あるいは菊田版「どん底」を意図していたのかもしれないと、わたくしは思う。

[3]〈がめつい〉世界──菊田版〈どん底〉

舞台は大阪釜ヶ崎界隈のお鹿が経営する簡易宿泊所釜ヶ崎荘。お鹿一家（息子健太、娘咲、孤児テコ）とその日暮らしの宿泊客たちが日常・非日常の事件を起こす。お鹿の隠し金を狙う義理の弟、土地を返せとせまる元大地主の姉娘初枝と、健太の恋人妹娘絹、お咲のひものやくざ熊、ポンコツやとその情婦占い師のおたか、女アンマ、銀行家、大学の先生、朝鮮料理人、閣下、課長等々、最下層の宿泊施設に寝泊りする人々が、人間の慾と醜さとしたたかさを遠慮会釈なく表現する。まさに日本版「どん底」だ。

四幕六場の戯曲のはじまりを見てみよう。ここには後の幕で展開される問題の伏線が全て張られている。

第一幕は釜ヶ崎荘の広間。大多数の登場人物がこの場に現れる。彼らの日常が徐々に示され、同時にこの家の主人お鹿がどのように生きようとしているのか、いってみればお鹿の哲学が描かれる。

お鹿は戦前に奉公していた小山田家の土地に無断で宿泊施設を建てている。それを小山田の娘初枝は、裁判を起こして取り返そうとしていた。

ここの住人たちがどんな日常を過ごしているのかが、まず示される。それは自動車事故だ。近所で自動車が衝突したことをテコが告げにくると、お鹿の息子健太は「人間生きてるか」と聞く。「動いていたわ」と応えるテコ、いっせいに泊り客全員が外に走る。卜書きに「衝突した自動車を、たちまち屑鉄に解体し、持ち帰ってくるためである」とある。これが彼らの商売なのだ。

他方、お鹿は、留守の間に掃除をし、各人の持っている米の袋から穴を開けて、米をこぼし、それを掃き集める。お鹿はテコにいう。「これから先、生きていくのに、一番大切なことはお金儲けをするということや……というても人の物盗んだらあかんで……利口なら捕まらへんが、阿呆やさかい、直ぐ捕まる、そやさかい、何でも拾いなさい（略）お前には、その手しかあらへん、よう覚えとくのやで。」これがお鹿の生きていく哲学だ。それで他人の土地に家を建てた。土地も拾ったのだ。

解体して戻った人々は直ちにそれを値踏みしながらスクラップやに売り飛ばす。すかさずお鹿は、この広間で売りさばいたのだから「しょば代を払え」と迫る。息子の健太からも取る。血のつながりも信じていない。

これらが速いテンポですすむ。息子や娘たちの恋の行方や土地問題、お鹿の隠し金をねらう義弟。出された問題は各幕で少しずつ解決に向かってすすむ。ドラマトゥルギーのお手本のような構成だ。息子健太が安くこの土地を買い取ろうと提案、がお鹿は話しに乗らない。結局小山田姉妹はだまされて土地を取り上げられ、お鹿は立ち退きを迫られて路上でテコと物貰いをするようになる。大金持ちの乞食だ。この結論が庶民に愛された理由なのだろう。庶民は常に反骨精神を内に抱え、決してセレブになってはいけないのだから。

庶民の次は天皇だった。

一九六〇年の政治の季節に、菊田はロングラン「がめつい奴」（楽日は七月一七日）の後、「天皇のベッド」（七月二二日～八月二八日迄）を出す。「天皇のベッド」は台本を読むことが出来なかったが、あらすじを読むかぎり天皇と直接的には関係がない。「宮内庁にベッドを納める家具職人と元女官の妻を中心にした職人の執着と奇妙な夫婦愛を描いた作品」（『東宝』終刊号）だという。伊藤雄之助と越路吹雪の夫婦だった。現実には女官が出入り職人と結婚する可能性は低いから風刺を意図したのかもしれない。同時に既に触れたようにタイトルに〈天皇〉を掲げたのはこの時期の天皇を冠した映画の流行に戦争抜きで便乗した。60年安保時に天皇戦争映画を大量に製作し、流行させるという映画会社の思惑にも驚くが、常に時代の風に敏感な菊田の姿をここでも知ることが出来る。ウエルメイドな芝居は社会性を書き込みながらハッピー・エンドで終るのが常套だ。商業演劇の現場では当然だ、と言う声が聞こえてきそうだが、ハッピーに終らせないところに菊田の特徴があった。そうしてみると元女官と職人の夫婦というところで既に菊田らしい――ブラック・ユーモアが見出せるのかもしれない。

60年安保反対闘争の時代だ。当然にそうした社会的問題も芸術座の舞台に上げた。「東京の風」（一九六〇年九月三日～一〇月二日、菊田原作・茂木草介脚色・谷口千吉演出）だ。この作品は、前年の一二月、当時のラジオ東京テレビ（TBS）で放送されたTVドラマである。『菊田一夫戯曲選集』一巻に収録されている。演出は岡本愛彦で、フランキー堺・森光子・太刀川寛・原知佐子・浦島千歌子・田島義文・中山千夏などが出た。

解題で「昭和三十四年といえば一方に岩戸景気という華やかさがありながら、他方に安保闘争が全国的にひろがって、十一月下旬には総評、全学連の一団が、それを阻止する警官隊と乱闘して、国会構内に進入するという事件が起きた年でもあった。『東京の風』はいうならば『日本の風』でもあったのである。」と西村晋一は記している。

この時期に岡村は何故菊田にドラマを依頼したのか判らないが、推測するに菊田一夫は東宝の重役で商業演劇の劇作家だから、彼の書いたものなら内容がどうあれ放映出来ると考えたのかもしれない。TVはスポンサーの意向が大きく左右するからだ。

このドラマは、警官隊と学生達の衝突場面から始まる。そして機動隊員である圭吉の間借りしている部屋へ。圭吉の妻の弟邦彦は、大学生で学生運動をやり、警官隊に殴られて戻ってきていた。圭吉も学生に踏みつけにされて背中が傷ついている。夫婦は弟のことで喧嘩になる。邦彦は言う「義兄さん、僕達は、義兄さんたちを含む、日本人全体の平和を守るために闘っているのですよ」、圭吉「俺は学校へ行っていないからな。安保条約がどんなものだか、それがいいんだか悪いんだか、それができると、どうして戦争がはじまるんだか……よく判らないんだよ……だがねえ、それがいいか悪いかは、国会というものもあるんだし、国会議員というものがいるんだから、その連中の相談にまかせておいた方がいいんじゃないのかな。」「だから国会でそれを通さないために、僕達は躍起になっているんじゃないですか。」

卒業間近の邦彦は圭吉と同郷人の生命保険会社の一次二

次試験に受かり、最終段階の補欠合格になっていた。就職できるか否か、圭吉は心配になり確認に行く。すると圭吉の仕事も世話した同郷の重役は、学生運動をしている人間は雇えないと応え、君の現在の地位も危うくなるから気をつけろという。帰路夫婦で喫茶店に入ると、そこはロカビリー喫茶だった。人前で激しく抱き合って踊っている若者をみて、この学生は「誰にも叱られんのに」どうして邦彦はダメなのか、〈卒業すれば就職できる、学生運動しているものより、まだましだといわれる〉何故なんだ、と思う。この時圭吉は何かを悟る。邦彦達の行為を否定する事はできないと悟るのだ。

最後の一つ前の場、機動隊も学生達も、両集団ともに先に手を出してはいけないと指導者が訓辞をしている場面が出る。仲間の機動隊員の一人が、甥が学連の委員で、いつもデモの先頭に立って歩いてくる。「俺は真先に、そいつの頭をぶん殴ることにしている。他人様の子供の頭を殴るよりは、いくらかでも気が楽だからな」という。圭吉もデモ隊の中に邦彦を見つけ、引きずり出し殴る。そして邦彦は検束される。

最終場面は、大家の娘みつると圭吉。「小父ちゃんとこの邦彦兄ちゃんは赤いって、あそこの小父ちゃんがまた云ってたよ」「赤いことない……普通だよ。」

捕まえたトンボが逃げた。〈トンボは逃げることで来て、仕合せだねって〉圭吉は泣いている。みつる、赤とんぼの歌を歌う。

ウエットな仕上がりだが、菊田らしい鋭い指摘を大阪弁と朴訥さでカバーして視聴者を同化させるドラマを作っている。

岡本愛彦はこの他に一九六〇年三月「五条木屋町」（林芙美子の「晩菊」に似る）、一九六三年三月「毒薬」（スリラー物風）の菊田作品を演出してTBSテレビで放映した。

一九六〇年――自伝小説「がしんたれ」の舞台化

「がしんたれ」は、菊田一夫の自伝小説として一九五八年五月から『週刊朝日』に連載されたものだ。獅子文六の「大番」最終回に新連載「がしんたれ」の作者とさしえ家（小磯良平）の言葉が載っている（一九五八年四月二七日号）。菊田の連載は翌年の二月一日号で終る。このあと光文社版『がしんたれ』（一九五九年四月）が出る。比較検討していないから加筆の有無や異同の状態は不明だ。が、連載終了後二ヶ月で上梓されているから大きな違いはないと見ていいのかもしれない。少なくとも第一回と最終回には変化はない。

作者の言葉に、〈がしんたれ〉という語の説明がある。能なし野郎という意味をもつ大阪の言葉であるらしい。奉公先で菊田はこの言葉を散々浴びせられたそうだ。「親のない学歴のない一人の子供が、どんな風にしてくぐり抜け生きのびてきたか、それを虚実とりまぜ、多少の面白味も加えて小説風に書きつづった『記録』といったようなもの」と「がしんたれ」連載の抱負を書いた。背景となる土地は、菊田の足跡が辿れる、台湾、神戸、大阪、長崎、東京、チンタオ、北海道であるが、その何処までが書けるかどうか、と言うことも記していた。そして「私とおなじような身の上の人には、はげましの言葉となり、古き年代に郷愁を感じる人には、あなた方の思い出話の糸口をつくるきっかけというようなものになればいい」とも言っていた。

最終回に、編集部が「菊田一夫氏の『がしんたれ』は好評のうちに、惜しくも今号をもって終りました。次週より…」と記しているのをみると、〈昭和五年〉で終らずに戦前・戦後、そして東宝入社等々にまで及ぶ連載――成功者としての出世話を期待していたのかもしれない。敗戦後から この頃までに立身出世し一代で会社を築いた人々が、日本の主要都市には沢山いたからだ。

菊田は単行本のあとがきで、連載に際しての心がまえを「私は真偽とりまぜて、（略）面白おかしく書くことを予告したが、実際に書いてみると、我が身の経てきた〝真〟の迫力に押されて〝偽〟はほとんど、ほんのわずかにしか活躍の余地がないことがわかった」と書いている。しかしこの物語に〈偽〉がなく〈真〉ばかりかどうかは、「藪の中」だと思う。ちなみに『週刊朝日』では「連載小説　がしんたれ」と表記されていたように〈自伝〉ではなく〈小説〉であった。最終回に載った「前回までのあらすじ」がこの小説の骨子を告げているから引いてみよう。

「大正九年、竹村和吉は小学校六年生の秋、七番目の養父、金森養之助に台湾から大阪に連れてこられ、薬種問屋に売られた。／　和吉がお得意の盛観堂へ届ける単舎利別のツボを落して困っているのを、とりなしてくれたのは盛観堂のメイの美也子だった。／　その後、和吉は神戸元町の珍物屋商会に勤めることになり、英語の夜学に通ったり、元町通青葉会の雑誌を編集したりする。ある春の夜、和吉は美也子に愛の告白をする。／　大正十四年の一月、和吉は店からヒマをとり、美也子に見送られて上京、『太平洋詩人』という詩の雑誌をはじめた。応援者にサトウ・ハチロー、林芙美子などがいた。間もなく美也子が結婚したという知らせをうける。／　昭和四年、和吉は諸口十九一座の文芸部員となり、地方回りの途次、神戸で世帯染みた美也子に会うが、声をかけないで別れる。和吉はその後美也子に会えない、いつかは会える気がして歩き回るのだが……」（五九頁　／線は改行）。

戯曲はこの長い小説から以下に記すように丁稚時代から一幕、詩人志望時代と初恋から一幕、下宿先香具師の父娘との関係、太平洋詩人協会と浅草時代から一幕、の三幕構成になっている。

〔1〕上演戯曲―一幕二幕

上演戯曲は、『菊田一夫戯曲選集』二巻の巻頭にある。「がしんたれ　青春編」となっていて、序幕の大正十四年から昭和五年の浅草レヴュー時代で終る。一代記ものの場合、出来事としての話題には事欠かないから話は限りなく広がり発展する。当然に縦糸が必要になる。それをどう処理するかであり、同時に余分な話、枝葉をどう刈り込むかであった。

菊田は、貧乏な少年が詩人になりたいという思いを抱いて上京、そして成功するという単なる立身出世物語を舞台に上げる気はなかったようだ。それが浅草レヴューの脚本書きになったところで終らせた所以だろう。しかし同時に貧しい人々の人情話では月並みな大衆芝居でおわる。では何を表現しようとしたのか。

菊田は和吉という詩人志望の少年に〈香具師と革命詩人つまり芸術家〉、〈香具師の娘と現代的なお嬢さん〉という全く異質な次元の存在を寄り添うように編み込んだ。前者は非合理的な人情の世界に生き、後者はシビアーな変革に生きる。革命家を追う特高刑事の存在は何ヶ月か前の安保闘争を想起させる。興味深い設定だ。

発端の一幕一場は渋谷道玄坂（大正十四年二月）、貧しい和吉が職探しをしている。小学校を中途退学した和吉には工場の便所掃除の職も手に入らない。不条理な世の中だ。万事にのんびりはしていても決して怠け者ではない、自尊心の強い和吉少年が描出される。彼の夢は詩人になることだ。一銭のお金もなくなった和吉は、何ヶ月も前に募集していた雑誌記者募集の印刷所を訪ねる決心をする。このあと和吉がいかなる人々と出会い劇作への道を歩みだすのか、次幕へ続く。この場には重要な出会いがある。香具師の父娘だ。彼らは和吉に救いの手を差し伸べる。この香具師との関係はこのあと、最後まで続く。

二場が白山御殿町・抒情詩社（大正十四年夏）。ここにはアナーキスト詩人や林芙美子、初恋の人美也子などが登場する。詩人を目指す和吉の現在だ。全くつりあわない恋。が、三日に一度手紙が来る。そんな恋愛がかなり真面目に表現される。和吉は恋をしているが、既にここで和吉の不在時に美也子の結婚が告げられ、彼の恋は壊れている。観客に知らされた不可能な恋に惹かれてゆく和吉が、このあと遡って描かれる。もし和吉の身分違いの恋を一つのテーマとするなら、発端で美也子への恋心が既に終ったことを告げるのは失敗だろう。しかしどうやらそれが目的ではないらしい。

二幕は少年時代の回想、ナレーションが入り和吉の生い立ちが語られる。その後明かりが入ると一場の神戸の珍物屋（大正九年歳末）。ここでは同僚の小僧たちとの交流（いじめられたり、仲良くなったりなどなど）、学校に執着する和吉や美也子との出会いと友情が描かれる。

二場は神戸港突堤（大正十年の春）、仲良しになった三人・彼らは各々負の条件を抱えている――珍物屋の丁稚重吉（手癖が悪い）と和吉（血族がなく孤独）、隣の店の丁稚正吉（新平民の子）が、下船する人々の中に和吉を年期奉公に売った金森養之輔を見つけようと探している。和吉は父親の、学校へ行かせてやるという言葉に騙され、売られたのだった。

三場は珍物屋店先（翌年の初夏）。和吉は夜学へ行っている。養母の竹村せつが和吉を迎えに来ている。和吉は九州には行きたくない。美也子が詩の雑誌に入らないかと誘いにくる。お店のお金を盗んでいた丁稚の重吉は感化院へ入れられる。迎えに来た養母に和吉はこんな風に言う。

「僕、台湾から出てくるときかて同級生の山本君や、青木先生と別れとうなかった。それかてお父ちゃんが無理に連れてきてしもうた。（略）重吉っとんのこと、どんなに好きでも別れなならんようになったんや……母ちゃんとも別れな仕様ないと思う。」

和吉は初めて自分の道を一人で選択したのである。そして同時にたった一人で孤独に生きることも選択した。菊田はまず一つにはこれが言いたかったのだろう。

四場、暗転時にナレーションが入る。会費を払っている詩の集団「ひまわり」に和吉が詩を送っていたことが告げられる。明かりが入ると美也子の家（和吉十六歳）、美也子に詩を書いていたことを黙っていた。それがわかり叱られる。美也子は言う「うちは、うちと仲好うしてる人が、そんな卑屈な考え持ってるの悲しいわ……竹村さん、人間は誰でも平等よ、いつの時も、どんな時も、これだけは忘れてくれたら厭や。（略）あんたが平凡は厭や、商売は厭や、波瀾のある人生を求めたいと言うのやったら……あんた東京へ行って詩人になり。うち、あんたが立派な詩人になるのん待ってる」、和吉「へえ……なります」、和吉が去った後を見送る美也子に母は聞く。「あんた、あの子と何か約束したんか。」、美也子「うち……ほんとは……あの子と結婚できるなんて思うてへん」幕。

美也子は「新しい女」のようで、実は我が儘で気ままなお嬢さん、彼に力を与える観音さんのようなつもりであったと見ていい。でなければこのセリフははけない。ここは愁嘆場になってはいけない場だが、はたしていかように演じられたのであろうか。

菊田の言いたかったことの二つ目はここの美也子のセリフ「人間は誰でも平等よ、いつの時も、どんな時も」だろう。実際の美也子のモデルがこのように菊田少年に話したかどうかは詳らかではない。が、「人間は誰でも平等」という思想を持っていたのは菊田で、この言説を抱え、菊田は未来を見て歩くことが出来たのだと推測している。彼の描き出す人々にそれは表現されているからだ。

〔2〕三幕

三幕は上京後の和吉で、幕開きはナレーション。印刷所の労働争議に巻き込まれて留置所にぶち込まれ抒情詩社を首になる和吉、美也子は結婚を告げに来るが言えずに帰る、現在は香具師の大松の家に間借りしている等々、この場に至るまでの筋がナレーションで語られる。

和吉は美也子から連絡が無いから結婚したんだろうと推測している。いつものように詩人仲間、林芙美子、草野心平、サトウ・ハチロー、小野十三郎、秋葉原恭太などが、和吉の下宿に集まっている。香具師の家では京子を巡って争いが起きている。指を詰める、詰めないの騒ぎだ。娘の京子は和吉に好意を持ち、父親は堅気に嫁がせたいと思っている、その京子を好きな香具師の子分。詩人たちが帰ったあと芙美子と和吉の恋愛論と詩論。太平洋詩人協会をつくるが未だ未来が見えてこない和吉は、「僕……丁稚をやめて詩人になる気で東京に出てきたけど……詩人になり損なったとしたら、これから先、どうしたらいいのかな」と悩む。そんな和吉に芙美子はいう「貧乏しながらでも、詩を捨てようとはしないのよ。あたしも捨てないわ」と。

二場、二階の和吉の部屋（昭和三年秋）。京子が美也子と母の訪問を告げる。彼女は結婚したことを詫びる。和吉は気にしてヘンといい、何故怒らないのかと問う美也子にいう。「僕は相手を追いつめて、厭なことをきかせるのが嫌いなんですよ。僕が我慢すれば済むことなら」「あんたは相手の顔色ばかり窺うて暮らしてる人や」「あんたは苦労知らんさかい、そんな気の強いことを言うのや。世の中は広いさかいな、相手の顔色をよう見とらな、どんな目に会うか判らへん。」

現在の状況を問われた和吉は、「詩は見込みがないと言われて、一年ほど前から詩人をやめて、いまは芝居に入ってます。でも、詩は一生捨てません。」と答え、美也子は、芝居は好きになれるのかと聞くが、和吉は嫌いだと返事をする。ここでも美也子は新たな道を勧める、

「人間は嫌いなことでも、生きるためには我慢せんならんのよ。できればすきになるといいわ……あんたに詩の才能がなかったら、他の才能を見つけなければいけないのよ。（略）うちは立派な奥さんになろうと思うてます」と言う美也子。

先のわからない不安を相変わらず抱えている和吉は、京子の求愛も拒絶する。いつものように家族を引き連れて泊まりに来る詩人秋葉原、そこに殴りこみがある。香具師になれない和吉はヤクザの襲来に震えあがり、京子に見切られる。ここでも美也子は〈厭なことでも我慢せんならん〉と和吉を諭す。これも菊田の心情であろうと思われる。美也子は菊田の代弁者と見ていいのかもしれない。

第三場こんにゃく閻魔の夜店。浅草玉木座で脚本を書いている和吉。香具師の子分と結婚した京子、革命詩人の矢橋は特高に追われている、それぞれの現状に結論が出されて幕。

「がしんたれ」は小説の脚色であるせいか、あるいは菊田の思い入れの強すぎるせいか、戯曲としては内容が盛りだくさん過ぎてよくない。いらないセリフも枝葉も多く、全体は散漫になっている。香具師の一家を入れたり、詩人達を出したり、丁稚仲間や初恋の人を入れたりすれば、それにまつわる話に触れることになるから盛りだくさんは必定になる。しかもナレーションで幕や場を繋ぐと言うのもドラマとしては問題だ。セリフで表現できなければ戯曲ではない。自作の小説に足を引っ張られたと言ってもいいのかもしれない。このあたりがこの戯曲の大きな問題だろう。しかし観客は菊田一夫という劇作家・演出家の存在を知っている。その内容が必ずしも事実ではなくても事実として受け取り、貧しい時代に寄り添い、成功した姿は描かれなくても実際の菊田の成功を知っているから安心して感情移入し、舞台を見る事ができたのだ。俳優たちの好演もそれに力を貸した。結果六ヶ月間ものロングランになったのである。

初演の批評をみるとよく分かる。「数奇をきわめたこの作者の運命はまさに一編のドラマではあるがこれをみずから劇化したところに問題があろう。落涙しばしのち執筆したと思われるような箇所があって、これが感傷におちいる結果となる。作者は『これは私ではなく、竹村和吉という男の芝居として見すごしていただきたい』とことわってはいるが、せめて演出だけでも他人にゆだねて冷静に処理すべきではなかったろうか。とはいえさすがに芝居づくり

にかけては名職人、笑いと涙を過度に織まぜて五時間を越える長編を最後までひっ張っていく。演技陣は異彩な顔合わせだが、少年少女俳優がずばぬけてうまいのでベテラン連もタジタジ。ことに和吉の少年時代をやる中山千夏。同じ店で働く手くせの悪いでっちをやる矢部憲治、書店の小僧をやる日吉としやすの三人が、和吉の父の帰国を待ちわびる神戸港の場ですばらしい演技をみせる。（孝）」（読売新聞　一九六〇年一〇月二一日夕刊）とある。

自伝の劇化ということでこうした批評がでたのだろう。しかしこれは〈真〉と〈偽〉の入り混じった芝居で、菊田は「落涙しばしのの ち」執筆などしていなかったと推測する。「がめつい奴」で登場した中山千夏がここでも名演技をみせ、名子役の地位を不動にする。それにしてもほぼ答えの出ている内容の割に五時間の上演時間と言うのは、長い。やはり余分なセリフや人間の関係が多すぎることを逆に照射する。

これは菊田の死後、一九九四年夏に再演された（村松欣潤色・本間忠良演出）。三幕九場で全体に変化はないが、五時間の上演時間は現代の観客には耐えられないから、部分的にカットされて上演された。

菊田はこのあと何度かオリジナルな一代記ものを舞台に乗せる。森光子主演「放浪記」（一九六一年）、市川染五郎主演「悲しき玩具」（一九六二年）、「夜汽車の人」（一九七一年）である。経済の高度成長期を迎えようとしている日本の中心——日比谷で新しい時代の現代演劇とは何かを問いながら、菊田は新しいジャンルの〈大通り〉を拓いていくのであるが、この三本の一代記物は、どのように描出されたのかこのあと見ていきたい。

第四章

新帝劇開場に向って

「悲しき玩具」 提供：松本幸四郎

男優と女優を求めて……

【1】高麗屋の子息たち

菊田の優れた評伝を書いた小幡欣治は「菊田一夫の作品年譜を眺めていると、『がめつい奴』から『放浪記』を経て『風と共に去りぬ』（第一部）に至るまでの七年間が、最も充実した、最も華やかな時代であったことがわかる」（『評伝　菊田一夫』）と記している。小幡は宝塚作品には触れていない。小幡ばかりではなく、多くの人々は菊田の宝塚作品を忘れている。わたくしも宝塚作品を検討して宝塚歌劇団における菊田の存在の重さを知った一人であるが、菊田一夫は東宝と宝塚の劇作家であり演出家であり、そして同時に東宝の制作者であった、そのことを忘れてはいけないと考えている。宝塚には〈芝居〉という新しい風を入れて現在にいたるまでの道を作り、同時代の現代演劇を動かし、これから触れる新しい道・ミュージカルという現在に繋がる〈演劇大通り〉の先端を歩いてきた存在だということだ。そしてそれが最も鮮明に現れたのが、宝塚の「ダル・レークの恋」（一九五九年）以後、予期しない早すぎた死（一九七三年四月四日）までの一三年間で、それを菊田の先駆的仕事の集大成の時間と呼びたいと思う。その時間を十全に充たすためには言うまでもないが、作品・劇場・俳優がなければならなかったのである。宝塚の生徒と新帝劇は菊田の仕事を成就させる大きな役割をした。

「ダル・レークの恋」（春日野八千代と故里明美主演）と「がしんたれ」（子供時代が中山千夏、成長してから久保明）のあと、「敦煌」（井上靖原作・菊田脚色演出）が東京宝塚劇場で上演された（一九六〇年一〇月二九日～一一月二五日）。これに高麗屋（八世松本幸四郎）の子息中村萬之助が若い役で出た。主役ではない。

「敦煌」はセリフを覚えられない主役の池辺良が降板して話題を投げた舞台で、「東宝グランドロマンの第一作、（略）主役の俳優が途中で交替する一幕などがあり、興行的には香しくなかった。代役に抜擢された井上孝雄が膨大なセリフを一晩で憶えてその責を果したのは有名。」（『東宝』終刊号）とか、「配役の蹉跌で大作『敦煌』（35・10・29—11・25）が惨敗」（佐貫百合人）と記録に残されている。井上孝雄は菊田の芸術座が作った東宝現代劇のホープで、「今日を限りの」で主役桂一郎を演じていた。

菊田一夫は高麗屋の子息達——二人とも当時としては長身でバランスのいい身体を所有している、とくに高校卒業前の染五郎（現九世幸四郎）が欲しかったらしい。菊田が考える現代劇に客を呼べる若々しい魅力的な男優がいなかったからだ。推測だが、高三で早稲田大学受験を考えていた染五郎はもちろんこの舞台には出られない。弟の萬之助はまだ高校一年生であったから彼がこの舞台に出て東宝との関係を世間に周知し、その後契約に進むという筋書きであったのだろう。先に扇雀との契約について小林一三がとった行動に触れたが、高麗屋一門と松竹の関係があるからこれも似たようなことではなかったかと推測される。

翌一九六一（昭和36）年二月、七世幸四郎の十三回忌追善興行を市川海老蔵・松本幸四郎・尾上松緑の三兄弟が松竹所有の歌舞伎座で持つことが予定されていた。一日初日の興行で、幸四郎は兄や弟と「勧進帳」「口上」に出たが、菊田に依頼した「花と野武士」（越路吹雪と共演）を出した。歌舞伎の追善興行に東宝の菊田が脚本を提供し、しかも菊田の大事にしている女優越路吹雪が出たのである。既にこの時点で幸四郎と東宝との間に何かあるということは推測できた。

二月五日に「大学入試を直前に控えた染五郎は背広姿で、また弟の萬之助は暁星高校の金ボタンの制服で、菊田一夫と父親の幸四郎に伴われてその席に現われ、記者たちの見る前で契約書に署名して見せ」、菊田は「若い二人と心中するつもり」と語り、父親の幸四郎も「自分も歌舞伎俳優として、契約のことを深く考えてみたい」と発言した。この引用は千谷道雄が『幸四郎三国志』（文芸春秋一九八一年八月）の中で告げたものだが、先代の次男が松竹の劇場で追善興行に出演しながら、子息は東宝と契約し、幸四郎も〈契約を考える〉などと発言するというのは普通では考えられないことである。読売新聞のすっぱ抜きで一〇日後には幸四郎一門の東宝入りが社会面のトップ記事になった。

歌舞伎嫌いの菊田一夫は息子達ほしさに、幸四郎一門まで引き受けることになったのである。こうして歌舞伎集団東宝劇団（第三次）が生れる。これは東宝演劇を充実させるための菊田の男優獲得第一号であったと見ている。次は女優、既に触れたが宝塚という宝庫が手近にあった。

[2] 宝塚歌劇団の浜木綿子

周知のことだが、宝塚歌劇団は学校組織の延長で彼女達は研究科の生徒と呼ばれている。永遠の大学院生みたいなものだ。生徒とはいえ興業に出演しているのであるからもちろん給料ないしは出演料を貰っている。当時は舞踊・ダンス・演劇の三専科と花・月・雪・星の四組、そして音楽学校を卒業したばかりで組に配属前の研究科一年生（研1）と研究科二年生（研2）とに別れていた。菊田は研7～10前後の生徒に主だった役を振り自作の舞台に上げていたようだ。売り出しと育成に一役買っていたのだ。舞台にも慣れ歌も演技も踊りも準備が整った時期であったからだろう。娘役は男役に比べて早めに抜擢される。それは宝塚が男役中心の舞台であるからで、男役は、やはり一〇年を過ぎないと魅力的な舞台が作り出せないし、力もおぼつかない。これは他のジャンルの俳優にもいえることで、俳優は最低一〇年の修業が必要で、時間が昔より早く動いている現在では一五年といってもいいだろう、長い修業をしなければいい役者にはなれない。

先に一度引いたが、新帝劇が開場したときの一文に、「映画、テレビは、ある役者の顔を衆知させることによって（その意味だけで）一夜にしてスターをつくることができるが、舞台のスターは十五年……が常識である。演技の基礎がなければ、舞台に出た役者は、幕のあいた舞台での間がもたないのである。」（「芝居あれこれ」一九六六年）というのがある。

宝塚在籍中に芸術座に出演している生徒達を高麗屋兄弟の契約期から二年間を中心に見ていくと、浜木綿子・内重のぼる・藤里美保・近衛真理・甲にしきなどが出ている。浜は娘役、他は男役である。圧倒的に多いのは浜木綿子（研8）であった。

浜木綿子はスターのたくさん出た一九五三年初舞台組みで、芸術座の「お鹿ばあさん東京へ行く」（一九六一年六～八月）に外部出演し、九月には「香港」（菊田作・演出　東京宝塚劇場）で市川猿之助と共演し、宝塚を退団した。以後芸術座で「放浪記」「怪盗鼠小僧」「寿限無の青春」「悲しき玩具——石川啄木の生涯」（染五郎と共演）、「浅草瓢箪池」「ミュージカル・カーニバル」（芸術座世界ミュージカル・シリーズ第一作）、「香華」「女の旅路」（一九六三年）等々の舞台に毎月登場、その後も芸術座になくてはならない存在となる。しかし月組の娘役であったせいか、菊田は宝塚では浜に宛てた作品を書いていない。浜を知ったのは菊田が浦島歌女に恋をした月組公演「ローサ・フラメンカ」と推察される。浜はイサベルというジプシーで酒場の女の役を貰っていた。宝塚時代から彼女の歌や演技力は評価されていた。菊田は芸術座の即戦力になる娘役女優としてみていたのかもしれない。浜の出演作品を見るとさまざまな種類の芝居に色合いの違う役で出ているから、彼女を力のある女優として菊田はためしていたのかもしれない。浜木綿子は、記録的な上演回数を数えるようになる「放浪記」の初演で森光子の芙美子と張り合う対照的なお嬢様詩人日夏京子を演じ、翌年の芸術座再演公演（三月～五月）にも出る。あとでふれるが、実はこの芝居、二人の女性詩人の対照が重要なのである。

〔3〕スカウトした森光子

森光子も、一九五八年六月に菊田が大阪梅田劇場でスカウトした喜劇女優であった。上京した森に菊田は「君は越路吹雪のようにグラマーではないし、宮城まり子のようにうんと小さくもない。これといった特徴があるわけでもないから、ワキで行くんだね」と言ったといわれている。菊田作品では「花のれん」で初めて芸術座の舞台に立ち、「がめつい奴」で姉の初枝、「がしんたれ」で林芙美子を演じた。この芙美子役が森に幸運を運んできた。「放浪記」の主演に抜擢されたのである。「昨年秋、『がしんたれ』を上演いたしました時、林芙美子という役に扮しましたのが森光子でございました。（略）大変な好演技でございました。それが此のたび『放浪記』を上演することになった要因であり、理由でございます」（公演プログラム）と、菊田は森光子に花を持たせて書いている。知名度のない森を主役にして「放浪記」を舞台に上げるのは冒険だった。が、戸板康二が芙美子は森光子がいいと進言し、菊田が最終決定したといわれている（小幡欣治）。

「放浪記」が初演された時は、芙美子死後四〇年近く経ち、成瀬巳喜男監督の「晩菊」（杉村春子・上原謙主演　一九五四年東宝制作）や「浮雲」（高峰秀子・森雅之主演　一九五五年東宝制作）の上映で知られてはいたが、その文学的価値が評価されていたわけでもなく、忘れられそうな作家であった。この時期に「放浪記」を舞台に上げたのは、直接的には菊田が書くとおり、「がしんたれ」で林芙美子を好演した森光子の存在があったからだ。おそらく菊田は林芙美子を演じられる女優を探していたのだろう。芙美子は宝塚出身の女優には演じられない。住む世界が違うからだ。「がめつい奴」で三益愛子を評した菊田の言葉でもそれは理解される。森光子に出会って、芙美子が演じられる、と見たのだ。もっとも森も女優生活が長くなり、近年は庶民性が薄れてきているから、菊田が見出した初演の頃の森光子とは異なっているのではないかと思う。

「菊田一夫作品略年譜」（『東宝』追悼号）によると、菊田は林芙美子が死んだ年の秋（一九五一年一〇月）に「尾道」という戯曲を脱稿している（未見）。この戯曲に触れた菊田の文章には未だ出会っていないが、ひょっとするとこれは「放浪記」の原型になった作品ではなかったかとみている。つまり菊田は一〇年前から林芙美子を舞台に上げようと考えていた。それは菊田自身と芙美子とが重なる部分があったからだ。

菊田が林芙美子に出会ったのは、手塚緑敏と出合う（一九二六年末）直前、「林さんが、ひそかに想っていられたという、これも私にとっては先輩の詩人の岡本潤さんなどと同じ頃のおつきあい」で、数え年一九歳の頃だという。

「幼い頃から幸運の神に突ッ放されて生きてきた人間の人生への処しかたは、時として、そうでない人には理解できないことがあります。（略）その実際の体験談すらが、（略）世の中に有り得ないこととして嘲笑されることさえあり勝ちです。その理由に依り、私は林芙美子の人生を肯定した『放浪記』を書きました。」（「劇化責任者のことば」『菊田一夫戯曲選集』一巻）

芙美子の生き方を否定する人々への、菊田の芙美子擁護であり、同時に菊田批判への反論であったのかもしれない。

「劇化は『放浪記』の順を追はず『放浪記』の登場人物を登場させながら、そのモデルを無視して他の人物を創りあげました。（略）かつて私の知っていた林芙美子を透して『放浪記』という一つの人生ドラマを描きたかった、という、その理由の他には何物もありません。（略）此のフィクションにより、そして外貌は林さんとは似てもいない森光子さんにより……私の知っている林芙美子さんの……そのたくましい人間像を描くことができれば脚本作者の本懐これに勝るはなしです。」

こうして林芙美子の生涯を取り上げ、しかも立身出世物語とは決して受け取ることのできない戯曲の構成——人間同士（男と女）の愛憎関係と精神の在り様が主軸の戯曲が出来上がる。これをみると、やはり菊田は人より何歩か先を歩く作家であったといっていいだろう。

今も連続上演を続けている「放浪記」は、上演回数が増えるにつれ「夕鶴」や「女の一生」と比較され、あたかも森光子のために書かれた戯曲であるかの如く誤解されているようだが、違う。菊田は林芙美子の人生ドラマが書きたかったわけで、森光子に宛てて「放浪記」を書いたのではない。そのあたりが、木下順二が山本安英のために「夕鶴」を、森本薫が杉村春子のために「女の一生」を書いたのとは異なるのである。

こうして菊田のオリジナル「放浪記」は一九六一年一〇月二〇日から一二月二八日まで芸術座で初演された（芙美子―森光子、京子―浜木綿子、母きし―赤岡都、義父―内山恵司、福地―市川段四郎、安岡―中村芝鶴、恭助―林与一、白坂―益田喜頓、伊達―児玉利和、悠起―八千草薫、菊田―小鹿敦、村野やす子―阿里道子、藤山―井上孝雄、行商人の子―中山千夏）。

映画にもなった。菊田戯曲を原作にして井出俊郎と田中澄江が脚本を書き、成瀬巳喜男が監督、翌年九月に公開された。宝塚映画製作、東宝配給の東宝創立三〇周年記念映画である（林芙美子は高峰秀子、日夏京子は草笛光子）。

「放浪記」の戯曲を読む前に、芸術座と「放浪記」の周辺についてすこし触れたい。

【4】菊田生誕一〇〇年と「放浪記」

二〇〇八年は、菊田一夫の生誕一〇〇年にあたった。芸術座のあとに出来たシアタークリエ（二〇〇七年一一月開場）では、一月から三月まで開場記念公演「放浪記」を上演した。小幡欣治の『評伝　菊田一夫』（一月）も菊田伊寧子の『ママによろしくな』（四月）の上梓も、結果的にこの記念行事に連なることになった。

これまで見てきたように菊田一夫には、現代劇・レヴュー・コミック・ミュージカル・宝塚等々で作ってきた舞台は数多くあるから「放浪記」だけが代表作ではない。が、菊田の舞台に出演した俳優たちの多くは現役を退いていることもあり、八〇歳を過ぎても今なお瑞々しい現役女優森光子が主演をしているせいもあって、「放浪記」は脚光を浴び続けている。半世紀前に始まったこの芝居は二〇〇九年五月に二〇〇〇回の上演記録をだした（帝劇）。一人の女優の舞台では山本安英の「夕鶴」（一〇三七回）と杉村春子の「女の一生」（約九五〇回）の上演記録をはるかに超える。

およそ五〇年二八七作品（平均年五〜六作品）を舞台に上げた芸術座で、記念公演というものはそう多くはない。記録に見る限り、①劇団東宝現代劇創立5周年記念、菊田作・演出「今日を限りの」（一九六二年六月、井上孝雄、水野久美）、②劇団東宝現代劇10周年記念、小幡欣治作・菊田演出「あゝ玉杯に花うけて」（一九六七年八月、井上孝雄、小鹿敦）、③東宝創立35周年記念、林芙美子原作・八住利雄脚本・菊田と阿部広次演出「浮雲」（一九六八年一一〜一二月、有馬稲子、森雅之）、④芸術座開場15周年記念、菊田作・演出、津村健二演出「放浪記」（一九七一年三〜五月、森光子、山本陽子、加茂さくら）、⑤東宝創立40周年記念、菊田作・中村哮夫演出「道頓堀」（一九七二年一〇〜一二月、山田五十鈴、浜木綿子、片岡孝夫）、この翌年四月に菊田が逝去。⑥菊田一周忌に菊田一夫演劇祭「放浪記」（一九七四年三〜四月、森、浜木綿子）、⑦菊田一夫10年祭「放浪記」（一九八三年九〜一二月、三木のり平潤色・演出、森、岸本加世子、下元勉、奈良岡朋子）⑧芸術座開場30周年「放浪記」（一九八七年一一〜一二月、森、小鹿番、山本学、奈良岡、南風洋子）、⑨菊田一夫一七回忌追悼、菊田作・矢島正雄脚本・水谷幹夫演出「霊界さまと人間さま」（一九八九年三〜四月、山田五十鈴、草笛光子、金子信雄）、⑩菊田一夫演劇大賞受賞記念、小幡欣治作・丸山博一演出「熊楠の家」（一九九七年八月、東宝現代劇75人の会出演）、⑪林芙美子生誕一〇〇年菊田作・三木のり平潤色演出・本間忠良演出補、「放浪記」（二〇〇三年一一～一二月、森、有森也実、樫山文枝、黒柳徹子）、⑫芸術座閉館最終公演「放浪記」（二〇〇五年三月）。こうしてみると、「放浪記」は菊田の死後に菊田一夫追悼を冠にして、同時に森光子の女優としての位置の向上と共にその存在価値を上げていったようだ。

小林一三が菊田一夫のために作った芸術座は、建物の老朽化という理由で二〇〇五年三月に閉館、「放浪記」で幕を降ろした。先のNo.⑫の公演がそれに当たる。聞くところによると当初、一～二月公演の「お登世」（船山馨原作、飯島早苗脚本、水谷幹夫演出、沢口靖子・山本陽子出演）で閉館の予定であったという。それがやはり「放浪記」を、と言う演劇部の声で三月公演が追加されたらしい。演劇とは直接関りのない芸術座の親会社の意識では、三〇年以上も前に亡くなった菊田作品へのこだわりは薄かったのかもしれない。

結果的に芸術座は菊田の脚色・演出作品で幕を開け、幕を閉じたことになる。実は芸術座閉館の年は、菊田一夫の三三回忌に当たっていた。

戯曲「放浪記」を読む

『菊田一夫戯曲選集』所収の戯曲「放浪記」（五幕九場）を読んでいこう。三木のり平潤色の上演台本（東宝現代劇特別公演　一九九六年九月一日～一二月二八日）にも、必要があれば触れながら……。まず各幕の構成をみたい。

一幕、本郷の下宿・大和館、時の設定はない。実際の芙美子の足跡に合わせれば関東大震災後、ある秋の日、新劇俳優伊達と住む部屋。二幕、カフェー寿楽（店、女中部屋）、伊達と別れたあとカフェーで働く芙美子が詩人の福地と出会う場。三幕、尾道の家（外、中、外）、同棲している福地と上手く行かず母の家に帰る、はじめて東京で同棲した因島の男恭助との再会と別れの場。四幕、世田谷の家　福地と同棲している家、隣は女性作家村野やす子の家。ここで「放浪記」を『女人芸術』に送る。渋谷の木賃宿　福地の家を出た芙美子がこの場で「放浪記」の掲載を知り、画学生と出会う。南天堂二階　「放浪記」の出版記念会の場。五幕、晩年、流行作家になった芙美子、大きな数寄屋造りの家にすむが仕事に終われている。懐かしい客・菊田一夫・安岡・日夏京子が来る。

これが各幕の展開で、初演の上演時間は四時間二〇分であった。先にも触れたが、当時は長いことが観客へのサービスで、つまりは入場料に見合った舞台の時間を必要としたのだ。

三木台本では、上演時間は三時間半に短縮される。場の変化はもちろんないが、五幕九場全てに時の指定がある。順次あげると大正一三年頃秋、昭和元年頃冬、昭和二年頃春、四幕は昭和二年頃秋と冬、最後の出版記念会は昭和四年頃春。これは改造社から新鋭文学叢書として「放浪記」が出された年で、芙美子は二六歳だ。最後の幕は昭和二四年頃秋と設定されている。

菊田が戯曲で時の設定をしなかったのは明白で、いわゆる事実に基づく伝記物にしたくなかったからだ。三木台本で時の設定を明確にしたのは、二つ考えられる。菊田の初演台本には俳優達の理解のために時が記されていた。あるいは初演台本にはなかったが、三木が俳優理解のために明確にした。たぶん後者だろうと推測している。それは三木の潤色が具体的な一つの芙美子像——三木のり平理解の芙美子への歩み寄りを示しているからだ。

林芙美子は大作「浮雲」を一九四九（昭和24）年秋から連載し、一九五一（昭和26）年四月に完成してその二ヵ月後に亡くなる。五幕が二四年秋だとすると、「浮雲」を書き始める頃ということになろうか。

菊田は五幕を「晩年」と設定した。生年が曖昧で、一応一九〇三年生まれといわれているから五〇歳になる前に亡くなったことになる。決して晩年ではない。今から考えれば作家としてこれからいい仕事が出来る、そんな時期であった。彼女にとっては心臓麻痺という死因は、おそらく不本意な死の訪れであったことだろう。そんな芙美子を悼む想いも菊田にはあったのかもしれない。

ドラマの幕が五幕の場合、一幕は発端あるいは導入部、次に交錯部がきて、劇的危機に移行し、四幕で反転つまりは別の展開が生まれ、最後が破局あるいは終局となるとドラマトゥルギーでは分析されている。これに当てはめると「放浪記」はまさに見事にこの局面にはまる。

〈　一幕　〉

一幕の幕開き、タイトルの詩「花のいのちはみじかくて苦しきことのみ多かりき」が、写り、この詩を女声が歌う。そして下宿の主婦と下宿人のセリフになる。この後、芙美子が「少し酔って」ウキウキとご機嫌で「彼の顔を早く見たくなったので」と帰ってくる。同棲している新劇俳優伊達春彦が演じている「桜の園」の原書を古本屋で買って来たのだ。支払わなければならない部屋代を充てた。芙美子は、以前奉公していた近松秋江先生の家にも翻訳本があったといいながら、「あの人のセリフ」と発話してから〈伊達の持ち役のセリフ〉を真似る。セリフの指定はない。

菊田は、この幕開きで、二一歳の若い芙美子がどんなに伊達を愛しているのかを表現しようとしたのだ。男が舞台で吐くセリフを楽しげに無邪気に口にする芙美子に、見ているものはほほえましさを感じる。伊達だってロシア語の原書なんか読めるわけが無い。しかし読めるだろうと思っている芙美子の買いかぶり、子供っぽさがかわいいのである。しかもそれは、この後、日夏京子を連れてこの部屋に戻ってくる伊達と芙美子の関係悪化、捨てられた芙美子の寂しさを強調することができるものともなる。

三木台本ではこの場の「あの人のセリフ」がカットされてすぐにチェーホフのセリフをいう。チェーホフのセリフは書き込まれていて「もちろん娘と言うものは、誰しも自分を忘れないようにしなくちゃならない。だから僕は身持ちの悪い娘が何より嫌いなのだ」というセリフ。「あの人のセリフ」があってこのセリフの面白さがわかる。そうでなければ意味不明だ。もっとも菊田がこのチェーホフのセリフを選んだかどうかは不明。しかしカットした七文字はそういう重さを意味する。

伊達が戻ってくる。芙美子は押入れに隠れる。伊達は日夏京子と濡れ場を展開、見つかる。ビールを飲みに出るという伊達に、芙美子はいう「今夜は帰ってこないのね。(略)別れましょう。」伊達「林君…僕が悪かった。」「私が悪いのよ、あなたに奥さんみたいな人があるのを調べなかったんだから(笑う)」二人が去った後で芙美子は伊達の持ち役のセリフを口ずさみながら……「おどけた読み方で……そして突然、その本を引き裂いて叩きつける」押入れから布団を出してその中にもぐりこんで寝る。

同じ下宿の安岡——芙美子に気がある——が出て、下宿代を心配し、一〇円置いて、「布団の上からゆすぶるが、返事はない。安岡は去る。布団の中から激しい嗚咽が聞こえる(幕)」

芙美子の怒りと絶望が明確に伝わる最後だ。

ちなみに三木台本では京子から来たラブレターを破り、男の着物をかぶって泣く。自分を棄てた男の着物など、誰が被るだろうか。決して被りはしない。もし被ると男たちが考えるなら、それは思い過ごしもいいところで、男の陳腐なロマンだ。この辺りで三木台本は、菊田戯曲とはかけ離れる。実は幕開きに猫の鳴き声やセリフの加筆がある。既に一幕から菊田戯曲とは異なるジェンダーバイアスの掛かった通俗的な作品になっているのだから、どうにもならない。伊達が芙美子の財布の金を抜き取る所作を入れた所も同様で、描出された人物も変化している。

この場は芙美子の絶望的な哀しみが伝わらなくてはならないから「激しい嗚咽」でなければならないし、下宿代を溜めてまでも好きな男のために買って来た本を破り捨てるのでなければ、その怒りの激しさはつたわらない。手にした本を破らず机に置くのでは、あとで古本屋に売りに行くだろうと思い違いしそうだ。

「放浪記」には幕切れに女の涙が三回出る。一幕は芙美子の怒りと絶望の「激しい嗚咽」、二幕は結核の女給の「激しく泣き出す」声、これも人生の絶望に通じる。そして三幕には芙美子の「号泣」。それが四幕からは消える。新たな局面に変化するからだ。これについては後で触れたい。

この戯曲には全く異なった三人の女が登場する。幕開きから出る二人、芙美子と日夏京子、そして三幕で登場する芙美子の母だ。京子は芙美子とは対照的な、豊かな家の令嬢風な女・開明的で女優・詩人で気位の高い女性・最後は良家の夫人、登場するたびに異なる状況を持つ女性として描かれている。あるいはモデルがいたかもしれないが、菊田は実在の人物ではなく自身が造形したといっている。菊田好みのお嬢様と考えればいいのかも知れない。芙美子とは異なり、裕福な男に愛され、とことん尽され、それを受け入れてその関係の中で精神の自由を得て幸せに生きている。が、詩人として成功はしなかった。対照的に芙美子は自由に生きているようで精神的に常に男に依存している。しかも男の愛には恵まれず、いつも魂が飢えている。が、最後は詩人として成功した。芙美子の母は、無教養だが一生懸命に生きていてやさしい女性。恋愛も自由な結婚――同棲もした。そのために芙美子に対しても世間に対しても負い目を抱えながら生きた。晩年は芙美子のおかげで幸せに過ごせている庶民の代表のような存在だ。

こんな三人の女たちを舞台に乗せて〈女の一生とは何か、生きるとは何か〉を提出したのだと思う。その発端が一幕だった。

〈二幕〉と〈三幕〉

二幕は、カフェの場で芝居が大きくうねり出す。〈交錯部〉と呼ばれている場。

この場では芙美子を慕う若いカフェの同僚たちと比べて、芙美子は醜いと強調される。飲みに来ている普通の客が〈不細工な芙美子の面〉というセリフを吐き、買い手のつかない〈淫売〉などともさげすまれる。それが客との喧嘩の原因の一つにもなる。もちろん詩人仲間のアナーキスト達は芙美子の容貌を話題にはしない。「貧乏な人間の体臭がにじみ出て」いた芙美子の「工女の唄える」はよかったと誉められて詩の仲間にならないかと誘われる。芙美子は「赤旗ふって、大きな声出して街歩いたって貧乏人が金持ちになるわけじゃないし」仲間になるのはいやだと断る。

が、「太平洋詩人」に原稿を書いてくれという白坂は、「君みたいな素裸の詩を書く奴がいないんだ」からと誘い、芙美子は喜ぶ。

この場で伊達を争った京子と再会する。元新劇女優京子の美しさと男に愛される様子が強調される。裕福な家の息子白坂は京子が好きで、女二人の詩集を出せとすすめ、芙美子と京子の雑誌が出ることになる。そんな惨めな中で、誰も彼女に恋を仕掛けない中で、福地が芙美子を誘うのだ。芙美子が福地の誘いに応じる理由が必然的に理解される。扶美子はこの時二三歳。若さは、美醜とは関わり無く全身で魅力を発散する。福地は芙美子の才能と共にそうした若さに惹かれたのだろう。

詩人福地貢との生活が始まる。詩人芙美子の人生が大きく転換、前に進みはじめる。まさに交錯部に相応しい。

この幕の最後は、女給たちの休憩所。彼女達の不幸な過去と日常、芙美子の過去が語られる場だ。最後に若い女給が喀血し、同僚の女給たちが交代で血をすってやって命を助ける。助けられた女給が「激しく泣き出す」、そして芙美子の「あんたも苦労してるんだね」で幕。

現実の林芙美子の足跡は、因島出身の大学生岡野軍一を追って尾道から上京、さまざまな職業に就くが岡野は卒業後に芙美子を捨てて故郷へ帰る。関東大震災後に一時尾道に戻り、再度上京した芙美子は女中、工員、カフェーの女給などをして働き、〈歌日記〉を書き始める。これが後に「放浪記」になる。一九二四年に詩人で俳優の田辺若男と同棲し、アナーキスト詩人達と知り合う。芙美子の詩的才能を発掘し、延ばしたのは田辺だと言われている。そして友谷静栄と詩の雑誌『二人』を創刊するのである。田辺と別れたあと詩人の野村吉哉と同棲し、世田谷に住む。隣には飯田徳太郎と平林たい子が同棲していた。

菊田戯曲の独創性がこれをみても理解されよう。「男女の愛の不条理」そんなものが菊田の内部には塊のようにあったのかもしれない。

三幕、最も悲劇的な場だ。〈劇的危機〉にふさわしい。尾道の場は芙美子の子供の頃を髣髴させる行商人一家を初めと、終りに出して芙美子に自己を客体化させる。しかも引きずっていた初恋の男恭助との再会に期待して帰郷した芙美子に、「因ノ島の人は何というてきなさるか判らんが、もし話がうまくいってその人が今でも、あんたを可愛がってくれなさったらな……妾さんでもええじゃないか！　儂等は眼えつぶっとるで、あんた此処に住まんか……あれは、そんなことは許さんいうて一時は怒るじゃろうがの…ほんとは親子が一緒に住みたいんじゃ」という義父。福地との同棲に未来を見出せない芙美子は、義父の言葉にその気になる。

結果は妻子のある男にはそんな気は全くなく、期待していた芙美子はまたもや棄てられる。この男に芙美子は二度棄てられたことになる。東京にいる福地も彼女を深い愛で慈しむことはしなかった。尾道の両親も貧しさゆえに芙美子を暖かく迎え、身近に置くことは出来ない。扶美子は愛情に飢えていたといっていい。どん底の絶望だ。この絶望をテコにし、過去を棄てなければこの後生きていけない。この場で彼女はきっぱり尾道と、過去と決別するのである。つまり三幕は芙美子の過去との決別の場になる。この場があって扶美子は第二の出発をすることが出来る。因ノ島の恭助と別れたあとの芙美子の号泣──「石垣の裾へゆき、そこで面を掩うて号泣する」──は必要な涙なのだ。大声で泣いて、その声と列車の汽笛と列車の通過音とが重なり、号泣に終止符を打ったとき、行商人親子が来る。

菊田は号泣で幕を下ろさず、芙美子に「お嬢ちゃん……いつかは、きっと、しあわせになるのよ、私もなるけ。」と言わせる。これが芙美子の再出発の決意表明なのだ。号泣のあとの決意、これで四幕の反転、「幸せ」へ向う準備ができる。

余談だが、上演舞台には号泣がない。菊田戯曲にも三木台本にも「号泣する」とあるのだが……ない。これでは芙美子は再生出来ない。

〈四幕と五幕〉

四幕は①芙美子と福地の世田谷の家、②木賃宿、③出版記年会、と全く異なった性質の局面三場がある。①は、またもや福地のどうしようもない関係からの別離、その間に京子の恋愛に対する姿勢が明らかになり、芙美子と日夏京子の原稿に関する重要なエピソードが入る。「長谷川先生」(長谷川時雨)に口を利いてくれた隣人村野やす子に黙って、もちろん京子にも言わずに「女性芸術」に自分の原稿を先に届ける芙美子。「此処に電報がきてるわよ……林芙美子の原稿を受けとった。日夏京子の分早く送れ」やす子に長谷川からの電報を見せられ罵倒される芙美子。

「やす子さん……悪かったわ！　私は信用の出来ない人の間で、苦労して騙されて育ってきたから、どうしても他人を心から信用することができないのよ。どんなことも独りで自分でやらなきゃ。」と謝る芙美子。やす子が怒りを納めないで「私も独りが好きよ。あなたも独りでやれば……」と去り、すぐあとに福地が「独りが好きなんだ。他人の友情を裏切ることと、孤独を愛することは別なんだがね。」という。他者を信じることのできない芙美子のどうしようもない哀しさがここにはある。こうして福地は去り、芙美子は他者からますます嫌われていく。

その直後にやす子がいなかったからと言って京子が原稿をやす子に渡してくれ、と来る。その処置に悩む芙美子に安岡が言う、「あんたは仕事だけに生甲斐を感じていくのでしょ。だったら自分の仕事だけに忠実におなりなさい。他人の面倒までみることはない。」「渡してやると約束したんです。」「渡してやって…仮にあの人の書いたものが世に出たとして…誰があなたに礼を云いますか」と。芙美子は原稿を床の間の上に置いて幕。

これが芙美子の文筆家としての一生を左右する転換点になる。この原稿――「放浪記」が雑誌に載ることになるからだ。この場の話が事実かどうかはわからない。おそらくそんなことはなかったのだと思う。これは林芙美子という文学者の行動の軌跡をみせる抽象的な表現であった。菊田は芙美子が自分勝手な行動を取ったことをやす子に謝らせながら、同時に京子の原稿を渡さなくてもいい結論を与えて、彼女の〈自己中心的な行動〉を肯定させたのではないかと推測する。それが菊田の言う芙美子の「人生を肯定した」ということなのだと思う。少なくとも菊田は、自分の大事な原稿は他者に頼むようなことをしてはいけないと思っていて、芙美子を責めてはいないことがわかる。

②木賃宿の場では、福地と別れた芙美子が同宿の人々の寝静まったあとで原稿を書いている。ここで画学生と知り合う。芙美子の原稿を読んだ彼はそれを褒める。目の前で自分の原稿を褒めてもらったことのない芙美子は、大喜びする。暖かい心の交流が初めて生まれる。その後逃げ込んで来た娼婦を探す刑事に誤って逮捕され警察に行った芙美子は、「放浪記」が雑誌に載ったことを知る。釈放されて木賃宿に戻り、喜びの「でんぐり返し」になる。度重なる上演で名物場面になってしまったところだ。

戯曲には「とうとう出たッ。ウワーッ。(といいながら、蒲団の上で、でんぐり返ったり、転がったりして喜ぶ)」とある。菊田は、芙美子が我を忘れて子供っぽく全身で喜ぶさまを表現したかったのだろう。だから一度のでんぐり返しでは駄目で、「転がったり」することになるのだ。

③出版記年会の場は、芙美子の晴れ舞台である。しかしこれまでの歩み、人間関係そしてこれからあとの芙美子を象徴するかのように暗い影がさしている場として位置付けられている。やす子と京子が預けた原稿のことで怒る。芙美子は結局、遅くなったが京子の原稿をやす子に渡したのだった。雑誌には締め切りがある。二〇日も過ぎて渡して

は意味がない。「間に合わなくなるまでおさえて、そして届けたのね。私は今日限り物書きをやめるわ……浅ましいから。」と宣言する京子。そしてやす子が言う「お芙美……今日は盛会だった。だけど、みんながみんな、あんたを祝福してくれたとは限らないよ。あんたばかりじゃない。誰の場合もそうよ……しっかりやんなさい。」

この場は最終幕の孤独な幕切れを暗示する。晴れやかな筈の席に差す影、芙美子には寂しい孤独が待っている。

終幕の五幕は、成功したあとの芙美子の書斎だ。数奇屋づくりの立派な家。前の幕との間には二〇年近い時間が過ぎている。この間、実際の芙美子はパリへ行き、新しい恋愛をし、戦争中は戦意高揚に協力するという激動の歩みを続けていた。菊田はそれを全て捨象して流行作家になった芙美子の死直前の〈今〉に焦点に当てた。有名になりお金の苦労をしなくなっても、何だか不幸な芙美子。執筆に追われ孤独な日々を送る芙美子。そんな芙美子を描いて、幕を下ろす。

この場に菊田一夫が登場する。小鹿敦（番）の好演技で評判になった場面だ。小鹿の死後、斎藤晴彦が引き継いで、小鹿同様に良い舞台を創っている。菊田一夫は芙美子にこんなことを言う。

「僕は世の中には身内もないし、他人もないと思うのですよ……生れる時も独りだし、死ぬ時も勿論一人……自分で自分を助けなくて誰が助けてくれますか……よく人間は孤独だっていう人がありますけれど……あれは実に概念的な言い方でね。そういっている人が実際には女房に頼ったり、子供に頼ったり……孤独の味なんてちっとも知っちゃあいない。その味を本当に知っているのは、僕の知ってる範囲では林さん位じゃないのかな……僕にいわせれば、林さんが旦那様を持っていることさえ、何かの間違いだと思いますよ……自分自身に誰より律儀で冷酷な人が、他人になんぞ暖かくできるゆとりがあるでしょうか……たとえば他人に暖かくするときがあったとしたら、それは自分の孤独が寂しくて、どうにもやりきれなくなった時だけですよ。」

これを聞く芙美子は無言だ。

幕切れ前に、芙美子に優しくし、救いの手を差し伸べてきた安岡とライヴァルだった日夏京子が訪れる。芙美子をかばい〈原稿を渡すのをとめたのは自分なのだ〉という安岡。京子は、〈昔の原稿のことはなんとも思っていない、それを言いに来た〉と告げる。芙美子は「嬉しげにうなずく」（ト書き）。芙美子の抱えていたわだかまりが一つ溶ける。そして先きの菊田が語った孤独について語りだす。「原稿紙に向ってる時だけは、ひとりであって独りじゃない……原稿紙の中に動いているいろんな人間が、いつも身のまわりにいてくれる」孤独な芙美子を癒すのは、原稿を書くという行為であることを告げている。最後の場面にいる日夏京子のセリフは「（芙美子の寝姿に）お芙美、あんた不幸だね。」そして「ややあって京子は去って行く。誰もいない。芙美子の寝姿だけ……音楽」で幕が下りる。

三木台本の舞台では、京子の「不幸だね」が、「ちっとも幸せじゃないんだね」に変わり、京子が去った後で尾道のカモメの声と連絡線の音を聞かせる。いかにも夢を見ているかのような印象を与え、そして幕になる。これがわたくしにはどうにも理解できない。「放浪記」の幕開きと最終場面で三木は加筆してウエットな舞台にしてしまった。執筆に追われ疲労している芙美子が尾道の夢をみるだろうか？　捨ててきた場所だ。尾道は出て来るはずはない。もし夢に出るなら、それは「原稿紙の中に動いているいろんな人間」だろう。

菊田は乾いた芙美子を描出したかったのだと思う。この作品は林芙美子の『放浪記』ではないし、彼女の伝記に必ずしも一致していない。むしろ芙美子の精神の領域を描出したと見るほうがいい。伝記物ではないのだ。誰がなんと言おうとも芙美子は前を見て独りになっても生きていく。芙美子には〈原稿紙の中で動いている人間〉がいる。そんな芙美子の人生を「肯定」したかった……それを戯曲に描出させていたのだから……。この戯曲の林芙美子は菊田一夫であるのだろう。哀しいことだが、やはり戯曲と舞台は、異なった生をいきる宿命があるのである。

菊田演出の初演の舞台（三ヵ月ロングラン）は数々の賞を得た。森光子に芸術祭文部大臣賞、作品ならびにスタッフ出演者一同にテアトロン賞が授与される。翌六二年一月は名古屋名鉄ホール、二月は梅田コマ劇場、そして三月～五月に芸術座で再演された。延々八ヵ月の長期公演となったのである。

貧しく、苦労の多い日常を抱えていた日本の人々は、菊田が描出した林芙美子の生、最下層の惨めな生活から抜け出して、作家として大成した林芙美子の放浪の記を手放しで、我が事として受け入れることができたのだと推測される。

菊田一夫の課題――スター育成

[1]「砂漠に消える」――アルジェリアの男

菊田一夫は、高麗屋兄弟と契約を結び、「放浪記」を初演する間に、二年ぶりで宝塚に脚本を書いた。ミュージカル・ロマンス「砂漠に消える―アルジェリアの男」（宝塚大劇場　一九六一年八月）である。忙しい菊田が何故宝塚に作品を書くようになったのか。それはスター不足になった宝塚でスター候補生をたくさん養成しなければならなかったからだ。

「芝居が上手でないとスターとしての底力がないし、東宝は底力、実力、ほんとの人気のないスターの出てる宝塚歌劇は買いとうない。（略）東宝（東京宝塚劇場――井上注）の場合作品が面白くてしかも派手なスターがいなくちゃお客がこない……まあ、つまり東宝六ヵ月のために娘役を育て、主役を育てる」（『歌劇』「カチューシャ物語」座談会一九六二年九月）というわけだと話している。現在の東京宝塚劇場は、一年間宝塚の公演をしている。所有者の東宝から劇場使用権を得て歌劇団の親会社が運営しているのだと聞いた。しかしこの頃は小林一三が建設して以来の決まりごと、半年宝塚・半年東宝歌舞伎その他の公演ということになっていた。それがこの菊田の言葉になる。

丁度二〇年前に越路吹雪や久慈あさみらのスターが大量退団した時、「猿飛佐助」（一九五二年）で新人寿美花代（研4）を育て、「ジャワの踊り子」で明石照子・新珠三千代（研7）を、「君の名は」（一九五四年）で人気スター春日野八千代の相手役に新珠三千代を、淀かほる（研7）に鳳八千代（研4）を配してスターにした。宝塚らしくない作品と言われたスタンダールの「赤と黒」（菊田脚色・高木史郎演出、一九五七年）を寿美花代（ジュリアン）・淀かほる（レナル夫人）・鳳八千代（マチルダ）で成功させる。特に淀かほるは男役も娘役もできる宝塚の貴重なスターで、この時期は花組のトップスターであった。抜群の歌唱力を持つ淀は、四本の菊田作品に主役で登場している。十年後には菊田ミュージカルになくてはならない存在になる。月組トップスターの故里明美は「ダル・レークの恋」で去り、明石も寿美も一九六二年には結婚で退団することが決まっていた。専科の春日野と花組の淀以外スターがいなくなる。菊田は次期スターを育て上げなければならなかった。それが「砂漠に消える――アルジェリアの男」が書かれた直接的理由である。娘役で脚光を浴びたのは加茂さくら（55年初舞台）だった。加茂は、既に研3で春日野八千代の相手役に抜擢されて「恋人よ我に帰れ」（白井鐵造作・演出）で大きな役を貰っていた。菊田作品で春日野八千代と明石照子の相手役をする。

一九六一年八月、菊田一夫作・演出で雪組公演「砂漠に消える」（八月一日〜三〇日　宝塚大劇場、東京宝塚劇場は十一月）が上演された。演出補は鴨川清作。演出補の名前が出ているから菊田の演出プランのもとで日々の稽古をつけたのは鴨川だと推測される。パリとアルジェリアを舞台にした悲恋である。

パリの貧しい画家アンジェリック（明石照子）が、モデルギャビー（加茂さくら）と結婚するためにG（ナチのスパイ・美吉佐久子）から大金を借りる。その金は銀行から盗まれた金であった。金を使ったアンジェリックは銀行強盗にさせられる。こうして刑事ポール（大路三千緒）に追われることになり、結婚三日目で消えなければならなくなる。Gがアルジェリアに連れて行く。アンジェリックは騙されたことを知るが、Gのためにスパイの仕事をしなければならなくなる。

アラブ人でフランスからの独立を願うジャマル（真帆志ぶき）と彼の恋人ラガ（秩父美保子）は、フランスからの独立を助けるというGの言葉に騙されて知らずにナチの手先になっていた。宝石商ハシム（龍城のぼる）もGの手先になってアンジェリックを見張る。

アンジェリックはGに言う「君はドイツ人だ。フランスの領土に潜入して、このアルジェリアに反乱を起こさせようというスパイだ（略）おい……みんなきけ……ここにナチのスパイがいる！　僕をワナに落としてアルジェリアに反乱を起こさせようとしている……誰でもいい、フランスの警察に知らせろ……」アンジェリックの言うことを聞く人はいない。絶望するアンジェリック。ラガが彼の味方になり次第に愛情を抱くようになる。

他方、パリではギャビーが彼を追ってアルジェのカスバに行こうとする。同じ汽車に乗るパリの名門出身の建築技師ジャン・ドラノア（春日野八千代）はアルジェで政府の建物を建てる予定であった。彼と知りあったギャビーは一緒にいって欲しいと頼む。ギャビーは、Gに渡す秘密文書を運ぶ役目を知らない内にさせられていたのだ。これを持っていけばアンジェリックに合えるからという理由で……。

ジャンには恋人に裏切られた過去があった。「私は、ほんとうは、女というものに親切にはしてやりますが、信じていないのです。信じることができないのです。」とギャビーに応えるが、共にアルジェに立つ。

Gはパリでジャンの名前を騙っていたためにジャンまで刑事に疑われてしまう。女を信じられないジャンではあったが、ギャビーがだんだんいとおしくなって「人はつぐないを求めるために恋をするのでしょうか。人は恋をする。心を捧げ、まことを捧げる。だが、それは報われるかも知れない。報われないかも知れない。だからこそ恋は悲しいのです。」と告白してしまう。

状況が邪魔をして二人の再会はかなわずナチのスパイG

は消え、独立運動も巧くいかず、アンジェリックも砂漠の砂嵐に飲まれて死ぬ。ジャンとギャビーのその後はわからない。激動の悲劇だ。最後にギャビーの加茂さくらが歌った「忘れ得ぬ人とは」を引こう。

「忘れ得ぬ人とは　心ゆるせし　人を云う　昨日も今日もまた　くちづけを　交しつつ　愛してる　愛してる　愛しているのよ　君はほほえみ　わが名を呼ぶよ」（菊田作詞入江薫作曲）

この時期、現実世界も激動していた。

前年に日本は60年安保闘争で左翼陣営が敗北し、社会党の浅沼委員長が右翼青年に刺殺された。国会では暮れに所得倍増計画案が閣議で決定、一般家庭に電気冷蔵庫が普及し始める。豊かな時代に向け人々は働き出すのだ。世界ではフランスがサハラで初の核実験を行い、パリの東西首脳会談は決裂、ソ連は中国支援を打ち切り、そして南ヴェトナム民族解放戦線が結成される。61年は年頭からアメリカがキューバと国交断絶、イスラエルでアイヒマン裁判が始まり、フランスはアルジェのフランス軍反乱で非常事態宣言を出す。

こうした世界の危うい問題が、菊田ロマンの後景に位置付けられて「砂漠に消える——アルジェリアの男」が書かれたのだ。菊田はまさにここでもウエル・メイド・プレイの王道を行く。恋に関するジャンのセリフには菊田の肉声が聞こえるようだ。菊田は宝塚で、自由に自らの裡なる想いを盛り込んで、社会的なバックグラウンドも自在に客観化して書き込んでいたことがまたもや理解される。一方ではスターを作るという使命があったのだろうが、まさに宝塚は菊田にとっての永遠のテーマ、〈愛とは何か〉を心置きなく書きこめる〈今を生きる舞台〉であった。

このミュージカル・ロマンスは上演評がよくない。ファンの投書を読むと、「ダル・レークの恋」や「ジャワの踊り子」を書いた菊田らしくないと言われている。郷土芸能「火の島」（郷土芸能研究会構成）との二本立てで、菊田作品は後半に上演された。芸術座で四時間の舞台を作っている菊田だから、宝塚の舞台も長くなる。筋を見るだけでも話が込入っているのがわかるから、それも災いしたのだろう。内容を知れば長いのも了解されるが、一本立てではないためにカットせざるを得ない。おまけにミュージカルだから歌もダンスも入る。菊田は春日野八千代に役を振り、若いスター達と上手にかませて舞台を引き締め、結論をつけないという複雑な最後にして作品に重みをつけているが、それが観客にはかえって理解しにくい結果になったのかもしれない。

〔2〕過密スケジュールとゴースト・ライター

さてここでこの時期の菊田の過密スケジュールを少し見よう。菊田のスケジュールは、六〇年代になるとこれまでにも増して驚くほど過密になる。

「砂漠に消える」（八月宝塚、一一月東京）と「放浪記」（一〇月〜一二月芸術座）の上演から「花のオランダ坂」（六二年七月）上演までの間に、五作品を作っている。幸四郎に「怪盗鼠小僧」（芸術座）、森繁久弥に「女を売る船」（東京宝塚劇場）、東宝劇団に二本「仏陀と孫悟空」「花の生涯」（東京宝塚劇場）、扇雀に「ぼんち」（サンケイホール）がそれで、このうち前の二本が創作、他は脚色だ。「ぼんち」を除いて演出もしている。考えられない位の過密スケジュールだ。しかもこの年は十二月の三木のり平・有島一郎の「御手本忠臣蔵」（東京宝塚劇場、「仮名手本忠臣蔵」のパロディ）まで毎月一本ないし二本の作品を舞台に上げていた。

菊田には五人ぐらいゴースト・ライターがいたと聞いているが、自身の名前を使用しているのだから全く作品に手を入れないことはないだろう。それにしてもこの忙しさはすごい。これはほぼ亡くなる前の最後の入院まで続く。しかもこの間に渡欧や渡米もし、新帝劇を開場し、新作や再演を芸術座・東京宝塚劇場・コマ劇場・読売ホール・明治座などの舞台に上げていたのだから、健康管理のできよう筈もなく死に向かってひたすら走っていたとしか思えない。あたかも常に芝居を書き、演出をしていなければ自らの生を確認できないかのように働きつづけたのだ。

『菊田一夫戯曲選集』一巻のあとがきに「いまは、大げさに云えば芝居と一緒に死のうと思っている」（五七四頁）と「昭和四十年四月」に書いた言葉どおりの日常があった。その忙しさの中で時代状況に常に眼を配っていたのだから〈現代劇をかきたい〉という劇作家菊田の戦後再出発時の願いは持続していたとみていい。

森繁劇団の旗上げ作品「女を売る船」（一九六二年一月東京宝塚劇場）というかなり露骨なタイトルの芝居は、太平洋戦争時に存在した《女衒》村岡伊平治の話だ。これは『菊田一夫戯曲選集』にはない。出来が悪いからゴースト・ライターの作ではないかと言う意見もあるが、素材を選んだのはやはり菊田だろう。彼がこの《女衒》の話に惹かれた理由はなんだろう。主演が大陸生活を経験している森繁久弥だから、伊平治を演じられると思ったのかもしれない。

この話は二年前の一九六〇年に秋元松代が戯曲「村岡伊平治伝」で既に取り上げていた。秋元は五、六年前に資料を調べていて伊平治の存在を知ったという。菊田も七月公演「花のオランダ坂」の話を調べていたときに、九州島原のこの男の存在を知ったのか、あるいは秋元が劇団仲間の依頼で書いたこの戯曲の上演舞台（一九六〇年）が第一五回芸術祭奨励賞を受賞しているから、それで知ったのか、または戦時中に既に彼の存在を知っていて、秋元戯曲の受賞で上演を思い立った。そのいずれかだとみているが、おそらく後者二つの可能性がたかいのではないか。菊田は芸術祭の執行委員のひとりであったからだ。

秋元の村岡伊平治は国家のため、天皇のために女たちを送っていたという自身の行為そのものに最後に大きな懐疑を抱く男として描かれていた。それは国家によって〈棄てられた民〉の出口なしの悲劇でもあった。秋元戯曲の詳細は拙著『ドラマ解読――映画・テレビ・演劇批評』（社会評論社）を見ていただきたいが、菊田がはたしてどのような村岡伊平治を描出したのか、興味があった。

東宝に映画文化協会という上演資料を管理するところがある。そこの書庫に「女を売る船」の台本があり、閲覧できた。「村岡伊平治自傳より」とタイトルに但し書きがあったから、菊田も秋元松代が読んだ資料と同じものを手にしていたことがわかる。台本には長い作者の言葉が前に付いているのだが、その中で日本の南方発展史は村岡伊平治のような男が国士的見識をもって――或は国士的であると錯覚することによって――助長発展せしめた、と記している。この批判的視点は秋元の認識と変わらない。

台本は秋元の場面転換とほぼ類似していた。それは両作品とも伊平治伝に依拠したからであろう。セリフや登場人物の動かし方に菊田作品ではないようなレベルの低さを感じたが、取ってつけたようなエピローグ――その後の伊平治の場――がある。類似した場面転換ゆえ秋元からの苦情を避ける意図があったのかとも読めるし、ゴースト・ライター作品のあまりのお粗末さに、菊田が加筆したと考えることも可能だ。この最後の場面は菊田の手による場と推測できるからだ。

ゴースト・ライター説を裏付けるもう一つの理由は、菊田の長い前説、いいわけだ。プログラムは見る事が出来なかったのだが、これを書いて観客に理解を得ようとしたのではないだろうか。これは伊平治の数奇な生涯同様の「摩訶不思議の実説芝居」で秋元松代戯曲便乗作といっていいのかもしれない。

「花のオランダ坂」――真帆志ぶきと加茂さくら

当時抜群の人気を保持していた明石照子が退団したあと、

雪組トップになった真帆しぶき（研10）は加茂さくらと組んで菊田の「花のオランダ坂」でお披露目公演をする。この二人のコンビは一九六八年に加茂が専科へ移るまで六年間続くゴールデンコンビで、真帆は一九七五年まで一三年間もトップを維持し、一時代を築いた稀有なスターである。

さて「花のオランダ坂」、このタイトルを知ったとき、初めは「蝶々夫人」の焼き直しと推測し、ついに菊田も種切れでジャポニズムに手を出したのかと残念に思った。ところがそうではなかった。「砂漠に消える」からほぼ一年後に上演された雪組公演「花のオランダ坂」（宝塚大劇場　一九六二年七月三日〜三〇日、東京は翌年三月末〜四月、演出補は鴨川清作と小原弘亘）は、江戸時代に実在した道富丈吉の実話がもとになっている。出演者は全員雪組「専科のベテランに配役しないで、雪組だけの配役にしました。みんなにうまくなってもらうためにです」という。この作品でも人材育成を意識している。

ヘンデレキ・ドーフと長崎奉行松平との友情物語、「松平図書という長崎奉行が、祖国の戦乱に赴いたドーフに頼まれ、その子である混血児道富丈吉の生活をかばいながら養育の面倒を見てやり、そして丈吉拾六才となるや奉行所の書記役に取り立ててやった。しかも丈吉は生来病弱にして拾七才の秋、父ヘンデレキ・ドーフの日本再渡来もまたず死亡」（「作者のことば」上演プログラム）という残された文面からヒントを得て、ラジオやＴＶにも書き、宝塚の舞台も作ったという。小説『花のオランダ坂』（和同出版一九五五年一月）というのもあるが、これは宝塚版とは内容が異なっている。長崎が好きだという菊田は、このタイトルがよほど気に入っていたのだろう。

「ほんとうは〝お蝶夫人〟にも勝るオペラにして、これを書きたかったのです」と初演プログラムに記した菊田が、どんな舞台（全二〇場）を生み出したのか見ていきたい。

一場はズーフ（真帆志ぶき）とつる（加茂さくら）の出会いの場。桃の花咲く三月、大砲がなりオランダ船が着く。長崎の料亭丸山へオランダ船の船長とズーフが訪れる。長崎にはたくさんのお祭りがある。ズーフは長崎のペーロン、精霊流し、おくんちなど、お祭りが好きだ。船長は馴染みの太夫と消えるが、ズーフはここの女たちに興味を示さない。どうしてかと聞かれて「男と女とは……心と心がとけあって……愛し合って……そのあとではじめて、ほんとうの交わりを結ぶものなんだよ……会ってその日に好きになる、私には、それが信じられないんだよ」「私は遊女は嫌いなのだ」と応えるズーフ。そこへつるが出る。ズーフはさっきの発言とは裏腹にひと目で彼女に魅了される。「いま私は、お前を見て、何だか、ずっと昔から、おつるという娘をしっていたような気がする。私はたったひと目見て、そしてお前を愛してしまったのだろうか」「つるはわかりませぬ」「つるはことし一六歳。マルヤマは恋の灯をとぼす所じゃと人にきかされて参りました。けれど、人を恋するとはどんなことか、人に愛されたらどうすればよいのか……それが判りませぬ」、ズーフは「人を愛することとは、我が身と我が心とを相手に捧げることだ。人に愛されることとは、相手が捧げてくれるものを受け入れて、そして我が身と我が心を捧げることだ……つる、私はお前を愛している（略）私は私の心とともに、私の運命のすべてをお前に捧げよう」と誓う。ズーフとつるはこうして結婚へ。

菊田の芝居作りの巧さはこの序幕に表れている。ズーフが遊女は嫌いだといいながら、つるをひと目みて恋心を感じる。いわゆる一目ぼれだ。恋に一目ぼれは付き物、そしてその後に遊女であるつるが、恋をしたことのない少女であることをつるのあどけないセリフでしらせているところだろう。この出会いのあと遊女は嫌いといっていたズーフは、つると結婚をする。彼の恋は〈遊び〉ではなかった。

菊田は〈春を売る〉女性とは関わりを持たない主義であったと聞いている。ズーフは、菊田の恋愛感を代弁しているように写る。

桜の花の下で、ズーフは「人は此の世に生れた以上、たとえ何かで傷いても、病を得て衰えても、尚かつ生きてゆくことを楽しむのがほんとうなのだよ。……私はお前を愛している。……お前がどんなに年をとっても、私はお前を愛しつゞける…お前も私を愛しておくれ」とつるに語る。

十年後、おくんちまつりの日。二人には丈吉（子供時代は可奈潤子、成長後は秩父美保子）という九才の男の子がいる。青い目の丈吉は子供たちのコッコデショオ担ぎに入れてもらえない。丈吉と仲良しのローザも青い目だ。彼女も仲間はずれ。「青目玉」とはやされ子供たちの母親にも意地悪される。「混血児」に対する世間の目が描出されている。

一〇年ぶりに大砲がなる。オランダから船が着いて、ズーフはオランダに危急存亡の戦いが起こり、帰国しなければならなくなる。父のズーフはつると丈吉をオランダに連れて行かれないかと奉行松平（松乃美登里）に相談するが、日本人の血を引くものは国外へ出ることはできない。

丈吉を道富丈吉と名付け、おくんちの賑わいの中、奉行所へ行くズーフと丈吉。

奉行に〈みちとみ〉と呼んでくれといい、「どうかお奉行様のあたたかい御心が、私の去った後の妻や子供の上に……やさしくそゝがれてありますように」と手をついて頼む。「そなたがオランダに帰国されたあとの、そなたの妻つる殿、そなたの子、丈吉の面倒は、この松平図書が身に替えてお守り申そう」と約束する。これが史実の部分だ。

ズーフはオランダとスペインの百年にも渡る戦争に巻き込まれて来日できず、大砲は鳴ることなく八年が過ぎる。丈吉は一七歳、来年は元服だ。母のつるはズーフを待って死を目前にした病。大砲が鳴りズーフが帰国した幻想を見る。図書が見舞いに訪れる。丈吉のことを頼んでつるは天国へ。

丈吉は元服して役人になる。青い目で髪の毛が赤い丈吉は役所でも名前の呼び方やちぢれ毛でからかわれ、同僚からいじめられている。弱いものいじめが好きな日本人の日常が描かれている。それを知った図書は部下達を叱る。そこに大砲の音が鳴り響く。オランダ船を追ってきたエスパニア船が長崎の港内で発砲しているのだ。オランダ船は沈む。ズーフが乗っていたという情報が入る。

丈吉は病気になる。つると同じ病気だという。いじめられて心労からの病。

ズーフを探せという図書。ズーフは上陸していた。スペイン兵と戦いながら丈吉の家の近くまで来る。スペイン兵に倒されるズーフ。彼は傷ついて眼が見えなくなっている。ズーフの幻想につると丈吉が現れる。三人で再会。オランダ坂に桜の花びらが散る。（幕）

またもや悲劇だ。しかし「蝶々夫人」のように男が女を捨てる話ではない。同じ〈待つ女〉でも、一応真実の愛で外国人と結ばれた日本の女が描かれ、幸せな存在であったことを告げている悲劇だからだ。これがオペラになれば、どんなに良かったことかと思う。少なくとも屈辱的なオペラ「蝶々夫人」の偽りの日本女性像ではないオペラが存在することになる。「蝶々夫人」は外国の男に捨てられ、それでも耐えて待つ日本の女というほとんど許し難い話で、それが名曲にのって長い間世界各国で演じられている。まことに悲しむべき現象だといわざるを得ない。

「花のオランダ坂」には真帆志ぶきと加茂さくらが歌う美しい歌曲『私は桃の花が好き』（菊田作詞・入江薫作曲）がある。最後のフレーズは「私は桜の花がきらい」で始まる。

「私は桜の花がきらい　ほろほろと　すぐに別れの時が来るから　私は桃の花が好き　いつまでもいつまでも　愛の花が咲くから　ああ始めて会った日の　晴れた青空　いついつまでも晴れていておくれ　いついつまでも晴れていておくれ」

真帆と加茂の歌う入江の楽曲は、多くの人に愛された名曲だった。〈散る桜〉は日本の哀愁の象徴のようになっているから、それを嫌いと言わせている菊田には、深読みをすれば、「蝶々夫人」の屈辱的な女性像を払拭したいという視点があったのかもしれない。加茂の歌は「春！　あの人が帰ってくる」で、美しい声で歌う。これはまさにオペラで、CD（『入江薫宝塚歌劇作品集』）で聞いていても魅力的であるから劇場ではどんなにドラマティクであったかと思う。再演希望が多い理由も分るような気がする。

いずれにせよ〈日本女性〉を大事にするロマンティスト菊田が、ここにはいる。戸板康二が「〝誠実〟と〝純情〟がヒゲをはやして眼鏡をかけ」（「菊田一夫氏と宝塚」）という言葉を引いているが、そんな菊田の個性が宝塚では純粋な作品を作っていたのかもしれない。

この舞台で加茂さくらは演技力と歌唱力が認められ、大阪芸能記者会が選定するレインボウ賞の音楽賞を貰った。「花のオランダ坂」は、ファンが望む再演作品№2となり六七年（真帆・加茂）、七四年（真帆・初風淳）にも再演・再々演された。初演以後は鴨川清作演出。ちなみに№1は、やはり菊田作品で「霧深きエルベのほとり」だ。

このあと、加茂は菊田作「クレオパトラ」（六三年、六四年）で真帆と、同じく菊田作「夜霧の城の恋の物語」（六六年一月、三月）で那智わたる・美和久百合と共演する。ついでに菊田が演出した加茂の外部出演も見てみよう。井上靖「蒼き狼」で染五郎・萬之助兄弟と共演（六三年読売ホール、のち東京宝塚劇場で再演）、「心を繋ぐ6ペンス」（六六年七～八月　芸術座、六七年四～五月　帝劇）で染五郎・淀かほると共演、七一年に宝塚を退団して、芸術座の「放浪記」（三～五月、芸術座開場15周年記念公演）で悠紀を演じ、菊田「晩年の傑作（略）書きたいものを書こうとして挑んだ執念の作物」と小幡欣治が評していた「夜汽車の人」（七一年一〇～一一月）で染五郎と共に萩原朔太郎の世界を見事に描き出し、芸術祭優秀賞を受賞した。加茂は主役をはれるハイレベルなミュージカルスターに成長する。宝塚での菊田のスター作りは成功したのである。

現在では宝塚歌劇団は舞台数が多くなっているから在団中のスターの外部出演など考えられないことだが、出演作品を見ていくと加茂さくらも菊田に大事に育てられた女優であったといえる。

染五郎の詩人啄木――生きることの悩み

菊田は宝塚には自由に社会的背景と自分の想いを書き込んでいたことが段々わかってきた。「放浪記」以後の芸術座にはどうであったのだろう。原作のある小説や実話の脚色をはずすと書き下ろしの少ないことに気付く。名作の脚色物は安全で企画・制作会議を通りやすいと菊田が語っていたことを思い起こすと、脚色物に反対してきた菊田も制作者として赤字をなくし客を呼ぶために安全な舞台を作っていたのだということがわかる。

　書き下ろしは染五郎の東宝移籍初の現代劇出演作「悲しき玩具——石川啄木の生涯」（一九六二年一〇月～一二月）、「丼池」（六三年一月～二月）、「浅草瓢箪池」（三月～四月）、「銀座残酷物語」（六月～八月）「からゆきさん」（一一月～一二月）、「霊界様と人間さま」（一九六五年一〇月～一二月）、「雑喉場」（一九六八年五月～六月）、「夜汽車の人——萩原朔太郎の愛と詩の生涯」（一九七一年一〇月～一二月）、「道頓堀」（一九七二年一〇月～一二月、東宝創立40周年記念公演）だけである。絶筆「女橋」（一九七三年一月～二月）は、溝口健二の映画「浪花悲歌」（依田義賢シナリオ）をアレンジしたものだ。悲劇は少なく、ウエル・メイドや似たような喜劇（主に大阪物）が多い。

　現在の上演では出世物語のようにみえてしまう「放浪記」も本来、悲劇であったと思うのだが、菊田の書き下ろし一代記ものが全て詩人の生涯であることは興味深い。一代記ものはウエル・メイドなら上手く行くがドラマとしては成功しにくい。それは時間軸を中心に進めざるをえないからでドラマとしての凝縮された時間が生み出しにくいからである。一代記物で成功しているのは、森本薫の「女の一生」（一九四五年文学座初演）だけではないかとすら思う。菊田はあえてそれに果敢にも挑戦したのかもしれない。

「悲しき玩具」（『菊田一夫戯曲選集』二巻）は、啄木—染五郎、妻セツ子—森光子、母—三戸部スエ、妹光子—加代キミ子、楠千枝子—八千草薫、芸者小奴—浜木綿子、で上演されている。染五郎の啄木が熱演、浜の演技が秀逸と言われた。

　啄木の詩「見よ、今日も、かの蒼空に　飛行機の高く飛べるを。給仕づとめの少年が　たまに非番の日曜日、肺病やみの母親とたつた二人の家にゐて、ひとりせつせとリイダアの独学をする眼の疲れ……　見よ、今日も、かの蒼空に　飛行機の高く飛べるを。」（「飛行機」一九一一年）

　これを読むとき、啄木が家族という重い絆から逃れでることができず、高く飛ぶ飛行機をどんなに羨ましく思っていたかを感じる。

　菊田の啄木は、家族という重荷を背負って、愛に走ることもできず、革命運動にも命をかけられず——生活に縛られ通しで生涯を終ってしまう、そんな啄木像が描出されている。自由に生きたと思われている菊田と対極の詩人の在りようだ。しかし実際は目に見えないしがらみで菊田も、啄木とは別の次元で捉われていたのかもしれない。菊田の描く啄木は遠くにいきたい、逃れたいともがいている。この頃、菊田はどこへ逃げたかったのだろうかと思う。

この年の一月に「放浪記」がテアトロン賞を受賞した。菊田の周りは喜びに溢れていただろうし、七月にはブロード・ウェイ・ミュージカルを観にフランキー堺と渡米している。この渡米で菊田は「マイ・フェア・レディ」の舞台を飛行機に乗る前にはじめて観た。しかも前半だけで後半の三場面は観なかった。海外ミュージカルを上演するつもりのなかった菊田が、「私はどうしてもそのつづきを見たくなった。その次の渡米で二度繰り返して見学した。そして上演権を買う決心をした」と「マイ・フェア・レディ」再演時（那智わたる主演一九七〇年七月帝劇）に書いている（「落穂の籠」三九）。「悲しき玩具」の初日を終えた一六日には演劇視察のために渡欧もしている。そして翌年の「マイ・フェア・レディ」上演権獲得のために動き出す。菊田の渡米渡欧は、今後の東宝演劇のための舞台調査であることが後から見るとわかる。仕事の未来は輝いていた。そんなときに菊田が逃れたいとおもうことがあるとすれば、それは私事――個人的な問題だろう。菊田の悩みは知る由もないが……常識的な指摘とはいえ、何かに悩んでいる作家はいいものが書けるということだ。

さて、啄木の不条理な生涯は、花婿のいない幕開きの結婚式から始まる。朴訥な東北弁で「僕さえいれば此の家がどんたにかなるように云われる、僕はそれが堪らなかったんだよ。親の家だからな……助けに戻るのが当然だと思う……だが、当然だから帰ってこなきゃわかねと云われるのが腹が立つんだ。僕が帰ってきたってどんたにもなるもんでねェ…僕も一緒に貧乏するだけだ。」そしてセツ子と母と妹の貧しく、息苦しい日常が始まる。

渋民村の小学校を辞める啄木は、こんなことを言う「学校は食う為につとめるところじゃない。子供達に教える為につとめることろだ。それを校長先生はじめ、皆さんは食う為のつとめと誤解していなさるから、意見がくいちがうのだ。」「表向きは物判りのいいような顔をして、陰で足を引っぱるのが世間ずれのした人間の常套手段だ。儂は子供達に、何よりも人間として、自らの思う通り、のびのびとした立派な人間となれ、そう云って教えただけです。」こうして啄木は家族を置いて、次の生活の町、函館へ行く。

生活が落ち着くと家族が、またやって来る。「僕は母を愛する詩を書く、妻を愛する詩を書く、（略）だが、ほんとうは母を憎悪し、妻を愛さず、父をあざけり、故郷には足蹴にしたいほど腹をたてているから（略）僕にとっては、歌や詩は、悲しいときにもてあそぶ玩具のようなものです。（略）その玩具によって、憎む相手をほめたり、なつかしがったりして見せることによって、せめて、うさを晴らすのですよ…」と、楠千枝子に語る啄木は、まるでかつて詩を書いていた菊田一夫のように見える。千枝子は二人で逃げようというが啄木はできない。「僕のきずなを断ち切ったら、母や妻や子は飢えてしまうのです。」から……。

釧路の啄木は一人。芸者小奴と恋に落ちる。「家族のきずなを断ち切れない男と、年をとった男の妾にされかかっている女が、手をたずさえ、遠い雪の町に逃げる。逃げたら楽しいだろうな。」逃げる気はないのかと問われて、逃げる気はあっても逃げる力がない。あれば、とっくの昔に…邪魔になるものすべてを断ち切って、思う存分のことをしている。」こうして家父長制下のしがらみに貧乏ゆえにつぶされていく男性詩人・啄木。

菊田一夫の書き下ろしは、「がしんたれ」の延長線上に位置するように思えてくる。啄木は社会主義運動に向かった詩人であったが、そうした部分は殆んど触れられていない。もっぱら啄木の内面に光が当てられ、家族の重圧に嫌気がさしながら、断ち切れない。恋愛をしてもそれに命も賭けられない優柔不断な詩人、しかも絶望的なまでに孤独な詩人が描かれる。胸が痛くなるような情景が拡がる。

「放浪記」の芙美子は、成功したが彼女も孤独な芸術家であった。おそらく菊田は、世間並みなマイホーム・ママやパパは芸術家には縁のない世界、と見ていたのではないかと思われる。妻や子には酷な話だ。こんな指摘がある。

「芸能人夫婦の場合は、良人と妻のどちらかが妥協したり折れ合ったりしていたら、妥協したり、犠牲になったりした側が、芸能人としてダメになってしまう。極端ないいかたをすれば、妥協するくらいなら別れてでも、自己の職業に忠実であるべきなのが芸能人なのです。（略）もっと極端ないい方をするなら、自己の芸術を駄目にしてでも相手方につくしてやるような、そんな中途半端な芸術家なら演劇の世界や映画の世界から一日も早く姿を消してもらいたい」（「人われを離婚業と呼ぶ」『週刊朝日』一九六三年）

小気味いい発言だ。啄木は孤独でありながらいつも家族と共にいて家族に押し潰された悲劇の詩人で、それはどう抗弁しても自らが選んだ道であったのだと、啄木に深い愛を込めながらも、菊田は語っているようにも思える。

この舞台は川本雄三が次のように評した。

「『悲しき玩具』は『放浪記』や『夜汽車の人』などとともに、菊田氏の得意とした芸術家の伝記劇という分野での秀作であった。（略）北海道での苦闘時代に焦点を当て、天賦の詩才を自覚しながら貧窮と断ち難い家族のきずなに苦しむ主人公の姿に切迫する実感がこもった。啄木に扮した若い染五郎と妻セツ子の森光子、楠千枝子の八千草薫ら女優陣が適役好演で（略）一途な性格の芸者小奴を演じた浜木綿子が秀抜で、二人の別離の場面が鮮やかな感銘を残した。」（『東宝』追悼号）

これは〈秀作〉ではある。が、伝記劇ではない。菊田はこれまで見てきたように伝記劇は一本も書いていない。

春日野八千代と那智わたる

「悲しき玩具」の前に、宝塚に「カチューシャ物語」を書いていた。この作品で菊田は那智わたるという稀有な才能と出会う。菊田が五三年初舞台組の那智の存在をいつ知ったのかはわからないが、那智は「ダル・レークの恋」の新人公演で故里明美の役・カルマ姫を演じていた。白井鐵造の「三銃士」に那智・内重のぼる・藤里美保が主演して、「マル・サチ・オソノ」トリオで脚光を浴びていた男役スター（研9）であった。

菊田は那智わたるを娘役で使った。「カチューシャ物語」（トルストイ原作「復活」）である（星組　六二年七月三日〜三〇日、東京は翌年六月、演出補は鴨川清作）。今度は男が女を捨てる話で、もちろん原作は有名なトルストイの『復活』だ。

かつて一九一四年に帝劇で島村抱月が松井須磨子をカチューシャにして初演した。劇中に歌を入れ、日本はもとより台湾や朝鮮、中国、ウラジオストックまで巡演した。主題歌「カチューシャの唄」（中山晋平作曲、抱月・相馬御風作詞）は、流行歌の嚆矢といわれ、大人から子供まで広い範囲で歌われた。菊田も子供の頃これを歌ったという。

菊田は「作者のことば」の中で、抱月の上演以来この作品が上演されないのは、ネフリュードフをやるにふさわしい男優が見つからないからで、春日野八千代が宝塚歌劇にいるから「復活」のミュージカル化〝カチューシャ物語〟ができたと書く。男優について菊田に面白い発言がある。「花のオランダ坂」の『歌劇』（四四二号）誌上座談会で、「私は男の子でキレイな混血の出てくるのを待ってんの。（笑）たとえばこの宝塚で男性加入が、いつか、いつかだよ、行われるとしても、いまの日本人の男を男役にしたんでは薄汚なくてかなわんもンなぁ……ほんとうに日本人の男は汚ない。僕もふくめて……その場合、混血児だ。」菊田は以前から「芸能界に混血児が活躍するときが来るって」（淡路通子発言）指摘していたらしい。「東宝に現在何人かいるけれど、やっぱりいいもんね。歌も出来るし姿もいいし、ミュージカルのとき、放ったらかしといても相手の女の子が唄っている間、演出要らんの。カッコよくちゃんと動いてる。これが日本人の男やと、気のきかん顔してボヤッと立って……振付してやって動かしたのをみると猿が踊ってるみたい」だという（五六頁）。男優不足は、この発言から五〇年以上経っている今も変わらない。宝塚の男役が境界に生きるが故に美しすぎて生身の男優は歯が立たないのだ。長身で美しく歌も芝居もできる男優はなかなかいない。「混血児」に期待する菊田の思いはよくわかる。

また、男役の那智をカチューシャ（マースロワの愛称）に配役したことについて、「個性の強い……女というものの運命のあらゆる場合、あらゆる立場を兼ね備えた役です。かと言って、女ばかりの宝塚歌劇の中の娘役では、個性が弱すぎるので、男役の那智わたる君にやって貰うことに」したと語っている。

さて、これは周知の小説であるから筋は省略するが、場面展開を記そう。

場面は、マースロワの裁判の場から始まり、傍聴に来ていたネフリュードフの回想に移行、二人の過去が展開して最後はまた現在時間に戻る。

最終場面、ネフリュードフの奔走でマースロワの赦免状がでる。彼女はそれを断る。彼を愛しているが、これからは一人で生きたいというのだ。驚くネフリュードフにマースロワは言う、「いまのあなたが愛しているのは、私ではないわ……私によく似た、貧しい者、哀れな者、しいたげられた者……たった一人のカチューシャではなく、弱い者万人を愛していらっしゃるのよ……だから、あなたは、きっと独りになっても生きてゆけます……」と。そして復活祭の日に二人は再び別れる。彼女は流刑地へ、それを見送るネフリュードフ。二人の新しい人生が始まる。

菊田の「復活」は抱月の〈甘い〉と評された「復活」とは異なり、セリフから見ると乾いた舞台が生れていたように推測される。春日野はネフリュードフと悪漢カルチンキンの二役をした。マースロワはカルチンキンがネフリュードフに似た男であったから彼の悪事に手を貸し、その結果罪に問われる。全く反対の役を春日野は見事に演じ、那智も菊田の期待に応え、いい舞台であったという。

ここで劇中の唄を引こう。「愛の故郷は　どこにある　夕焼雲の　あの空か　夜明けの鐘が　鳴る街か　ロシアは北国　果て知れず　降る降る雪に　尋ねるばかり　あああ……」（菊田作詞・入江薫作曲・歌―麻鳥千穂・如月美和子、CD『入江薫宝塚作品集』）。抱月の「カチューシャ可愛いや　別れのつらさ〜〜」とはかなり異なる。

浜木綿子や那智わたると同期の麻鳥（53年初舞台・40期生）はこれを如月と舞台で歌えて「とても嬉しかった」と告げている。

ところで春日野はネフリュードフをやるのは嫌だったらしい。確かに面白い役ではない。菊田は悪漢カルチンキンと二役をやらせるからと承諾させた。春日野はこの役を大層気に入り、宝塚の記念祭でも度々好きな役だったと発言している。二〇一〇年一〇月に池田文庫で春日野八千代の写真展をした時、ポスターも冊子の表紙もカルチンキンの素敵な写真で飾っていたから、余程気に入っているのだと思われる。ちなみに菊田没後の追悼文で、春日野は「赤と黒」のジュリアン・ソレルも初めは春日野がやる予定であったが、病気になり出来なかった。それが残念だったと記している（「情熱の人　菊田先生」）。春日野がやっていたら、寿美花代とは異なるジュリアンになっていて、別の興味深い舞台が出来上がっていたことだろう。「赤と黒」も宝塚の再演レパートリーになっている。安蘭けいのジュリアン役をＴＣＡでみたが、菊田の「赤と黒」とは異なっていた。

宝塚の「白薔薇のプリンス」春日野も外部出演をしている。初めは東宝歌舞伎だ。長谷川一夫と「加茂川染」（北条秀司作演出、梅田コマ、一九六二年六月）や「春歓楽の花は咲く」衣笠貞之助脚色演出、東京宝塚劇場、一九六三年五月）、七世松本幸四郎一七回忌追善特別公演で尾上松緑と「鬼の少将夜長話」（北条秀司作・菊田一夫演出、東京宝塚劇場、一九六五年二月）等など、一九七二年の日本美女絵巻「浮かれ式部」で山田五十鈴の和泉式部と春日野の紫式部の共演（御園座）や菊田死後の七九年の長谷川一夫特別公演「吹けよ川風　新説梅暦」（帝劇）まで、管見のかぎり一三本の日本物に出演した。菊田一夫はほかにも実力のある宝塚卒業生や現役スターたちを多々外部出演させているから、東宝演劇全体の舞台の質の向上を目指していたと考えていい。菊田の死後も多くの宝塚卒業生が帝劇や東宝・芸術座の舞台に立っている。その道を切り開いたのは菊田一夫であった。

現代劇から本格ミュージカルへ「マイ・フェアー・レディ」

［1］専務取締役の仕事

菊田一夫は、宝塚で「カチューシャ物語」を上演していた一九六二年九月、東宝株式会社の専務取締役に就任、副社長は芝居好きの森岩雄が就任した。おそらくこの時期にシネラマ劇場になっていた帝国劇場を演劇専門の劇場に戻そうと言う話が出ていたのではないかと推測される。一一月には、帝劇に代りテアトル東京をシネラマ劇場に改装して二九日から「西部開拓史」を上映しているからだ。そして一九六四年一月三一日に帝劇は五〇年の歴史に終りを告げ閉場する。新築開場は二年後に予定されていた。

一九六三年一月に東宝はニューヨークに直営映画館東宝シネマを開場、黒澤明監督「悪い奴ほどよく眠る」を掛けた。そして東京宝塚劇場で「花のオランダ坂」を舞台に上げる直前一九六三年三月二三日に、菊田はニューヨークでブロードウエィ・ミュージカル「マイ・フェア・レディ」の日本上演権を獲得する。東宝は上演権獲得にいくら支払ったか明らかではないが、オードリー・ヘップバーンの「マイ・フェア・レディ」を作った映画会社は「日本貨で二十億円の原作料」(「日本のミュージカル」六三年七月)を払ったと菊田は記しているから東宝もかなりな金額を出したと思われる。この年、東宝の資本金は三十億円になった。この文章のなかで菊田は興味深いことに触れている。

「アメリカには、日本のように、とくにミュージカル女優と呼ばれたり、ミュージカル俳優と呼ばれるタレントは一人もおりません。女優であるかぎりは、男優であるかぎりは、誰でもが歌えるし、踊れるからです。普通のドラマに出る女優がミュージカルに出演すれば、すなわち彼女はミュージカル女優なのです。物事にこだわらないのです。誰でもがミュージカル・タレント」と書く。これはアメリカが物事にこだわらないのではなく、女優も男優も基礎訓練を受けていて、歌も踊りも演技もできるということなのだ。かつて菊田が日本の俳優はジャンル分けをされていておかしいと言ったことがあった。ここでもそれを指摘している。菊田が宝塚スターを舞台に何故起用するのか、その理由がわかる。基礎訓練が出来ていて、歌も踊りも芝居も出来るからだ。俳優は本来、そうでなければならない。菊田に課せられた課題は、宝塚スターの更なる上達であった。この日は、宝塚スターを育て、長身の高麗屋の子息達を育ててきた菊田の新たな夢――〈本格的ミュージカル〉上演に一歩近づいた日であったのかもしれない。

同時に〈現代劇を生み出そう〉〈新劇でも新派でも新国劇でもない現代劇〉〈現代の、現在社会の、生活のにおい、ほんとうの現代の雰囲気が感じられる〉舞台をつくる、という当初の菊田の目標――その多くは芸術座が可能にしてきたのだが、これがブロードウエイ・ミュージカルの移入の実現で大きく転換したことだ。現代を描く事は後景に退き、世界に並ぶ和製ミュージカルの上演という、新たな目標が前景に飛び出してきたと思われるのである。このあとの道程をみると、ブロードウエイ・ミュージカルの移入「屋根の上のヴァイオリン弾き」「ラ・マンチャの男」などの上演に繋がり、その先には菊田とはかかわりのないところで、劇団四季のブロードウエイ・ミュージカル連続上演という演劇状況が誕生する。菊田の切り開いた道が、日本の演劇界の一つの道を作り、同時に何かを終らせたと考えることもできるからだ。これは菊田の預かり知らぬことではあったが、その道は浅利慶太ではなく、菊田一夫が拓いたのである。これについてはあとで触れたい。

さて、前の年の七月にフランキー堺とアメリカへ渡ってから、帰国後に菊田は江利チエミの「スター誕生」（新宿コマ劇場　六二年一一月）を演出している。これは好評でチエミはこの舞台で芸術祭奨励賞を受賞した。天才少女といわれるほど歌が上手で美空ひばり・雪村いづみと三人娘コンビで日本中に知名度のある人気者でもあった。この時から「マイ・フェア・レディ」のイライザはチエミと決めていたのかもしれない。

ブロードウエイ・ミュージカルの初上演、新帝劇開場、それまでに菊田のすることは、何か。「マイ・フェア・レディ」公演を成功させること、新帝劇にふさわしい開場作品を書くこと、それを演じられる男女の俳優の獲得であったと思われる。歌と踊りと芝居――これが出来る俳優をそだてあげることであったといっていい。このあと菊田は新帝劇開場までに何と五作品も宝塚に書くのである。女優探しであり、同時に実力をつけさせるためであるのは明白だ。

他方、芸術座でも菊田がこれまで決してやらなかった海外作品を演出する。ミュージカルシリーズ「カーニバル」（雪村いづみ・浜木綿子・高島忠夫・久慈あさみ、六四年六月～八月）、（浜木綿子、六三年一〇月）、「ノー・ストリングス」（有馬稲子、六四年九月）、「ザ・サウンド・オブ・ミュージック」（淀かほる・高島忠夫・浦島千歌子、六五年一月～二月）、「赤と黒」（染五郎・萬之助・益田喜頓・岸田今日子、六六年五月～六月）、「心を繋ぐ6ペンス」（染五郎・加茂さくら・淀かほる・浦島千歌子・久慈あさみ、六六年七月～八月）、これはまさに新帝劇の舞台を意識した座組み以外の何物でもない。

「マイ・フェア・レディ」初演の前に、菊田はブロードウエイから踊り子を連れてきた。「ブロードウェイから来た十三人の踊り子」がそれで「カチューシャ物語」のあと、東京宝塚劇場で公演した。内容は不明だが、菊田演出にフランキー堺・高島忠夫・越路吹雪・草笛光子が、踊り子達と共演している。「日本のミュージカル」の中で菊田は、何度もブロードウエイに行って向こうのミュージカルをみて、舞台は狭いし、セットもたいしたものではないけれど、「日本の劇場にはない、スピリットが……（略）そのスピリットのなかからミュージカルの芳醇な香りが立ちのぼっているのです」といい、「ストーリーの上からいって踊る必要があるから踊る。必要があるから躍らせる。必要がなければダンス・ナンバーは皆無でもそれでもミュージカルであることに変わりはない。」と書く。これはまさに菊田が宝塚でずっと上演してきたミュージカル・ロマンと同じなのだ。

マイク使用についても書いていて、東京宝塚劇場の半分しかない間口の劇場で「舞台前面に十基、吊りマイクを五基、無線マイクを六基備えている。（略）日本の劇場の倍以上の用意がある。しかも（略）ブロードウエイのミキサーは、ミキシングを役者の生の声量ギリギリの線まで絞って、決して器機によって拡大された役者の声を観客にはきかせない」と抜群の指摘――重要な指摘をしている。菊田は実によく見ていると驚く。ミキシングは今も日本の劇場の課題で、声を拡大することがミキシングだと思っている演出家やミキサーもいるから問題なのだ。微妙な声が少しも伝わらない場合が多い。したがってミュージカルに出ている俳優達の中には、マイクなしでは声が通らないという俳優もいて、本末転倒の状態も発生している。

連れてきたブロードウエイの踊り子の稽古を見て次のような指摘もしている。

「ある踊り子が、両膝と両手を床についた姿勢から立ちあがって直立するまでの一動作を行うのに……日本人の踊り子は、文字通り一動作で直立する。ブロードウエイの彼らはこれを五動作で直立する。見た眼は一動作だが、よく見ると、脚部の筋肉と、腰と、腹と、胸と首と、それぞれが分離して別個に順におきあがってゆくのです。（略）日本のミュージカルとブロードウエイのミュージカルの差が、そこにあるのです（「日本のミュージカル」『中央公論』一九六三年七月）。菊田はまさに言葉の真の意味でのプロの演出家であった。

こうして一九六三年九月一日、菊田演出で日本初のブロードウエイ・ミュージカル「マイ・フェア・レディ」は上演された（東京宝塚劇場）。これは、オードリー・ヘップバーンの映画公開よりも早い。翌年にも再演されたが、当時はチケット購入が難しいほど大入りが続いて日比谷は一つの焦点になったのである。公演は大成功を収めたのだ。

この成功は、世界の演劇界の主流になりつつあったミュージカルというジャンルの上演とその定着への可能性が確実に開けたことを意味した。しかし東宝の所有する芝居の劇場は少ない。東京宝塚劇場は、半年は宝塚歌劇団が公演をすることになっていたから、東宝演劇部の自由にできる劇場は限られていた。東京宝塚劇場の隣に日生劇場が開場したのは、一〇月であった。帝劇を演劇のための劇場にする必然性は、内からも外からも迫られていたといっていい。「マイ・フェア・レディ」の成功は帝劇新築計画の背中を押したのかもしれない。経済の高度成長期で国をあげて好景気に向かっていた、そんな状況も菊田に加勢したのだろう。翌年二月に、帝劇は取り壊しが始まる。

「マイ・フェア・レディ」初演の俳優達は、江利チエミ・高島忠夫・益田喜頓・八波むと志・浦島千歌子・京塚昌子・藤木孝・山茶花究・深緑夏代・打吹美砂である。宝塚出身者は三人、浦島・深緑・打吹で歌と演技の出来る女優達であった。

イライザ役は、初演の江利チエミから、一九七〇年に那智わたるに変わり、以後、上月晃・雪村いづみ・栗原小巻・大地真央と続いて二〇一〇年まで各地で上演され続けている。

脇では益田喜頓と浦島千歌子が最も長くピカリング大佐とピアス夫人を演じ続けた。

「マイ・フェア・レディ」という作品については『ドラマ解読』で触れたから、この作の抱える問題については譲る。が、同じ芝居をいつまでも再演し続けることをわたくしは支持しない。新演出で観客に何かを手渡せるなら別だ。演劇は生きている。こんな芝居があったという教養主義、あるいはロンドンやニューヨークの上演のように観光客相手に幕を上げるなら、止めた方がいいと思っている。日本にはそんなにたくさん観光客はいないのだから……。

〔2〕「霧深きエルベのほとり」――内重のぼる

菊田一夫の宝塚に書いた作品中最高傑作といわれるのが、「霧深きエルベのほとり」（宝塚大劇場　一九六三年五月一日〜六月二日）だ。ファンの再演希望№1の作品で、度々再演されている。

菊田はヨーロッパに行ったとき新聞の三面記事を毎日読んでもらっていたという。芝居の種探しをしていたのだと思われるが、ドイツの新聞に「船乗りと、どっかの金持のお嬢さんが結婚しました。という話が出てた。ただそれだけの記事で、今もその二人は幸せかも知れないが此方はこれをネタに悲劇にしました。」（『歌劇』四五二号）と座談会で語っている。ハンブルグを舞台に展開するこの話は、菊田好みの身分違いの恋だ。

「今度はすべてクライマックスから芝居を初めてゆく」というように、ビール祭りの日、シュラック家の令嬢マルギット（淀かほる）が家出して祭りに迷い込んだところから始まる。彼女には婚約者フロリアン（藤里美保）がいた。彼が嫌いなわけではないが、ただ自由になりたくて向こう見ずに家出をした。フロリアンは嫌われたと悲しんでいる。マルギットの妹は彼に同情する。祭りの日にマルギットは船乗りカール（内重のぼる）に出会う。そして二人は意気投合し、しだいに惹かれていき結ばれる。船を上り、陸に住むとマルギットに約束するカール。

田舎の豪農の息子カールにはかつて恋人ロンバルト（八汐路まり）がいたが、彼女は金持ちの伯爵と結婚して去る。大きな傷を負い、家出して彼は船員になったのだ。

マルギットを探しに出たフロリアンは彼らのことを知り、二人の結婚に力を貸す。「カールとマルギットを幸福にしてやろうと願うのは自分自身が助かりたいから」と苦しい胸のうちを妹に告白する。

二人は上流社会の中で新しい出発をする。が、田舎育ちのカールには社交界について行かれない。カールに救いの手を差し伸べるのはフロリアン。そのことが原因でカールとマルギットの仲が段々ギクシャクする。そしてカールは別れを決意して家を出る。カールに再会したロンバルトはカールを求めてくるが、カールは拒否して一人船に乗る。

カールが歌う「霧深きエルベのほとり」は、今でもファンの聞きたい曲に指名される名曲だという。ＣＤで聞くと哀愁を帯びた石原裕次郎ばりの内重のぼるもソプラノの明るい淀の歌もとてもいい。

「鴎よ　翼にのせてゆけ　我が心の吐息を……　遠きふるさとの　エルベの流れ
霧は深く溜息のごと　岸辺によせる　小波は　別れし人の睫毛にも似て　いつもふるえる
鴎よ　つたえてよ　我が心いまも　君を愛す」（菊田作詩・入江薫作曲）

マルギットが歌う「うたかたの恋」は、ソプラノの美しい歌だ。「ビール祭りの　ビールの泡末（あわ）から　ふたりは浮び出た　あぶくに浮んだ　男と女が恋をした　若き日の恋　ビールの泡沫のように　花はひらいて　いつの日か消える」（菊田作詩・入江薫作曲）

菊田は、マルギットのカールへの恋を「今まで自分の生活にない男だから興味を持ってる内に惹かれてゆくんだナ。上流社会にはない性格だもの。悪口をいいながら真実味があったりするから危険だナとは思いつつ惹かれてゆく、それが女のおろかさだナ。（略）自分と相手とは根本的に相容れないものがあるのも分ってるだろうに……」と性格を説明していた。

このドラマにも菊田の愛と結婚に対する姿勢が表出されている。菊田はどこまでも男のロマンを描き出している。それが菊田の理想とする、あるいは自身で貫きたいロマンであるのかもしれない。やはり根底には女性不信がくすぶっているように思われる。

この作品は歌や踊りの場面が多く、豪華な舞踏会や高級レストランの場などが、民衆の祭りの場と共に描かれている。それが夢のようでファンに好まれた理由だろう。が、この作品は菊田が宝塚に書いた最高傑作とは思えない。マルギットの家出の理由が余りにも単純すぎて納得されないこと、家出をした日に出会った男と直ちに恋愛に進む、その性急さも身分違いの恋には不自然すぎるからだ。菊田はそれを女のおろかさと言うのだが……やはり不自然さは拭えない。しかし再演はもちろん可能な作品だ。近年上演される嘘で固めた「ヴェルサイユ物」よりも数段上である。

この舞台は内重のぼるが演じる骨太のチョイ悪男が、当時の観客の気に入り、彼女を人気スターにした。春日野八千代や明石照子、真帆志ぶきなどとは異なる男役として内重はこの作品を三回主演した。パリ公演に参加しない残留組のトップとしても活躍、菊田は日本物の「佐渡の昼顔」(東京宝塚劇場のみ　六五年一一月)を内重に当てて書いたりしたが、六七年四月に結婚のために退団する。サヨナラ公演も「霧深きエルベのほとり」であった。

内重は、三年後に思いがけない舞台で再登場し、菊田のミュージカルに賭ける夢を手助けする。

[3] 宝塚歌劇五〇周年記念「シャングリラ」

菊田一夫が宝塚五〇周年記念に書いた一本立ての大作「シャングリラ」(東京宝塚劇場　一九六四年四月、宝塚大劇場　一一月)は、これまでの慣例を破り東京で初演された。春日野八千代・神代錦・淀かほる・那智わたるが出演した。春日野と那智が兄弟でシャングリラ国の皇子、神代が王、淀はフランス貴族の姫。シャングリラ国の第二皇子役那智わたるは、丸顔長身で足が長く〈フェアリー〉のようといわれ、内重のぼるや真帆志ぶきとは異なる雰囲気を持つ男役で人気があった。

後継ぎの皇子と異国の姫が登場するこの作品も時代状況を密かに書き込んだ複雑な作品である。戦後日本の一大イベント・皇太子のご成婚から五年、後継皇子も誕生していたが、相変わらず民間出身の妃には様々な〈いじめ〉があったようで週刊誌を賑わしていた。戦後の第二イベント・東京オリンピックの年ということで東京公演は四月(「シャングリラ」)、七月(「クレオパトラ」)、八月(「八月」)の三回、全てが菊田作品、淀かほるに那智わたる(四、八月)と真帆志ぶき(七、八月)で、那智と真帆は二作品に登場している。クレオパトラは加茂さくらだ。彼らは菊田の秘蔵っ子といってもいいのかもしれない。

ヒマラヤの秘境に存在する理想郷シャングリラ王国の皇

位継承者ダワル皇太子（春日野八千代）は留学先のフランスで知り合ったフランス貴族の姫ジューリア（淀かほる）と結婚式をあげる。王家のしきたりを破り他国の女性と皇太子が結婚する、そのことにシャングリラ国の高官達は大反対であった。特に皇太子妃候補の父たちはジューリアが気に入らない。様々な軋轢がおこる。

　結婚式の日、妃の行列が華々しく、皇太子の行列より華麗であったことから、大騒ぎになる。神に背く行為だというのだ。フランスから一人で嫁入りしたジューリアのために弟のタルチン皇子（那智わたる）が華麗な行列をさせたのだった。父王はタルチンかジューリアか、どちらかを裁かなければならないと神官に詰め寄られる。ダワルは妃を愛していたが、いくつものしきたりの中で王を継ぐものとして伝統優先の日々を選ばざるを得なくなる。他方タルチンは、全てが敵の城の中で一人ジューリアの味方になり、慰めているうちにジューリアを愛し始める。絶望的な愛にタルチンはのめり込む。

　ダワル皇太子と自由に会うこともできない孤独なジューリアはタルチンの優しさを頼りにする。それが悪い噂となり、宮廷の奸臣たちの餌食になり、この国の神の遣い人が皇太子と妃との離縁を言い渡す。新しい妃たちがダワルに用意される。ダワルは皇太子であるがゆえに拒否することもできなかったが、何人もの妃たちは形だけの妃にされ、生涯打ち棄てられる。ここにも新たな悲劇が生れる。不幸はジューリアとダワルだけではなかった。

　ジューリアは国境の滝の氷が溶けた時にこの国を出ることになる。ジューリアと引き裂かれたダワルは哀しみに耐える。タルチンは神の裁きに怒り、ジューリアの後を追う。そして国境近くでジューリアに追いつく。二人は互いの心を打ち明け、分かり合うことができたが、雪崩が起こり二人は巻き込まれて落ちる。二人のその後は不明である。

　舞台の現在時間はダワルが老人になり、瀧でタルチンに似た青年と出会うところから始まり、過去へと遡る構成をとる。この構成も見事である。舞台にはもちろん歌が入る。入江作曲の菊田の歌は、淀かほるが「幸福の歌」、那智わたるが「木犀の花陰に」を歌った。義姉ジューリアを愛してしまったタルチン（那智）の歌を引いてみよう。

「ことしも　この丘で　木犀の花の蕾　金色の生毛（うぶげ）を　春の風　この姿　何もかも　去年（こぞ）の春と同じこと　今此処にいないのは　唯ひとり君の姿　ジューリア・ラ・モール　ああ　ジューリア・ラ・モール　我が義姉（あね）　君は王家の妃　触れてはならぬ　神の炎
触れてはならぬ　君の姿
　されど　されど　されど　忘れられぬ　君が瞳の　燃え

あがるかがやき　ほのじろき頬　やわらなる小指のぬくもり　ああ　ふたたびは　会うことも難き　君　ジューリア・ラ・モール」

この歌は長く、この後セリフが入り、最後のフレーズにいく。那智は菊田の歌詞と入江の曲について、「演技から歌への導入がとてもスムーズで、歌になっても役そのままの気持ちをこわさず、かえってその役の気持ちを高揚させ雰囲気を盛り上げてくれました。」と『入江薫宝塚歌劇作品集』で語っている。まさにそれがミュージカルの歌なのである。

菊田は作者の言葉の中でウエル・メイドやコメディはいつでもできるから五〇年という節目に相応しい作品にしたといい、「ある伝統を尊び、平和を愛する国が、伝統の尊さを重視して、伝統、伝統と叫び平和、平和と叫んではいろんなものを犠牲にして、伝統と平和を守っているうちに物事の形が、すべて、いびつになって肝心の人間個人の平和が犯され、人間そのものが伝統と平和尊重の気風に憤死してゆく悲劇」を描くと書いた。

この一文は、一つには日本の象徴の一族を取り巻く不条理な在り様に対する菊田なりの義憤の表明であったのではないかと読め、今ひとつは、今を生きるわたくしたち日本人にとっては、保守的な伝統重視は命取りになり、個の叫びをつぶすことになる、過去を積み重ねた伝統よりも個々人一人一人の現在の幸せこそが重要だという伝統重視とは相反する考えの表明で、菊田は時代状況を背後に据えながら最終的には人間の尊厳・あるいは幸福になる権利、そんな想いをこのドラマの悲劇を通して伝えたかったのだと思われる。

作品の構成も質も、ウエル・メイドな悲劇「霧深きエルベのほとり」よりも数段上である。この作品は再演されていないが、これこそ再演の価値のあるものだろう。曲も構成も今風にアレンジしながら再演すると今日的な面白い作品になると思われる。海外の版権を高額を出して買い、つまらぬウエル・メイドを舞台に挙げるより何倍もいい。それこそこれは菊田の和製ミュージカルなのだから……。

春日野の役は、愛を貫くことのできない皇子であるからヒーローではない。父や高官たちに反論し、自己主張するが、最後は伝統の重みに屈する。再演で春日野から神代錦に変わったのは、ダワル皇太子の一歩引いた役どころが春日野の気に入らなかったのではないかと推測される。五〇周年のお祝いで東京公演には付き合ったが、宝塚では下りた、そんな気がする。

初演のプログラムで菊田は「春日野八千代が最高のプリ

ンスの持味を発揮し、淀かほるが女役として演技の実力を見せ、（略）昨年六月公演拙作『カチューシャ物語』で女役をやり大スターの潜在実力を見せた那智わたるが男役大スターとしての大きな飛躍を遂げてくれることを念願して……」この作品を書いたと記している。再演プログラムには、初めを変えて「神代錦が渋い持味を発揮し、淀かほるが（以下同）」となっているのをみると、春日野交替の推測はあながち的外れでないことがわかるだろう。那智を育て、大きく飛躍させるための作品であったのだ。そして那智は菊田の期待に応え続けてこの後、いい舞台を作っていく。

本来男役の淀かほるは、美しい声とやさしい個性で菊田ミュージカルに欠かせない存在になるのだが、宝塚では菊田は常に女役で使っていた。この頃、淀は専科にいて自由に外部出演が出来た。『歌劇』誌上の水代玉藻との対談でこれまでの仕事とこれからの予定について語っている（四七一号）。益田喜頓の「ライムライト」に外部出演、テレビ「女舞」で仲谷昇の相手役をし、自身のリサイタルで「約束」を歌い、評判になったこと。これは後に芸術祭賞を貰った。そして共演した仲谷のことを春日野八千代に似ている二枚目だと淀はいう。この時期の仲谷はすがすがしさと上品な美しさがあり、菊田が常日頃言っていた日本の男優の〈きたない猿〉ではなかった。それが新帝劇の「風と共に去りぬ」のアシュレー役へとつづくのだと推測され、「風〜」で淀はメラニーを演るから、菊田は先を見て淀と仲谷に共演の仕事を振っていたのだと思う。実際、仲谷の「風」演技は、予測通りとてもいいと菊田は稽古段階で口にしていた。

来年（一九六五年）の仕事の話では、「サウンド・オブ・ミュージカル」と「王様と私」（一二月）の名を挙げる。染五郎と越路吹雪の「王様と私」だ。淀の役はビルマ王子から王様への贈り物タプチムという清純な娘の役であった。この「シャングリラ」が終ると、菊田と共にミュージカル見学にパリとロンドンへ行くと語っている。出演する俳優に現場の舞台を見せ勉強させるのだから菊田の本格的ミュージカルへ向かう意気込みの重さを感じざるをえない。二年後の新帝劇開場へ向けて菊田は静かに前進していたのである。

［4］那智わたる——スカーレットへの道

さて、宝塚五〇周年記念公演「シャングリラ」の後、菊田は立て続けに那智わたるに作品を書く。菊田の頭には帝国劇場の開場公演だけがあったのだろう。当時那智の人気は最高で、宝塚ブロマイド年間総売上の半分以上を那智が占めていたというから凄い。那智と内重のぼるのファンが上演中に競争で声の掛け合いをして、セリフが聞こえなくなるという事件もあったらしい。以来、上演中の掛け声が禁止になったと聞いた。現在は掛け声もなく静かだ。

那智に与えた宝塚作品は、東京公演のみの「砂に描こうよ」（一九六四年八月）、東京初演「リュシェンヌの鏡」（六五年一月、宝塚は三～四月）、「夜霧の城の恋の物語」（宝塚六六年一月、東京三月）、「さよなら僕の青春」（宝塚六七年八月、東京一〇月）で、最後の「さよなら僕の青春」の後、一年後に那智は宝塚を退団する。既に記したが、菊田はこのあと宝塚に作品を書いていない。菊田にとってもこれは宝塚との〈サヨナラ作品〉であったのだ。

これらの作品の間に、菊田は那智に映画の名作「終着駅」（芸術座　一九六五年五月～七月）を与え、市川染五郎と共演、はじめて男優との他流試合を経験させる。帝劇公演のための予行演習か……、とも思える外部出演だ。この作品は子持ち既婚女性の恋愛で、那智は後にとてもやりにくかったと語っている。

那智はこの後、九月から一〇月に宝塚初のパリ公演に真帆志ぶきと共に参加（総勢五二名）、パリのアルハンブラ劇場（九月二一日～一〇月一七日）で公演をもつ。このパリ公演は洋物ショーを初めて舞台に上げ、好評だった。可憐で美しい生徒たちにパリの人々は驚嘆した。〈すみれの花咲く頃〉に感動したという記述も残されている。

帝劇開場の「風と共に去りぬ」は、第一部が六六年一一月三日から翌六七年四月二日まで五カ月間、第二部が六月一日から八月三一日まで三カ月続演という記録的な公演になる。その後六八年一月二日から二月二九日の二ヶ月間を「風と共に去りぬ」総集編に当てている。当時としては大劇場初のロングラン興行になった。菊田はこの台本を二ヶ月前には完本にして仕上げたといわれている。どれほどの意気込みであったかよくわかるだろう。

帝劇開場に関しては次節で触れることにして、ここでは菊田の宝塚作品を簡単に見ていこう。

雪・星合同公演ミュージカルロマンス「砂に描こうよ」（二二場　菊田作・演出、鴨川清作演出、八月二日～二九日）は、スペイン貴族の息子カルロスが那智、ジプシーの男ベニートが真帆志ぶき、その恋人が高城珠里でアンダルシアを舞台にした一人の女と二人の男の恋物語。男役の高城が女役をやって話題を提供、高城売り出しに菊田も一役買った。

この話も貴族とジプシーという身分違いの恋だ。カルロスは父が貴族、母がジプシーで、そんな血を持つゆえにジプシー娘に惹かれるという話としてはいささか古めかしい部分を持ち、終幕に那智はジプシーに殺される。シャングリラ程作品に面白味はない。東京近辺の中・高生の夏休みを狙った作品、那智と真帆という人気スター二人にあてたミュージカルとみればいいのかもしれない。

翌六五年の東京正月公演「リュシェンヌの鏡」は、「可愛い悪女」の副題を持つ喜劇で、菊田得意のペテン師物。20世紀初頭のパリを舞台に可愛いペテン師リュシェンヌ（那智）が侯爵令嬢と偽って貴族社会に登場する。この作品は軽快で楽しい。宝塚で再演可能な喜劇だ。

菊田は作者の言葉で次のように書いた。

「喜劇というものは難しいものでございます。特に女性ばかりの宝塚歌劇団では、二輪加を書くことはできても、まとも喜劇では演技的に限界があります。が、こんどは歌劇団当局のご要望で、悲劇としてもったプランを急拠喜劇に衣替え。二輪加ではないまともな喜劇を書いてみました。那智わたるという出色の出演者を得たから出来たことかもしれません。」（宝塚上演プログラム）。

菊田が力を入れた宝塚用喜劇は、いつものようにかなり筋が込み入っている。東京公演で長かった後半を、宝塚ではカットしたらしい（東京の脚本は未見）。菊田らしい面白さは二転三転の予想外の展開を入れたことだろう。リュシェンヌは行方知れずのクローデル侯爵令嬢として貴族社会に登場する。観客には先に嘘がばれる。登場人物だけが知らない。これはペテン師物の常套だが、これが面白いのだ。何時バレルかハラハラドキドキ感を観客に与えるからだ。

貴族社会に入り込んでいるペテン師がリュシェンヌの他にもう一組あって、それは誰あろう本物貴族だと思っていたリュシェンヌが娘に化けた両親・クローデル侯爵だった。彼らも詐欺師であった。本ものの公爵は別の地にいたのだ。偽者ばかりでどうなるのかと思うと、リュシェンヌの過去のペテンが彼女を救う。かつてリュシェンヌが出会い、愛したロシア貴族セルゲイが登場して彼女に幸運をもたらす。偶然性が多分に作用する筋だが、貧しい娘が幸せになるのは、観客の心を掴む。最後にセルゲイはリュシェンヌに、こんなことを言う。

「あの人達ばかりではなく、偽物はどこにもたくさんいるよ……ちっとも珍しいことではない。世の中はほんものが少しで大半が偽物なんだ。」「しかし、君はいま、私をほんとうに愛してくれているのだろ（略）…愛がほんものであれば…他に何が要るんだろう…」

貧しい娘リュシェンヌは「鏡の前で…私は…何もかも、ほんとうのものになります」と誓って幕。鏡に真実が映し出されるということなのだろう。これらのセリフには菊田の哲学がある。偽物ばかりの社会、それは菊田の実感なのだろうが、現実でもある。その中で〈真実の愛こそすべて〉というのが、菊田ロマンだ。こうしてひとひねりある一種のシンデレラ物語が成立した。

相思相愛のシンデレラ物語は、家父長制社会という現実の中では殆んど成立不可能で幻想でしかない。が、なぜか観客の心をはずませる。いっときの夢を見る事ができるからだろう。リュシェンヌの歌う歌はこんな歌であった。

「私は社交界の花形よ　皆さんおっしゃるの　レディのリュシェンヌ　貴族の生まれ
シックなリュシェンヌ　ご存知ないでしょう　ほんとはね　可愛い　悪女なの
私は女として　あたり前の人よりも　ちょっと変ったしおらしいたちなの
男をだます時は　とっても楽しいけれど　だまされて棄てられた時は
悲しくてくやしくて　涙がこぼれるの　ほんまに　しおらしいでしょう
頬を伝う涙を　鏡にうつして思うのよ　この涙が真珠やったら　なんぼに売れるやろうな　人に聞いたらお前の涙は　真珠やのうて泥の水やとぬかしよった　腹がたつやないの」（菊田作詞・入江薫作曲）

那智は軽快にこれを歌っている。菊田の歌詞に合わせた入江薫の明るいメロディと大阪弁でそれを歌う那智の歌を聞くと、リュシェンヌはとても悪女とは思えなくて可愛い。これが菊田の言う宝塚版〈まともな喜劇〉、後味のいい喜劇なのだ。

ミュージカルロマンス「夜霧の城の恋の物語」（一六場）は翌六六年の大劇場正月公演だった。那智は東京・宝塚と二年続けて正月公演を主演した。まさに「宝塚のトップ」である。菊田はこれを「大人のメルヘン」（『歌劇』六六年一月号）と呼ぶ。主人公の失恋話であるが、〈心を持つ女〉〈真実の愛〉の登場に期待をかける作品になっている。

作者の言葉の中で「ドラマの組み立ては、二十年前に大評判をとったマルセル・カルネの『愛人ジュリエット』にヒントを得て作りましたが、なかで云っていることは、まったく逆な内容のものです。」（上演プログラム）と書いた。

幕開き、緞帳が上るとスクリーンに文字が映る、「忘れることの　しあわせ　思い出せないことの　ふしあわせ
忘れ得ぬ　悲しみを　抱きしめて　強く生きて　ゆくこと
それが……人間というものの　しあわせ　人の世の　しあわせ　なのである」

デンマークの帽子屋で働く貧しい青年クリスチャン（那智わたる）が、帽子を見に来た客の可愛い娘イングリット（美和久百合）に恋をする。帽子を買ってやりたくて主人の金を盗み捕まる。留置場の中で見た夢、それが「夜霧の城」だ。青い鳥を求める子どものように、あるいは不思議の国のアリスのように、さらにはドラキュラ張りの物語も展開、まさに玩具箱をひっくり返したような筋だ。物忘れの国や思い出の国を彷徨うクリスチャン。夢の中ではクリスチャンとイングリットは相思相愛の恋人同士。青ひげ城主との結婚を拒否して逃げた二人は矢でさされる。

夢から覚めたクリスチャンは、主人が告訴を取り下げてくれて釈放。しかし現実のクリスチャンには失恋が待っていた。計算高いイングリットは、青ひげそっくりの店の主人と結婚するという。「イングリットは、儂に金と力があるのを認めて、儂の妻になることになったのだ（略）お前もこれから身に力をつけるのだな」「私は前からご主人のお嫁さんになる気でいたのよ……人間はくらしが大切ですからね、判る」（笑う）「指輪、持ってるわね」と聞くイングリットに「ダイヤモンドだ」と応える主人。

失恋したクリスチャンの最後のセリフは「人は金があることが幸福なのか、力のあることが幸福なのか……人に心があるかないか、心があれば、いつでも、どこにでも幸福はある（略）心のある女は、どこかにいる。きっといる」であった！

クリスチャンが歌う「恋のために」はこんな歌だった。

「恋は　私の心を誘う　恋のために　身も心も捧げる　それは　私の　しあわせなのさ
ゆこうよ　あの旅路に　君とふたりゆけば　海は蒼く
空澄みわたる　君とふたりゆけば
山の緑　雲の流れは遠く　しあわせは　ふたりを包む
（略）～～～」

菊田は、計算高い女を宝塚にはじめて描いた。権力者である菊田の周りに集まる女性たちにはこうした人々がいたのだろう。昔の恋人が嘘をついて何度もお金を借りに来た話なども書き残している。菊田は嘘とわかってお金を貸していたらしい、もちろん返ってくることを期待しないで……。クリスチャンの願いは菊田のロマンなのかもしれない。ファンタジックで、菊田が外国で見てきたミュージカルの手法を舞台装置（額縁が大きく作られ、その中に装置がある）に取り入れたこの舞台は、新しい宝塚ロマンの幕開きであったといわれている。残された舞台写真は洒落ている。これも再演可能な作品だ。

菊田が書いた宝塚作品は、今風に手を加えれば面白いミユージカルになる。帝劇も宝塚ももっと見直すといいのではないだろうか……。海外物ばかりがミュージカルではない。日本にもミュージカル作品はあったのだ。

森光子の初演「放浪記」（1961 年）　提供：東宝演劇部

第五章

新帝劇開場から予期せぬ終焉へ

「風と共に去りぬ」 提供：東宝演劇部

帝劇開場——新たな出発

東宝の帝国劇場は、一九六六年九月二〇日午後六時、開場する。翌日の朝日新聞に「新帝劇が店開き」のタイトルで玄関写真が載った。来賓・招待客・俳優ら千八百人が集まり、オープニングフェスティヴァル「開幕」が上演される（九月二一日〜二六日まで一般公開）。この「開幕」は東宝が抱える俳優達の代表として、幸四郎・長谷川一夫・天津乙女の踊りで始まった。歌舞伎（東宝劇団）・東宝歌舞伎・宝塚。象徴的な幕開けだ。このあと演劇界のさまざまなジャンルの人々、森繁久弥や越路吹雪などが、舞台に登場する。もちろん宝塚歌劇団も参加した。この大所帯を動かすのが菊田一夫なわけで、新帝劇の開場はまさに菊田演劇の新たな出発を意味した。

新聞の全面広告を見ると（朝日九月二〇日夕刊）、「帝劇に今日も楽しい世界の拍手」のキャッチコピー（全国公募で採用）と共に、次の年までの公演予定、「開幕」「歌舞伎襲名公演」（一〇月）、「風と共に去りぬ」（一一〜一二月）「オリバー」（三月二〇日初日、四〜五月、ロンドンから）が並び、六〇億円をかけた帝劇（一九〇〇席）のセリや回り舞台、スクリーン・プロセス装置、照明機構、音響設備（一一八台のスピーカー）など世界最高を誇る舞台の諸機能が特筆されている。これまで不可能であった舞台転換のスピードが高らかにうたわれているといっていい。そしてこれは次に触れる「風と共に去りぬ」の公演で大活躍するのだ。映画でしか表現できないと思われていた「風と共に去りぬ」は帝劇の最新の科学・舞台機構を見せる舞台でもあった。

舞台の間口が一八メートルの帝劇に観客が千九百というのは多い。菊田は「客席は営業の方の注文で広げましたんですがね、本当は、千六百ぐらいが適当なんです」（『東宝』創刊号）といい、マイクなしで上手く俳優の声が通るかどうかを心配していた。経営に連なる専務として菊田も譲歩せざるを得なかったと推測される。現在の帝劇は一八九七席。

新帝劇開場記念に、『帝劇の五十年』（九月）が発刊され、雑誌『東宝』（一〇月、創刊号）が創刊される。前者の「帝劇随想」には渋沢秀雄・河竹繁俊・松本幸四郎・村田嘉久子・菊田一夫が寄稿している。財界人・学者・歌舞伎俳優・帝劇女優・東宝専務演出家（統括者）ということだ。幸四郎は専属俳優を代表しての執筆と推測されるが、明治四四年の旧帝劇開場に父七代目幸四郎（当時高麗蔵）が参加したこと、自身の初舞台が旧帝劇だったこと、父も自分も新しい歌舞伎興行のあり方を求めて東宝へ来たことを述べて、菊田専務の庇護のもとに歌舞伎興行が進んでいることと、さらには菊田のお陰で染五郎が歌舞伎からミュージカルまで幅広い活躍の機会を与えられたこと、今回の柿落とし公演で萬之助が二代目吉右衛門を襲名することなどを記し、今後新帝劇で年一回本格的な歌舞伎興行が予定されていることに触れた希望に溢れた文言が並ぶ。

菊田は、「戦中・戦後」のタイトルで旧帝劇の舞台に乗った自身の作品、「花咲く港」、日本に生れたミュージカルの第一作「モルガンお雪」、「縮図」「芸者秀駒」「猿飛佐助」「ジャワの踊り子」「ひめゆりの塔」等々、更には東宝劇団やこれまでの現代劇について記した後、次のような語句で結ぶ。

「帝劇は常に……故小林一三先生の御命令により現在は東宝株式会社の専務取締役をつとめ演劇部の担当重役をつとめている私の……地味豊かな苗床であったということができる。帝劇の伝統が、その立派な苗田を備え、豊かな地味を整えていてくれたのであろうか。」

今後の帝劇は菊田の指揮のもとに運営されることが知らされたのである。

帝劇のチケットは電話予約、往復はがき、前売窓口などで販売されることになった。チケット料金をみてみよう。歌舞伎は二千五百円・千五百円・千円・三百円、「風と共に去りぬ」は二千円・千二百円・八百円・三百円。他劇場をみると長谷川一夫の東宝歌舞伎は、この時菊田の脚色演出「ぼんち」で長谷川・春日野八千代・三益愛子・越路吹雪・柳栄二郎の出演で、二千円・千百円・七百円・三百円だ（東京宝塚劇場）。歌舞伎・新国劇合同公演が千七百円、森繁劇団が千二百円、劇団雲が千五百円、発見の会が三百円、デン助劇団が三百円、ワルシャワフィルが四千円から千円、落語は日比谷が六百円、上野鈴本が四百円、週刊朝日の値段が五十円であった。ちなみに大卒初任給は2万円。この頃はじめて公団の特別分譲住宅が頭金30万円二五年返済で売り出され、返済金が一万円台というのが売りであった。日本は経済の上向きの時代に向かっていた。客観的には演劇状況も上向き、昼夜の興行が成り立ち客の来る時代が到来していたのである。

創刊された雑誌『東宝』は、まさに菊田一夫のための雑誌であった。それは彼の突然の死で、一年後にこの雑誌がその役割を終えた（特集「菊田一夫演劇際」一九七四年三月）ことでも理解される。終刊号の廃刊の辞で雨宮恒之はこの雑誌が菊田の発意によるものであり、その特色は菊田の「落穂の籠」の掲載、当該月の上演台本の掲載、東宝演劇を中心に評論その他の記事を掲載し、その発展を図ることだったと記している。

華々しい大劇場開場の東宝演劇に対して、この月、「小さな劇場の大きな夢」(朝日夕刊六六年九月一〇日)という新聞記事が載っていたのが、興味を引く。新しい演劇運動が密かに動き出していたのだ。

新宿三丁目のアートシアター・新宿文化の午後九時過ぎの演劇公演は、既に三年前から始まっていて、劇団雲の「動物園物語」が第一回の上演だった。それが段々話題にのぼり始めて行列が出来、夜遅い芝居を見る人たちが増えてきた。これまで「恋人」(ピンター)、「芝居」「ゴドーを待ちながら」(ベケット)などを上演、この日は「囚人たち」(ジュネ)で、それを見に来た観客の行列写真が載っている。この映画館の上演で有名になった清水邦夫作・蜷川幸雄演出の行列芝居「真情あふるる軽薄さ」は一九六九年だからまだ登場していない。

支配人の葛井欣士郎は、商業演劇をやるつもりはなく、アンダーグラウンド・シアターを計画していて、ニューヨークとパリにこれから視察に行く、地下に劇場を作りたいのだ……と語っている。後の蠍座だ。一九六六年、全く対極の演劇運動が日比谷と新宿の大劇場と小劇場で始まった。

そして国家の劇場・国立劇場が同じ年の一一月、三宅坂に開場する(大劇場―千六百余席・小劇場―五九〇席)。これは日本の伝統的な演劇、歌舞伎・邦楽・舞踊・民俗芸能・文楽等を保護し上演するための劇場として発足した。遅ればせながら国家も演劇運営に直接関与することになったのである。明治近代社会登場以来、演劇に弾圧・検閲を繰返してきた国家が、建物を造って公演するという演劇の現場に初めて多額な資金を出して参画した。画期的なことであったが、それは江戸時代の歌舞伎を中心に〈伝統を守る〉という目的で作られたもので、現代演劇を守るとはいわなかった。歌舞伎は伝統演劇ではあっても現代演劇ではなかったのである。見方によっては過去の演劇の博物館化が始まったといえるのかもしれない。演劇は、〈今に生き、今を生きる〉芸術であるのだが……。

小林一三が〈高尚なる娯楽本位〉に基づく国民演劇を提唱し、洋楽で踊り歌う女性ばかりの宝塚歌劇を作ったのは、短絡的に言えば、玄人さん(花柳界・見巧者)を主要な観客に持ち、依拠する旧い時代の芝居(歌舞伎)の世界を壊し、素人さん(一般人)に家族揃って安心して観に来てもらえる演劇を提供しようと考えていたことによる。宝塚歌劇の登場はその意味で革命的な存在であったのだ。特殊のように見られているが、洋楽を強調したのは近代の音楽教育が洋楽で、その中で育つ子供たちの身体的感性に合う音楽が和楽ではなく洋楽であったから、和物も洋物も洋楽演奏をバックにしたのだ。新しい時代は子供たちの未来に拡がるのだから極めて合理的な発想である。つまり小林も〈今を生きる〉人々に現代の演劇を提供したいと考えていたことになる。

男性俳優が演じる歌舞伎は、本来は時代物の方が数としては多いのだが、男の恋が中心の芝居が多く上演されている。その恋も色町での擬似恋愛が主な演目だ。普通に考えれば家族そろって安心して見られる演劇ではない。なにやらわからぬ言葉を用いる古典と思うから見ていられるのであり、役者が美しく凛々しいと思うから何度も同じ演目を見ても飽きないのである。昨今は歌舞伎を観る事は教養で、観に行くのは他者と異なる自己の存在を優位に置きたいから、あるいは高尚な芝居に参加するつもりで劇場に足を運ぶ若者が多いらしい。つまり女性ばかりの宝塚歌劇より男性ばかりの歌舞伎の方が高尚だと考えている〈若い素人さん〉が多いのだ。外国人のジャポニズム趣味と似た感覚になっているのだと思われる。

東宝と契約した松本幸四郎一門は、新帝劇開場の言葉からも分るようにおそらく新しい時代に生きていける歌舞伎を作るために菊田一夫を頼ったのだと思われる。しかし菊田は男性ばかりの歌舞伎が「特権的芝居者」を再生産している場と見ていた。菊田の根底には〈平等主義〉がある。この「特権的芝居者」は最も忌み嫌うものであったが、そこに育った染五郎と萬之助はまだ若くて染まり具合も薄く、しかも演出者の勘で俳優としての才能を感じて契約した。彼等を何でもできる〈普通の俳優〉に育てて現代演劇を作ろうとした。そして彼らは順調に育ち、歌舞伎もストレート・プレイもミュージカルもできる〈普通の俳優〉になった。仮に染五郎や萬之助の演じる歌舞伎が下手であるという批評が出れば、それは「特権的芝居者」を壊したことになるのかもしれない。

他方、女性ばかりの宝塚は集団的に開かれた教育を可能にしていて、「特権的芝居者」の育成を拒否している場でもある。小林一三の目指す演劇が、常に〈舞台のレヴェルを高く、高く〉であったことを思い出すと、その教育の場で育てられた俳優達は、アマチュアではなくてプロフェショナルな選抜された俳優を目指している。しかも歌も踊りも芝居も出来る。極めて質の高い〈普通の俳優〉だ。菊田が考える現代の演劇に必要不可欠な存在になるのは目に見えていた。

新帝劇と同時に出来た国立劇場の存在は、〈歌舞伎の興行〉というただ一点で東宝傘下の歌舞伎俳優たちにとって気になる劇場になることは明白だった。松竹と国立劇場と東宝で歌舞伎俳優の舞台の今後の歩みが変化せざるを得ないからである。菊田も帝劇の歌舞伎公演については、国立劇場の今後の出方を見てから決めたいと『東宝』創刊号で語っている。

新帝劇・国立劇場・小劇場、この時登場した全てが菊田一夫の目指す〈演劇大通り〉に大きく影響していくのである。

「風と共に去りぬ」

箱は出来ても、問題は中身だ。俳優・作品、これが重要なのは誰が見てもわかることだった。それをどうするかが、菊田の当面の課題になる。『東宝』創刊号（一九六六年一〇月）「落穂の籠」で次のように書いた。

「新しい帝劇は完成したが此の劇場、はたして、何をもって魅力とすべきであろう。あそこは有楽街アミューズメント・センターからは、かなり離れて孤立しているし、旧帝劇の頃から当日売りがきかず、フリーの客をアテにすることができなかったところである。あの劇場に観客を集めるためには、他の劇場よりも三倍、中味が面白くなくてはなるまい。」つまり焦点は客を呼べる作品と俳優だと菊田は暗に言っている。

現代劇（ストレート・プレイ）にミュージカルも本格的に加わる予定だった。雑誌『東宝』創刊号で東宝社長の清水雅が戦前小林一三の出していた『東寶』に触れた後、今回創刊するものは「もちろん芝居が主な雑誌でありましょうが、あの頃とはちがっていまはミュージカルというものがあります。ミュージカルは戦後我が国に移入されたものであるが、老若を問わず音楽劇は楽しいものでありますから、これが雑誌の上ではどう扱われるか、楽しみと、期待のまとは、やはりこれでありましょう」と書いている。もちろん演劇担当専務菊田の今後の計画を念頭に入れてのことだろうが、あたらしい演劇ジャンル・ミュージカルの本格的上演計画は、一九六三年の本邦初演のブロードウェイ・ミュージカル「マイ・フェアー・レディ」の大成功が導いたもので、東宝にミュージカル路線を進ませる勇気と希望を与えていたからである。

菊田の課題は重かったはずだ。芸術座と大劇場の帝劇。前者は七百余の観客を、後者は二千人弱の観客を相手にする。七百余でも菊田の芝居は赤字が多かったといわれている。ところが今度は数が違う。そのためには芝居だけできる旧い俳優ではだめだ。以前にもまして歌えて踊れて芝居のできるスターが数多く必要になる。若い男優は、主役をはれる新鮮な高麗屋兄弟を確保している。市川染五郎は

「心を繋ぐ6ペンス」（七月八日～八月二八日、芸術座）でミュージカルばかりやってきた宝塚の二人の歌姫――加茂さくらと五月で二〇年いた宝塚を退団したばかりの淀かほると共演して、驚くほどの歌やダンスの練習をしたらしい。染五郎の努力は多くの人を驚嘆させたと言われている。これが帝劇で「心を繋ぐ6ペンス」の再演（染五郎・淀・加茂・浦島・久慈・宮口精二、一九六七年四月七日～五月二六日）に繋がる。ミュージカルの世界では〈日本の伝統〉とか〈名門〉とかいう奇妙な〈御旗〉は、そういつまでも通じないから、〈普通の俳優〉になるためには努力が必要だ。問題はやはり女優だ。そう考えると忙しい菊田が「ダル・レークの恋」以後、年に一作、多いときには三作も宝塚に精力的に脚本を書き演出した理由もわかってくる。未来を見つめてスター造りに宝塚へ行っていたのだ。経営基盤は異なるが姉妹みたいなもので、宝塚のスターは東宝のスターに通じる。

これまでにも度々記したように菊田は常に宝塚から女優達を見つけ出し、東京宝塚劇場や芸術座の舞台に上げていた。その点では同じであった。が、新帝劇開場前はかつてよりも大きな計画のスター探しであったように推測される。そしてダイヤモンドをいくつも掘り当てた。ダイヤの中から帝劇の開場を飾ることのできるひときわ大きいダイヤを見つけ出す。那智わたるだ。菊田一夫の最後の大仕事が新帝劇の開場と共に始まる。

新帝劇の開場作品を「風と共に去りぬ」に決定した理由は明らかではない。しかし「世界各国の演劇プロデューサー達が何度か企画し、結局は原作のその膨大さにサジを投げて企画を捨てた、という曰くつきの原作である。制作費も、大げさに言えば、東宝演劇部の運命を賭けて、といっていいほどの額である。」（『東宝』一二月号）と菊田が書いているのを見ると、演劇プロデューサーとしても演出家としても、世界中の何人ものプロデュサーたちが何度も計画しては挫折したという作品、誰も手を付けたことのない大作を、アジアの小国の、しかも東宝という一企業の菊田一夫が、現代劇―ストレート・プレイにして世界で始めて成功させる、不可能を可能にするという強い願望が、菊田にはあったのだと推測される。したがって菊田も、東宝演劇部も、おそらく会社をあげて、決して失敗は許されなかったのだ。

菊田は台本の初めに「四つの劇映画撮影所と100の直営映画館（外国映画上映劇場をふくむ）と拾の演劇々場を所有し、経営し、9百人の専属俳優をかかえている東宝株式会社の演劇部は過去の栄光のすべてを、此の作品の上演に賭けるものである。」と記した。この日付は一九六六年三月一日だった（早稲田大学演劇博物館所蔵）。この時期に台本の完本が出来上がっていたかどうかはわからない。しかし大まかな線は出来ていたと推測される。東宝という会社のスタッフ演劇部全員に渡したものと考えられるからだ。舞台稽古の最中に台本を一枚づつ送ってくると言う逸話のある菊田が、一一月三日初日の芝居をこんなにも早く書いていたことが、この舞台に賭ける菊田と東宝演劇部の強い意気込みを物語っている。この仕事は、菊田個人や東宝という一企業の次元の話ではなく日本の名誉にかけても世界に対して成功させたかったのだろう。世界では、どうあがいても歌舞伎や能以外認めてもらえないのが、日本の現代演劇の現状であったからだ。

スカーレット・オハラ——有馬稲子と那智わたる

暢気なのは俳優たちで、作品が決まると東宝の女優たちは「一億総スカーレット」と菊田に名付けられたように、誰もがスカーレットをやりたがった。

「役者は、新しい帝劇にやたらと出たがるがその覚悟はできているのか。（略）どの女優も〝スカーレット・オハラ〟なら喜んで飛びついて配役に応じてくれるのだが、その他の脇役（けっこう面白い）をもっていくと、憤然としてソッポを向く。こちらでは夢にもスカーレットになどとは思わないような柄違いの女優までがである。（略）一度主役を取れば、どんなときにも主役以外はやらないと決心しているのか。芝居というものはスカーレットとレッド・バトラー、アシュレ、メラニーだけでは成り立ちはしない。その他の脇役で食ってさらうという手もある。」（『落穂の籠』）と、菊田は演出家の発言をする。

東宝の主役級の女優たちが自分を客観視できない姿にあきれながら、最後に「その意味では、浜木綿子は聡明な女優である」と結んだ。浜も主役を張っている女優だ。スカーレットの出来ない筈はない。初演後の合評会で浜にスカーレットをやらせればよかったと発言した批評家もいたくらいだ。浜は「風と共に去りぬ」で出番の少ないベル・ワトリングを引き受けている。菊田は浜の前に四人の女優がこの役を断ったと告げている。浜も即答はしなかったが、台本を読んでOKしたらしい。浜木綿子のベル・ワトリングはほとんどの批評家に絶賛され、「女優ぶりも大きくなった」（野口久光）と評価された。脇で見事に〈さらった〉のだ。

スカーレットは、菊田が力を入れて育てた宝塚のトップスター那智わたると、芸術座の「奇跡の人」（菊田演出）で家庭教師アニー・サリバンを演じて評価された宝塚出身のスター有馬稲子が配役された。那智とダブル・キャストになった有馬稲子は、真偽のほどはわからないが、東宝と契約する時「風と共に去りぬ」のスカーレット役をするという条件を入れたと語っているし、那智は、「風と共に去りぬ」に出られなければ宝塚を辞めたい、とまで思いつめていたと告げている。先にひいた菊田の言葉どおり、この役は東宝女優達の是非ともやりたいヒロインであったことがわかる。

『東宝』創刊号にスカーレットをダブル・キャストで演じる有馬稲子と那智わたるの対談が載っている。宝塚の先輩有馬は〈那智さんと比べられるなんて!〉と思っていたようだ。既に女優として知名度のある有馬にすれば、若い子に人気の宝塚の那智は、あくまでも〈宝塚の那智〉で、不満だったのだろう。しかし那智は宝塚のプリンスでファンの数は半端ではない。地場産業といわれ、各組に複数の人気者がいるから成り立つと言われる宝塚で、一人で宝塚を背負っているスターとまでいわれている那智だ。推測するに集客力と言う点では有馬は足元にも及ばなかったと思う。対談は一見、和気藹々と進んでいる。有馬はスカーレットは自分に似ているといい、反対に那智は自分の「地にないところを作り出すのは、女優としてやりがいがある」と語り、誌上で読んでいても火花が散っているようだ。

『東宝』(二号)の和田秀夫の出演者紹介文を読むと二人のライバル意識を煽って東宝が宣伝に使っているのがわかる。有馬は後日、稽古場訪問をした『歌劇』の記者に「あの方ずい分人気があるんですってネ。見ていてそうだろうナと思うわ。ナニカもってるわね」といったらしい(一九六六年一一月号)。那智の方は、ダブル・キャストについて宝塚から唯一人の参加だから〈羨ましい〉といって「宝塚で勉強されたいい面をフルに発揮して」と下級生上月晃に応援されて、菊田先生に教えていただきながら「有馬さんとのダブル・キャストを頭の中に考えないで、私は今迄宝塚で会得したものを生かしてみたいの」(『歌劇』九月号)と発言している。ダブル・キャストは俳優にとって想像以上にきついものがあるようだ。ちなみに上月は、菊田の一周忌の菊田一夫演劇祭(一九七四年)で「風と共に去りぬ」のスカーレットを演じた(四月五日〜五月二八日、帝劇)。ついでに記すと一周忌公演に芸術座は「放浪記」、宝塚は「花のオランダ坂」を上演した。

最終的に決定した配役は次の通りだった。スカーレット―有馬(一一月)と那智(一二月)、バトラー―高橋幸治(文学座)、のち宝田明(東宝)、メラニー―淀かほる(元宝塚)、アシュレイ―仲谷昇(劇団雲)、マミー―京塚昌子

（元新派、東宝）、ミード博士－益田喜頓、プリシィー宮城まり子、ピティパットー賀原夏子（NLT）、ベルー浜木綿子、エレンー浦島千歌子（東宝）、メリーウェザー夫人ー南美江（NLT）、スエレンー阪口美奈子（民芸）、ジェラルド・オハラー山形勲、ヘンリー・ハミルトンー宮口精二（東宝）、フランクー臼井正明、チャールズー兼高明宏（東宝）。今から思うと何という豪華キャストであったのかと思う。

二〇一一年は、一九一一年に開場した帝国劇場の百周年ということで帝劇は一月から毎月記念公演をしている。新帝劇開場からは四五年だ。現在の帝劇の演目には菊田の影響は皆無であるが、今回は新帝劇の開場作品「風と共に去りぬ」を意識したのか、菊田一夫原作を堀越真潤色、山田和也演出で六月に上演される。発表された配役表をみると、初演とはほど遠い。宝塚でも菊田脚本を参考にした植田紳爾脚本・演出で一九七七年に初演、以来何度も再演している。帝劇百周年記念とはうたっていないが、TCAで四月～六月まで過去の舞台の収録映像を連続放映する。思いがけない舞台と宝塚チャンネルの競演になった。

さて、この開場公演は当初から「上演期間の制限は設けないこととする」と台本には記されていた。九月中旬の稽古初日に配布された第一部出演者表には一〇月二九日から一一月二日が舞台稽古、一一月三日から一月二九日が公演と記されている。出演者の数は、子役・二期会・乗馬会・舞台に乗るオーケストラを含め一五〇人を超えている。商業演劇で一ヶ月半の稽古をとるというのも前例のないことであった。

公演は想像以上の評判で、一一月に開演してすぐに一月末までの切符が売り切れ、ついに四月初旬まで続演という大ロングラン公演になった。三月二〇日初日予定のロンドンの「オリバー」公演は先に延びて、一九六八年五月になってしまった。第二部は六月から八月末までで、六一万人の観客を動員した。ほぼ全日満席と言う計算だ。一部だけで一億五千万の黒字であったという。経済が停滞している現在では考えられない数字である。翌年一月二日から二月末日まで、総集編が上演された。

「風」の初日開く

菊田は『東宝』一二月号で、初日の幕が下りたときの感動を次のように記している。

私自身の感動は、かつての作品「花咲く港」の時と同じようでもあったし、輸入ミュージカル「マイ・フェア・レディ」の初日の幕が下りたときと同じであったような気もする。「花咲く港」のときは……私のようなものにこのような作品がよくも書けたものだという歓こびの感動であった。「マイ・フェア・レディ」はこんなものが日本でもできるかどうか、と、危ぶみながら冒険をやってそれをなしとげ得た、という感動の涙であった。「風」も冒険であった。（略）「上演を許可はしたものの、どんなことになるやら、と心配だったから」（著作権者スティブンス・ミッチェルの発言――井上注）（略）誰よりもスティブンス・ミッチェルさんが感動して、幾度か握手をくりかえして下さったのが嬉しかった。アメリカでは無名の、日本の一プロデュサーを信じて、上演権を下さったミッチェルさんなのである。私は涙ぐんだ。（「落穂の籠」）

直ぐにチケットも完売した。それが菊田を勇気付けたのだ。菊田最良の日であった。

ここで「風と共に去りぬ」の構成を見ていこう。これはミュージカルではなくセリフ劇――ストレート・プレイで作られている。『シナリオ　風と共に去りぬ』（一部二部）が三笠書房（六七年一月、六七年九月）から発刊されているが、上演台本から引く。

作演出菊田一夫・美術伊藤熹朔・音楽古関裕而・訳詩岩谷時子・振付関矢幸雄・衣裳パットン・キャンベル、真木小太郎・照明穴沢喜美男・効果本間明・演出補中村哮夫・特殊撮影円谷英二、的場徹、成田亨・馬術指導草下寅之助、土方正。

時　南北戦争とその前後、所　ジョジア州タラおよびアトランタ。第一幕がはじまる前に緞帳前で「序曲」がある。「緞帳前　舞台の上に、オーケストラの全メンバーが並んでいる。アメリカ南部の古い民謡を管弦楽用に編曲した、此の劇の前奏曲を演奏する。その曲が終ろうとする頃、オーケストラを乗せたまま舞台は、オーケストラ・ボックスの中に沈下してゆく。演奏完了と同時に、第一場の合唱がはじまり、緞帳があがる。」のト書き。

これは帝劇の最新舞台機構を見せたものである。帝劇は大ゼリが二つある。このような大きなセリもかつてはなかったからだ。おそらく観客はこの始まりで驚き、舞台に期待を寄せたことだろう。場割りは、原作にほぼしたがって進む。

第一幕はウイルクス家が舞台、一場　庭園（一八六一年四月）、二場　広間、三場　庭園、四場　来客用寝室、五場　階段、六場　広間、七場　もとの階段のあたり、八場書斎の中、九場　広間。
第二幕一場　オハラ家二階スカーレットの部屋（前場の二ヵ月後）、二場アトランタ、バザー会場、三場　ピティパット叔母の家・広間（一八六二年秋）、四場　戦場（一八六三年）、五場　ピティパット叔母の家・広間（クリスマス・イヴの夜）、六場　同、六日後の朝。
第三幕第一場　駅前広場（アトランタ・前場の翌年の夏）、二場　ピティパット叔母の家・広間、三場　同家玄関と街路、四場　同家・広間（前場の直後）、五場　酒場「赤いランプ」、六場　ピティパット叔母の家・広間（前場の直後）、七場　同家・玄関と街路（前場の直後）、八場　アトランタ郊外の森、九場　タラ・オハラ家。（台本によると上演では三幕二場はカットされたようだ。）

三幕の七場から八場にかけてが、南北戦争の戦火の中をレッドが手綱を引く馬車にスカーレット・メラニー・生れたばかりのメラニーの赤ん坊・プリシイが乗り、アトランタからタラへ逃げていく場面に当たる。本物の馬と馬車が出た。七場では円谷の特殊撮影の映像（南北戦争の最中、街を移動するその情景）がバックスクリーンに写された話題の場面である。円谷の脚本を見ると、レッドが馬車を走らせる所からバックスクリーンに移動撮影の街並みが映り、舞台では「ナマの馬車と避難する市民の群」がうごめく（82秒）。火の海の中（10秒）（20秒）と続き、アトランタの街に入ると220秒、移動撮影が写されるが、舞台でならず者に襲われたり、ピストルで撃たれたり、俳優達の動きのある時は移動映像は止まる。馬車が動いてないからだ。街の火薬庫へ移動する（100秒）そして森へ移り（35秒）、その後馬車は走り去る。

これまでは舞台で俳優が演じているとき、バックに映像を写すと、俳優の身体に映像が映った。ところがスクリーン・プロセスを使用することで舞台上の俳優の自由な動きとバックの映像は同時に両立することが可能になったのである。どこの国でも未だ出来ない場面を作り出すことに菊田の帝劇は成功した。しかも驚くのは、本物の馬が爆発音やピストルの音、音楽に動ぜず、演じきったことだった。この場面は様々な是否の批評が出た。菊田は反論した。
劇評の多くが、「大衆演劇としての成功を讃えて下すっているのが嬉しい。ただ、ひとつ、こだわりを感じるのは……或る劇評が、劇中に登場している生きた馬の演技を褒め……しかし、演劇はサーカスではない、と決めつけていらっしゃる点である」と引いて、「風と共に去りぬ」を劇化する場合、「あのアトランタ脱出の場面は絶体不可欠なものだ。」各国のプロデューサーがこの作品の劇化を諦めたのも外国の劇場機構では「あの場面の演出が不可能と判断された」からであり、帝劇ではそれができるからやったのだ。「私は、演劇の可能性をより広く大きくするために、生きた馬を訓練させて、そして、スクリーン・プロセスを作って、あの演出を行った。これは演劇をより深く大きく大衆のものにするための善意なのである」と反論、歌舞伎では馬の足に人が入っても観客の涙を誘っているものもあるがと皮肉りながら、「風」で人間が馬の着ぐるみを着てやればいいというのか、「雲の上団五郎一座」などのドタバタでは私もやるが、今回そんなことをしたらどうなるのかと怒り、「善意は素直に受けとっていただきたい」と反批判した。世界初上演を世界一の舞台機構を持つ劇場で生み出した誇りが伺える一文である。新しいことをする時は、常に批判はつきものだ。むしろ批判があるのは、その成果が認められたことだといっていいのかもしれない。

女優たちがやりたがったスカーレットを射止めた、有馬と那智の評価は、那智に点数が入っていた。「東宝」（六七年一月号）の合評会（安藤鶴夫・遠藤慎吾・清水俊二・杉山誠・利倉幸一・野口久光・菊田一夫、司会西村晋一）では、菊田が参加しているからどの程度本音を話しているのか判断できないが、情熱を持ってあたった有馬の意気込みは買うが、演技の全体的評価は那智のほうが上という結論のようだ。仲谷などは、今まで彼が演じたどの役よりも一番いいと言われ、高橋に到っては、「この人は毎日養成所に通っているようなもので」と呆れられ、安藤などは「あの程度の俳優さんが、あそこまでやれたということは本当に訓練、稽古のおかげだと思ったね」とまで発言、俳優の稽古を見せられるのでは客はたまらないが、下手な俳優のそんな舞台は現実には多い。

菊田の演出について、安藤が「脚本の上でも、演出の上でも、この芝居、菊田一夫という人の、今までの技術の集大成――そういっていいものじゃないか」といい、遠藤は「これを安藤さんとはちょっと違って、菊田一夫の新しいドラマのジャンルだとも思うのですよ。いままでの菊田ミュージカルとも、また類を異にしている」と、鋭い指摘をしている。単なるストレート・プレイでもなく、喜劇でも、ミュージカルでもない、そんな舞台を構築したのは台本を読んでも理解されるからだ。そして評判のスクリーン・プロセスは、実は新国劇の「海猫とペテン師」で一度試みたことがあると菊田が発言した。すでにこの戯曲については第二章で触れたが、菊田の戯曲の構成に変化があった作品である。この発言を知って戯曲を読みなおしたが、どこで使用したのかト書きではわからない。推測では最初か最後だと思われるが、最後に三平の霊が浮かび上がるところかとも思う。

菊田は「こんどのは計画的に映写室を舞台の背後につくり、超広角レンズを砧の技術部に、二年間研究して貰って作り上げました。舞台の奥からの映写ですから全く俳優の動きには支障を来たさない。」と話す。過密スケジュールの中で帝劇開場公演のために常に先を見て、いい舞台を作ろうと進んでいたことが、よく分る。

興味深いのは音楽についてだ。「僕、これで心配性でしてね。もし、この『風』が一般に受けなかったら困る、そういう配慮から、甘くするためにサービスに音楽を入れてあるところがあるんですよ。でも二ヶ月目には、そのうちの三曲をとってしまった」らしい。

効果音以外の音楽の導入は舞台の大衆化の問題とも大きく関係する。セリフ劇であるストレート・プレイには効果音以外の音楽は、本来入らなかった。大衆化を意図して新劇の舞台に音楽を入れたのは久保栄だが、幕開きや転換時に入れたから現在の使用方法とも異なる。本来俳優の演技のみで了解させる場面に音楽を入れて、観客の鑑賞を助け、同化させているのが、現在の方法だ。下手な俳優が出演する場合にはしばしば多く流されるし、観客を芝居に容易く同化させるために演出家が使う手段でもあるが、菊田もそれを使ったと告白している。清水は「こんどの劇の場合、ああいう音楽の入れ方が適切であり、それで芝居が安っぽくなっていることはない」と慰めている。菊田は音楽で逃げたことを「多少卑下している」というのだが、安藤も「卑下してはダメだ」と強く言う。菊田はこれからも音楽を減らすように「整理して」いくと応えているから長い公演期間中に変更があったかもしれない。音楽入りの芝居が、この時代には「安っぽい」とまだ考えられていたことがよく分る。舞台は観客の意識との闘いだから、そんな時代にミュージカルを定着させるのは、難しかっただろうしまた、何ゆえミュージカルを上演したいと考えていたのかも菊田を知る大きな問題である。

しかし音楽を殆んどいれずセリフだけで通せる芝居を演じられる俳優は、今の日本にはいないだろうし、それに耐えられる観客もいないと思われる。

脚色と第二部の場割り

菊田は三笠書房の一部の後書きで、「膨大な原作を、そのままの形で劇化することは、不可能である。（略）劇場にきた客が生理的に、その劇を観つづけ得られる範囲の時間内にまとめなくてはならない。（略）舞台の上に再現し得るものは、原作のスケールと原作の精神と、そして登場人物の性格と、ストーリーの概略である。」と書く。観客の生理もおかまいなしに言いたいことを並べる劇作家や演出家達に聞かせたい言葉だ。菊田は脚色する場合に、原作にはない場面や筋を挿入して劇化に厚みを加えていた。この「風」では悩みながらそれは止めたという。そして「原作のある部分を強くふくらませることによって、ストーリーの（止むを得ぬ）省略を補う」ことにしたのである。それは、どこか……。

「これほど面白い小説はない」と菊田が指摘するように、南北戦争を背景にしていちずな男と我が儘で身勝手な女の愛の行方を描いた「風と共に去りぬ」は、実によくかけているウエルメイドな小説だ。これには黒人蔑視の姿勢が見出されるし、階級制擁護と白人中心思想で貫かれている小説でもあり問題の多いものである。登場人物の性格もあまりにも類型的に区分けされているから、深みはない。それらが分っていても読ませてしまう。それは大衆的な大人のロマン小説であり冒険小説であるからなのだろう。

さて、第二部、ここにも序曲がある。一部を簡略に紹介し二部へ観客をスムーズに導入するためだ。緞帳前にオーケストラ全員の演奏。この間にカーテンがあがると、スクリーン・プロセス用のスクリーンが下りている。そこに第一部の概要が、文字で流され、舞台にはスモークがたかれて南北戦争の始まりが叫ばれる、次に紳士のパントマイム。そして荒廃したオハラ家の大地にスカーレットが登場して、残されている大根にむしゃぶりつく。スクリーンの文字は「南部は飢える」「ジョージア州、タラ」「まだ戦争は終らない」、舞台のスカーレットは叫ぶ「死ねというの……みんなが勝手に戦争をして……そして私たちに飢えて死ねというの……私は飢えない。もう決して……どんなことがあっても飢えない」、スカーレットのスポットが消え（スライド）、音楽つよくなり、舞台は荒廃したタラの風景だけが残る。そしてスクリーン・プロセスの前に一幕一場のオハラ家の広間のセットがせり上がってくる。ドラマティックな開幕だ。

奥行の或る舞台ではこうした表現は可能だから、現在ではスクリーン・プロセスは珍しいものではなくなった。が、当時の観客の驚きはどんなに大きかったかと思う。近年、小池修一郎が宝塚の「カサブランカ」で見事な使い方をして、観客はそれを観て驚嘆したから、当時の観客にとってはどんなに衝撃的であったか推測に余りある。

場割りに触れよう。

一幕一場Ａオハラ家広間（一八八五年春）、Ｂ同裏庭、Ｃ

同広間、二場　同家裏庭（一二月）、三場　タラ・冬の葡萄棚（一八六六年一月）、四場　オハラ家ベランダ（前場の翌年早春）。

二幕一場　敗戦後のアトランタ（一八六六年五月）A〜F、二場　フランク・ケネディとの邂逅、三場　フランク・ケネディ商会、四場　同（一九六六年初夏）、五場　シャンティ・タウンの森（一八六六年秋）A〜C、六場　ピティパット叔母の家（前景と同時刻）。

三幕一場　レッド・バトラーの新居（アトランタ、前場の二年後）、二場　ウィルクス商会（前場の半年後）、三場アトランタ郊外（前場の夜）、四場　メラニーの家（同じ日の夜）、五場　レッド・バトラー邸（前場の二時間後）A〜D、六場　酒場「赤いランプ」、七場　レッド・バトラー邸（前場の半年後）、八場　レッドの部屋（前場の数日後）、九場　メラニーの家（前場の半年後）、十場　レッド・バトラー邸（前場の直後）、十一場　タラの夕焼。

原作が長いのだから当然であろうがまことに長い。しかし菊田はよく芝居にしたといわざるを得ない。短くすればするほどこの種の筋で通す小説は面白くなくなるからだ。しかもこの小説の面白いところは後半である。菊田も第二部にかなり力を入れた。四六〇枚も書いたらしい。もちろん長すぎるからカットをする。しかしどうしても切れない場面としてメラニーの死の理由を明確にした場面をあげる。映画は後半が駆け足であった。それも指摘する。

「映画の終りのほうときたら、まるで紙芝居だからね。しかもメラニーが何んで死ぬんだか」わからない。「スカーレットとアシュリーの噂が立つでしょう。メラニーはその噂を打消すために、自分が妊娠して子どもを産めば、自分とアシュリーの仲がいいんだということがはっきりする、そのために妊娠したらいけない身体だのに、妊娠して死んじゃうんだ。（略）そこだけはカットできない」（『東宝』六七年六月号）。これを読むと、菊田はやはり優れた劇作家だと思う。ドラマには必ず原因と結果が描かれなければならないからだ。

そして秀逸は、十、十一場の最終場面のレッドとスカーレットのセリフだ。菊田はここで原作にないセリフを入れた。膨らますといった場だ。その場を見ていこう。

少女の頃から憧れていたアシュレイが、メラニーの死後抜け殻のような存在になったことを知ったスカーレットがレッドに初めて愛を口にする。

レッドは「君はね、どんな永遠の愛でも冷めることがあるのだと……君は考えたことはないかね……」「冷めない」と応えるスカーレット。「君はね……およそ男が愛し得る限りの熱情をもって、私が君を愛したなんて思ったことがあるかね……私は君をあいした、しかし愛されなかった。」やりなおしたいというスカーレット。

「私にはこわれた皿のかけらを拾い集めて、糊でつけて昔のように便利に使うという趣味はないのだ……私ももう年だ……いままでのいっさいを忘れて新しくやり直すなんて、そんな力は、もうとても出ないのだよ。」というレッド。

レッドは出て行く。スカーレットがマミーとポータに言う「レッドをとめて」、マミーとポータが荷物を持とうとする。

レッドは「きょうの僕は自分でスーツケースを一つ提げて出て行くのが一番ふさわしいから、スーツケースを持ってくれなくてもいいよ。ご機嫌よう」といって出て行ってしまう。

舞台が転換、タラの夕焼の場になる。映画では感動的な最終場面だ。スカーレットは「タラの赤い土だけが私のものかも知れない。レッドだって、そのうちには、きっと取り戻してみせる」「今日はよく寝て、明日よく考えよう（略）きっと南の風が吹く……きっと…きっと…」音楽、強く（幕）。

さて、レッドは戻るだろうか……戻らないだろう………おそらく。

菊田はレッドの最後のセリフを、「僕はこのセリフを言わせたかったから書いたんだ。このセリフ、聴いてると僕は泣けるんだね。手前が何遍か離婚して来てね、いつでも鞄一つ持って出ていったから、これ、書いてて悲しかったね。（笑）だから、言わせたかったのよ。」（『東宝』六七年六月座談会）と書いている。

菊田は人の別れの侘しさをよく知っている作家だった。同時に自身の体験や思いを作品に書き込む作家でもあることを、これは物語っている。これまでわたくしが菊田の作品から感じ取った思いは誤りではなかったと、これを読んで思う。ちなみに菊田台本を参考にしたという宝塚版植田紳爾脚本演出のミュージカルにもこの菊田のセリフは残されていた（一九七七年三月二五日～五月一〇日、宝塚大劇場榛名由梨・順みつき）。

菊田は、深い哀しみを抱えた、優れて詩的な存在であった。ともあれ、新帝劇は大成功、順風満帆の船出をする。

美空ひばりに書いた「津軽めらしこ」

菊田は、一九六七年にも帝劇のミュージカル「心を繋ぐ6ペンス」再演（四月七日～五月二六日）、「風と共に去りぬ」第二部（六月一日〜八月三一日）、芸術座「あかさたな」（小幡欣治作、三月四日〜四月二四日）、「霧深きエルベのほとり」の再演（内重のぼるサヨナラ公演、宝塚大劇場一月二八日〜二月二八日、東京宝塚劇場　四月一日〜二七日）、「さよなら僕の青春」（宝塚大劇場　八月一日〜三〇日、東京宝塚劇場　一〇月一日〜二九日）と殆んど休みなく演出に名を出している。もちろん実際には演出助手という陰の演出家が存在していたのはわかるが、ほぼ〈演出独占状態〉は変わっていない。菊田の名前を出せば客が来るという現実があったらしいから、菊田には辛いことだったろう。この他に菊田の「作品略年譜」では、東京宝塚劇場で「明治百年」（東宝劇団・新国劇）が一月に、「津軽めらしこ」（和製ミュージカル）が二月に、「三国志」（東宝劇団）が三月に上演され、演出をしている。この「津軽めらしこ」が大問題を引き起こした。

菊田が〝津軽めらしこ〟事件と呼んだもので、この時期マスコミを賑わしたのである。美空ひばりの依頼で菊田が書いた台本にひばり親子が〈文句〉をつけ、役を降りた事件だった。

「落穂の籠」（『東宝』一九六七年三月）で次のように書いている。

かなり前、ひばり親娘と会い、すべてお任せしますから、という話し合いの下にかきはじめた脚本を、まだ半分も書き進まない内に、林与一の役のことでいちやもんがついてきた。「与一をこんな役にして書くのなら私は下ります」（略）いい作品になる筈だから脚本さえ書き上がれば満足してくれる、と、私は、相手には会わずに本を書きつづけた。（略）最初の打合せで、こんどの公演はいつものひばりの芝居とは、ずっとおもむきを変えた本格に近いミュージカルにするのだから、私に全部任せますね（略）〝お任せします〟と言ったではないか。しかも前売りもはじまっているのに、下りるなんて非常識ではないか、役者なら…

ひばり側が与一の役のどこに不満だったのかと、脚本を読んだ（『菊田一夫戯曲選集』三巻）。津軽の牧場主（東京在住）の社長の息子渡が与一の役で、正直者だがひ弱で優柔不断、女性的で父親にはっきり自己主張のできないボンボン副社長の役だった。ひばりの役、牧場で働く津軽のめらしこ（チャコ）と恋をして最後には、父の進める縁談を退け、チャコと結婚する。あきらかに与一の雰囲気に合わせて役を作り出している。「種馬」「種付け」云々という露骨な表現がひばり親子の気に障ったのかとも思うが、むしろ本音はひばりの役が問題だったようだ。

ひばり側は「こんなバタ臭い役をやると、二十一年間にわたって築きあげたひばりの人気が落ちる、こんな役をやらせるなら私は下りる」と言ったらしい。チャコは決してバタ臭い役ではない。正直者でかわいい津軽の田舎娘である。しかもこれは筋だけ読めば菊田が言うような「いい作品」ではない。旧弊な人情味たっぷりの〈雲の上団五郎一座〉的喜劇仕立ての津軽弁ミュージカルで、宝塚作品のようなものではなく、決して洒落たミュージカルとは思えない作品だ。

「こちらの申し出通り、根本的な訂正をしてくれない限り、会っても無駄だから会いません。ひばりは下します」という返事を初日の十三日前に貰い、彼女は下りた。ひばり側は書換えを要求し、演出家ではなく興行師菊田は出来るものなら訂正して上演したいと考えたが、菊田は書き換えず、結果寿美花代がひばりの代役をして東京宝塚劇場二月公演の幕を開ける。もちろん林与一は出演した。

「作者や演出家は、襲いかかってくる屈辱なら、はっきりと、はねつければいいのだが、興行師というものは、やっぱり、どんな屈辱を耐え忍んででも、儲けることに専念すべきものであろうか。」と自問している菊田。この公演で東宝は大きな損害をこうむったようだ。しかし公演は評判もよく、こんな批評が出た。

「いわゆるアチャラカ東宝ミュージカルとはまるで違って、純日本的な素材を思いきってバタくさい手法で演出したのが、一応成功しているといっていい。〝日本的〟ということにこだわらず、妙にべとつかずにカラリと仕上げたところに、国産ミュージカルのこれからの可能性の一端が窺える感じだ。（略）本格的にはいわば第一作にひとしい東宝の国産ミュージカルがこの程度に仕上ったことは、明るい希望がもてる。」（橋本与志夫『演劇界』三月号）。菊田演出がバタくさかったことがわかる。

バタくさいミュージカルは、宝塚でいつもやっているから菊田にとってはお手の物だったはずだ。それを菊田は日本の国民的な歌手美空ひばりを使って、しかも津軽を舞台にした極めて日本的な話で欧米風ミュージカルの舞台を創って見ようと考えていたのだと推測される。菊田はどんな場合も〈次〉を見ていたということが理解され驚きを禁じえない。

しかしこの目論見は宝塚にいた寿美花代がやったから成功したのかもしれない、と思う。宝塚で育った俳優は、他のジャンルの俳優とはどこか違うからだ。それをバタくさいというのならそれでもいいが基本的に洒落た動きが身に付いている。もっともこのバタくさいという言葉、今は死語だ。若い俳優たちは宝塚スターのように舞台で動きたいとおもっているから、その意味では皆〈バタくさい〉俳優になりたがっている。

美空の演技については、菊田も危惧していた。菊田は「ミュージカルとは、そんなに簡単なものではない。そして演出者である私としては、〝津軽めらしこ〟はいままでのひばりの、いつもの演技ではできないから、せめて十日間の稽古はとり、その演技を、いままでの彼女のものとはちがう形に変えたかった。これが（略……ひばりに）下りてください、と、答えた理由の一つである。」と書いているのを読んでも理解される。

ここで問題にしたいのは、稽古日程に関してだ。菊田は初日二十日前に脚本を脱稿したと言う。これは「早くはないが、その時期にはどこの劇場でも脚本などはできていないのが通例なのだ。」と書く。つまりそれが商業演劇の現実ということなのだろう。この場合の菊田は例外的に早く書き上げたということになり、それにたいしてひばりサイドは、書き直してくれたら、すべての予定を消化して六日間稽古の日程を空けるから充分覚えられると返事をしたのだ。稽古はセリフや動きを覚えるだけのものではないはずだが、どうやらそのように位置付けられていたようだ。今でも〈千秋楽までにはいい物にしたい〉などと発言する旧劇俳優が存在しているから、初日から日々高額の観劇料を支払って見に来る観客のことは頭にないのかと、思ってしまう。観客が入って舞台に生命が吹き込まれるというのはわかるが、初日からそれなりの舞台を見せて欲しいし、そのための稽古を取って欲しいと思うのは観劇料を支払う客としては当然の要求だ。

これを書く前に、わたくしは商業演劇の稽古期間を知りたくて、演出家や製作に尋ねた。が、誰も応えてくれなかった。この菊田の一文はその回答になる。短い稽古期間で作り上げた舞台を見せられる観客は、たまったものではない。稽古を充分にとっているのは、やはり新劇と宝塚だということがわかる。集団のアンサンブルや舞台に掛ける情熱が違うのも理解された。おそらく菊田が関わっている芸術座も東京宝塚劇場も帝劇も、菊田が力を入れた作品以外は稽古は短いのだと想像される。稽古期間にはギャラが出ないという話も聞く。菊田は稽古期間にギャラを出すとチケット代にひびくと発言していた。それで稽古は最小限度。豪華な衣裳は止めにして、その制作費を稽古に当ててもらいたいものだ。これが日本の現代の演劇の不毛性に繋がるのだろう。

こんな中で菊田は幾つか新しい試みをやった。「ファンタスティックス」（中村哮夫演出　六七年七月　芸術座）の上演権をとってオーディション・システムで上演したのもその一つだ。今ならオーディションは一般的になっているからそれほど話題にはならないが、この時は有名な俳優はオーディションを受けようとせず、客の呼べない俳優で創った舞台は、劇評はよかったが、営業的には散々であったという。ここにはスターと呼ばれる人々の思い上がりとスターに集まる観客の問題が横たわっている。観客の意識が高くならなければ、結局演劇は変らないのだ。菊田は「この公演の無惨な営業的失敗に対し、重役会で頭を下げてあやまった。もう当分は、こんな公演はやれないであろう。（略）興行師は、理想をさえ追わなければ、いくらでも金儲けはできる。そういうことの好きな観衆だけを集める公演を次々とやればいいのである。が、理想のない人生に何の喜びがあるか。理想を追求できないような仕事にたずさわるくらいなら、橋の下で乞食をしてくらしてゆくほうが余程ましである。」（『東宝』六七年七月号）。比喩であるが、しかし菊田には「がめつい奴」の生活はできない。可能なかぎり理想を追求していくほかはなかったのである。これはわたくしたち観客一人一人の問題でもあった。

この一文は渡米前の「落穂の籠」に記されている。菊田は演劇ロマンを、理想の〈現代演劇〉を追っていた。演劇人の多くは理想を持っているが、それを実現化できないのだ。菊田が理想を追えたのも、それが出来る東宝資本がバックにあったからで、その意味では他の演劇人に比べ、幸運なプロデューサーであり演出家であった。もっとも運も才能の内ではあるが……。そして権力のある地位にいる劇作家・演出家がそういう夢を追い続けるところが、人並みでなくロマンティクな菊田だと思うのである。

「さよなら僕の青春」——宝塚との別れ

那智わたるに菊田が書いた最後の作品が、「さよなら僕の青春」（宝塚六七年八月、東京一〇月）だった。あたかも那智の宝塚時代に別れを告げるが如きタイトルになっている。今から思うとこの段階で那智の来年の退団は予定されていて、密かに菊田は〈さよなら〉をタイトルにいれたのかもしれない。当時はわからないが現在はスターの退団は半年以前に発表されている。菊田にとってもこれが宝塚に書く最後の新作になったから、菊田は自身の宝塚青春時代にも別れを告げることになった。それを考えると何と意味深いタイトルであることか……と思う。実際の那智の退団サヨナラ公演は鴨川清作「マイアイドル」（一九六八年四月宝塚大劇場、五月　東京新宿コマ）だった。

『歌劇』で、「さよなら僕の青春」について天城月江が今回の脚本は珍しく「愛してる」と言うセリフがないと座談会で語る。恋人同士の話ではなく、親子の情愛を描いた作品になっているからだ。菊田の演出助手をしていた鴨川清作は「菊田先生人生観が変わったのぢやないですか。恋愛より親子の情が全面に出る作品なんて」という。菊田は「ほんとに珍らしいよね。オレも歳とったからね、親子の情愛をかくようになった。（笑）」といって出席者に笑われている。小幡欣治の『評伝　菊田一夫』を見ると、この頃菊田には寝食を共にする女性がいて幸せな日々を過ごしていたというから、作家の話は、やはりあてにならない。

那智は反抗するハイティーンが示す親子の情愛をどう出せばいいか困ったらしい。しかも宝塚定番の愛の表現がないから「それだけにむずかしいわ。私こんなにむずかしい役初めてです。」と語る。瑠璃豊美は「一つの台詞にもウラがあるの、だからむずかしいのですよ。」と、生徒たちは難しいの連発だ。「そうかもしれんね。集約した結果だけが出ているから、役者の演技でみせなけれゃならないね。」（『歌劇』八月号）と菊田は結ぶ。登場人物は皆それぞれが、複雑な状況に置かれていて、込入った人間関係の話に星組の生徒たちの困惑している様子がこの座談会でよくわかる。

那智の役は一七　・八歳の男の子で、ぶどう園主の父に反抗して遊びまわっている現代っ子だ。父の苦境に別れた母からお金を借りて手を差し伸べるが、相手にされず、最後は赤いスポーツ・カーを飛ばして崖から落ちて死ぬ。親子は分かり合えないままだ。怒れる若者像を個的な状況に設定して描いたのだろうが、大状況にまで話が及ばなかった。

批評は、「アメリカ映画的な素材であり、菊田作品として特にすぐれたものとはいい難いが、なによりも演技陣の充実が、この公演の最大の収穫である。これだけの芝居達者がそろっていることは、宝塚の頼もしさにつながるものである」（千本輝夫「宝塚歌劇の『さよなら僕の青春』を観て」『東宝』九月号）と、その舞台と生徒達の演技を絶賛している。

スカーレットという大きい役を経て成長した那智と星組のベテランや若手の出演者たちが、菊田の脚本に味を付け広げて悩めるハイティーンと困惑する大人たちを見事に描ききったようだ。体調が悪くなって入院中の菊田が舞台を見たかどうかは不明だが、菊田にとっても那智にとっても最後のドラマ〈サヨナラ〉の舞台は成功した。

しかし菊田がこれまで拘ってきた〈愛とはなにか〉がここにはない。菊田はもうこの問題を追及しなくても良くなったのであろうか……。そんなことはないだろう。これは一人菊田だけの問題ではなく人間にとっての永遠の課題であるからだ。宝塚で〈愛とは何か〉を描かなくなったことによって、菊田の中で何かが変わる。あるいは鴨川清作のいうように人生観がかわったのかもしれない。拘るものが別のものになった。これが菊田のオリジナル作品へのこだわりを消す契機になったような気がするのである。とにかく菊田はこの後、変るのである。

菊田がハイティーンを題材にしたのは、度々訪れたニューヨークのグリニジビレッジで暴走族のような若い集団に出会ったからだという。日本でも六本木族、ゴーゴー喫茶、グループサウンズの出現などなど、これまでとは異なる若者の爆発的な登場があった。菊田はゴーゴーなどをやっている若者の座談会に参加して「言葉がすでにわからない。」と語っている。時代感覚についていけなくなっていたのだ。それほどこの時期に登場した若者たちは大人の思考範囲を越えていた。まさに時代が大転換する時であったのだ。

この年の八月に菊田は『ブロードウエイの扉』（中央公論社）という小説を出している。およそ三、四ヶ月ぐらい前に脱稿したと推測されるが、ブロードウエイで舞台に立つことを夢見た青年が敗れる話だ。菊田もブロードウエイで自作のミュージカルの上演を夢見ていたから自身の想いも反映しているのだと推測される。それにしても夢に敗れる青年を描出するのだから、菊田はまことに客観的にアメリカの演劇世界を見ていたと思わざるをえない。

菊田はこの宝塚公演の時、体調が悪く、八月の半ばにアメリカから帰国後、自宅療養中に元々抱えていた糖尿病が悪化して入院、二ヶ月ほど舞台から離れる。もちろん「さよなら僕の青春」はアメリカへ行く前に書いているが、帰国後生死の間を彷徨ったようだ。そんな中で九月にはブロード・ウエイ・ミュージカルの「屋根の上のヴァイオリン弾き」（六七年九月六日～一〇月二九日　帝劇、東宝創立35周年記念東宝ミュージカル特別公演　森繁久弥・越路吹雪・淀かほる・浜木綿子・西尾美恵子・市川染五郎）が初演されていた。菊田ミュージカルの新作ではなくこれ以後ブロードウエイ・ミュージカルが日比谷に登場するようになる。

ニューヨークのグリニジビレッジばかりではなく、私たちの国も動き出していた。青年医師たちがインターン制度反対で国家試験をボイコットしたのもこの春であった。これが学生達の反乱が始まる前兆であった。日本の若者たちはあちこちで反乱を起す。60年安保時には岸首相で、この時は佐藤首相。二人の兄弟に日本の若者が叛旗を翻したことになる。東京教育大の筑波移転に反対し学生達が授業放棄をしたのもこの頃だ。佐藤首相は国会周辺のデモを認めた東京地検の判決に異議申し立てをするなど、危機的状況が始まっていた。三派全学連の羽田デモはこの二ヵ月後の一〇月だ。学生達の革命運動の始まりは、ノン・セクトやノン・ポリ学生たちの新しい学生運動の誕生につながり、全学連の全国的な闘争がこのあと登場する。そうしたこれまでとは異なる恐れを知らぬ若いエネルギーの爆発は、小劇場演劇、アングラ演劇の爆発的な誕生にも繋がるのである。早稲田小劇場・自由劇場・状況劇場の芝居に若い観客が集まりだしていた。おそらく菊田はそれにはまだ気付いていない。

他方、東京宝塚劇場の隣、日生劇場で製作営業担当の取締役に二八歳で就任していた劇団四季の浅利慶太は、日生の経験を生かしてミュージカルに劇団四季の未来の活路を見出そうとしていた。菊田が切り開いたブロードウエイに目をつけて、本格ミュージカルを導入し始める。劇作家の書いた戯曲を上演し続けてきた演出家浅利は、劇作家ではないから舞台をそっくりそのままを移入して日本で訓練した四季の俳優に歌い踊り演じさせようと計画した。これが現在まで続いている舞台である。したがってスターはいらない。技術的に訓練された俳優達がいればよかったのである。これが当たって五〇年以上経った今も、いくつもの劇場をもち、日本各地で長期間興行する劇団になり、日本中の観客が四季のブロードウエイ・ミュージカル「キャッツ」を観る事になった。

劇作家菊田一夫の方法は違った。ブロードウエイの全くのコピーではない。原作はブロードウエイでも日本人の劇作家が書き、演出家が演出し、スターに演じさせる方法であった。菊田の目的は和製ミュージカルの実現であったからだ。その意味ではブロードウエイ版とはことなる舞台は菊田の新作と見ていいのである。菊田は劇作家であったからそういう選択をしたのだと推測される。ロンドンのナショナルシアターで観た「マイ・フェア・レディ」も同様であった。これが本来のやり方だと、わたくしは考えている。

「スカーレット」——内重のぼるの再登場

一九六八年一月二九日に東宝と菊田一夫は、ミュージカル「風と共に去りぬ」の独占上演権（日本初演後向こう一〇年間）を獲得した。さらに全世界の劇場における、全世界各国語（菊田一夫脚色、ハロルド・ローム作曲の日本語版を基に翻訳された各国語）によるミュージカル「風と共に去りぬ」の独占上演権を獲得する。これを基に世界各国で上演された場合、東宝と菊田に「夢のような数字のローヤリティ」が入ってくることになる（「落穂の籠」15）。

日本の興行界にとってははじめての経験であった。菊田は初の渡米をフランキー堺としたとき（一九六二年七月）、ブロードウェイに立って「俺はいつか、きっと、このブロードウエイを征服してみせる」とつぶやいたらしい。帰国してフランキーは「頭がどうかなったんとちがうかな、ブロードウエイを征服するんだってよ」と皆に言ったそうだ。これを聞いた菊田は、気分を害したようで〈初めての渡米で興奮していたんだろう〉と苦笑い。それを知っている野口久光は「演劇青年のような菊田さんの夢」と表現し、「スカーレット」がいずれブロードウエイで上演されるだろうからと、「たとえようのないよろこびを感じている」と記していた（『東宝』一九七〇年一月号）。「風と共に去りぬ」のミュージカル上演権の獲得は、菊田にとってどんなにか嬉しいことであったか、と思う。

ミュージカル版「風と共に去りぬ」の菊田脚本（第三稿）は、翌六九年四月に英語版にするためにアメリカに渡った。「振付者、演出者、英語版台本作者、作曲者、舞台装置家等の検討会が始まる」という。そして日本上演のための英文台本からの翻訳作業が次に始まると述べているから、この契約は随分と面倒な経路を辿っている。準備段階の話し合いは、地球の反対側との交渉で「いくたびか暗礁にのりあげた」が、「その都度円満に解決してきたのは、もともと菊田専務の悲願ともいうべき熱情と、日米両方の、よい作品を創ろうとする共通の善意によるもの」であり、アメリカ側のケイ・ブラウンと日本側の上西信子の「二人の女性のねばり強い努力による」と雨宮恒之は「カーテン・コール　9」で告げていた。

七〇年一月に初演を予定していたらしいが、できないかもしれないと菊田は気弱に書く（「落穂の籠」27）。が、この日本上演作に対してアメリカの出資者が百万ドルだすと名乗りをあげたらしい（日本円にして三億六千万円）。菊田は「自分の作品にこれだけの金をかけてくれる人があろうとは夢にも思わなかった。」と驚き、成功を願った。そして予定通り七〇年一月にミュージカル「風と共に去りぬ」の初日が開くことになる。

「落穂の籠」を読むと、完成までの煩雑さに驚く。アメリカからジョー・レイトンが南部訛の上手い作者を同行してきて、菊田の日本語完成台本を、東宝の高田蓉子が英語に訳し、同行の作者が南部なまりのセリフに直す。それを読んだレイトンが演出プランを立てる。そして作曲家ロームが来て、台本の完成は八月、一時帰国し、一〇月に再度来日して稽古に入る。二ヶ月間の稽古の後、舞台稽古は八日間。菊田とスタッフは帝国ホテルに缶詰状態で台本が完成し、タイトルは「スカーレット」に決定。七月三〇日から出演者のオーディションが行われ、リストに上った俳優は千数百人。面接した俳優が百二十名。ダンサー・歌手が五百人。「オーディション・システムになれない日本では、スター級の俳優ばかりのオーディションに細心の注意」を払ったという。九月二五日にオーデションによる配役決定、一〇月中旬にレイトンらスタッフが来日し、ダンス場面の稽古が直ぐに始まる。最終決定でスカーレットは内重のぼる（神宮寺さくらと改名）、レットは宝田明、メラニイは倍賞千恵子、アシュレは田宮二郎、ベルは浜木綿子、ミード博士は益田喜頓、J・オハラは尾上九朗右衛門、ほかに木の実ナナ、黒柳徹子、友竹正則らが決まる。当時、舞台から遠ざかっていた内重のスカーレット起用が世間を驚かせたらしい。関係者全員の顔合わせは、一一月四日であった。

宝塚で那智わたると共に宝塚を背負っていたスター内重のぼるは、那智がスカーレットをやりたかったと同様に、帝劇の開場公演で演じたかったのかもしれない。仮にそうなら、このミュージカルへの出演は願いが叶ったことになり、どんなにか嬉しかったことだろう。

しかし思いがけないアクシデントが起こる。宝田が舞台の稽古開始と同時期に入っていた映画の撮影で怪我をして六カ月の入院を余儀無くされたことだ。オーディションに参加していた北大路欣也が東宝砧撮影所に三カ月間のスケジュールを予定していたために、撮影中の映画をおりて稽古に参加、浜は喉を痛めて声が出なくなり、宝塚の加茂さくらに変わる。父親役の尾上九郎右衛門も高血圧で出演不可能で田島義文に変る。宝田が骨折した時、菊田は本当に衝撃を受けたという。しかし北大路と宝田の音のキイが同じであったために、作曲をそのまま使用できてホッとしたと記している。一九七〇年一月二日〜三月二九日まで公演された。

台本（『東宝』一九七〇年二月号）を見ると、ストレートプレイの一部二部を、一つにしているために、どうしても筋を追う形になっているのは否めない。しかしコンパクトに良くまとめられていて、歌も数が多く、登場人物の真情に沿った歌詞が洒落た形で入れ込まれている。合唱も多い。宝塚でよく使用される影コーラスのようだ。

菊田が拘ったメラニイの二人目の子供を生む理由は曖昧で、自分の死後、アシュレイと子供を頼むという場が簡略に示される。この場はアメリカ側と意見の合わなかったところのようだ。彼女が死ぬと過ぐに抜け殻のようなアシュレイの存在に気付いてレットのところへ戻る場に転換。ここが早い。レッドは既にスーツケースを提げて部屋に入ってくる最後の場面になる。

「私はね、今夜はじめてわかったのよ。」「君の言おうとしているることはわかっている。アシュレ君をほんとうに愛していないいって言うことが、今日はじめてわかった。」「私のあいしているのはあなたよ。」「もう、おそすぎるよ。僕の愛はすり切れてしまったんだよ。」「でも、愛情はすり切れたりしないわ!」「君のアシュレに対する愛はすり切れたじゃないか?」（略）「でもいったい私はどうしたらいいの。」「君がどうしようと知ったことじゃないよ。」とスーツケースを提げて去ってゆく。登場人物は二人だけ。

レットが家を出るところで菊田の拘った〈一人でスーツケースを持って去る〉場面は、セリフは異なるが、ここでも生きていた。そして小説や映画、帝劇の開場公演でもあった有名な夕焼の木の下でスカーレットが生きていこうと決意表明する最後の場面は変り、レットの去った後、同じ場で、スカーレットが叫ぶ。

「レット!!　あのひとをはなしはしないわ。きっと取りもどしてみせる。タラへ帰ろう。……タラでなら、彼をとり返す方法も考えられるわ。でも、きょうは考えないでおこう。心配するのは明日にしよう。」（ホリゾントをゆっくり雲が流れる。）

幕

日本初演の後、アトランタで上演予定であったが、興行主催者の資金繰りが立たずに実現されなかった。しかしロンドで上演されている。製作を担当した佐藤力（勉）がこれについて記している（「ロンドン多忙」『東宝』七〇号一九七二年八月）。「スカーレット」の三ヶ月の公演は好評であったが、興行成績は上らなかったらしい。「脚本は菊田専務だったが、その他のスタッフは全部アメリカ人」「ものやさしい中年女性トルーディ・リットンが、合唱舞踊場面の編曲に凄腕を発揮したほか、日本人キャストは勿論、演出、振付スタッフも美術関係者もほとんど死にものぐるいの努力はした。が、興行成績はあまりあがらず、僕は自信をうしない、虚無的になった（略）けれどもそれがロンドンへ売れ、新聞が眼をむく程ヒットした。（略）ハロルド・フィールディング氏という制作者が買ったのであると……。

佐藤は、彼から「最近のイギリスの演劇界は、観客数は横ばいだが、制作費が暴騰していよいよやりにくく、危険なビジネスになってきている」と聞き、演劇興行の悩みはどこも同じだと思ったようだ。

一九七二年の五月、糖尿病が悪化していた菊田は、病をおしてロンドン公演「スカーレット　風と共に去りぬ」を見に行った（ドルーリー・レーン劇場）。その様子を小幡欣治は次のように記している。

自分の書いたミュージカルが外国で上演されるのは、菊田一夫の長年の夢だった。その夢がいま叶う、長旅の疲れも忘れて客席に坐った。だが、舞台は良くなかった。下手な俳優ばかりで、これなら日本から益田喜頓や倍賞千恵子を連れてきた方がずっと良かった。菊田一夫は歯ぎしりして悔しがった。おまけに彼を怒らせたのはプログラムだった。東京公演では、製作菊田一夫、協同製作ジョオ・レイトン、作詞作曲ハロルド・ローム、脚本菊田一夫、だったのに、ロンドンでは、脚本ホートン・フートとあって菊田一夫の名前が消えていたのだ。（二六五～六頁）

菊田の「落穂の籠」（57）にもこのときのことが記されていた。それを読むと作家の文章（小幡）は、真に受けてはいけないと思わざるを得ない。東宝の松岡社長は初日に出向いたが、菊田は五月三日の初日には行かれなかった。「歌麿」の初日が五月六日であったからだ。遅れて観にいった菊田は、超満員の客席に「熱気が感じられ」、新聞評も「永遠にロングランが可能なミュージカル」といい評価が出たと告げる。

舞台は、スカーレットのジュン・リッチイは適役であったようだが演技が強さと激しさばかりで愛らしさがなかったと評し、メラニイは背が高く歌も上手くなく、英国のスタッフは英語が出来るなら倍賞千恵子をロンドンに招いて演じてもらいたいと、言っていたそうだ。ミード博士も益田喜頓の方が遙に高級、レットは歌は上手いが演技は下手、ベルもだめで、浜木綿子を連れてきたかった。

「演技人もダンサー達も概して、ロンドン公演よりも、東京公演のほうが優れていたようである。日本のミュージカルを心細く思う人には一度〝風と共に去りぬ〟のロンドン公演をご覧になり、日本の東京公演と比較して見られるといいと思う。気が強くなることは確かである。」と日本のミュージカルの高いレヴェルに自信を持つ。

そして「心を暗くすることが一つ起った」として「プログラムのクレジット欄から、私の名が消されていることである。」と触れた。脚本はホートン・フートになっていたのだ。実際の舞台は、一幕は菊田脚本と「一字一句」変わらず、二幕が「可成り短縮されて」、それは人種問題の紛争をさけるためにカットされていたに過ぎなかった。「その代りに、ミュージカル・ナンバーの最後尾に、小さな別枠で……このミュージカル〝風と共に去りぬ〟は、日本東京に於ては、東宝株式会社の手により製作され、脚本はカズオ・キクタが書いた……と、記されている。」

なぜ名前が消されたのか分らないといって、「全スタッフの各代理人（弁護士達）によるクレジット決定のための会議が」あり、「各自が各自の権利を代表する強力な弁護士を持っている。私の名は、その席上で消されたのだそうである。これからも、作品の海外進出があるとすれば、これは充分に気をつけなくてはならないことだと思った。」と、観劇の翌日記した文章を結ぶ。

西洋人は自己顕示欲と自己主張が強いから、この位のことはやりかねない。日本人がこれと同じことをしたら大騒ぎになる筈だ。これに対して東宝と菊田がどのような対応をしたのかは、知らない。が、ロンドン公演の出来具合の悪さを知り、同時に外国人の厚かましい自己主張を知り、日本作のミュージカルを海外へ出すという菊田の〈野望〉は、二の次になったのではなかろうか……。

ヨーロッパやアメリカなど眼中になくていい。あちらはあちら、こちらはこちらだ。東宝の菊田、日本の菊田でよかったとわたくしは思う。なぜなら演劇は、その時代のその国の人々に見せるものであるからだ。住んでいる社会が異なるのだから全世界共通のものなどあるわけがないのである。

アメリカ原作、菊田脚本の「スカーレット　風と共に去りぬ」は菊田の死後、アメリカでも上演された。東宝を代表して公演を観た雨宮恒之がロスアンゼルスとサンフランシスコの公演について「カーテンコール」（『東宝』一九七三年一〇月）で告げている。これをみると、東宝ならびに菊田の権利は保証されていたと思われる。このプロジェクトはアメリカ各地を巡演したが、ブロードウエイの上演については詳らかではない。このときのプログラムには、〈脚本菊田一夫〉の名前が載っていたのだろうか……と思う。

「夜汽車の人」

ミュージカル「スカーレット」のあと、体調の悪い中、菊田は相変わらず脚色・演出をしている。が、その殆んどが共同演出で、書き下ろしは帝劇のグランド・ロマン「戦国慕情」、芸術座の「夜汽車の人」、そしてミュージカル「歌麿」のみである。菊田一夫が早すぎる死に向かって直走っていた様子を知るために、脚色・演出に名を出している作品を挙げてから「夜汽車の人」を読んでいきたい。

まず帝劇からみよう。帝劇グランド・ロマン「哀愁」（シャーウッド原作）脚色・演出（平山一夫と共同）、那智わたる・山口崇・浜木綿子・美吉佐久子他（七〇年五月四日〜三一日）、東宝ミュージカル「マイ・フェア・レディ」脚色・演出（広部貞夫・東郷静男と共同）、那智わたる・宝田明・益田喜頓・フランキー堺・丹阿弥谷津子・浦島千歌子他（七月七日〜八月二七日）、初代中村吉右衛門一七回忌追善帝劇特別公演「風流奴物語」（山本周五郎原作）は脚色のみ、松本幸四郎・中村吉右衛門（萬之助）・中村勘三郎・山田五十鈴・森光子・浜木綿子他（九月一日〜二七日）、長谷川一夫帝劇公演「宮本武蔵」の演出（前田昭と共同）、長谷川・淡島千景・那智わたる・草笛光子・宮城まり子・柳永二郎他（一一月二日〜二六日）、帝劇グランド・ロマン「戦国慕情」作・演出（津村健二と共同）、染五郎・北大路欣也・那智わたる・林与一・加藤大介・宮城まり子他（七一年一月二日〜二月二五日）、帝劇グランド・ロマン「花咲ける騎士道」（数作の原作あり）脚色・演出（中村哮夫と共同）、石坂浩二・那智わたる・フランキー堺・浦島千歌子・宍戸錠他（四月二日〜二九日）、帝劇グランド・ロマン「蒼き狼」（井上靖原作）脚色・演出（平山一夫と共同）、染五郎・那智わたる、倍賞千恵子、細川俊之・長門勇他（八月五日〜三〇日）、東宝創立40周年記念東宝ミュージカル「歌麿」作・演出（中村哮夫と共同）、染五郎・京マチ子・浜木綿子・益田喜頓・水谷良重他（七二年五月六日〜六月三〇日）、東宝創立40周年記念「新・平家物語」（吉川英治原作）脚色・演出（平山一夫と共同）、幸四郎・染五郎・司葉子・安井昌二・山田五十鈴他（九月四日〜二七日）。「新平家物語」は翌七三年一月にも菊田の脚色・演出で上演されるが、この時菊田は最後の入院をしていた。

そして芸術座。「雪国」（川端康成原作）の脚色・演出、吉右衛門・若尾文子（一月〜二月、五月〜七月）、「女坂」（円地文子原作）の脚色・演出（中村哮夫と共同）、山田五十鈴・乙羽信子・浜木綿子・三田佳子他（三月四日〜四月二六日）、「紅花物語」（水上勉原作）の脚色・演出（平山一夫と共同）、司葉子・三田佳子・田村高廣・宮口精二他（七月九日〜八月三〇日）、「花筵」（山本周五郎原作）の脚色・演出（藤野善臣と共同）、佐久間良子・一の宮あつ子・緒方拳・乙羽信子・田宮二郎他（九月三日〜一〇月三〇日）、「とりかへばや秘文」（船橋聖一原作）の脚色・演出（平山一夫と共同）、山田五十鈴・西尾恵美子・三林京子・森雅之・島田正吾他（一一月四日〜一二月二七日）。一九七一年には「可愛い女」（ゾラ原作「居酒屋」）の脚色・演出（中村哮夫と共同)、池内淳子・浜木綿子・金子信雄・吉右衛門他(一月二日〜二月二五日)、「放浪記」再演15周年記念、菊田演出(津村健二と共同)、森光子・加茂さくら・益田喜頓・戸浦六宏・宮口精二他(三月二日〜五月二七日)、この後は花登筺と小幡欣治が作・演出を担当して、一〇月に菊田の「夜汽車の人」が舞台にあがる。

このスケジュールを見ていると、病気にならないほうがおかしい。菊田が〈一人で受け持ちたがった〉などと言う人もいたようだが、それは違うだろう。菊田の名前でなければ客が来ないという現実があったからなのだ。経営に関わるものとして劇場を開け続けるためには、有能な作家がいない限り不可能であった。東宝には菊田に代わる作家はいなかったのである。菊田の死後、客を呼ぶために芸術座は菊田の嫌った〈女優劇〉(女優中心の芝居)に早々に転換したことでもよく分る。

〈夜汽車〉は萩原朔太郎の詩のタイトルだ。これは「放浪記」同様に「伝記劇」ではない。詩人萩原朔太郎の人生の一部を菊田が個的な想いを篭めて自由に描出したもので、一九七一年一〇月〜一二月の二ヶ月間、芸術座で初演された。朔太郎は市川染五郎と片岡孝夫が交互に演じた。この舞台で、加茂さくらは芸術祭奨励賞を得ている。

この作品を執筆するころ、菊田は、同居人の女性と別れて三光坂のマンションに一人住まいをしていたようだ。小幡欣治がその辺りのことは詳細に記している。このマンションは「かつては三鈷坂と呼ばれて(略)いた寂しい坂道で、マンションはその途中にあった。体力の衰えた菊田は、そんな坂道では散歩もままならない。通いでくる手伝いのおばさんに食事を作ってもらいながら、晩年の傑作といわれた『夜汽車の人』を書いた。興行師という仮面を脱ぎ捨てて、作家菊田一夫が書きたいものを書こうとして挑んだ執念の作物」(『評伝　菊田一夫』)と小幡が評した戯曲だ。

菊田の体調が「そんな坂道では散歩もままならない」ほどであったかどうかはわからない。先にあげた他にも、那智わたる主演「裸のカルメン」(ロック・ミュージカル、演出は鴨川清作　日生劇場　一九七二年三月公演)、八千草薫主演「二十四の瞳」(芸術座　七二年七〜九月公演)、山田五十鈴・森光子・浜木綿子らの「道頓堀」(芸術座　七二年一〇〜一二月公演)などを書いているし、死後刊行された遺稿・演劇随想集『落穂の籠』(読売新聞社一九七三年)にこの時期の随筆(「私事片々」)が収録されていて、それをみると死が間近にせまっているとはとても読めない。あるいは作家の性(さが)で読者を煙に巻いているのか……。

菊田は「尊敬する天才詩人萩原朔太郎先生の人間的に不

遇であった生涯に、その作品〝夜汽車〟を重ね写すことによって、一人の詩人の愛と詩の生涯を描き出そうと心がけたのであります」と芸術座台本（早大演劇博物館所蔵）のはじめに記している。

菊田と朔太郎の個人的な関係は有名な話だ。若き日、死にたいと考えた時、「死ぬならば、先生にお目にかかってからにしたい」と朔太郎を訪ねた。しかしドアを叩けず、海岸を歩いていて朔太郎に偶然会い、救われた。朔太郎の弾くギターを聞きながら生きてゆく気になったという話だ。「文献によれば、萩原朔太郎には同氏の妹とミッション・スクールの同窓生であった恋人がいたそうである。萩原氏はその恋人をエレナと愛称していたそうである。だが、その恋は成熟せず、エレナはやがて他家へ縁づいてゆき、嫁にいった先で胸を患って転地した。『夜汽車』はそのころの詩である」（昭和四十六年九月）という。「夜汽車」にこんなフレーズがある。

あまたるきにすのにほひも
そこはかとなきはまきたばこの烟さへ
夜汽車にてあれたる舌には侘しきを
いかばかり人妻は身にひきつめて嘆くらむ。

最後の幻想場面でエレナと旅をするのだが、そこでこの詩が具現化されたとみることができ、それは丁度エレナが結核で死んだ時間であった。このあたりは菊田ロマンといっていいだろう。

演出補佐をした中村哮夫は菊田がこの作品の書き出しに悩んでいた様子を書く（「菊田先生と私」『東宝』菊田一夫追悼号）。「でだしに難航しています」と記した菊田の手紙が引かれているが、実際、この作品の出だしはとても成功しているとは言い難い。駆け落ちの約束の場を見せるために、それ以前の二人の話を大急ぎで書き込んでいるから、状況説明が多く、駆け足にならざるを得ない。

朔太郎が駆け落ちを約束したエレナは、来なかった。エレナは前橋のお金持ちへ嫁ぐ。職もない無名の朔太郎は恋人に振られたのだ。その後何年か過ぎて、少し有名になった朔太郎に結婚話が起り、見合い相手と出あった演奏会の日、エレナは妾を囲う夫に愛想をつかし家を出て朔太郎を訪ねてくる。彼女は朔太郎と共に過ごしたいといいに来たのだが、朔太郎はさっきの見合い相手と結婚するからといってエレナを拒否する。駆け落ちをしようと約束した日に来ないで、救ってほしいと朔太郎に会いに来たエレナを許さなかったのである。

朔太郎が結婚した真砂子は、現実主義のわがまま娘で朔太郎とは心が通じ合わない。真砂子はダンス仲間の柳瀬と恋に落ちる。彼は年下の学生だった。エレナは結核になり、葉山で療養をしている。離婚をしたくても父が許さない。朔太郎の妹は、兄が弾みで結婚したんだとエレナに告げる。エレナを見舞う朔太郎はエレナにいう。「はじめは君が裏切り、二度目は僕が君をつきはなし、ふたりは互に、遠く離れた沼に落ちてしまった」（二幕）。

真砂子は若い学生と結婚したいと言って娘容子を置いて家を出て行く。そして朔太郎は再婚する。ここでは嫁と姑の争いがおこり、また、離婚。

何年か過ぎる。エレナが離縁になり、実家に戻っていることを真理が知らせる。朔太郎は今度こそ結婚しようと思う。が、エレナと会おうという日に彼女は息を引き取っていた。幻想場面で朔太郎とエレナは夜汽車に乗って新婚旅行に旅立つ。最終場面は、エレナの死んだことを知った朔太郎が、エレナの写真に手品を見せるところ、それを大きくなった容子が陰で見て、泣く。

この最終場面を、野村喬は次のように表現した。「終幕、エレナの写真に捧げる朔太郎の手品の花束は、結婚生活、家庭生活に幻滅し敗北したロマンチストの悲痛な青春の日への鎮魂の歌であった。がまた、舞台の魔術師である菊田氏の心の供花でもあったのだ。」（『東宝』一九七一年一一月）。

菊田にも初恋の人に再会した過去があったこと、何度も離婚をしていること、最後に同居した女性に恋人が出来て去られたこと、などを思い出す。自己投影とは言わないが、朔太郎を書こうと思ったのは、朔太郎の生に自身を重ねていた部分があったのかもしれない。

朔太郎に劣らず菊田一夫はまことにロマンチストであったと思う。

そして幕開きに苦しむ菊田は、病に苦しむ菊田に重なり、新作に挑む気力が徐々に失せていくのである。

最後の新作は、ミュージカル「歌麿」であった。菊田が、宝塚作品に〈愛とは何か〉を描かなくなったとき、菊田の舞台にかける願望は、海外上演の可能なミュージカルに変わったのだと推測される。それが和製ミュージカルであった。日本が海外でそれなりに認められるのは、現代物ではなく過去、〈着物を着ている日本人の世界〉であることを海外へ行って身をもって知ったのかもしれない。

浮世絵作者歌麿は、葛飾北斎と共に海外で最も名前の知られた浮世絵師であり、ボストンやロンドンの美術館にも浮世絵が所蔵されている。そして固有の美人画を描きつづけ、幕府の弾圧に何度も反抗した絵師でもあった。菊田がいかように歌麿を描いたのか、最終章で可能な限り見ていきたい。

終　章
ミュージカル「歌麿」

「歌麿」 提供：松本幸四郎

「歌麿」（三部一七場）は、東宝創立40周年記念公演として一九七二年五月六日から二ヶ月間帝劇で上演された（六月三〇日迄）。戯曲は『東宝』69号（七二年七月号）に掲載されたが、早稲田大学演劇博物館に上演台本（森秀男寄贈）が所蔵されている。両者を比べると若干の異同がある。台本の方が場（一部が、戯曲は五場だが台本は七場）もセリフ（主として四通人のセリフ）も多い（台本は三部一九場）。台本の一部の最後二場面が戯曲では二部の始まりに（両国界隈）置かれた。これは推測だが、これまでも指摘したようにしばしば菊田は舞台稽古を見て場やセリフをカットしているから、これも同様でいずれかの段階で一部の終りを変え、戯曲掲載時にそれを完成稿として載せたと思われる。「落穂の籠」（57）に、初日をみて「満足すべき出来栄えというには可成りに遠いもの」「全体にもっとテンポをたたみかけて行きたかったが、稽古量の不足からか、これも思うにまかせなかった。こんどの脚本は初日の二ヶ月前には書き上げたのだが、充分な稽古を積み、作曲編曲の検討も重ねるためには、脱稿後最低三ヵ月は必要だろう」と書いている。二ヶ月前に脱稿しているのを知ると、海外へ出すミュージカルとして菊田がこの作品に力を込めていたことがよくわかる。実際、稽古初日の挨拶で菊田は関係者に海外上演を考えていると語り、アメリカのプロデューサーも舞台を観に来たらしい。いずみたくの曲が当時流行のコマーシャル風でよくなかったという話も聴いた。ミュージカルは、舞台に流れる曲とコーラスに左右されるから曲が悪くては、どうにもならない。それが、菊田の指摘した「作曲編曲の検討」という言葉になったのだろう。いずれにせよ舞台のテンポを上げるのは演出者の中村哮夫にまかせて、先にも記したようにロンドンのミュージカル「スカーレット　風と共に去りぬ」を観るために菊田は機上の人になる。「落穂の籠」は、機内からの便りだった。

この舞台は、開場公演の「風と共に去りぬ」やミュージカル「スカーレット」の情報発信とは雲泥の差で、雑誌『東宝』にも情報があまりない。しかも劇評も「テーマのしぼり方では、もう一つはっきりしないのが残念」「総花的」「あとのほうになるにつれて、その弱さが露出」（日下令光）とか、「歌麿が投獄される場面のうまさはさすがと思わせたが、後半に行くに従って粗さが見えて、着想は不発」（小幡欣治）と批評されていた。

出演者は、予告では市川染五郎・京マチ子・那智わたる・草笛光子・フランキー堺・益田喜頓とあった（『都民劇場』二六二号一九七二年四月）が、『東宝』に載っている写真には歌麿（染五郎）、おきた（京）、おひさ（浜木綿子）、滝川（水谷良重）、赤良（フランキー）、金鶏（小鹿敦）、只住（沢木順）、飯森（友竹正則）らが出ている。後の四人は笑いの部分を担当する歌麿の友人・江戸の狂歌師四通人たちだ。他に主な出演者は萬屋万兵衛（益田喜頓）、蔦谷重三郎（須賀不二男）、写楽（松橋登）など。

劇評は良くなかったが、これは菊田創作の最後を飾るにふさわしい興味深い戯曲である。簡単に筋をみてから部分的にふれることにしたい。一部では、歌麿がおきたというモデルに会い（一部三場水茶屋難波屋店先）、蔦谷重三郎に認められ（一部四場西村永寿堂店先）、蔦谷の画室でおきたの美人画を描くまで。二部では、有名になった美人画と商売の関係を描きながら互に惹かれあう歌麿とおきた（一部五場蔦谷の画室）。再度の別れ（二部一場両国界隈）、蔦谷の薦めでおひさをモデルに美人画を描く（二部二場薬研堀）、おきたと再会して愛をかたり、また別離（二部三部両国川開き）。他方で写楽の恋人おきわが花魁（滝川）になる（二部四場吉原・花の小路）。三部では、おきたを探す歌麿（三部一場上野広小路）、おきたは札差萬屋万兵衛に囲われ贅沢な暮らしをしていた（三部二場札差し萬屋万兵衛の寮）。二人の再会とわかれ。写楽と滝川の心中（三部四場扇屋滝川の部屋）。煎餅屋の若主人と結婚して幸せそうなおひさ。初めに戻って歌麿の投獄と出獄。盲目になった歌麿がおきたを描き、力尽きて死ぬ（三場六場両国の歌）。

この作品は決して〈総花的〉ではない。おそらく歌麿と直接関係のない写楽登場や花魁の勢ぞろい「青桜十二刻」（二部六場）と「太閤五妻洛東遊歓図」（三部五場）の遊びの様子等々を出したことでテーマがハッキリしないと疑問視されたのだろうが、写楽と滝川の恋はテーマにつらなる内的必然があってのことだし、絵で見せずに歌麿の浮世絵を俳優が扮して登場させたのは、海外上演を意識したことであったと推測される。おひさの平凡な結婚も同様だ。もちろん写楽の恋も死も、おひさの結婚も、写楽と歌麿の関係も全て〈虚〉である。歌麿とおきたの恋も真偽の程は不明だ。しかし抑圧された時代状況の中に反骨の絵師歌麿を置いて、固有の美人画を描いた歌麿の心の在り様に焦点をあてたのだ。これまでみてきた菊田作品（宝塚や詩人を対象にした戯曲）と同様の創り方である。その意味でも創作の最後を飾るにふさわしい作品だと思われる。

現在時間は文化元年（一八〇四）五月、歌麿五二歳の頃、小伝馬町の牢屋敷に投獄される場から始まる。罪は、「太閤五妻洛東遊歓図」を描いたからであった。この年、幕府は倹約令を出し、絵草子の出版販売が制限され、贅沢な暮らしをする町人は捕らえられ、歌麿はこの遊歓図を書いて処罰された。

「民百姓の食うや食わずの苦しみをよそに、ぜいたく三昧の日を送るのは、太閤様も公方様も同じこと……持って生れた上ッ方にタテつく心がお上のお怒りに触れたのでござります。」と牢名主に歌麿は語る。そして牢名主に問われるままに過去を語りだす。現在から過去へ遡り、そして現在へ戻り、未来へ進む。そんな構成になっている。

音楽が入り歌麿が歌う。宝暦四年、群上一揆のあった年に歌麿は生れた。

(合唱)「うちこわせ　うちこわせ　世直し　世直し　うちこわせ　うちこわせ　世直し　世直し　死ねば極楽　生きてりゃ地獄　ああ」

(歌麿)「寒い夜明け　一揆が起った　故郷は燃え　父も母も死んだ　それから私の旅がはじまる」、(歌麿)「寒い夜ふけ　一揆が起った　江戸の夜空に　半鐘がひびく　今また私の旅がはじまる　何故人はみな苦しむのだろう　絵筆をすてて　手に武器をとれ　私は走った　みんなといっしょに　その時　一人の娘に出会った　それは名前も知らない」

その娘は歌麿に言う。「絵師は絵を描いて、打ちこわしをやるのが、本当じゃないのかい」そして消えた。歌麿はこの幻の娘を求めて美人画を描く絵師になるのであった。

次の場は両国。見世物小屋が並ぶ賑やかな場。四人の通人が公方様批判の歌を歌い同心に追われる。そして両国橋の水茶屋難波屋の店先へ。ここで歌麿は難波屋おきたと出会う。前に会ったことがあるような気がする歌麿。幻の娘だ。絵を描きたいとおきたに言うがなかなか承知しない。歌麿の歌を引こう(作詞　藤田敏雄)。

お前の中に　もう一人　お前という女がいる　そうさ
お前は気づいていないが
そのもう一人の女に会うために　今まで私は生きてきたのさ　あれほど　探し求めた女　私が描きたい女は
お前の中にいるもう一人の女

ついておいで　もう会わずに　雲が切れて　澄み渡る空に　とじていた　その目が
女の姿　見出す　花のように　咲きはじめた　私のかく女

この戯曲の真髄は、この歌にある。「お前の中にいるもう一人の女」を求めて絵を描き続ける歌麿の世界だ。

歌麿はおきたの素描を版画屋へ持ち込むが拒否され、沈み込む歌麿の絵を買ったのが新規開店した蔦谷重三郎。二人は瞬く間に美人画で江戸中にセンセーションを起す。版元の蔦谷とおきたの働く難波屋は大繁盛。美人画がコマーシャルの役を果たしたのだ。江戸時代が、資本主義的経済機構を持ちはじめていたことがよくわかる。

歌麿の絵は全身を描く美人画ではなく、顔中心の大絵や半身を描いた動的な美人画で、それは今までにない革命的ともいえる画期的な絵で、見るものに何かを語りかける絵であった。時代の自然らしさを表現していたといっていい。幕府に抑圧されていた民衆はそこに開放感を見出して購入したのである。

歌麿の絵を買いに来る人々を沢山出して、流行を追う大衆の浅はかさやそれをすぐさま金儲けに利用する商人達の姿を笑と歌で表現している。この辺りは、なかなかいい展開だ。

登場するモデルの女たちは、市井の無名の女二人。おきたとおひさ、そして遊女滝川。最後の遊女は脇筋といってもいい写楽の恋を描くために登場させたと考えられる。もちろん歌麿は遊女の美人画も沢山描いているからだ。

水茶屋の女おきたはモデルをしながら歌麿に恋をする。煎餅屋の娘おひさも恋をする。が、歌麿が描く美人の顔は、全て初めに描いたおきたの顔であった。歌麿はおきたの中に何かを求めていたのだ。歌麿の絵の顔がおきたの顔だと知ったおひさは歌麿の心を知り、身を引く。昔あった幻の娘を求めている歌麿は目の前のおきたを愛しているのに気づかない。打ち明けられずに一度は別れるが、川開きの夜、おひさの機転で二人は結ばれる。この場の歌麿の歌。

「私にとって恋とは何か　別れるためにめぐり逢うこと　私にとって夢とは何か　何かをいつも待ちつづけること（略）青春に生きていた　ある人を愛した　今　私と二人　沖の漁火を　みている人を」（この最終のフレーズは台本とは異なる）。

歌麿とおきたはこの後また、別れて再会。会うたびにおきたの状況が変化し、歌麿はますます有名になっている。

菊田は歌麿の美人画の顔がほとんど同じ顔付であることから、こうした発想を取り入れたのだと思われる。実際に歌麿の美人画をみるとそれがわかる。こうして一人の女の幻を求め続ける絵師歌麿像が出来上がったのだ。〈女の中にいるもう一人の女〉、いいかえれば〈女のなかにある真実の姿〉〈女の真の心〉、それを歌麿は求めていた。これはまさに菊田一夫である。かつて〈愛とは何か〉〈どう生きればいいのか〉を求めて舞台を創って来た菊田の、これは最後の到達点であったのだと思われる。菊田はただたんに海外で上演するための和製ミュージカルを生み出したわけではなかったのだ。絵師歌麿という一人の芸術家を通して、菊田は〈女の向こうにある何か〉、いいかえるとそれは人が求めても決して手にはできない〈絶対の真実〉を探し求めていたのだと思われる。こういうテーマではニューヨークのミュージカルには向かないだろう。

この作品では権力批判は、こんな風に表現された。第三部第三場美人画受難、瓦版売りと四人の通人の歌を部分的に引こう。

（瓦版屋）ついに出ました　きびしいおふれ　ぜいたくいっさい　あいならぬ
御存知札差し万兵衛が　まず手はじめに島送りだよ
つづいて益々きびしいおふれ
絵草子　浮世絵御法度だ　さからう奴は容赦なく　かたっぱしから　めしとられたぞ
（飯盛）奢侈禁止令相申し付け候　ひとつ絵草子洒落本のたぐい　今後いっさい売買禁止のこと　あああ
（赤良）ごもっとも　ああごもっとも　お上の言葉は有難い
（四人）ばちあたり　ああばちあたり　楽しみはただ働くことだけ
しもじもにゃ　すぎたことさ（略）お上の言葉はごもっとも　なんでもかんでもごもっとも　死ねといわれりゃごもっとも　あああ　おれたちゃほんとにぜいたくだ　生れてきたのはぜいたくだ　生きているのもぜいたくだ

美人画が捕方の手で引き立てられる。歌麿は言う「俺の錦絵がいけなくて写楽の役者絵はいいのか」、赤良は応える「写楽は絵が描けなくなったぜ。（略）化物のような顔をした役者絵を描いたので、芝居者に憎まれて、そいつらがさしまわしたならず者に、かんじんの右手を斬られたんだよ。」驚く歌麿。

写楽については分らないことが多い。が、彼の役者絵が役者たちの不評をかったのは記録に残っている。写楽は作品の発表時期が短く、忽然と消えたためにさまざまな推測が可能で多くの作家が表現してきた。蔦谷重三郎が二人の絵の版元であったことから菊田は歌麿と写楽が知りあい、写楽が相愛の滝川と心中したという〈虚〉を描いた。そして死によって彼らの恋を絶対の完全な恋にした。それは〈虚〉であるからこそ可能であったのであり、歌麿とおきたの現実の不確実な恋に対峙するものとして必要な存在であったのである。

写楽は、昔からおきわという女と恋仲だった。貧乏が二人の恋を許さず、おきわは滝川という花魁になる。が、絵の描けなくなった写楽も遊女になった滝川も変らぬ二人の愛を貫く。愛の勝利、愛の完成だ。二人の「道行」の歌は次のように歌われる。これは二人で交互に歌う。

「絵筆を握る　右手を斬られ　生きる望みも　たたれた
ひとつの夢が　墓場へきえて　生きる望みも　たたれた
今　あなたが死ぬと言うなら　ひとり生きて何になる　ふたつのいのち　ひとつにかさね　遠い　あの世の旅路へ
二人の暮し　楽しいくらし　もとめつづけながら　あんたおきわ」

そして二人は心中。滝川は胸を刺し、写楽は咽喉を切る。

写楽の最後に歌麿が駆けつけ「ご禁令の手の届かないところで目のとび出るようなぜいたくな絵を書いてやる。（略）太閤さんが五人の妾を引きつれて、ぜいたく三昧の遊興をしている絵だ」と約束する。こうして「太閤五妻洛東遊歓図」が出来上がる。

場面は初めにもどって入牢の場へ。

脇筋の写楽とおきわの、恋に生きる逸話、この逸話を描くことで菊田が少なくとも〈真実の愛〉に生きた二人の存在を描き出したかったことだけは理解される。愛の〈所有と絶対〉の勝利だ。

最後は歌麿とおきたの場。かつておきたと会った両国橋難波屋の店先で、手探りで絵を描く歌麿。歌麿を探しに来たおきたと再会する。おきたは歌麿の目が見えないことを初めて知る。長い時間がかかったがここで二人はやっと分かり合えるのだ。かつて歌麿を訪ねたおきたは一度追い返されていた。それは絵の描けない歌麿が自意識を棄てることが出来ず目の見えないことを隠したかったからだった。

歌麿は言う「俺あ、あの時は、お前の心底からの気持が嬉しかったぜ。俺の手には手鎖がかかっている。眼は見えねえ俺あ、お前の手を押しいただいて泣きたいほどの気持だった。俺ゃ世間に負けたくねえばかりか、お前にも負けたくなかった。お前を追い帰した後で、俺ゃ泣いた。（略）絵が描けたら、真っ先におきた、お前を呼ぼうと思ってたんだ。」

おきた「おきたはねえ、あんたなしでは一日も生きていられない女なんだよ。あんたがいなきゃ生きていられない女が此処にいることを考えて、お師匠さん、しっかりしておくれよ」

歌麿「お前の向こうにいる女が描きてえ、お前の中にい

る女が描きてえ。（略）よく考えてみたら、俺の言ってい
た向こうにいる女とは、お前だった。それが今になって、
よく判ったよ」歌麿は〈不在の女〉を追い求めていたのだ。
絵を描きながら歌麿は「女が描きたい」を歌い、息絶える。

ついておいで　もう迷わずに　雲が切れて　すみわた
る空に
閉じていた　その眼が　女の姿を見いだす
花のように　咲きはじめた　わたしの描く女　めげず
に生きてきた　女の命が生まれる

最後に二人は分りあうが、そのときは永遠の別れであっ
た。悲劇だ。菊田は最後まで、世の中で〈生きるとはどう
いうことか〉〈愛するとはどういうことか〉を棄てなかっ
たのだ。それをこの作品は告げている。舞台を観た評者た
ちは、それが見抜けなかった。菊田一夫がこれまで作って
きた演劇の様々な形象――コメディ、ストレート・プレイ、
ミュージカル、ブラック・ユーモア……等々がここには凝
縮されて存在していたのである。初演からおよそ四〇年経
った今、俳優達の歌も踊りもレヴェル・アップした現在、
新しい作曲と演出で、帝劇の一〇〇周年記念公演の舞台
「歌麿」が観たかったと思わずにはいられない。それこそ
が海外ミュージカルにたよらない和製ミュージカルの成立
で、菊田一夫の望んだことであったと思われるからである。

菊田一夫の命の終りは、彼の演劇的時間の終焉でもあっ
た。戦時中に冷めた笑いで時代を批判した「花咲く港」を
書き、劇作家として生きる可能性を自らの裡に持つことが
出来た菊田一夫は、時代と人間に向き合いながら真摯に生
きた。

菊田は、敗戦後〈現代劇を生みだそう〉〈新劇でも新派
でも新国劇でもない現代劇〉〈現代の都会を舞台にして、
現代の神経で書かれた〉現代劇を表現しようと再出発する。
もちろんそれは当時主流のセリフ劇――今のストレート・
プレイであった。他方でNHKの連続ラジオ・ドラマを作
って、現在にいたるテレビの朝ドラの基礎を生み出す。

伝統演劇・中間演劇・新劇・宝塚という演劇ジャンルご
とに俳優が存在する日本の演劇状況を〈特権的芝居者〉の
世界といい、ジャンルの垣根を取り払い、何でもできる真
の俳優の登場と演劇の製作を願った菊田は、それを実行に
移した。

菊田は東宝の小林一三と出会い、演劇世界を可能な限り
拡げることの出来る場を獲得する。これは演劇の神様が菊
田に与えた〈幸運〉であったのかもしれない。二度と小林

一三が登場しないと同様に菊田一夫も現れない。小林の演劇に掛ける熱意と菊田のそれに応えた能力と努力、これは東宝にとっても日本の演劇にとっても幸いなことであったのだ。新劇も商業演劇も共に繁栄することができたからである。

占領解除後の日本の演劇世界は、一〇年間二つの潮流で進んできたとわたくしは見ている。その一つはもちろんリアリズム演劇を舞台に上げ続け、観客層を拡大し大きな質的成果をあげた新劇団の公演である。もう一つは菊田一夫が展開してきた新劇とは異なる東宝のリアリズム世界――商業演劇の舞台である。特に後者にはセリフ劇とコメディとミュージカルという三つのジャンルが拡がっていた。何よりも特筆すべきものはレヴュー集団だった宝塚歌劇に重い芝居を持ち込んで、芝居も可能なミュージカル演劇集団にしたことであろう。そして有能な女優を多数育て、演出家を育成したことだ。これはこの集団が、一つの固定した演劇集団として存在していたからである。つまり演劇は劇団という固定集団がなければ持続的な人的育成ができないことを証明したことになる。

菊田の目標は、宝塚歌劇団と出会うことで単なる時代の中に生きる現代劇だけではなくなっていく。宝塚歌劇団と菊田の出会いは、宝塚にも新しい道を拓き、同時に菊田にも新しい演劇の可能性を手渡したのではないかと思われる。それがニューヨークで流行しはじめるミュージカルであった。菊田一夫は、ミュージカルは欧米が先だと考えていたのかもしれない。しかし実は宝塚と菊田が、グランド・レヴュー、グランド・ミュージカルという名前で既に上質なミュージカルを生み出していたのである。そしてこれは現在も有能な演出家と女優たちとで継続されている。

アメリカから「マイ・フェア・レディ」の上演権を獲得して日本ではじめて舞台に上げる。宝塚のようにミュージカルに慣れた固定観客のない場での上演、しかもミュージカルという歌入り芝居に慣れない観客を呼び込むのは大きな冒険であったが、成功する。これが現在のようにミュージカルが一般大衆に定着する礎を築くキッカケになったのである。

観客数の少ない芸術座の登場は、新劇の観客以外の大衆に小さい劇場で芝居を観る喜びを知らせ、観客層の拡大に寄与した。

一九六六年の新帝劇の登場は、日本の演劇地図を変える。映画館であった帝劇が、世界で初めての舞台機構を持った劇場として登場した。そして世界ではじめてのストレート・プレイ「風と共に去りぬ」を初演する。この舞台は、科学技術が芸術の世界をよりハイレヴェルに、よりスピーディに形象化する手助けになり演劇上演の可能性が広がったことを示したのである。そして本格的にミュージカルが舞台に乗りはじめる。歌や踊りの入る分り易い大衆劇——ミュージカル（音楽劇）の拡大・浸透は、セリフのみで構築する演劇世界を減少させていった。それは大衆社会の行き着く必然であったとはいえ、その道の扉を開けたのも他ならない菊田一夫であったのだ。今からみるとそれは菊田一夫という劇作家をもしばり、創作劇を書こうという劇作家の登場をも規定した。

他方で、忘れてはならないのは、新劇に叛旗を翻すことになる小劇場演劇が機械技術に頼らない存在として登場したことだ。大——商業演劇・中——新劇・小——小劇場演劇の全く異なった演劇状況が生まれ、活況を呈し始めるのもこの時期からであった。そして〈小〉が〈中〉を潰し始め、その後〈大〉で活躍することになるが、それは菊田の死後であった。もちろん俳優たちは菊田の願ったように、ジャンルを超えて共演するようになる。

菊田はかように、日本の演劇に先駆的な足跡を残したのである。

現在の混沌とした演劇状況は、アメリカ産ミュージカルと海外作品の再生産・再現に追われているように見える。かつて雄を誇ったセリフのみのストレート・プレイも数少ない上演機会に翻訳劇が多く登場している。優れた演出家と劇作家の減少は、創作を減らし、安全な海外物や脚色物の再生産を生み、良質な舞台が消え、〈邪劇〉が横行する。そして観客の質が低下し、観客が減る。観客が減るとテレビで名前を知られたタレントが海外物で舞台に立って客を呼ぶが、舞台のレヴェルは下がる。悪循環が続くのである。

これまで観客調査をしてきた経験からみると、観客は集団につき、俳優につき、劇場について、それが持続する。タレントまがいの劇作家にも客はつく。観客の多くはリピーターになるから、それが可能になる。不特定多数が突然観に来ることは余りないのである。団体客として観た観客が、それをキッカケに観にいくこともまれだ。しかも恐ろしいのはその固定観客が、舞台の内容が悪いと少しずつ減少することである。したがって提供する作品の良し悪し、演出と俳優の能力がやはり重要になるのである。

この国の演劇の歴史を紡いできた多くの演劇人たちの願いであった舞台、日本の劇作家と演出家と俳優とで生み出される舞台が、ミュージカルにもストレート・プレイにも数多く登場することを願って、稀有な存在として生きた菊田一夫の演劇的時間を終わりたいと思う。

幕が下りて

本書は、雑誌『テアトロ』に二〇〇五年一二月号から二〇一〇年六月号まで断続的に二一回連載した「菊田一夫と東宝演劇」を大幅に削除訂正し加筆したものである。見直しに半年ほどかかったからわたくしの意識では初めて体験した書き下ろしのような気がしている。

『テアトロ』編集長の中川美登利氏に慶応大学名誉教授楠原―斎藤―偕子先生からご紹介戴いて連載を始めた時は、まさか一〇〇〇枚余の原稿になるとは思ってもいなかった。自由気ままな長い連載を受け入れてくださった中川編集長には感謝以外の言葉がない。かなり過酷な大学業務の中で、早稲田の演劇博物館や阪急の池田文庫に駆け込んでは資料を探し、ほとんど自転車操業といっていいような日々を、毎月繰り返していたのを思い出す。

菊田一夫の演劇人生と向き合った五年間であったから、今回本にするにあたりもう一度向き合いなおしたのだが、はじめにはわからなかったことが〈ぼんやりした像〉でわかったような気がしたり、わかっていると思っていたことが少しもわかっていなかったりしているのが現実で、なんとも心もとないがとにかくこれがわたくしからみた菊田一夫という劇作家の仕事である。

研究には調査が必要で、いつものことであるが、今回も貴重なお話を伺い、資料の提供や、写真の提供などでさまざまな方々や研究機関・会社にご協力をいただいた。ご教示ご協力戴いた順にお名前を記して心からの謝意を表したい。斎藤偕子、中川美登利、渡辺保、北村文典、永野誠、森光子、桂木嶺、鈴木隆介、宮城まり子、松本幸四郎、鈴木国男、阿部由香子、関谷由美子の諸氏、阪急文化財団池田文庫、宝塚歌劇団、早稲田大学坪内博士記念演劇博物館、早稲田大学中央図書館、共立女子大学演劇研究室、横浜市立中央図書館、映画文化協会、阪急電鉄広報部、東宝演劇部、東宝アド株式会社の諸機関に厚く御礼申し上げる。

今回も社会評論社の松田健二社長に本にしてもらうことができた。望外の喜びである。

芍薬の美しい五月に

井上理恵

日比谷有楽街　出典：『東宝五十年史』

参考文献

菊田一夫『菊田一夫　芝居づくり四十年』日本図書センター一九九九年一二月
菊田一夫『流れる水のごとく』オリオン出版一九六七年八月
菊田一夫『落穂の籠　遺稿・演劇随想集』読売新聞社一九七三年六月
菊田一夫『菊田一夫戯曲選集』演劇出版社一巻一九六五年五月、二巻一九六六年九月、三巻一九六七年五月
菊田一夫『がしんたれ』光文社一九五九年四月、角川文庫一九六一年六月
菊田一夫『ブロードウエイの扉』中央公論社一九六七年八月
菊田一夫『求めてやまないもの』大和書房一九六九年一〇月
菊田一夫『花のオランダ坂』和同出版一九五五年五月
菊田一夫『由紀子』全四巻　宝文館一九五四～五六年
小林一三『逸翁らくがき』梅田書房一九四九年六月
小林一三『増補日本歌劇概論』宝塚少女歌劇団一九二五年四月
小林一三『私の行き方』阪急電鉄株式会社二〇〇〇年八月
小林一三『小林一三日記』阪急電鉄株式会社一九九一年六月
演劇雑誌『東寶』一九三四年一月創刊号～一九四三年一二月終刊号
演劇雑誌『東宝』一九六六年一〇月創刊号～「菊田一夫演劇祭　菊田一夫・人と作品」一九七四年三月終刊号
『愛して恋して涙して――宝塚と菊田一夫』宝塚歌劇団一九八二年七月
『歌劇』宝塚歌劇団一九五五年～一九六六年
『宝塚歌劇五十年史』『宝塚歌劇の60年』『宝塚歌劇70年の歩み』
『宝塚少女歌劇脚本集２６００』『宝塚歌劇脚本集』宝塚歌劇団発行
『東宝五十年史』東宝株式会社一九八二年一一月
『帝劇の五十年』東宝株式会社一九六六年九月
『帝劇ワンダーランド』東宝株式会社二〇一一年一月
井上理恵『久保栄の世界』社会評論社一九八九年一〇月
井上理恵『近代演劇の扉をあける』社会評論社一九九九年一二月
井上理恵「マディソン郡の橋」『20世紀のベストセラーを読み解く』学芸書林二〇〇一年三月
井上理恵「川上音二郎の『金色夜叉』初演と海外巡業」『演劇学論集　日本演劇学会紀要45』二〇〇七年秋号
井上理恵「演劇の１００年」『20世紀の戯曲　Ⅲ』社会評論社二〇〇五年六月
有島武郎研究会編『有島武郎事典』勉誠出版二〇一〇年一二月
井上正夫『化け損ねた狸』右文社一九四七年九月
牛島秀彦『浅草の灯　エノケン』毎日新聞社一九七九年五月
榎本健一『喜劇こそわが命』栄光出版社一九六七年二月
奥村宏「病気になった巨大株式会社」『週刊金曜日』五三〇号二〇〇五年

尾崎宏次「ロッパ國民劇と東宝國民劇」『演藝画報』一九四三年四月
大笹吉雄『日本現代演劇史』（全八巻）白水社一九八五年三月～二〇〇一年一一月
小幡欣治『評伝　菊田一夫』岩波書店二〇〇八年一月
『カジノフォーリー脚本集』内外社一九三一年九月
菊田伊寧子『ママによろしくな』かまくら春秋社二〇〇八年四月
久保栄『新劇の書』テアトロ社一九三九年七月
雑誌『幕間』一九五〇年七月号
武井昭夫『演劇の弁証法』影書房二〇〇二年一月
玉川しんめい『ぼくは浅草の不良少年　実録サトウ・ハチロー伝』作品社一九九一年七月
千秋実・佐々木踏絵『わが青春の薔薇座』リヨン社一九八九年五月
千谷道雄『幸四郎三国志　菊田一夫との四〇〇〇日』文藝春秋一九八一年八月
戸板康二『対談　戦後新劇史』早川書房一九八一年四月
中村秋一『レヴュウ百科』音楽世界社一九三五年四月
永平和雄「菊田一夫『堕胎医』」日本近代演劇史研究会編『20世紀の戯曲　Ⅱ』社会評論社　二〇〇二年七月
秦豊吉『劇場二十年』朝日新聞社一九五五年一二月
福田善之『劇の向こうの空』読売新聞社一九九五年一二月
古川ロッパ（緑波）『古川ロッパ昭和日記』晶文社一九八七年七月～一九八九年四月
古川緑波『喜劇三十年・あちゃらか人生』アソカ書房一九五六年一月
『「放浪記」最終公演プログラム――「芸術座48年の歩み」収載』東宝株式会社演劇部二〇〇五年三月
松居桃楼『蟻の街のマリア』知性社一九五八年五月
松本克平『日本新劇史』筑摩書房一九六六年一一月
丸山定夫「おちかはねている。そして丸山定夫は自殺した」『婦人公論』一九三三年一月号
三木のり平『のり平のパーッといきましょう』小学館一九九九年五月
三宅春輝『小林一三伝』東洋書館一九五五年七月
三好十郎「劇壇最近の動向」『日本短歌』一九三六年一〇月
森繁久弥『こじき袋』読売新聞一九五七年三月

[増補改訂版] 空の民《チャオファー》の子どもたち

難民キャンプで出会ったラオスのモン族

●安井清子

四六判★ 2000円／ 0359-9

ラオスを追われた山岳の民＝モン族の子どもたちと、日本人ボランティア女性とのタイ国境難民キャンプでの豊かな出会いの日々。吉田ルイ子さん推薦。エピローグを増補して刊行。(2001・1)

入門ナガランド

インド北東部の先住民を知るために

●多良照俊

四六判★ 2000円／ 0376-6

インドの差別はカーストだけではなかった。人種もまったく違うナガの人びとは50年にわたり独立を訴えてきた。知られざる歴史と文化を紹介。(1998・9)

黄金の四角地帯

山岳民族の村を訪ねて

●羽田令子

四六判★ 1800円／ 0378-0

食・言語と多くの文化を共有する黄金の四角地帯——ラオス・中国・ビルマ・タイ国境の山岳民族。開発経済のただ中で、秘境に生きる彼らの暮らしもまた激変した。麻薬・売春ブローカーの魔の手がおよぶ現実。(1999・2)

売女でもなく、忍従の女でもなく

混血のフランス共和国を求めて

●ファドゥラ・アマラ／堀田一陽訳

四六判★ 2000円／ 1321-5

集合団地地区のアラブ系移民の女たちは、スカーフも拒否し、非宗教、平等、混血のフランス共和国を求めて立ち上がり、パリの街頭を埋め尽くした。ムスリムの女たちの解放を目指す闘いの記録。(2006・5)

自由に生きる

売女でもなく、忍従の女でもなく

●ルーブナ・メリアンヌ／堀田一陽訳

四六判★ 2000円／ 1311-6

「売女でもなく、忍従の女でもなく」。母親や娘たちの大行進はパリの街をゆるがす。自由と解放を求めるアラブ系在仏女性の描くもうひとつのフランス。(2005・2)

移民のまちで暮らす

カナダ　マルチカルチュラリズムの試み

●篠原ちえみ

四六判★ 2200円／ 1301-7

「人種のモザイク」カナダは1980年代、多文化主義を法制化し、多民族を包摂する新たな国づくりをスタートさせた。異文化ひしめく町トロントに暮らしながら、来るべきコミュニティの姿を模索するレポート。(2003・5)

風の民

ナバホ・インディアンの世界

●猪熊博行

四六判★ 2800円／ 1306-2

会社を早期退職して居留地のナバホ「族立大学」に留学、工芸品造りを体験するかたわら、その豊かな精神文化、歴史、ことばを学んだ。見て、さわって、語り合った「ナバホ学履修レポート」。(2003・10)

大平原の戦士と女たち

写されたインディアン居留地のくらし

●ダン・アードランド／横須賀孝弘訳

A5判★ 2800円／ 0383-4

20世紀初め、居留地へと赴いたジュリア。子供たちの目の光りに魅了され、素朴な暮らしや儀式に目を見張る彼女は、インディアンの生活をカメラを通して記録した。写真に焼き付けられた「過去」からの贈り物。(1999・9)

北米インディアン生活誌

●C・ハミルトン／和巻耿介訳

美本なし／四六判★ 3200円／ 0343-8

チーフ・スタンディング・ベア、ブラック・エルク、オヒエサ、ジェロニモ、カーゲガガーボー——。北米インディアンの戦士たちが自ら語ったアンソロジー。その豊かな自然と暮らし、儀礼と信仰、狩猟と戦闘など。(2000・5)

太宰治はミステリアス

●吉田和明

A5判★2000円／0953-9

2008年は没後60年、2009年は生誕100年。神話の森の外に太宰治を連れだそう。新しい太宰論の創生だ！（2007・7）

蓮月

幕末に生きたひとりの女の生涯

●寺井美奈子

四六判★2600円／1446-5

42歳のとき天涯孤独の身になり、手造りの陶器に自詠の和歌を書いて自活の道を求めた。幕末の時代、「結縁」の人たちとの交友を大切にしたたかに生きた、ひとりの女の生涯を描く。（2005・5）

作家・田沢稲舟

明治文学の炎の薔薇

●伊東聖子

A5判★3600円／0930-0

田沢稲舟は樋口一葉と同時代に生きて、希有の美貌と才稟にめぐまれ、文学の上でも嘆美妖艶の花を大輪に咲かせる閨秀として期待されながら、あたら23歳の若さで散った。同郷の詩人・作家による批評。（2005・2）

石川啄木という生き方

二十六歳と二ヵ月の生涯

●長浜功

A5判★2700円／0907-2

啄木の歌は日本人の精神的心情を単刀直入に表現し、誰もが共有できる世界を提供している。多くの日本人に夢や希望を与える歌を遺した啄木の一生は短かった。「その未完成と未来への期待が啄木の魅力であった」。（2009・10）

中野重治・ある昭和の軌跡

●円谷真護

四六判★2200円／0521-0

初期の詩作からその晩年の著作にいたるまで、全作品を通じて天皇制との格闘を続けた文学者・中野重治。その作品と生涯をあとづけるなかから、「昭和」の時代に拮抗する思想的核心を追求する。（1990・7）

中野重治「甲乙丙丁」の世界

●津田道夫

四六判★2600円／0527-2

1960年代——変貌する東京の街、政治の季節へ。党と思想の亀裂、そのはざまに息づく人間模様。難解といわれてきた長編小説『甲乙丙丁』の全体像を明晰に描く。（1994・10）

重治・百合子覚書

あこがれと苦さ

●近藤宏子

四六判★2300円／0520-3

中野重治・宮本百合子とともに、革命と文学運動のはざまに生きた人間群像を描き、その作品を再読する著者の作業は、自らの傷痕にふれながら戦後文学史への新たな扉をひらく。（2002・9）

孤立の憂愁を甘受す◎高橋和巳論

●脇坂充

四六判★2700円／0924-9

70年代、若者たちに圧倒的に支持され、若くして世を去った「志」の作家・高橋和巳。その全小説、エッセイ・評論、中国文学研究に及ぶ全体像を、作品世界と高橋の実存と関わり合わせて論評する。（1999・9）

異郷の日本語

●青山学院大学文学部日本文学科編

四六判★2000円／0951-5

拮抗する「日本語文学」と「日本文学」。金石範の文学を手がかりに「もうひとつの日本語」をさぐる青山学院大学でのシンポジウムの記録。／金石範・崔真碩・佐藤泉・片山宏行・李静和（2009・4）

[改訂版] 20世紀の戯曲

日本近代戯曲の世界

●日本近代演劇史研究会編

A5判★4700円／0170-0

河竹黙阿弥から森本薫まで——。近代日本の51人の作家と作品に関する評論を集成。近代演劇史を読み直す共同研究の成果。(2005・6)

20世紀の戯曲・II

現代戯曲の展開

●日本近代演劇史研究会編

A5判★5800円／0165-6

敗戦後、新登場した劇作家——菊田一夫・木下順二・福田恆存・飯沢匡・三島由紀夫から、60年代に新たな劇世界を創りあげた福田善之・別役実・宮本研・山崎正和・寺山修司・唐十郎・清水邦夫などの作家と作品への批評。(2002・7)

20世紀の戯曲・III

現代戯曲の変貌

●日本近代演劇史研究会編

A5判★6200円／0169-4

つかこうへい・別役実・鴻上尚史・野田秀樹・如月小春・渡辺えり子・井上ひさしなど、現代演劇の最前線の作品を論じる戯曲評論集。(2005・6)

近代演劇の扉をあける

ドラマトゥルギーの社会学

●井上理恵

A5判★4500円／0162-5

近代戯曲の代表的作品を、ドラマ論の視座から再読し、近代の曙とともに展開された芸術運動としての近代演劇史の扉をあける。社会史としての演劇研究。(1999・12)

久保栄の世界

●井上理恵

A5変型判★4000円／0121-2

リアリズム演劇の確立に大きな足跡を残した劇作家・久保栄は、1926年築地小劇場に入ってからの32年間、翻訳・評論・戯曲・演出・小説の分野で生きた。「火山灰地」論を中心とした初の本格的な久保栄研究。(1989・10)

ドラマ解読

映画・テレビ・演劇批評

●井上理恵

四六判★2200円／0191-5

第一部＝ドラマ批評、第二部＝戯曲分析、第三部＝劇作家編で構成されている。女性の視点から、テレビ、映画、演劇におよぶジャンル横断的なドラマ批評と作家論。(2009・5)

[増補] 戦後演劇

新劇は乗り越えられたか

●菅孝行

四六判★3200円／0171-7

演劇史とは、人間の身体表現と、それを見ることを介して生み出される固有の出来事の精神史である。脱新劇を目指した60年代演劇から90年代の変貌する演劇まで、その問題構造を剔出する日本現代演劇史。(2003・3)

平成オトナの勝手塾

中高年一貫指導

●ジェームス三木

四六判★1800円／0188-5

ひからびた学問とひからびた人生よ、さらば！未来に輝くオジン・オバンを目指して、学び直し、笑い直し、生き直す！怒濤の7日間特訓、吹き飛ばせ加齢臭！(2008・10)

ジェームス三木のドラマと人生

ドラマトゥルギーの社会学

●ジェームス三木

四六判★1800円／0186-1

「澪つくし」「父の詫び状」「弟」など数多くのTVドラマ受賞作品を創作した脚本家。映画、演劇、小説と多彩な芸術作品を生みだす著者のするどく、きわどく、かる～く、ジョークにみちたエッセイ集。(2008・2)

井上理恵（いのうえ　よしえ）

東京生。演劇学・近現代演劇専攻、早稲田大学大学院修了。
1995 〜 2010 年、吉備国際大学教授。1997 年、ロンドン大学 SOAS 客員研究員。
2000 年、『近代演劇の扉をあける』で第 32 回日本演劇学会河竹賞受賞。
現在白百合女子大学で新しい演劇教育の創造〈教室から舞台へ〉を試みている。
「井上理恵の演劇時評」http://yoshie-inoue.at.webry.info/
著書：『久保栄の世界』『近代演劇の扉をあける』『ドラマ解読』（社会評論社）
共著：『20 世紀の戯曲』全 3 巻（社会評論社）、『岸田國士の世界』（翰林書房）、
『20 世紀のベストセラーを読み解く』『樋口一葉を読みなおす』（学芸書林）、
『家族の肖像』（森話社）、『明治女性文学論』『大正女性文学論』（翰林書房）等々。
論文：川上音二郎論、清水邦夫論、岡田八千代論、福田善之論など多数。

菊田一夫の仕事——浅草・日比谷・宝塚

2011 年 6 月 28 日　初版第 1 刷発行

著　者：井上理恵
装　幀：中野多恵子
製　版：閏月社
印刷・製本：倉敷印刷
発行人：松田健二
発行所：株式会社社会評論社
東京都文京区本郷 2-3-10　tel.03-3814-3861/fax.03-3818-2808
http://www.shahyo.com

索　引

ア行

カ行

サ行

タ行

ナ行

ハ行

マ行

ヤ行

ラ行

ワ行